Sauvée par un Australien

*

Séduction impossible

*

Un irrésistible médecin

EMILY FORBES

Sauvée
par un Australien

Traduction française de
EVELINE CHARLES

BLANCHE

HARLEQUIN

Collection : Blanche

Titre original :
RESCUED BY THE AUSTRALIAN GP

HARPERCOLLINS FRANCE
83-85, boulevard Vincent-Auriol, 75646 PARIS CEDEX 13
Service Clients — www.harlequin.fr
ISBN 978-2-2805-1253-4 — ISSN 0223-5056

Édité par HarperCollins France.
Composition et mise en pages Nord Compo.
Imprimé en janvier 2025 par CPI Black Print (Barcelone)
en utilisant 100% d'électricité renouvelable.
Dépôt légal : février 2025.

FSC www.fsc.org MIXTE
Papier issu de sources responsables
FSC® C159065

Pour limiter l'empreinte environnementale de ses livres, HarperCollins France s'engage à n'utiliser que du papier fabriqué à partir de bois provenant de forêts gérées durablement et de manière responsable.

1

— Plus haut, maman, plus haut !

Ella poussa la balançoire un peu plus fort, propulsant sa fille en l'air. Ses petites jambes brunes se dessinèrent contre le ciel bleu de l'été, et ses nattes blondes volèrent derrière sa mince silhouette. Les rires et les cris de l'enfant apaisaient le tourment d'Ella. L'épuisement lui causait une migraine constante, et à cet instant ses articulations commençaient à être douloureuses, elles aussi.

Elle offrit son visage au soleil, dont la chaleur commençait à se faire sentir bien qu'il soit très tôt. La journée allait certainement être caniculaire. Ella était vêtue d'une jupe longue et d'un T-shirt à manches longues, mais elle résista à l'envie de les relever, bien qu'il n'y ait personne pour l'observer.

On aurait pu croire qu'elle craignait les méfaits du soleil, mais en réalité ses vêtements cachaient un secret.

Ella avait pensé s'arrêter quelques jours à Pelican's Landing. Elle avait besoin de souffler un peu, après avoir conduit pendant plusieurs jours. Elle se sentait fatiguée et sale.

Ses yeux se posèrent sur le fleuve, au-delà de l'aire de jeux. Elle mourait d'envie de nager, de se débarrasser de la poussière qui imprégnait son corps et embrumait son esprit. Mais le fleuve était en crue ; elle le voyait à peine, au-delà de la digue qui avait été construite pour retenir les flots.

Elle avait traversé l'Australie d'ouest en est, mais dans sa hâte elle n'avait pas prévu que des terres seraient inondées. Le Murray et le Darling – son principal affluent – étaient sortis de leurs lits, recouvrant tout sur leur passage.

Ella s'était quand même arrêtée à Pelican's Landing, trop épuisée pour continuer sa route avec une petite fille de quatre ans. D'ailleurs, elle aimait la proximité de l'eau. Elle pouvait enfin respirer. Il y avait beaucoup d'autres villes, le long des cours d'eau, mais elle aimait ce nom. Elle aimait contempler les oiseaux majestueux qui planaient librement au gré des courants thermiques. De toute façon, toutes les zones urbaines des environs étaient inondées. Si elle l'avait su avant de quitter l'Ouest, elle se serait dirigée vers le nord. Mais maintenant, elle avait vraiment besoin de faire une pause.

Elle pouvait se permettre de rester ici quelques nuits. Les ciels nocturnes étaient clairs, les arbres magnifiques, les oiseaux nombreux. Elle n'était pas citadine ; elle avait besoin d'espace et se sentait en sécurité lorsqu'elle pouvait s'enfuir.

Sans cette crue, elle aurait même envisagé de s'installer là un certain temps, de trouver du travail afin de gagner un peu d'argent avant de repartir avec Liv. Elle aurait pu nettoyer les bateaux ou les toilettes du camping.

Malheureusement, il y avait peu de touristes dans la région en raison des inondations. On ne pouvait ni nager ni pratiquer aucune des activités aquatiques habituelles. Du coup, le travail manquait.

La ville, qui devait être pittoresque en temps normal, était divisée en deux par une digue massive. Par bonheur, le camping avait pu rester ouvert. En l'absence des touristes, il restait les ingénieurs, les manœuvres et les ouvriers employés pour construire la digue.

Le camping était devenu la demeure de dizaines de gens forcés d'abandonner leur maison. Pour la plupart, il s'agissait de retraités, et même si Liv aurait aimé avoir des camarades de jeu, Ella préférait ne pas être obligée de discuter avec des parents.

Mieux valait aussi que Liv ne se lie pas d'amitié avec d'autres enfants avant de devoir finalement les quitter.

Elles dormaient dans une tente, car Ella ne pouvait pas se permettre de louer un bungalow. Le peu d'argent qu'elle possédait ne durerait pas longtemps. Elle touchait une allocation pour mères célibataires tous les quinze jours, mais s'efforçait d'économiser pour payer la caution de son futur appartement.

Elle projetait de se rendre dans le Queensland où elle pourrait plus facilement trouver un job et finir ses études.

— Pousse-moi, maman !

— Sers-toi de tes jambes, Liv. Tu dois pouvoir maintenir le rythme. Encore cinq minutes, ensuite on ira manger des glaces.

Elle vérifia ce qu'il lui restait d'argent dans son sac. Son allocation ne lui serait versée que trois jours plus tard, mais sa fille méritait ce plaisir. Ella avait des boîtes de thon, des pâtes et quelques œufs que lui avait offerts le patron du camping. De quoi manger pendant trois jours, ce qui lui laissait juste assez d'argent dans son porte-monnaie pour payer les glaces.

Elle repoussa ses cheveux en arrière. Le vent s'était levé, formant de petites vagues à la surface de l'eau. Ella leva les yeux vers le sommet des arbres pour regarder des cacatoès à huppe jaune prendre leur envol en poussant des cris de protestation. Elle se demanda ce qui avait causé cet émoi.

Un mouvement sur sa gauche attira son attention. Tournant la tête, elle vit le fleuve passer au-dessus de la digue. Quelques instants plus tard, celle-ci s'effondra, et un torrent d'eau se déversa sur le camping. Des tourbillons boueux encerclèrent ses chevilles tandis que des branches de formes et de tailles diverses s'engouffraient dans la brèche. Avant qu'elle ait eu le temps de réagir, l'eau parvenait jusqu'à ses genoux.

Arrachant Liv à la balançoire, elle la prit sous son bras.

— Tu me fais mal, maman !

Ce n'était pas le moment de s'excuser ou de penser aux bleus qu'elle allait faire à sa fille. Ella balaya frénétiquement la zone du regard, cherchant un point élevé où elles seraient en sécurité.

L'eau tourbillonnait autour d'elles, formant des remous aux crêtes écumeuses. Ella sentit quelque chose transpercer sa jambe droite et chancela quand la douleur gagna son mollet. Liv hurla en la sentant perdre un instant l'équilibre, mais Ella parvint à se redresser au moment où l'eau montait jusqu'à ses cuisses.

Il y avait une vieille cage à poules, près des balançoires. C'était leur seule chance. Ella boitilla dans l'eau aussi vite qu'elle le pouvait en dépit de la douleur. Le poids de Liv rendait les choses encore plus difficiles, mais au moins elle allait dans le sens du courant. Enfin, elle saisit un montant de la cage de la main gauche et souleva sa fille de façon à la poser plus haut. Il ne restait plus qu'à espérer que l'équipement était solidement arrimé dans le sol.

— Grimpe, Liv. Aussi vite que tu peux. Tu dois monter tout en haut.

Elle espérait que l'eau ne parviendrait pas jusqu'au sommet, mais il n'y avait pas d'autre solution. Dès que Liv fut à mi-parcours elle grimpa à son tour les échelons derrière sa fille, réalisant qu'elle avait perdu ses sandales quelque part. Son mollet lui faisait atrocement mal, mais enfin Liv fut installée au sommet de la cage. Parvenue auprès d'elle, Ella enlaça son petit corps mince et l'attira contre le sien.

Au niveau de sa jambe, la douleur était lancinante, sa jupe était déchirée, et elle pouvait voir une vilaine coupure sur son mollet. Après s'être assurée que la position de Liv était stable, elle arracha un morceau de tissu à sa jupe. Elle n'avait rien d'autre à se mettre, mais elle devait bander sa jambe. Elle noua le lambeau mouillé et sale autour de sa blessure. Cela risquait d'aggraver le risque d'infection, mais il fallait endiguer l'hémorragie.

Lorsqu'elle eut terminé, ses vêtements étaient presque secs, pourtant elle frissonnait de froid malgré la chaleur. La tête lui tournait, mais elle ignorait si ce vertige était causé par la perte de sang, le choc, la chaleur ou la déshydratation.

— Qu'est-ce qui s'est passé, maman ? demanda Liv en regardant autour d'elle.

— Rappelle-toi, je t'avais dit que le fleuve était sorti de son lit, que c'était dangereux. L'eau est encore montée et est passée par-dessus la digue.

Inutile de lui expliquer que la digue s'était effondrée. Elle lui avait demandé de ne pas s'en approcher, et Liv était déjà suffisamment effrayée. Elle voyait la peur et le trouble dans ses yeux, et elle avait elle-même du mal à demeurer impassible.

Il lui fallait avant tout éviter de la terroriser davantage.

L'eau continuait de monter. Craignant que le courant finisse par emporter leur précieux refuge, Ella sentit son rythme cardiaque s'accélérer.

— Ella ! Tout va bien ? cria une voix masculine.

Levant les yeux, Ella aperçut le gérant du camping, Bill, et son épouse sur la terrasse de leur maison. Celle-ci avait été construite sur un petit talus, à l'entrée du camping, mais l'eau léchait déjà les marches qui menaient à leur porte. Au-delà, le terrain était totalement immergé.

— Ne bougez pas ! cria Bill. On va venir vous chercher.

Elle ne voyait pas où elle aurait pu aller et aurait pu en rire, si la situation n'avait pas été aussi calamiteuse. Elle pouvait voir les autres résidents grimper sur leurs meubles. Ceux dont les bungalows étaient proches du fleuve étaient perchés sur leurs toits. Pour la plupart, il s'agissait de retraités, et elle espérait qu'ils étaient en sécurité. Un grand nombre d'entre eux avaient déjà quitté leurs maisons à cause de la crue, croyant qu'ils seraient davantage en sécurité dans le camping.

— Je n'aime pas être là, fit Liv d'une voix tremblante.

Ella partageait ce sentiment. Ce qui lui était apparu au départ comme l'endroit idéal pour se reposer un peu devenait un lieu de cauchemar.

— On est en sécurité, affirma-t-elle. Quelqu'un va venir nous chercher, ajouta-t-elle en espérant que ce soit vrai.

Le son perçant d'une sirène la fit sursauter. Le vent était brusquement tombé, aussi vite qu'il avait forci.

— C'est quoi, ce bruit ? demanda Liv en posant les mains sur ses oreilles.

Ella l'agrippa fermement, terrifiée à l'idée que sa fille perde l'équilibre.

— C'est pour avertir les gens qu'on va les secourir, expliqua-t-elle.

En réalité, elle ignorait la raison pour laquelle la sirène avait été déclenchée, mais elle supposait que c'était pour avertir les sauveteurs qu'on avait besoin d'eux. En tout cas, elle l'espérait.

Apparemment, l'eau avait cessé de monter. Elle arrivait à une trentaine de centimètres du sommet de la cage. Si elle reprenait sa progression, Ella et sa fille n'auraient aucune échappatoire. Elle ne pourrait ni nager, en raison du courant, ni marcher, en raison de la profondeur des flots. Il suffisait d'observer les tourbillons pour comprendre que toute entreprise de ce genre serait très dangereuse.

Désormais, le camping ressemblait à un grand lac… La tente d'Ella avait été emportée, avec toutes leurs affaires. Sa voiture se trouvait toujours là où elle l'avait garée, mais l'eau montait jusqu'aux vitres. Tout ce qu'elles possédaient était parti ou détruit. Ella n'avait pas grand-chose, de toute façon, mais maintenant elle avait tout perdu. Elle et Liv ne possédaient littéralement plus que ce qu'elles avaient sur le dos et dans son sac.

Le cœur serré, Ella regardait ce spectacle de désolation.

N'avait-elle pas déjà suffisamment souffert ? La vie pouvait être cruelle.

Elle réprima un sanglot. Liv ne devait pas voir à quel point elle était bouleversée et désemparée. Il fallait qu'elle soit forte, pour elle. Mais à cet instant, elle ignorait où elle trouverait le courage de l'être. Jusqu'à maintenant, elle avait résisté, mais elle avait toujours craint d'être brisée un jour par un nouveau coup du sort.

Ce jour était-il venu ?

Non. Elle secoua la tête. Elle ne se laisserait pas vaincre. Elle était une battante… D'ailleurs, elle avait toujours Liv, et par chance elles étaient en vie.

2

— Maisie !

Luke siffla sa chienne et attendit qu'elle saute dans le canot pneumatique pour actionner la manette des gaz. Il avançait lentement tout en balayant le fleuve du regard au cas où des objets se trouveraient sur sa route… Des poutres, des meubles de jardin, des barbecues. Les flots avaient emporté toutes sortes de choses, et un choc aurait pu endommager le moteur ou pis encore faire un trou dans son petit bateau.

Il avait grandi près de ce fleuve. Ses amis et lui avaient passé des heures à nager ou à pêcher. Adolescents, ils avaient pratiqué le ski nautique, et le soir ils s'installaient sur la berge pour boire des bières ou embrasser des filles sous le ciel étoilé. Il connaissait bien ce fleuve, pourtant il n'avait jamais vu une crue de cette importance.

Luttant contre le courant, il prit la direction du camping. Il avait entendu la sirène d'alarme et répondu immédiatement à son appel, comme d'autres habitants de la région propriétaires de bateaux.

Parvenu à destination, il chercha du regard d'éventuelles victimes. Il aperçut un secouriste bénévole en train d'aider une vieille dame piégée dans sa véranda. Il vit Bill, le gérant du camping, et son épouse sur leur terrasse. Apparemment, ils ne risquaient rien, mais Bill pointait le fleuve du doigt. Ses lèvres bougeaient, mais Luke n'entendait pas ce qu'il disait. Tournant la tête, il repéra deux silhouettes perchées au-dessus de l'eau. Immédiatement, il se dirigea vers elles. En approchant, il vit qu'il s'agissait d'une jeune femme et d'une petite fille qui se tenaient au sommet d'une cage à poules. La femme tenait fermement l'enfant qui lui montrait Maisie.

— Le chien, sur le bateau !

— Ne bouge pas, Maisie, ordonna-t-il à sa chienne qui s'était installée à l'avant du canot et aboyait avec excitation.

Luke n'avait pas envie qu'elle saute dans l'eau. Sa chienne était une bonne nageuse, mais elle n'aurait pas résisté au courant.

— Fais attention à ne pas perdre l'équilibre, Liv, dit la femme.

Elles étaient toutes les deux blondes et minces, avec de grands yeux bruns. Il estima qu'elles devaient avoir une quinzaine d'années de différence, et vu leur ressemblance elles étaient sans doute sœurs. La jeune femme rejeta ses cheveux en arrière, révélant un visage en forme de cœur et une peau parfaite. Malgré sa chevelure emmêlée, elle était d'une beauté étonnante.

— Bonjour, je m'appelle Luke et je viens vous aider à regagner la terre ferme, dit-il en coupant les gaz.

La jeune femme le scruta avant de regarder autour d'elle comme si elle pouvait trouver une meilleure option.

S'agrippant d'une main à un barreau de la cage, Luke prit deux gilets de sauvetage.

— Il vaut mieux que vous les enfiliez avant de passer sur le canot, précisa-t-il en lui tendant le plus petit. Vous pouvez le mettre à la petite ?

Elle le toisa.

— Je crois que oui.

Pendant que l'enfant enfilait le gilet, Luke amarra le canot avec une corde, puis il tendit le deuxième gilet à la jeune femme. Ce n'était pas parfait, il aurait préféré avoir deux cordes, mais au moins cela empêcherait le courant d'éloigner le bateau de la cage.

— Comment vous appelez-vous ? demanda-t-il.

— Ella, répondit-elle, et voici Olivia.

— D'accord, Olivia, tu vas pouvoir passer dans le canot.

Tendant les bras, il la souleva au-dessus de la cage. Elle ne pesait pas plus qu'une plume et, quelques secondes plus tard, elle était assise dans le canot.

Il se tourna alors vers la jeune femme.

— Est-ce que vous pourrez poser vos pieds de chaque côté ? demanda-t-il en montrant le banc sur lequel Olivia était assise. De cette façon, votre poids sera bien réparti, et le bateau sera stable.

Elle le regardait sans bouger.

— Prenez ma main, dit-il en tendant le bras.

Au lieu de la rassurer, ce geste sembla l'effrayer. Elle recula hors de sa portée. Luke ne parvenait pas à déchiffrer son expression. Était-elle nerveuse ? Avait-elle peur ? Peur de l'eau ? Peur de lui ?

— Maman, viens !

Maman ?

Cette jeune femme était mère ? Ella semblait avoir une vingtaine d'années ; et Olivia, cinq ans. Son métier aurait pourtant dû le prémunir contre les suppositions.

Elle paraissait nerveuse, apeurée et fragile. Sa minceur, combinée avec sa vulnérabilité, la faisait peut-être paraître plus jeune qu'elle ne l'était. Mais peu lui importait... il fallait juste qu'elle se décide.

— Tout va bien se passer, vous serez en sécurité, mais il faut venir avec moi, dit-il lentement et calmement.

Il ne fallait surtout pas risquer un accident en l'effrayant davantage.

Ella hésitait. Elle répugnait à toucher cet inconnu. Elle n'aimait pas qu'on la touche, sauf s'il s'agissait de Liv, et surtout pas des étrangers... Les hommes, en particulier. Mais elle savait qu'elle avait besoin d'être secourue.

Elle fixa l'homme dans les yeux, tâchant de réunir tout son

courage pour saisir sa main tendue. Elle avait remarqué son expression surprise quand Liv l'avait appelée « maman ». Ce n'était pas la première fois qu'on les prenait pour deux sœurs, sa fille et elle.

Il la fixait toujours, attendant tranquillement.

— Tout va bien se passer, répéta-t-il.

Ses yeux bleus étaient bienveillants. Elle devait accepter son aide de toute façon, quel autre choix avait-elle ?

Lorsqu'elle tendit la main, la manche de sa chemise remonta, découvrant son poignet et les bleus qui l'encerclaient. Ils commençaient à jaunir, mais restaient visibles. Ella s'empressa de tirer sur sa manche, espérant que l'homme n'avait rien remarqué.

Son cœur battit très vite quand les doigts de l'inconnu entourèrent les siens. Sa poigne était ferme, sans pour autant lui causer la moindre douleur, et elle s'efforça de se détendre. Il était venu pour l'aider, pas pour lui faire du mal. Elle avait beau le savoir, elle s'agrippa encore un instant à un barreau de la cage avant de s'abandonner.

La paume de son sauveteur était chaude et douce, ce qui l'étonna, car elle s'attendait qu'elle soit rugueuse. Ella se détendit légèrement... Il était là pour la secourir, elle devait lui faire confiance.

Un instant plus tard, elle se retrouva dans le bateau, mais réprima un cri en ressentant comme un coup de poignard dans son mollet. Elle pesa davantage sur la main de ce Luke pour soulager sa jambe.

— Ça va ? demanda-t-il.

Serrant les dents, elle hocha la tête. Habituée à supporter la souffrance en silence, elle n'allait pas se mettre à geindre ! Tandis qu'elle s'asseyait près de Liv, elle vit qu'il fixait sa jambe. Très vite, elle tira sur sa jupe pour cacher le bandage maculé de sang.

Peut-être n'avait-il rien remarqué.

Il se tourna pour lancer le moteur. Quand ce fut fait, il tira sur la corde qui les retenait à la cage. Un instant plus tard, ils prenaient la direction de la rue principale.

Feignant d'ajuster le gilet de Liv, Ella jeta un regard de côté à leur sauveteur. Il scrutait la surface de l'eau tout en manœuvrant le canot, visiblement très concentré. Il avait un très beau visage, de magnifiques yeux bleus, un nez droit et une mâchoire énergique ombrée par une barbe de quelques jours. Ses épais cheveux sombres rejetés en arrière révélaient un large front, froncé par la concentration. Elle estima qu'il devait avoir une trentaine d'années. Il semblait en très bonne forme physique, et ses longues jambes bronzées étaient musclées.

Il avait l'allure d'un ouvrier, mais ses mains étaient douces, ses ongles soignés. Elles n'appartenaient certainement pas à un fermier ou à un agriculteur, comme son chien aurait pu le laisser penser. Elle se rappela le contact de sa paume, lorsqu'il l'avait secourue, et elle se demanda ce qu'il faisait quand il ne jouait pas les sauveteurs.

Le regard de Luke croisa le sien. Prise en flagrant délit de curiosité, elle rougit et détourna la tête. La brise rafraîchit son visage, lui apportant un réconfort bienvenu, et elle ferma les yeux. Elle ne savait pas ce que l'avenir lui réservait, mais pour l'instant Liv et elle étaient en sécurité.

Quand Luke coupa les gaz, elle ouvrit les yeux. Il s'était arrêté au bout de la digue qui courait le long de la rue principale. Une foule de gens s'y trouvaient, prêts à aider les occupants du camping à gagner la terre ferme. Un homme vêtu d'une veste fluorescente sur laquelle étaient inscrits les mots Le Diable du Murray filmait les rescapés. Ella se détourna pour ne pas être prise en photo par le journaliste.

Luke lança une corde à un homme costaud, chauve et bronzé, qui l'attrapa aisément.

— Salut, Luke. J'aurais dû deviner que je te trouverais ici.

Un homme plus âgé aux cheveux gris, vêtu d'un uniforme de police, intervint à son tour.

— Je croyais que tu étais de congé.

— C'est le cas, répliqua Luke avec un grand sourire qui le rendit encore plus beau aux yeux d'Ella. Je ne vois pas de meilleure façon de passer la journée.

— Parfait, en ce cas. Et qui nous ramènes-tu ?

— Je te présente Ella et sa fille, Olivia.

— Très bien. On va vous sortir de là, alors, dit le policier en leur tendant la main pour les aider à grimper sur la digue. Je m'appelle Sam. Je crois que tu devrais monter la première, Olivia.

En effet, elle était assise du côté du bateau le plus proche de la digue. Ella hocha la tête et attendit que sa fille soit en sécurité près de Sam.

Ce dernier se tourna ensuite vers elle.

— À votre tour, Ella.

Elle se surprit à trembler. Oubliant sa jambe blessée, elle se leva, et de nouveau un coup de poignard transperça son mollet.

— Est-ce que tu peux demander à Penny de soigner la jambe d'Ella ? fit Luke. Elle s'est fait mal.

— Je vais très bien, protesta Ella.

Luke la regarda sans rien dire, puis se tourna vers Sam comme pour lui dire : « Ignore-la et fais ce que je te dis. »

— Ce n'est rien, insista-t-elle, juste une égratignure.

Elle le foudroya du regard. Il avait beau les avoir secourues, Liv et elle, il n'était pas un chevalier en armure étincelante. Il était juste un type assez beau dans un canot qui n'était pas de la première jeunesse, et cela ne lui donnait pas le droit de se mêler des affaires des autres.

Personne ne lui donnerait plus jamais d'ordres.

Elle saisit la main de Sam et quitta le canot le plus gracieusement possible, étant donné sa jambe blessée et son allure. Serrant les dents, elle s'efforça d'équilibrer son poids sur ses deux jambes malgré la douleur. Elle ne donnerait pas à Luke la satisfaction de la voir grimacer ou vaciller.

Elle s'était attendue qu'il parlemente avec elle, mais il se contenta de dresser les sourcils et de hausser ses larges épaules.

— À votre guise, dit-il avant de remettre les gaz et de s'éloigner de la digue pour reprendre la direction du camping.

Elle le regarda s'éloigner, oubliant l'espace d'un instant ses bonnes manières.

— Merci ! cria-t-elle finalement.

Pour toute réponse il leva la main, mais ne se retourna pas, ce dont elle fut étrangement déçue. Sans qu'elle comprenne pourquoi, il l'avait déstabilisée.

Non ! décida-t-elle. Ce n'était pas lui. Elle ne permettrait pas à un inconnu de la troubler. Elle était juste bouleversée, ce qui était compréhensible en raison de la situation dans laquelle elle se trouvait désormais.

Sam l'arracha à ses pensées.

— Penny est infirmière à la maison de santé locale, expliqua-t-il. Elle examinera volontiers votre jambe. Cette eau est sale. Il y a des animaux morts dans ce fleuve, et Dieu sait quoi d'autre. Une petite égratignure peut facilement s'infecter, et ce n'est sûrement pas ce que vous voulez.

Regardant autour d'elle, Ella se sentit soudain submergée par le désespoir. Elle ne savait pas quoi faire ni où aller. Elle décida que pour l'instant mieux valait suivre les conseils de Sam, ce qui remettait toute décision à plus tard.

— Asseyez-vous pendant que je passe un coup de fil, dit Sam en lui montrant une pile de sacs de sable.

Il les enveloppa dans des couvertures de survie avant de sortir son téléphone de sa poche. Quelques minutes plus tard, une femme d'une cinquantaine d'années arriva en voiture. Sam lui adressa un signe de la main, puis la leur présenta.

Penny était une femme très cash, efficace et bienveillante. Elle les installa dans sa voiture avant qu'Ella ait eu le temps de remercier Sam. Ensuite, elle remonta la rue principale tout en bavardant sans relâche tandis qu'elles passaient devant un supermarché, un pub, une boulangerie et quelques autres boutiques avant de parvenir en haut d'une colline, à l'extrémité de la ville.

— Il n'y a que votre jambe, qui soit blessée ? demanda-t-elle. Rien d'autre ?

Ella secoua la tête.

— Olivia va bien ?

— Oui.

Ella avait conscience que ces réponses étaient un peu sèches, mais elle était fatiguée et proche des larmes. Elle luttait pour ne pas craquer et était incapable de soutenir une conversation polie.

Penny s'engagea dans un parking situé devant un immeuble moderne qui devait être la maison de santé. Au lieu de se garer sur une place dévolue à cet effet, elle s'arrêta devant la porte.

Ella quitta son siège en grimaçant, mais déterminée à aider Liv. Penny lui lança un coup d'œil et eut la sagesse de ne pas lui offrir son soutien.

— La maison médicale est fermée ? demanda Ella quand Penny déverrouilla la porte.

— C'est toujours le cas le week-end. Il y a un numéro pour les urgences ou un hôpital qui se trouve dans la ville voisine.

Après avoir allumé lumière, Penny les fit entrer dans une salle de soins.

— Étendez-vous sur le lit, Ella. Olivia, si tu t'asseyais pendant que je jette un coup d'œil à la jambe de ta maman ?

— Combien coûtera la consultation ? demanda Ella.

Elle renonçait à émettre des objections, désormais, trop épuisée physiquement et psychiquement pour discuter. De toute façon, il était sans doute plus sage d'accepter d'être soignée. Elle ne pouvait pas se permettre d'être malade, mais aurait-elle de quoi payer le traitement ?

— J'ai ma carte *Medicare*, précisa-t-elle.

— Voyons déjà ce qu'il faut faire, répondit Penny. Je pense que ce sera pris en charge par la Sécurité sociale.

— Merci.

Pendant que Penny se lavait les mains et enfilait des gants,

Ella releva sa jupe déchirée au-dessus de ses genoux, prenant soin de ne pas montrer plus de peau qu'il ne fallait.

— Soulevez un peu vos jambes, s'il vous plaît, demanda Penny.

Lorsqu'elle glissa un drap sous son mollet, sa jupe remonta, dévoilant sa cuisse. Penny fixa un instant le bleu qui marquait toute sa longueur. Ce n'était d'ailleurs qu'une partie de la contusion, qui montait jusqu'à la fesse. Elle était ancienne et tournait au jaunâtre.

Ella retint son souffle, se demandant si Penny allait poser des questions.

— Ça a l'air douloureux, dit-elle seulement.

— Pas tant que ça, prétendit Ella.

En réalité, elle s'était fait vraiment mal, en tombant sur la hanche droite.

— Je me fais facilement des bleus, ajouta-t-elle.

Ce mensonge qu'elle avait fait tant de fois sortit facilement de sa bouche. Leurs regards se croisèrent, et Ella se tourna vers Liv pour rompre ce contact.

Penny se focalisa sur sa blessure. Son bandage de fortune était imprégné de sang. La plaie d'une quinzaine de centimètres remontait jusqu'à son genou, et Ella apercevait un trou à son extrémité.

— Vous allez avoir besoin de points de suture, dit Penny. Je vais appeler le Dr Donato.

— Vous ne pourriez pas mettre des Stéri-Strips ?

— Je crois que la plaie est trop profonde, mais c'est au médecin de décider.

Après l'avoir nettoyée avec du sérum physiologique, Penny recouvrit sa blessure avec une compresse et un bandage temporaire.

— Pour l'instant, ça devrait tenir.

Elle changea le drap, souillé par le sang et le sérum.

— Combien de docteurs y a-t-il ? demanda Ella.

— Juste un. Pourquoi ?

— Je préférerais une femme.

— Nous ne sommes pas en ville, trésor, nous avons déjà de la chance d'avoir un médecin. Je suis presque sûre qu'il vous faudra des points de suture, si vous voulez guérir. Je l'appelle ?

Ella hésita, mais les élancements qui transperçaient son mollet la persuadèrent d'accepter. Elle ne pourrait pas s'occuper de Liv, si sa jambe s'infectait.

Elle acquiesça d'un signe de tête.

— Très bien, dit Penny, je vais lui passer un coup de fil, et pendant que vous l'attendrez, je vais vous apporter des sandwichs.

— Ce n'est pas la peine, protesta Ella, mais je boirais volontiers un verre d'eau.

Penny prit un gobelet en carton et le remplit d'eau à l'évier.

— Rien de luxueux, précisa-t-elle en le tendant à Ella. Juste de la pâte à tartiner et du fromage. Qu'est-ce que tu en penses, Olivia ?

Liv hocha la tête tandis que l'estomac d'Ella se mettait à gargouiller.

— On dirait que vous avez besoin d'être nourrie, vous aussi, remarqua Penny. Vous n'avez pas d'allergies ?

Ella fit signe que non.

— Si tu venais avec moi, Olivia ? Pendant ce temps, ta maman pourra se reposer un peu.

Ella se demanda si elle pouvait refuser de lui confier sa fille, mais elle était épuisée, et la perspective d'avoir un moment pour elle – même si elle était coincée sur un lit et attendait un médecin qu'elle ne voulait pas voir – était une opportunité qu'elle ne pouvait rater. Elle avait rarement quelques minutes de calme...

Elle ferma les yeux dès que Penny et Liv furent sorties.

Aussitôt, une foule de pensées se pressèrent dans son esprit. Quelles conséquences pour elle allaient avoir les derniers événements ? Elle avait prévu de rester à Pelican's Landing pendant quelques jours avant de partir pour le Queensland, mais maintenant qu'elle n'avait plus de voiture, comment allait-elle faire ?

Certes, elle avait une assurance, mais elle ignorait combien de temps prendrait le remboursement. De toute façon, sa voiture ne valait sans doute pas grand-chose. L'indemnisation serait-elle suffisante pour acheter une occasion convenable qui lui permettrait de faire deux mille kilomètres ?

— Nous voilà !

Elle se réveilla en sursaut quand Penny et Liv revinrent. Penny portait deux assiettes sur lesquelles elle avait déposé un sandwich et une demi-pomme. Elle en posa une sur le bureau pour Liv et lui donna l'autre.

— Cela devrait vous faire du bien. Le Dr Donato est en route, mais je vais vous laisser manger tranquillement pendant que je m'acquitterai de quelques tâches.

— Vous reviendrez, quand le docteur sera là ? demanda Ella d'une voix légèrement aiguë.

Elle devait sembler obsédée par ce sujet, mais elle ne voulait pas rester seule avec ce médecin.

Penny allait sortir, mais elle lui jeta un coup d'œil par-dessus son épaule.

— Oui, je serai là.

Ella s'était lavé les mains et avait dévoré son sandwich quand Penny revint avec une pile de vêtements qu'elle déposa sur le lit.

Ella fronça les sourcils.

— Qu'est-ce que c'est ?

— Olivia et vous, vous devez ôter vos habits humides, sales et déchirés. Vous n'aurez qu'à voir ce qui vous va.

— D'où viennent-ils ?

— Nous avons une armoire remplie de dons. Nous avons besoin d'un nombre phénoménal de changes. Les gens sont malades, ou bien les enfants tombent de vélo, si bien que leurs vêtements sont déchirés ou maculés de sang. Je n'ai pas de chaussures, malheureusement ; il va falloir que je vous en trouve. Tenez, ajouta-t-elle en lui tendant un gant de toilette, vous pourrez vous nettoyer un peu avant de vous changer.

Après le départ de Penny, Ella trouva un short et un T-shirt pour Liv et elle l'habilla avant de chercher quelque chose pour elle.

Il y avait une robe d'été sans manches qu'elle écarta aussitôt, une jupe, un T-shirt, un pantalon de coton et une chemise qu'elle pourrait boutonner jusqu'au cou. Elle se demanda si Penny les avait placés délibérément dans la pile. C'était un choix peu logique, vu la température. Penny avait-elle des soupçons ? Lui offrait-elle la possibilité de se couvrir entièrement ? Et Ella confirmerait-elle ses soupçons en les choisissant ?

Elle n'en savait rien, mais ces vêtements lui convenaient parfaitement. Elle les mit de côté avant de se déshabiller, puis de passer rapidement le gant humide sur les parties de son corps salies par l'eau fangeuse du fleuve. Cela fait, elle enfila le pantalon et la chemise. Quelles que soient les intentions de Penny, Ella ne pouvait pas porter un vêtement qui découvre ses bras.

Une fois habillée, elle jeta sa jupe déchirée dans la poubelle, près de l'évier, mais garda les vêtements d'Olivia qui pouvaient être lavés. Un petit miroir était suspendu au-dessus de l'évier. Ella émit un petit rire amer en y voyant son reflet. Son visage était encore maculé de boue ; et ses cheveux, emmêlés. Elle avait perdu ses sandales, portait des vêtements de seconde main et ne disposait même pas d'une brosse pour se coiffer. Comment avait-elle pu imaginer que la chance tournerait ? À cet instant précis, il semblait bien que la malchance la poursuivait, au contraire.

Elle se lava la figure avant de s'occuper de ses cheveux. Elle tentait de les démêler avec ses doigts lorsqu'on frappa à la porte.

Penny passa la tête dans l'embrasure.

— Vous êtes visible ?

Ella hocha la tête. Penny entra, suivie par un homme qui ressemblait beaucoup à Luke, sauf qu'il portait une tenue d'hôpital bleue. Il s'agissait sûrement de son jumeau, se dit-elle.

Lorsqu'il lui sourit, Ella sentit son cœur faire des bonds dans sa poitrine. Elle se demanda à quoi Luke aurait ressemblé, s'il avait souri. Il était très beau, mais cette version de lui – cette version souriante de lui – était à couper le souffle.

Prise par surprise, elle faillit lui rendre son sourire.

— Ella, vous avez accepté d'être soignée, finalement.

Elle se renfrogna aussitôt. S'il l'avait reconnue, il s'agissait bien de Luke, pas de son jumeau.

— Qu'est-ce que vous faites ici ? demanda-t-elle.

— Je suis le médecin.

3

C'était lui, le médecin ?

Le secouriste rude et pourtant calme et séduisant était le médecin ?

— Vous ne m'avez rien dit, dans le canot ! s'exclama-t-elle.

— Cela aurait fait une différence ? Je n'étais pas certain que vous m'écouteriez, mais je suis ravi de constater que le bon sens l'a emporté.

— Qu'est-ce que c'est censé vouloir dire ?

Le dos tourné, il se lavait les mains.

— L'eau du fleuve est très sale. La dernière chose qu'on souhaite, c'est une infection. Toutes les coupures doivent être nettoyées et traitées.

Il était si grand qu'il devait se pencher au-dessus de l'évier. Ella balaya du regard ses larges épaules, ses longues jambes et ses hanches étroites. Dans le canot, elle avait supposé qu'il était ouvrier ou agriculteur en raison de son physique athlétique et de ses vêtements. Elle avait cru qu'il exerçait un métier manuel ; jamais elle n'aurait imaginé qu'il était docteur.

Tandis qu'il s'essuyait les mains avec une serviette en papier, elle observa ses longs doigts. Lorsqu'il l'avait aidée à passer de la cage à poules au canot, elle avait remarqué qu'il avait la peau douce, et pas rugueuse comme elle s'y était attendue, mais cela ne l'avait pas empêchée d'émettre des hypothèses erronées.

L'attention d'Ella fut alors attirée par Penny, qui discutait avec Liv tout en préparant le matériel pour Luke. Elle espéra que sa fille ne livrerait aucune information importante.

— Quel âge as-tu, Olivia ?

— J'aurai bientôt cinq ans. Dans combien de dodos, maman ?

— Quinze, environ.

Le même jour, Ella en aurait vingt-six. Liv avait été le cadeau de son vingt et unième anniversaire.

— Dis donc ! C'est tout près ! Tu dois être très excitée.

S'il vous plaît, ne lui demandez pas si elle a organisé une fête.

Liv n'avait jamais fêté son anniversaire. Ella n'avait pas de famille, et quand sa fille avait eu l'âge d'inviter des amis, elle avait évité le sujet. Comme elle ignorait si son ex serait de bonne humeur ce jour-là, mieux avait valu s'abstenir. Liv et elle avaient célébré l'événement ensemble. Pendant deux ans, Ella avait été mère au foyer. Liv était inscrite au jardin d'enfants, mais Ella ne s'était pas liée d'amitié avec les autres parents, pas plus qu'elle ne s'était portée volontaire pour les diverses activités. Ça avait été plus facile ainsi. Et maintenant, coincées dans cette petite ville dans l'attente de commencer leur nouvelle vie, elles n'avaient personne à inviter.

— Si je comprends bien, ajouta Penny, tu vas bientôt aller à l'école.

Ella se détendit. C'était un sujet dont Liv et elle avaient discuté. C'était d'ailleurs l'une des raisons qui l'avaient poussée à partir. Elle ne voulait pas inscrire sa fille dans un établissement où certaines personnes seraient éventuellement au courant de sa situation.

Cette décision avait été difficile à prendre, mais cela aurait été encore plus difficile s'il avait fallu arracher sa fille à une école où elle était heureuse.

— Très bien, Ella, commençons, dit Luke.

Elle se concentra de nouveau sur lui, tâchant encore de concilier sa première impression avec l'homme qui se tenait près d'elle. Il s'était rasé, mais elle se rappelait la ligne énergique de sa mâchoire, sous sa barbe de trois jours. Évidemment, le changement de tenue modifiait énormément son apparence. Dans le bateau, il avait semblé détendu et sûr de lui ; maintenant, il paraissait soigné, efficace et compétent. Ella aurait apprécié que le changement de vêtements la transforme aussi, mais elle soupçonnait qu'elle devait toujours offrir le même spectacle lamentable.

Les mains de Luke saisirent le bas de son pantalon. Ella tira vivement le tissu sur son genou et maintint la main dessus pour l'empêcher de remonter plus haut. Après une semaine, ses bleus avaient viré au jaunâtre mais étaient toujours visibles sur sa peau claire.

— Retirons ce bandage.

Ella était tendue, mais se rappelait avec quelle douceur il avait pris Liv dans ses bras pour la déposer dans son canot et comment sa voix calme l'avait apaisée. Elle ne l'imaginait pas hurlant ou faisant du mal à quelqu'un.

Dès qu'il eut ôté le pansement, le sang coula le long de sa jambe. Penny l'essuya immédiatement.

— Bon, fit Luke. Il va falloir recoudre. Je vais anesthésier la zone.

Il posa une compresse sur la plaie pendant que Penny préparait l'anesthésiant.

— Ça peut piquer un peu.

Ella détourna la tête. Elle était tellement sur les nerfs qu'elle craignait d'éclater en sanglots si quelqu'un lui manifestait la moindre gentillesse.

— Vous avez été vaccinée contre le tétanos ? demanda Luke en attendant que le produit fasse effet.

— Oui, en même temps que Liv.

— Très bien. Allons-y.

Penny lui tendit l'aiguille.

Ella ferma les yeux, et lorsqu'elle les rouvrit, Luke posait une compresse sur sa jambe.

— Je vais vous prescrire des antibiotiques, dit-il.

Levant la tête, elle croisa son regard. Cette tenue rendait ses prunelles bleues encore plus fascinantes.

— La pharmacie est ouverte, aujourd'hui ?

Dans une petite ville comme celle-ci, tout devait être fermé le dimanche.

— Non. Elle ne rouvrira que demain, mais je vais vous donner suffisamment de comprimés pour deux jours, ainsi qu'une ordonnance pour poursuivre le traitement. Cinq jours devraient suffire, mais il faudra revenir me voir à ce moment-là pour que j'examine la plaie, dit-il en plaçant un pansement étanche sur les points de suture. Vous pouvez vous doucher, mais pas nager ou prendre un bain.

Ella s'assit sur le lit et se leva. Immédiatement, des taches noires dansèrent devant ses yeux, et la pièce bougea. Fermant les yeux, elle tendit les bras pour s'appuyer sur le lit jusqu'à ce que le vertige cesse. Ses jambes la trahirent, tandis que ses mains brassaient de l'air.

Mais avant qu'elle heurte le sol, quelqu'un stoppa sa chute en la prenant par le coude. Immédiatement, son corps se tendit au contact de ces mains sur elle. Elle attendit que la pression se renforce, que des doigts s'enfoncent dans sa chair. Au lieu de cela, elle sentit qu'on la lâchait, et un bras enlaça sa taille. Elle ouvrit les yeux et découvrit que Luke l'observait attentivement. Il l'avait rattrapée et continuait de la soutenir en attendant qu'elle recouvre son équilibre. Elle était appuyée contre son corps ferme et solide, mais sa poigne n'avait rien eu d'agressif. L'espace d'un instant, elle s'abandonna avant de se redresser et de s'écarter.

Mais elle se retrouva coincée entre le lit et Luke.

— Je pense que vous devriez vous étendre, dit-il.

— Tout va bien, je me suis juste redressée trop vite.

— Permettez-moi de vérifier votre tension, avant que vous partiez.

— Il n'y a pas de problème, je vous assure.

— Faites-moi plaisir, s'il vous plaît.

Sans attendre sa réponse, il la souleva et la déposa sur le lit avant de prendre un tensiomètre.

Ella se sentit proche des larmes.

Retiens-toi.

Elle avait toujours eu une imagination débordante qui lui avait permis de s'échapper. C'était une façon de se protéger, mais récemment elle n'avait plus été capable de le faire. La vraie vie avait été la plus forte. Les responsabilités et la maternité impliquaient qu'elle ne pouvait plus s'offrir le luxe de rêver. Confrontée à la réalité, elle avait pris la décision de repartir de zéro.

Elle ne pouvait compter que sur elle-même, et sa détermination ne devait pas être affaiblie par la bienveillance et la gentillesse d'un inconnu.

Avant qu'elle ait eu le temps de réagir, Luke releva sa manche, et ses doigts cherchèrent son pouls. Ella comprit qu'il avait vu ses bleus, mais ne pouvait plus rien faire pour les cacher. Elle attendit qu'il dise quelque chose, mais il passa le brassard autour de son bras en silence.

— Votre tension est bonne. Vous avez mangé, aujourd'hui ?

— Oui. Penny nous a fait des sandwichs.

— Qu'est-ce qui vous amène à Pelican's Landing ? Vous rendez visite à des amis ?

— Non, nous ne faisons que passer.

— Vous n'êtes que vous deux ?

Elle hocha la tête, se demandant s'il cherchait à savoir d'où venaient ses bleus.

— Vous connaissez quelqu'un, en ville ?

— Non. Nous allons dans le Queensland, et je voulais faire une pause pendant quelques jours.

— Vous venez d'où ?

— De l'Australie-Occidentale.

— Malheureusement, vous ne pourrez pas retourner au camping.

Elle le savait bien. Sa situation ne cessait d'empirer. Elle avait fui Geraldton avec Liv, n'emportant que le strict minimum. Et maintenant, elle avait tout perdu. Il ne lui restait rien, et elle n'avait nulle part où aller.

— Il faut vous trouver un logement.

— J'ai parlé avec Sam, intervint Penny. Les services d'urgences de l'État sont en train d'aménager la salle des fêtes. Je peux y emmener Ella et Liv. Nous verrons ce qu'ils ont organisé.

— Vous êtes d'accord, Ella ?

Elle était trop épuisée pour trouver elle-même une solution. D'ailleurs, il ne semblait pas y en avoir d'autres. Aucun chevalier ne viendrait la secourir sur son fier destrier. C'était la vraie vie, pas un conte de fées. Malheureusement pour elle et Liv, les drames se succédaient dans leur existence, et elle ne voulait pas en affronter un de plus.

Elle s'en sentait incapable.

Il ne lui restait pas une once d'énergie.

Si Penny les emmenait, ce serait un souci en moins pour elle.

Le lendemain, il serait bien temps de reprendre le collier.

— J'apprécie votre aide, Penny, merci.

Ella s'effondra sur une chaise, à la terrasse d'un café en face du supermarché. Elle appréciait que la communauté de Pelican's Landing ait logé temporairement les résidents du camping, forcés de quitter le site. Mais l'hébergement était sommaire, et elle avait seulement somnolé. En revanche, Liv avait dormi comme une bûche sur un matelas de sport, juste recouverte d'un drap.

Ce n'était pas le manque de confort, qui avait gêné Ella, mais la présence d'autant d'inconnus autour d'elle.

Elle connaissait quelques rescapés qu'elle avait rencontrés au camping, mais personne d'autre. Elle leur avait dit bonjour chaque fois qu'elle les avait croisés, les deux jours précédents, mais n'avait vraiment parlé à aucun d'entre eux. Elle était nerveuse et avait le sentiment de ne dormir que d'un œil, prête à fuir à la moindre menace. Les gens étaient calmes, silencieux et effrayés.

Elle avait partagé avec eux la même expérience, pourtant rien ne les reliait vraiment.

Après que Penny lui avait apporté des sandales, elle avait passé la matinée en ville, traînant Liv derrière elle, en quête d'un logement. Les bénévoles des services d'urgence, le conseil municipal et une association caritative étaient arrivés de bonne heure ce matin-là pour les aider à trouver un gîte. Au début, Ella avait été optimiste, mais elle avait rapidement perdu ses illusions. Les locations étaient rares, et elle n'avait pas les moyens d'aller à l'hôtel. Le conseil municipal projetait de contacter les propriétaires de résidences secondaires, mais elle n'y croyait pas vraiment. On conseillait aussi aux victimes de loger chez de la famille ou chez des amis, mais Ella n'en avait pas.

Elle s'était rendue à l'office du tourisme pour savoir s'il y avait un autre camping dans la région. Sa voiture était sous l'eau ; sa tente et ses maigres possessions avaient été emportées par le courant. Sa seule option était de louer un bungalow dans un camping proche du trajet des bus. La femme qui l'avait reçue lui en avait trouvé un à Swan Hill, mais il n'y avait pas de transport avant le jeudi suivant.

À l'idée qu'elle allait devoir passer trois nuits de plus à la salle des fêtes, Ella laissa échapper un soupir. Elle avait apporté son ordonnance à la pharmacie, puis avait acheté à Liv la glace qu'elle lui avait promise la veille.

Sa jambe lui faisait mal parce qu'elle avait trop marché. Elle posa le pied sur une chaise pendant que Liv dégustait sa glace. Elle n'avait jamais cru que sa fuite serait facile – rien dans sa vie ne l'était –, mais elle s'était imaginé qu'elle serait un peu moins dramatique.

Certaines personnes avaient de la chance, mais pas elle. Pouvait-on fabriquer sa propre chance ? Ella l'espérait. C'était peut-être son tour. De toute façon, la situation pourrait difficilement être pire. Ella était bien décidée à construire une meilleure vie pour Liv et elle.

Toute seule, parce que personne ne l'aiderait, elle en avait bien conscience. Elle savait par expérience que lorsqu'on voulait que quelque chose change, il fallait s'en charger soi-même. Elle devait se faire confiance.

— Bonjour, Ella. Comment allez-vous, aujourd'hui ?

Levant les yeux, elle vit Penny debout devant elle, tenant à la main un sac de la pharmacie.

Ella énuméra intérieurement tous les mots qu'elle pouvait trouver pour décrire son état : « fatiguée, submergée, découragée, frustrée ». Mais elle ne voulait pas s'exprimer comme une victime ou donner l'impression qu'elle était incapable de faire face.

— On va bien, répondit-elle.

— Vous avez l'air crevée.

— J'ai eu du mal à trouver le sommeil dans une salle remplie d'inconnus, mais ça ira mieux ce soir.

— Vous restez à la salle des fêtes ? Je pensais qu'on allait vous proposer quelque chose d'un peu plus confortable qu'un matelas sur le sol.

— Apparemment, les locations sont rares dans le coin, et les autorités n'y peuvent rien. Ils n'ont pas de baguette magique.

— Qu'est-ce que vous allez faire ?

— Une employée de l'office du tourisme m'a trouvé un bungalow dans un camping de Swan Hill, mais comme je n'ai plus de voiture et qu'il n'y a pas de bus avant jeudi, on va attendre.

Penny fronça les sourcils.

— Je crois savoir où vous pourriez vous installer pour quelques jours. Rendez-vous à la maison de santé à 17 h 30, je vous ferai part du résultat de mes recherches.

— Vous êtes sûre de vous ?

— Pas à 100 %, mais on peut toujours demander. Apportez vos affaires avec vous, au cas où ça marcherait.

Ella lui adressa un sourire triste.

— Je ne puis pas certaine qu'on puisse appeler un change et

une brosse à dents des « affaires », mais c'est d'accord. Merci beaucoup.

Le moral d'Ella remonta d'un cran. Le seul fait que quelqu'un se soucie suffisamment de vous pour essayer de vous aider était d'un grand réconfort. Elle accepterait l'offre de Penny, et le lendemain... était un autre jour.

Penny posa son sac sur la table du café et ouvrit son porte-monnaie. Elle en sortit un peu d'argent qu'elle tendit à Ella.

— Vous devriez vous acheter quelques articles de base.

Ella secoua la tête.

— Merci, mais on va se débrouiller.

— Ne soyez pas stupide. Vous me rembourserez plus tard, si ça peut vous soulager. On se retrouve dans deux heures, conclut Penny en reprenant son sac avant de s'éloigner.

Luke passa la tête dans l'embrasure de la porte derrière laquelle Penny travaillait.

— Je vais voir Mme Macdonald. Appelle-moi s'il y a une urgence.

Sa vieille patiente était revenue de l'hôpital d'Adélaïde, où elle avait passé quelque temps après une crise cardiaque.

— Avant que tu partes, je voudrais te demander quelque chose. J'ai croisé Ella en ville, tout à l'heure. Elle aurait besoin d'un endroit pour se loger pendant quelques jours.

— Les services d'urgence ne s'en occupent pas ?

— C'est une mère célibataire avec une jeune enfant, elle ne se sent pas en sécurité à la salle des fêtes.

— C'est elle qui te l'a dit ?

— Pas exactement. Elle a seulement dit qu'elle n'était pas arrivée à dormir parmi tous ces inconnus. Je crois qu'elle avait peur ou qu'elle était nerveuse... ou les deux.

— Tu penses qu'elle a subi un traumatisme, je veux dire en dehors de la crue ? J'aurais dû lui demander si elle était exposée à un danger quelconque.

Malgré les efforts d'Ella pour les dissimuler, il avait vu les bleus sur ses bras et ses jambes.

Sa réaction en présence de cette femme l'avait surpris. Elle était extrêmement belle, mais jeune, effrayée et vulnérable… Et c'était une patiente. En tant que telle, elle était intouchable, mais cela ne l'empêchait pas d'être désirable. Il y avait en elle quelque chose de spécial qui attirait Luke. Il craignait d'avoir commis une faute professionnelle en raison de l'attirance qu'elle lui inspirait.

— Ella se méfie visiblement des hommes, et il est possible qu'elle ait été victime d'abus, répondit Penny. Pour autant, abstenons-nous d'en venir à des conclusions hâtives. De toute façon, après ce qui s'est passé hier, je ne crois pas qu'elle aurait été en mesure de te répondre. Elle m'a dit qu'elle voyageait seule avec sa fille, alors pour l'instant je crois qu'elle est hors de danger. Apparemment, elle a passé la journée à chercher une location en ville. Comme sa voiture est sous l'eau, elle est coincée ici, et il lui faut un logement. Est-ce que tu accepterais qu'elle s'installe dans ton cottage ? Tu répètes depuis six mois que tu veux mettre cette maison à la disposition des personnes précaires qui vivent dans la commune, mais tu ne l'as pas encore fait. Ella pourrait être ta première locataire.

Luke avait transformé le vieux hangar qui se trouvait dans la propriété de ses parents en logement pour sa sœur, mais il était inoccupé depuis de nombreuses années. Ainsi que Penny le lui rappelait, il avait récemment envisagé de le louer à des gens du coin, s'ils en avaient besoin. Jusqu'alors, Luke n'avait pas franchi le pas. Et il n'était pas certain de vouloir qu'Ella vive aussi près de chez lui.

D'ailleurs, dans l'hypothèse où elle aurait été victime d'un homme, elle n'apprécierait pas non plus cette proximité.

— Si elle se méfie des hommes, inconnus ou autres, elle refusera sans doute de s'installer dans mon cottage, dit-il, estimant avoir trouvé un argument de poids. Pourquoi ne les prends-tu pas chez toi ?

— Je les accueillerais avec plaisir, mais nous commençons à rénover la maison et ne pouvons pas recevoir des invités en ce moment. Bientôt, les toilettes seront dans le jardin, et il n'y aura plus de cuisine.

— Elles ont dormi sous une tente, elles seront sûrement contentes d'avoir un vrai lit.

— Ce que tu peux leur offrir, insista Penny, ainsi qu'une salle de bains et un coin cuisine.

Au ton de Penny, Luke comprit qu'il aurait du mal à faire valoir son point de vue. En réalité, il n'était pas prêt à accepter que quelqu'un habite dans le cottage destiné à Gemma.

Et il s'agissait d'Ella… Sa vulnérabilité lui rappelait celle de sa sœur, et il n'en avait vraiment pas besoin.

— De toute façon, elle ne fait pas partie des indigents de notre communauté.

— Prends-le comme une forme de rachat par rapport à Gemma, dit Penny.

C'était le problème, avec elle. Elle le connaissait depuis sa naissance et avait travaillé avec son père à la maison de santé avant qu'il prenne le relais. Penny savait parfaitement à quel point il se sentait coupable vis-à-vis de Gemma. L'idée de louer le cottage donnait un sens à la mort de sa sœur, mais cela n'impliquait pas qu'Ella soit sa première locataire.

— Je ne crois pas que ce soit une bonne idée. Je ne la connais pas.

— Quelle importance ? Tu aurais certainement voulu que quelqu'un aide Gemma à ta place. Tu peux aider Ella, te montrer généreux envers elle. Je crois qu'elle est parfaite pour le cottage.

Penny avait raison. Gemma l'avait repoussé, elle était partie, sans doute pour échapper aux regards des gens qu'elle connaissait. Mais si seulement quelqu'un d'autre que lui l'avait secourue, elle serait peut-être encore vivante.

— Est-ce que je peux au moins lui faire visiter le cottage et voir ce qu'elle en pense ? insista Penny. Elle n'en aura besoin que quelques jours.

Luke n'était toujours pas convaincu qu'avoir Ella comme voisine soit une sage décision, mais il hocha la tête, sachant que Penny ne le lâcherait pas jusqu'à ce qu'il cède.

— D'accord. Si elle veut le voir, tu peux l'amener tout à l'heure.

Il espérait seulement qu'Ella refuserait. Si elle se méfiait autant des hommes qu'il le soupçonnait, cette solution ne lui plairait peut-être pas.

Quand Ella et Liv retrouvèrent Penny à la maison de santé, Luke était absent. Ella en éprouva un soulagement teinté de déception.

Penny les conduisit hors de la ville, puis emprunta une route qui longeait le fleuve. Il y avait quelques maisons, mais dans l'ensemble la terre était vouée à l'agriculture. Il y avait des oliveraies, des vergers et même quelques moutons dans des enclos, près des habitations.

Ensuite, Penny s'engagea dans une allée poussiéreuse qui menait à une grande demeure de pierre à un étage. De larges terrasses couraient le long des murs, sous les balcons de l'étage supérieur. La maison disposait d'une vue extraordinaire sur le fleuve, et ce n'était certainement pas le cottage dont Penny avait parlé à Ella.

Elle allait poser la question, quand Penny contourna la maison et s'arrêta devant une bâtisse de pierre, située quelques centaines de mètres plus loin.

— On est arrivées, dit l'infirmière en coupant le contact.

Ella et Liv sortirent de la voiture. Il était clair qu'il devait s'agir d'une ancienne grange, songea Ella. Des poules grattaient la poussière, ce qui attira l'attention de Liv. En revanche, Ella était fascinée par les travaux qui avaient été réalisés pour créer cette habitation. Elle donnait sur une pente douce menant au fleuve. Il y avait un petit jardin tout près, et un parfum de menthe et de romarin flottait dans l'air. Elle aperçut des fraisiers et des plants de tomates cerises. Une petite table avait été installée sous une tonnelle recouverte de glycine. L'ensemble était ravissant.

— C'est très joli ! s'exclama-t-elle.

Penny ouvrit un petit portail en métal permettant de franchir la clôture, puis les précéda dans l'allée pavée jusqu'à la porte de bois, qu'elle poussa.

— Elle n'est pas verrouillée ? s'étonna Ella, légèrement inquiète.

— Non. Pour la plupart, les gens ne ferment pas leurs portes ici, mais il doit y avoir une clé quelque part.

Une fois entrée avec Liv, Ella regarda autour d'elle. Les murs de pierre avaient été peints, et le sol était dallé. L'ameublement était simple mais confortable. Dans un coin de la salle de séjour, elle vit un canapé de cuir recouvert de coussins aux couleurs neutres, installé près du poêle à bois. Un tapis en fibres végétales naturelles allait du canapé à la cheminée. Il y avait aussi une petite table ronde, quatre chaises, et au-delà une cuisine toute simple avec au-dessus de l'évier une fenêtre donnant sur un olivier.

C'était un tableau idyllique et paisible.

Malgré la chaleur qui régnait à l'extérieur la pièce était fraîche grâce aux épais murs de pierre. En revanche, il y avait une odeur de renfermé, comme si la maison n'avait pas été aérée depuis longtemps. Penny s'empressa d'ouvrir les fenêtres.

Des poutres en bois étaient visibles au plafond. Sur la droite, Ella aperçut un escalier menant à une mezzanine.

— Je peux sortir pour voir les poules ? demanda Liv.

Ella montait les marches menant probablement à un ancien grenier transformé en chambre à coucher.

— Oui, mais tu restes dans le jardin, tu ne franchis pas la barrière et tu ne vas pas vers la rivière.

Après les événements de la veille, Liv n'aurait certainement pas envie d'approcher de l'eau, mais la clôture rassurait Ella. Elle vérifia que le portail était bien fermé avant de retourner près de Penny et de monter l'escalier. Un grand lit, un fauteuil et une commode occupaient presque tout l'espace de la mezzanine.

— Malheureusement, dit Penny, il n'y a qu'un seul lit.

— C'est sans importance. Liv est petite, et je peux le partager avec elle.

Après avoir dormi dans une voiture, sous une tente et sur le sol de la salle des fêtes, n'importe quel lit serait un luxe.

La salle de bains se trouvait sous la mezzanine. Elle n'était pas grande mais bien agencée et comportait tout ce qu'il fallait, y compris une petite machine à laver le linge.

Le cottage était petit, mais Ella n'avait pas besoin d'espace. Il comportait peu de fenêtres, ce qui la rassurait. De grandes baies auraient impliqué un risque. En revanche, il n'y avait qu'une seule porte, et si elle était bloquée, elle n'aurait pas d'autre issue pour fuir.

Ella tenta de se détendre. Il lui fallait un logement pour quelques jours. Personne ne la cherchait. Personne ne savait où elle était. Elle serait en sécurité ici.

— Qu'est-ce que vous en pensez ?

— C'est génial. J'aimerais rester plusieurs nuits, si vous êtes certaine que c'est possible.

— Maman ! Maman ! C'est Maisie ! cria Liv, dehors.

Ella la rejoignit aussitôt dans le jardin. Les petits bras de Liv entouraient un chien noir et blanc hirsute. Et près du chien, il y avait Luke.

— Qu'est-ce que vous faites ici ? demanda Ella.

— Je vous apporte des draps.

— Pourquoi ?

— C'est mon cottage.

Ella se tourna vers Penny, qui était accroupie près de Liv. Était-elle en train d'éviter son regard ?

Luke déposa la pile de linge dans les bras d'Ella.

— Avec un peu de chance, c'est tout ce dont vous aurez besoin. Penny va vous aider à vous installer.

— Penny, je peux vous parler une minute ? demanda Ella.

— Liv, si tu allais chercher des œufs avec Luke ? suggéra Penny en se relevant.

Ella s'attendait que Luke dise qu'il était occupé, mais il se contenta de regarder Liv, attendant sa réponse. Sa fille hocha alors la tête avec enthousiasme, et Luke siffla sa chienne. Un instant plus tard, ils étaient partis tous les trois.

Ella aurait voulu retenir sa fille par instinct de protection, mais elle n'avait aucune raison de soupçonner Luke d'avoir de mauvaises intentions. Jusqu'alors, il ne leur avait manifesté que de la gentillesse. Il n'en restait pas moins qu'elle avait du mal à accorder sa confiance.

— Ne vous inquiétez pas pour elle, dit Penny.

Ella fixa l'infirmière avec étonnement. Comment devinait-elle ses pensées ? Elle voulait le lui demander, mais avait d'autres questions plus pressantes.

— Vous êtes certaine qu'il est d'accord pour que je reste ici ?

Penny suivait Luke du regard, le visage impassible.

— Il est d'accord.

Ella devina que ce n'était pas lui qui avait fait la proposition, mais qu'il avait plutôt été contraint de l'accepter. Du coup, elle se trouvait confrontée à un dilemme. Elle ne voulait pas être une gêne, mais répugnait à retourner à la salle des fêtes.

— Pourquoi ne m'avez-vous pas prévenue que Luke était le propriétaire de ce cottage ?

— C'est important ?

Bien sûr, que ça l'était ! Elle ne voulait rien devoir à Luke ou à n'importe quel autre homme.

— C'est aussi sa maison ? demanda Ella en pointant du doigt la grande bâtisse qui se trouvait entre elles et la rivière.

— Oui, il habite ici.

— On ne peut pas rester là.

Ella était profondément déçue. Le cottage aurait été parfait pour quelques jours. Il était petit mais largement assez grand pour elles deux. Il comportait tout ce dont elles auraient besoin, et elles disposeraient d'un espace privé pour elles seules. La proposition aurait été tentante, si seulement Luke n'avait pas été le propriétaire de la maisonnette.

— Pourquoi ? demanda Penny.

— Je ne veux rien devoir à personne… et surtout pas à un homme, expliqua-t-elle, espérant ne pas paraître trop ingrate.

— Ce ne sera que pour quelques jours, et il ne remarquera même pas que vous êtes là. Je vous ferais remarquer que vous n'avez pas de nombreux choix à votre disposition. J'avais cru comprendre que vous ne vouliez pas retourner à la salle des fêtes.

— C'est exact.

— Il habite dans la grande maison, précisa Penny, mais il n'est jamais là. C'est un homme bien, et vous ne risquez rien avec lui.

Ella fixa un instant Penny, qui continua :

— Vous n'avez pas besoin de me faire des confidences. Tout ce que je dis, c'est que vous êtes en sécurité ici. Je connais Luke depuis qu'il est né, et même si ce n'était pas le cas, c'est une petite ville, et je sais tout ce qu'il y a à savoir. Je travaille avec lui et je me porte garante de lui. Encore une fois, c'est quelqu'un de bien. Il traîne quelques casseroles, mais il est calme et bon. Vous n'êtes pas obligée de rester ici toute votre vie, mais prenez le temps de vous reposer un peu.

À cet instant, Liv revint.

— Luke a dit qu'on pourrait les manger au dîner, dit-elle en montrant un panier contenant une demi-douzaine d'œufs.

Ella chercha Luke des yeux, mais il avait disparu.

— Allez, emportez ce linge à l'intérieur, ordonna Penny. Je vais chercher quelques petites choses dans ma voiture et ensuite je reviens pour vous aider à faire le lit. Dormez ici cette nuit, et si vous voulez toujours partir demain, vous rechercherez autre chose après une bonne nuit de sommeil.

Ella savait qu'elle ne trouverait rien le soir même. Le lendemain, elle pourrait toujours retourner à l'office du tourisme, mais il était trop tard maintenant. Il n'était pas question pour elle de retourner à la salle des fêtes, et ce n'était certainement pas le moment de faire la fine bouche.

Si Luke était d'accord, elle acceptait de rester. Elle était fatiguée, et le cottage lui plaisait énormément.

Elle n'avait pas besoin de croiser le chemin de Luke.

Elle avait juste besoin de trois nuits de repos.

4

Ella embrassa sa fille et éteignit la lampe de chevet.

— Viens, Maisie, on descend.

La chienne était étendue sur le sol. Elle était apparue après le dîner, et Liv l'avait suppliée de la laisser entrer. Depuis la fenêtre de la cuisine, on pouvait voir l'allée, et Ella savait que Luke était sorti. Elle s'efforçait de ne pas le surveiller, mais elle avait entendu sa voiture s'éloigner. Peu de temps après, la chienne était arrivée, cherchant de la compagnie.

Maisie était bien dressée, elle n'était pas gênante, et Liv l'adorait. Sa fille était heureuse de jouer avec elle, et c'était l'occasion de la satisfaire facilement. Après deux jours pénibles, elle méritait bien cette récompense.

Ella brancha la bouilloire et s'assit sur le banc de la cuisine. Sa jambe la faisait souffrir. Liv et elle étaient allées en ville un peu plus tôt pour faire quelques courses alimentaires. Penny devait être persuadée qu'elle accepterait de rester, puisque la veille elle avait apporté du pain, du lait, du thé, du café et du fromage. Avec les œufs frais, elles auraient eu largement de quoi préparer un dîner convenable. Mais il leur avait fallu compléter ces provisions pour rester quelques jours supplémentaires. Maintenant, son mollet était gonflé, et elle aspirait à une bonne douche bien chaude, mais d'abord elle avait envie de boire une tasse de thé et de surélever les pieds pendant une minute.

Elle déposait un sachet de thé dans son mug, quand elle entendit un bruit de moteur, puis de freins. Ella versa l'eau bouillante sur son thé et sortit.

C'était une belle soirée, chaude et calme. Elle s'assit près de la table et posa le pied sur une chaise. Maisie était couchée près d'elle. Sans doute aurait-il fallu lui ouvrir la barrière pour qu'elle rejoigne son maître, mais Ella n'avait pas le courage de se lever. Elle profiterait d'abord du coucher de soleil et boirait tranquillement son thé. De là où elle se trouvait, elle pouvait voir la pente descendant jusqu'au fleuve. Elle entendait des grenouilles coasser dans le lointain, et un groupe de pélicans passa au-dessus d'elle.

Ce paysage calme et paisible invitait à la sérénité, mais Ella savait que toutes sortes de dangers se cachaient sous la surface de l'eau : des aspérités, des rochers, des remous et des courants puissants. Elle avait mis Liv en garde contre eux, mais cela ne l'avait pas empêchée de la garder toujours en vue pendant cette journée. Liv était raisonnable, mais les accidents pouvaient arriver. Elle se demanda si elle pourrait installer un loquet supplémentaire sur le portail, mais pour une seule journée, cela n'en valait pas la peine. Il suffisait de rester vigilante.

Elle espérait qu'un jour elle cesserait d'être anxieuse et arrêterait de regarder par-dessus son épaule, mais elle savait que ce n'était pas pour demain.

— Maisie !

L'appel de Luke fut suivi par un sifflement, puis Ella le vit contourner sa maison et se diriger vers le cottage. Les oreilles de la chienne se dressèrent, et sa queue s'agita frénétiquement.

— Elle est au cottage ! cria Ella.

Elle regretta aussitôt de l'avoir fait, car Luke se dirigeait maintenant vers elle. Elle aurait dû se contenter d'ouvrir la barrière pour laisser sortir la chienne.

— Désolé, dit Luke en ouvrant la grille. Elle ne vous a pas dérangées ?

Maisie tournait autour de son maître et le regardait avec adoration.

— Non. Liv est sa plus grande fan. J'avais peur qu'elle projette de garder Maisie prisonnière, mais elle dort, maintenant.

— Votre fille n'a jamais eu de chien ?

— Non, mais elle adore les animaux.

— Pas vous ?

— Je ne dirais pas cela, mais élever une jeune enfant est une tâche difficile, parfois. Je préfère ne pas avoir à m'occuper aussi d'un animal, mais cela ne me dérange pas d'avoir Maisie aussi longtemps que je ne suis pas responsable d'elle.

Si elle avait été parfaitement honnête, Ella aurait ajouté que la présence de la chienne la rassurait, même si elle était pratiquement sûre d'être en sécurité.

— Je comprends. Comment s'est passée votre journée, aujourd'hui, sur une échelle de « facile » à « pénible » ? demanda Luke.

Il lui sourit, et le soleil couchant perdit un peu de son éclat, comparé à son sourire. Il se tenait derrière la barrière contre laquelle il s'appuyait, séparé d'Ella par le grillage et pourtant tout proche. Elle éprouva l'envie de s'approcher de lui, mais réprima ce sentiment qui lui paraissait totalement absurde.

— Entre les deux, répondit-elle. Pas à cause de Liv, qui a été très obéissante… En fait, je l'ai achetée en lui promettant que nous ferions quelque chose d'amusant demain.

Bizarrement, depuis l'arrivée de Luke elle avait oublié à quel point sa jambe lui faisait mal.

— Vous avez tout ce qu'il vous faut, dans le cottage ?

— Oui, merci. Cette maison est ravissante, et il n'y a pas de comparaison possible avec la salle des fêtes.

Luke s'attardait, comme s'il n'était pas pressé de repartir.

— Je peux vous offrir une tasse de thé ou de café ?

La question n'était dictée que par la politesse : Ella buvait son thé, assise dans le jardin de Luke.

— Je prendrais volontiers un café, merci.

— Je profitais des derniers rayons du soleil. Asseyez-vous, je reviens dans quelques minutes.

Bien qu'il soit le propriétaire du cottage, elle ne voulait pas l'inviter à y entrer. Elle se serait sentie un peu oppressée, s'ils s'étaient trouvés tous les deux dans un espace aussi exigu. Peu importait que Penny se porte garante pour lui et qu'elle-même fasse confiance à Penny : l'expérience lui avait appris à être prudente.

— Vous louez souvent le cottage ? demanda-t-elle en revenant avec du thé pour elle et du café pour lui.

Elle posa un mug sur la table et s'assit en face de lui de façon à conserver une certaine distance.

— Non.

Cette réponse confirmait ce qu'elle pensait. Pourtant la maisonnette était si mignonne qu'elle aurait pu faire un parfait *bed and breakfast*. Mais peut-être n'avait-il pas envie de s'ennuyer avec ça. Penny lui avait dit qu'il vivait seul, et Ella n'avait pas remarqué la présence d'une petite amie ou d'un associé qui gérerait une chambre d'hôtes à sa place. Comme il ne semblait pas désireux d'en dire davantage, elle n'insista pas.

— Pourquoi vous être laissé persuader par Penny de nous laisser rester ? ne put-elle cependant s'empêcher de demander.

— Comment savez-vous que la proposition ne vient pas de moi ?

— Ça m'a paru plutôt évident, et vous n'aviez pas l'air particulièrement enthousiaste quand vous avez apporté le linge.

— Je suis habitué à vivre seul, mais j'ai connu Penny toute ma vie, et l'expérience m'a appris qu'il est souvent plus facile de faire ce qu'elle suggère.

— Sam m'a dit la même chose, aujourd'hui.

— Sam ?

— Ma voiture a été submergée quand la digue a cédé. J'ai dû aller au commissariat pour remplir le document que l'assurance me réclame. Sam savait déjà que nous devions rester quelques jours ici, Liv et moi. Il m'a dit que lorsque Penny décidait quelque chose, mieux valait généralement s'incliner. J'étais un peu surprise qu'il soit aussi bien informé jusqu'à ce qu'il m'apprenne que Penny était son épouse.

— De toute façon, la nouvelle se serait répandue en ville. Ici tout le monde se mêle des affaires des autres. Impossible de garder un secret.

— Aucun ?

— Pas beaucoup.

Fronçant les sourcils, Ella continua de siroter son thé. Pelican's Landing était plus petite que Geraldton, où elle avait vécu, en Australie-Occidentale. Elle connaissait les rumeurs véhiculées dans une petite ville, mais ne s'attendait pas que des potins la concernant circulent aussi vite. C'était un peu inquiétant, et elle avait raison de vouloir s'en aller deux jours plus tard.

— Qu'est-ce qu'il y a ? demanda Luke en remarquant son expression.

— Je n'aime pas que les gens parlent de moi dans mon dos. C'est aussi bien que je parte pour Swan Hill jeudi prochain.

— Dans l'État de Victoria ? Vous poursuivez vos vacances ? Vous ne rentrez pas chez vous ?

Ella secoua la tête.

— Nous ne sommes pas en vacances. J'ai l'intention de m'installer dans le Queensland, mais je pensais pouvoir me reposer un peu dans votre région. Ce n'est pas la meilleure idée que j'ai eue.

— Pourquoi ne pas rester à Pelican's Landing ?

— Parce qu'il est impossible d'y trouver un logement.

— Vous pouvez occuper le cottage plus longtemps que quelques jours. Je n'en ai pas l'usage.

Ella pensa qu'il était seulement poli, mais qu'il n'en avait pas vraiment envie.

— J'apprécie votre proposition, mais je souhaite refaire ma vie avec ma fille et ne compter que sur moi-même. Je ne veux pas être dépendante des autres.

— Et comment comptez-vous vous rendre à Swan Hill sans voiture ?

— Il y a un bus qui y va jeudi. L'employé de l'office du tourisme nous a trouvé une location dans un camping.

— En tout cas, ma proposition tient toujours si vous changez d'avis, ou même si vous préférez attendre d'avoir une nouvelle voiture.

— Merci, mais j'ignore combien de temps cela va prendre.

L'offre était généreuse, mais Ella refusait d'être redevable envers quiconque. Que se passerait-il, si Luke espérait une contrepartie ? Elle avait appris de la pire des façons que les cadeaux impliquaient des liens, et elle ne se remettrait jamais dans cette position. Peu importait que Penny ait confiance en Luke, elle ne répéterait pas les erreurs du passé.

Le téléphone de Luke bipa, annonçant l'arrivée d'un message. Il termina son café et posa son mug sur la table, puis il se leva et sortit son téléphone de sa poche.

— Je vais devoir partir, dit-il après avoir lu un SMS.

— Vous êtes de garde ?

— Comme je suis le seul médecin de la ville, je suis toujours de garde. Vous voulez garder Maisie dans votre jardin ? Je peux passer la prendre en revenant.

Pensait-il qu'elle était en danger ? Il avait vu ses bleus, elle le savait, mais il n'avait pas posé de questions. Ella se demanda si elle pourrait se confier à lui. Elle en avait l'impression, mais cela impliquerait que quelqu'un d'autre connaisse ses secrets, sa honte, et elle ne voulait pas que ce soit lui.

Elle progressait, pourtant. Elle avait laissé son ancienne vie derrière elle et n'avait nul besoin d'en parler. Elle voulait repartir de zéro, devenir une autre personne, plus forte, se suffisant à elle-même.

— C'est inutile, répondit-elle, emmenez-la avec vous.

Elle aurait volontiers gardé Maisie, mais elle ne voulait pas paraître faible.

Sur ces mots, elle rentra dans la maison et referma la porte derrière elle.

Luke s'en alla, en proie à des sentiments contradictoires.

Ella avait visiblement été l'objet de rumeurs dans le passé. Il aurait dû la rassurer, lui dire que dans les petites villes les potins allaient bon train, mais qu'il existait aussi une solidarité sans faille entre les habitants.

Il aurait voulu qu'elle lui fasse confiance, mais il devinait qu'elle se méfiait des motivations des gens. Elle tenait les inconnus à distance afin de préserver son propre espace. Elle réveillait son instinct de protection. Elle était surprenante, captivante, mais elle serait sortie de sa vie quelques jours plus tard. Il ne voulait pas entretenir une relation avec elle pour ensuite la laisser tomber. Il avait commis cette erreur auparavant, et il était hors de question qu'il recommence.

Accueillir quelqu'un dans le cottage destiné à Gemma avait ranimé en lui un sentiment de perte et de culpabilité. D'autant que Gemma et Ella présentaient des similitudes. Toutes deux étaient jeunes, minces et fragiles. Était-ce ce qui accentuait la difficulté de la savoir si proche ? Lorsqu'elle était tombée dans ses bras, au cabinet, il avait réagi d'une façon qui n'avait rien eu de fraternel, mais il n'était pas prêt à examiner ses sentiments. Mieux valait maintenir une certaine distance entre eux.

Pourtant cela n'aurait pas été juste envers Ella, qui avait besoin de toute l'aide qu'il pouvait lui offrir. Il avait restauré le cottage pour qu'il serve de refuge à Gemma. Il avait essuyé un échec avec sa sœur, mais il pouvait se rattraper avec Ella.

Il s'arrêta à la station-service pour acheter une glace avant de se garer dans le parking de l'EHPAD, qui était désert à cette heure tardive. Il aurait dû être chez lui, comme tous les citoyens dotés d'un peu de raison. Quelquefois, il avait l'impression de ne pas avoir de vie, en dehors de son travail et des visites à son père. Lorsqu'il avait un moment de libre, il prenait son bateau et allait pêcher, ou il faisait du ski nautique s'il pouvait trouver quelques personnes pour l'accompagner. Mais la crue interdisait ce genre d'activités. D'après les experts, l'eau devrait commencer à descendre dans quelques jours – non sans avoir causé de gros dégâts au niveau de la digue –, et une petite partie de pêche serait la bienvenue.

— Salut, papa, c'est Luke, dit-il en branchant la radio sur une chaîne de musique classique.

— Luke ! Ta mère va venir ?

— Pas ce soir, papa. On est mardi, elle est à son atelier de travaux manuels.

L'expérience lui avait appris qu'il était plus facile de trouver une excuse pour justifier l'absence de sa mère plutôt que d'expliquer qu'elle n'était plus avec eux depuis longtemps. Quand son père était déjà agité ou nerveux, la discussion finissait alors mal.

— Je t'ai apporté une glace, tu veux la manger tout de suite ?

Il défit l'emballage qui protégeait la crème glacée et la lui tendit.

— J'ai vu John Collins à la pharmacie, aujourd'hui, reprit-il.

Ce n'était pas vrai, mais son père avait fait la connaissance de John quand ils s'étaient tous les deux installés à Pelican's Landing, lui en tant que médecin, et John en tant que pharmacien.

— Comment va-t-il ? demanda son père. Je ne l'ai pas vu au cabinet depuis un bout de temps. Il faudrait qu'on contrôle son taux de cholestérol.

— Je lui demanderai de prendre rendez-vous. Il m'a dit que Sarah venait d'avoir un bébé, ce qui lui fait six petits-enfants.

John et sa femme avaient cinq enfants et une ribambelle de petits-enfants. Luke savait que son père pourrait énumérer la liste des maladies infantiles, même si elles avaient disparu. Dès qu'il parlait de ses anciens patients, il bavardait avec plaisir, n'attendant rien de plus qu'un hochement de tête de temps à autre. Il était heureux de parler et d'entendre sa propre voix.

Luke se demandait parfois s'il finirait sa vie de la même façon. Il aimait son métier et d'ordinaire il appréciait de passer du temps avec son père, mais il réalisait que ce soir-là, il aurait préféré parler avec Ella. Il aurait voulu qu'ils se racontent leurs journées, mais il écouta son père jusqu'à ce que ce dernier accepte de se coucher.

Il quitta l'EHPAD et rentra chez lui. Une fois garé, il contourna la maison pour jeter un coup d'œil au cottage. Maisie l'accueillit avec enthousiasme, mais la maisonnette était plongée dans l'obscurité. Il aurait aimé frapper à la porte, mais bien qu'il ne soit pas tard, il risquait d'effrayer Ella.

Il regagna sa maison, suivi de Maisie, et alluma la lumière. D'ordinaire, il appréciait cet instant, après une longue journée de travail. L'odeur de l'eau et le reflet de la lune sur le fleuve l'apaisaient. Il trouvait du réconfort dans les bruits familiers, comme les craquements du parquet ou le grincement des fenêtres.

Normalement, sa maison était son sanctuaire, mais ce soir-là, elle était juste froide et vide.

Le mercredi, Ella avait passé la plus grande partie de la matinée à remplir les papiers destinés à l'assurance. Elle pensait être remboursée, mais ignorait combien de temps elle devrait attendre avant de pouvoir acheter une nouvelle voiture. En attendant, elle utiliserait les transports publics, quasi inexistants à Pelican's Landing.

Elle pourrait éventuellement partir pour Swan Hill le lendemain, mais se demandait s'il ne vaudrait pas mieux se rendre immédiatement dans le Queensland. Le trajet en bus serait long, mais à l'arrivée elle trouverait plus facilement un logement et peut-être même un véhicule d'occasion. Ne sachant quelle était la meilleure option, elle ne cessait de réfléchir.

Ella laissa échapper un soupir. Elle devait cesser de ressasser ces questions. D'ailleurs, elle avait promis à Liv de faire quelque chose d'amusant pour récompenser sa patience, pendant qu'elles avaient fait les courses.

Il y avait un parc avec des jeux en haut d'une colline. Ce n'était pas trop loin, et même s'il fallait grimper, elle savait que la promenade amuserait sa fille.

Cinq minutes après leur arrivée dans le parc, Liv était déjà dans son élément et explorait le bateau de pirates gigantesque qui dominait le terrain. Il comportait des filets à escalader, une échelle pour grimper jusqu'à la vigie, au sommet du mât, une planche servant à jeter les condamnés par-dessus bord. Au bout de la planche, un poteau en métal permettait de glisser jusqu'au sol. En bas du poteau, on avait le choix entre une pente glissante ou une tyrolienne.

Ella s'assit à une table de pique-nique, sous une tonnelle, d'où elle pouvait surveiller sa fille. Liv s'était déjà trouvé des amis, un garçon et une fille de son âge. Un peu plus audacieux que les filles, le garçon était monté jusqu'à la vigie et encourageait maintenant les filles à marcher sur la planche. Celle-ci ressemblait en réalité à un pont, avec des rambardes destinées à prévenir les chutes. Mais il y avait ce poteau, tout au bout…

Nerveuse, Ella se leva. Elle se trouvait au milieu de la montée, quand Liv parvint au bout de la planche. Avant qu'Ella lui rappelle d'être prudente, elle avait glissé jusqu'au sol.

Dissimulant son inquiétude, Ella demanda :

— Tu t'amuses bien ?

Liv hocha la tête, un grand sourire aux lèvres.

— Je peux essayer ça ? demanda-t-elle en désignant la tyrolienne devant laquelle se tenaient maintenant ses deux nouveaux amis.

Ella regarda le garçon s'installer sur le petit siège suspendu à une corde et descendre le long du câble. Le trajet jusqu'au bas du talus était court, mais Ella n'était pas convaincue que ce soit une très bonne idée. Pourtant, elle n'eut pas le cœur de refuser ce plaisir à Liv.

Le garçon remontait la pente, tirant le siège derrière lui.

Liv présenta à sa mère la petite fille, qui attendait son tour.

— C'est Chloé, maman, elle a cinq ans.

De nouveau, Ella regarda Chloé filer le long du câble jusqu'en bas. Le fait qu'elle ait à peu près le même âge que Liv la rassura, et quelques instants plus tard, elle tenait la corde pendant que sa fille s'installait sur le siège.

Ayant visiblement observé les autres, Liv n'attendit pas ses instructions. Elle enroula ses petites jambes autour de la corde et les croisa au niveau des chevilles. Ella imprima une légère poussée au siège et se mit à courir derrière, tendant le bras pour saisir la corde et ralentir la descente au besoin. Liv était légère et n'allait pas très vite, mais Ella avait oublié sa blessure, et tandis qu'elle dévalait le talus pour rester au niveau de Liv, elle sentit son mollet l'élancer.

— Je peux recommencer, maman ? C'était drôle ! demanda Liv lorsqu'elles parvinrent en bas.

— Je ne suis pas certaine de pouvoir courir encore derrière toi.

— S'il te plaît, maman, je peux le faire toute seule.

Elle avait sans doute raison puisque les autres enfants y parvenaient sans aide. La tyrolienne n'était pas allée très vite, la pente était douce, et Liv n'était pas lourde. Il n'y avait aucune raison de penser qu'elle ne pourrait pas se débrouiller seule.

Ella céda, et elles remontèrent la pente ensemble, tirant le siège derrière elles. Ella le tint pendant que Liv s'y installait, puis elle lui imprima une poussée légère.

Elle resta en haut du talus, tandis que Liv entamait la descente. Elle était à mi-parcours, quand Ella la vit basculer sur le côté. Elle s'attendit que sa fille rectifie sa position, mais ses jambes n'étaient plus croisées. Ella poussa un cri quand le derrière de Liv glissa hors du siège, puis se mit à courir tandis que Liv atterrissait lourdement sur le sol.

— Olivia !

Liv ne bougea pas. Parvenue auprès d'elle, Ella s'agenouilla sur l'herbe clairsemée. La terre était dure, sous ses genoux. Elle posa la main sur le visage de Liv. Ses yeux étaient fermés, mais elle respirait. Ella pouvait voir sa petite poitrine se soulever et s'abaisser.

— Liv ? Tu m'entends ? Liv !

5

— Liv ! Tu m'entends ?

Les yeux d'Olivia restaient fermés.

— Ne la bougez pas. Sa tête a heurté le sol, quand elle est tombée, fit une voix féminine derrière elle.

Ella se retourna. Une autre mère, qu'elle avait vue assise à une table de pique-nique, se tenait là.

Se focalisant de nouveau sur sa fille, elle répéta :

— Olivia ?

Submergée par la panique, elle sentit son cœur s'emballer. Suivant à regret le conseil de la femme, elle résista à l'envie de prendre Liv dans ses bras

— Olivia ? fit-elle pour la troisième fois, au bord des larmes.

Comment avait-elle pu lui permettre de descendre le long de ce câble toute seule ? Les autres enfants savaient peut-être ce qu'ils faisaient parce qu'ils jouaient dans ce parc tous les jours.

Quand Liv ouvrit les yeux, Ella put enfin respirer.

— Tu m'entends, Liv ?

Le regard de sa fille était vague, comme si elle avait du mal à se concentrer.

— Je suis là, mon bébé. Tu as mal quelque part ? Tu peux bouger tes pieds et tes doigts ?

Liv serra et desserra les poings.

— Il faudrait l'emmener chez le docteur pour qu'elle soit examinée, conseilla l'autre mère.

À cet instant, Chloé, la petite fille avec laquelle Liv avait sympathisé un peu plus tôt, arriva. Cette femme devait être sa mère.

— Sa tête a durement cogné le sol, reprit cette dernière. Vous voulez que je vous aide à porter vos affaires jusqu'à votre voiture ?

— Nous sommes venues à pied.

Il n'y avait qu'un seul médecin en ville, et si la maison de Luke n'était pas très loin, son cabinet l'était.

— Je peux vous emmener, si vous voulez.

— Vraiment ?

— Bien sûr. Chloé, ma chérie, tu peux aller chercher Jack ? Dis-lui que nous sommes pressés. Je vous ramènerai ici après que nous aurons conduit Olivia chez le docteur.

Pendant que Chloé allait chercher son frère, la femme se présenta :

— Au fait, je m'appelle Hayley.

— Et moi, Ella. J'accepte volontiers votre proposition, si ça ne vous dérange pas trop.

Ella attendit que Hayley ait récupéré ses enfants et leurs affaires, puis elle porta Liv jusqu'à la voiture. Sa fille lui paraissait plus lourde que d'habitude, car elle n'était pas agrippée à son cou. Le regard vague, elle semblait léthargique, et Ella avait du mal à réprimer sa terreur.

Lorsqu'elle se gara devant la maison de santé, Hayley demanda :

— Vous avez besoin que je vous aide à la porter à l'intérieur ?

— Je vais me débrouiller. Encore merci !

— Pas de souci. Je suis sûre qu'on se croisera de nouveau, dit Hayley quand Ella claqua la portière.

Hayley adressa un dernier signe de la main à Ella avant de démarrer. Ella porta Liv à l'intérieur. Il était tard, et elle espérait que Luke serait encore là. La vue de trois personnes dans la salle d'attente la rassura, puis elle réalisa qu'elle devrait passer derrière elles.

Penny se trouvait à l'accueil. Elle bavardait avec une femme plus jeune, assise derrière un ordinateur.

— Ella ! J'ignorais que vous aviez un rendez-vous aujourd'hui, dit-elle quand elle approcha, portant toujours Liv.

— Je n'en ai pas, mais Liv a eu un accident dans le parc. Sa tête a heurté le sol assez fort, et elle a perdu conscience pendant quelques instants. J'espérais que Luke pourrait l'examiner.

Liv, qui avait posé la tête sur son épaule, s'agita.

— Maman, j'ai mal au cœur.

— Venez avec moi, dit Penny. Je vais vous conduire dans une salle de soins.

Ella suivit Penny jusqu'à la salle en question, puis posa Liv sur le lit. Penny lui tendit une cuvette en plastique vert.

— Vous en aurez peut-être besoin. Je vais prévenir Luke que vous êtes là.

L'infirmière laissa la porte ouverte et revint quelques minutes plus tard. Elle tendit à Ella un formulaire à remplir en attendant Luke.

— Il ne va pas tarder, précisa-t-elle.

Ella commençait à écrire, quand Liv se mit à vomir dans le bassin.

— J'ai mal à la tête, dit-elle en pleurant.

Ella remplit un gobelet d'eau à l'évier et l'approcha des lèvres de Liv.

— Prends une gorgée pour te rincer la bouche et crache-la dans le bassin.

Au moment où elle nettoyait le récipient dans l'évier, Luke entra dans la pièce et referma la porte derrière lui.

— Bonjour, Ella. Bonjour, Liv. On m'a dit que tu étais tombée. Que s'est-il passé ? ajouta-t-il à l'intention d'Ella.

Le cœur d'Ella fit un bond dans sa poitrine quand il la regarda. Chaque fois qu'elle le voyait, elle s'étonnait qu'il soit aussi beau et aussi sûr de lui, ce qui la rassurait.

— Nous sommes allées au parc, celui avec le bateau de pirates, vous le connaissez ?

Luke hocha la tête, et elle continua :

— Elle est tombée de la tyrolienne, et sa tête a heurté le sol. Nous pensons qu'elle a perdu connaissance.

— Nous ?

— Une autre maman et moi. Elle a vu Liv tomber et nous a amenées ici.

— Combien de temps a duré l'évanouissement ?

Un siècle, pour Ella, mais elle savait que cela n'avait pas été très long.

— Je ne suis pas sûre… Sans doute moins d'une minute. Mais elle vient de vomir et se plaint d'avoir mal à la tête.

— Tu te rappelles ce qui s'est passé, Liv ?

— Non.

— Qu'est-ce que tu as mangé au déjeuner, aujourd'hui ?

Liv la fixa, et Ella répondit à sa place :

— Un sandwich.

— Tu te rappelles mon nom ?

Liv secoua la tête.

— Je suis Luke. Et tu te souviens de ma chienne ?

Liv sourit.

— Oui, Maisie !

L'inquiétude d'Ella diminua un peu.

— A-t-elle déjà eu un choc à la tête, auparavant ? demanda Luke en se tournant vers elle.

Ses yeux étaient très bleus, pourtant ils étaient emplis de chaleur.

— Non.

Elle-même avait reçu des coups à la tête de nombreuses fois, mais elle avait toujours protégé Liv. Elle espérait seulement que Luke ne la considérait pas comme une mauvaise mère. Elle se sentait déjà suffisamment mal, mais par chance Hayley avait assisté à l'accident de Liv.

Elle observa Luke pendant qu'il examinait sa fille et lui posait des questions. Certaines d'entre elles lui paraissaient difficiles. Comment blâmer un enfant de quatre ans d'ignorer le jour qu'on était ? À cet âge, toutes les journées se ressemblaient.

— Je vais te dire cinq mots, maintenant, Liv. Ensuite, je te demanderai de les répéter : coude, pomme, tapis, selle, bulle, dit-il lentement en s'arrêtant entre chaque mot. Il lui demanda ensuite si elle pouvait nommer les jours de la semaine à partir du dimanche. Liv en fut incapable, mais elle sut énumérer les chiffres à l'envers.

Ella se demanda si elle avait oublié les mots qu'il lui avait demandé de retenir, mais avant qu'elle puisse lui poser la question, Luke était passé à des examens physiques.

Il observa les yeux de Liv, palpa sa nuque, qui n'était pas douloureuse, puis lui demanda d'ôter ses chaussures et de se mettre debout. Il se montrait adorable, ce qui adoucit encore davantage Ella à son égard. Il y avait vraiment des gens bienveillants dans le monde, et il semblait en faire partie. Penny devait avoir raison quand elle disait qu'on pouvait lui faire confiance.

— Très bien, Liv. Approche tes pieds l'un de l'autre et pose tes mains sur tes hanches, dit-il en lui montrant comment faire. Parfait ! Maintenant, ferme les yeux, je vais compter pour voir combien de temps tu te tiens immobile. D'accord ?

Liv lança à Ella un regard inquiet. Elle l'encouragea d'un signe de tête. Liv ferma les yeux, et au bout de vingt secondes Luke lui dit de les rouvrir. Il lui demanda ensuite de poser les pieds l'un devant l'autre et de fermer à nouveau les yeux. Liv suivit facilement ses instructions.

— Très bien. Maintenant, est-ce que tu te rappelles les cinq mots que je t'ai dits tout à l'heure ? Même un ou deux, et dans n'importe quel ordre.

— Bulle et pomme, répondit Liv. Je me souviens plus des autres.

Et elle se tourna vers elle, se demandant visiblement si elle s'était trompée.

— Bravo, Liv, la rassura Luke. Tu peux remettre tes sandales, on a terminé.

La façon naturelle avec laquelle il s'adressait à elle plaisait à Ella. Elle savait qu'il vivait seul, mais avait-il des enfants ? Était-il divorcé ? Malgré son envie, elle s'abstint de poser la question.

— Je pense qu'elle va bien, dit-il. Je vais lui donner un peu de paracétamol et vous pourrez la ramener à la maison. Qu'elle dîne légèrement et boive beaucoup d'eau, ensuite repos pendant les prochaines vingt-quatre heures. Si vous voulez bien m'attendre, j'ai encore deux patients à recevoir et ensuite je pourrai vous ramener avant mes visites à domicile.

Pendant ces trois derniers jours, Ella avait bénéficié de la bienveillance d'inconnus comme cela ne lui était jamais arrivé auparavant.

Elle hocha la tête avec reconnaissance.

Peu de temps après qu'elle eut couché Liv, Ella entendit la voiture de Luke. Comme il s'y était engagé, il les avait ramenées au cottage, avait porté Liv à l'intérieur, puis était reparti pour faire ses visites.

Elle s'attendait qu'il rentre directement chez lui et fut surprise de l'entendre se garer devant le cottage. Elle déverrouilla la porte et l'ouvrit au moment où il franchissait la barrière.

— Salut.

— Salut. Je ne vous dérange pas ? demanda-t-il en remontant l'allée qui traversait le jardin. J'ai pensé que je pourrais passer voir Liv.

— Elle a l'air d'aller bien, elle dort.

— Elle a mangé ?

— Juste un toast.

— Et vous ? Comment allez-vous ?

— Bien. J'ai été choquée mais tout est rentré dans l'ordre maintenant que Liv semble remise.

— Et votre jambe ?

Ella fronça les sourcils.

— Ma jambe ? Pourquoi cette question ?

— Vous avez boité, en allant vers ma voiture.

— Oh ! J'ai couru vers Liv, quand elle est tombée. J'ai eu un peu mal, mais rien de grave.

— Vous voulez bien que je jette un coup d'œil ?

— Vous avez déjà une longue journée de travail derrière vous !

En réalité, son mollet était douloureux, mais elle ne voulait pas abuser.

— Toutes mes journées sont longues. Je crois que mon métier ressemble un peu à la parentalité. Je ne peux jamais décrocher complètement. Il y a toujours un ou deux patients qui m'inquiètent, un peu comme un enfant agité, ou n'importe quel enfant, j'imagine.

— Je ne veux pas être une enfant ennuyeuse.

Il lui sourit, et elle se sentit fondre.

— Vous êtes censée passer à la maison de santé demain pour un examen. Ça ne serait pas plus facile de le faire maintenant ?

— Nous partons pour Swan Hill, demain, répliqua-t-elle sur un ton qu'elle espérait ferme.

— Raison de plus pour me laisser vous examiner aujourd'hui. Je n'en aurai que pour une minute.

— Vous êtes sûr que cela ne vous ennuie pas ?

— Absolument. Comme je vais devoir changer le pansement, il faut que j'aille chercher ma sacoche dans ma voiture. On se retrouve à l'intérieur.

Ella s'assit à la table de la cuisine et posa le pied sur une chaise. Elle songea un instant à avoir sous la main quelque chose qu'elle pourrait utiliser comme une arme – un couteau ou une casserole très lourde –, mais que penserait Luke, s'il s'en apercevait ? Elle aurait eu l'air de ne pas lui faire confiance. Et si elle n'en était pas capable, après tout ce qu'il avait fait pour elle ces derniers jours, quand le serait-elle ?

Luke revint avec une grosse sacoche qu'il posa par terre avant de se laver les mains dans la salle de bains. En revenant, il tira une chaise et s'assit près de son pied. Il retira ensuite le pansement qu'il avait lui-même mis sur son mollet.

— Vous avez tiré sur quelques-uns des points de suture, remarqua-t-il en faisant courir les doigts le long de la plaie.

— Mais ils tiennent encore ? demanda Ella, le cœur battant.

— Oui, mais la guérison prendra davantage de temps, et vous aurez une plus grosse cicatrice. Je vais utiliser quelques Stéri-Strips.

— C'est ce que je voulais, au départ.

— Eh bien, votre vœu sera exaucé.

De nouveau le sourire de Luke troubla Ella, qui baissa les yeux pour qu'il ne voie pas quel effet il produisait sur elle. Mais il fouillait déjà dans sa sacoche, apparemment inconscient de son pouvoir.

Quelques instants plus tard, il rapprochait les bords de la plaie et appliquait l'adhésif.

Voyant qu'il sortait un pansement d'une boîte, Ella protesta :

— Je peux le faire moi-même.

— Moi aussi, répondit-il, et mes mains sont propres. La vie est plus facile quand on accepte d'être aidé.

Ella n'était pas habituée à ce qu'on l'aide. Elle ne le voulait ni ne l'attendait.

— Je ne veux compter sur personne d'autre que sur moi-même.

— Je ne sous-entends pas que vous en êtes incapable, et il ne s'agit pas de compter sur les autres, mais juste d'accepter leur soutien. Ce n'est pas forcément la même chose.

De toute façon, elle était décidée à se débrouiller seule et à agir au mieux pour le bien de sa fille.

Seigneur ! Liv ! Elle retint son souffle, atterrée à l'idée que peut-être elle ne faisait pas ce qu'il y avait de mieux pour elle. Son enfant avait reçu un choc à la tête. Luke estimait-il que c'était sa faute ? Allait-il la signaler aux services sociaux ?

— Je vous ai fait mal ?

Luke lissait les bords du pansement sur sa peau. Percevant sa tension soudaine, il leva les yeux vers elle.

— Non. Vous n'allez pas signaler l'accident de Liv, n'est-ce pas ?

— À qui ?

— Je ne sais pas. À la protection de l'enfance ? dit-elle en posant les pieds par terre, sous la table.

— Certainement pas. Les accidents arrivent. Vous n'êtes pas fautive, et d'après ce que je constate, vous vous occupez très bien de votre fille. Vous avez déjà été l'objet d'une plainte ? Liv a-t-elle été blessée auparavant ?

Ella secoua la tête.

— En revanche, vous l'avez été, vous, n'est-ce pas ? demanda-t-il d'une voix douce.

Incapable de soutenir son regard, Ella se détourna. Le ton de Luke n'impliquait aucun jugement, mais elle savait qu'il avait vu ses bleus et qu'il en avait vraisemblablement tiré des conclusions.

— Ella, vous n'avez aucune raison d'être honteuse ou gênée. Ce n'est pas votre faute.

— C'est pourtant exactement ce que je ressens. J'ai l'impression d'être défaillante.

— Mais vous ne l'êtes pas. J'ai vu la preuve qu'on vous a fait du mal. Je suppose que c'est votre compagnon.

Ella hocha la tête.

— Est-ce que vous avez porté plainte ?

— Non. J'avais trop peur de ce qui arriverait s'il découvrait que je m'étais adressée à la police. Trent est très influent.

— Votre compagnon sait-il où vous êtes ?

— Mon ex-compagnon, rectifia Ella. Et, non, il n'en sait rien.

— Où se trouve-t-il ?

— Il n'est pas en Australie, pour raisons professionnelles. Son absence doit durer plusieurs semaines, c'est ce qui m'a donné l'occasion de m'enfuir.

— Vous vous sentez en sécurité, ici ?

— Je n'en suis pas sûre, répondit-elle franchement. Je ne sais pas ce que c'est de se sentir en sécurité. Je n'arrive pas à croire qu'il ne finira pas par me trouver.

— C'est le père de Liv ? Êtes-vous obligée de lui dire où vous êtes ?

— Non. Le père de Liv ne fait pas partie de nos vies.

C'était juste un homme qui lui avait fait un enfant, un randonneur qui visitait l'Australie et avec qui elle avait eu une brève relation. Elle n'avait pas découvert sa grossesse avant son départ, et lorsqu'elle lui en avait parlé, il lui avait dit ne pas être intéressé par la paternité. Il ne savait même pas si elle avait eu une fille ou un garçon, et elle n'avait plus jamais entendu parler de lui.

— Quand Liv est née, il n'y avait que moi et ma mère. Ma fille avait deux ans, quand j'ai fait la connaissance de Trent.

— Il y a trois ans, donc.

— Presque.

Elle devina à son ton que Luke se demandait pourquoi elle était restée avec Trent aussi longtemps. Il devait pourtant savoir que ce n'était pas si facile.

Se détestant pour cela, elle se chercha des excuses.

— Ce n'était pas toujours affreux. Quand je l'ai rencontré, il semblait charmant ; il avait réussi dans la vie, et j'étais flattée qu'il s'intéresse à moi, une mère célibataire. Je travaillais dans un restaurant de la marina et je louais les postes d'amarrage aux propriétaires de bateaux. Il était mécanicien spécialiste en moteurs Diesel dans le secteur minier et travaillait là où on avait besoin de lui. De nombreux mineurs avaient des bateaux, et je m'étais habituée à le voir au restaurant où il bavardait souvent avec moi. J'admets que son intérêt pour moi est devenu addictif. J'ai compris plus tard que j'étais une cible facile. Liv et moi, nous nous sommes installées chez lui. À partir de là, les choses ont changé de façon insidieuse, mais je ne l'ai pas tout de suite remarqué. Ses demandes semblaient raisonnables.

— C'était quel genre de demandes ?

— Il m'a conseillé de quitter mon travail, disant qu'il pouvait m'entretenir et que de cette façon je ne serais pas obligée de mettre Liv à la crèche. En réalité, je l'ai compris plus tard, il voulait m'isoler, que je dépende de lui. Il s'était arrangé pour géolocaliser mon téléphone, si bien qu'il savait toujours où j'étais. Il prétendait que c'était pour ma sécurité, mais cela lui permettait surtout de vérifier ce que je lui disais. Si je rencontrais des amies, il passait par hasard, ou bien il les appelait plus tard pour qu'elles confirment ma version.

— Et votre famille ?

— Mon père est parti pour ne jamais revenir quand j'avais six ans. Ma mère est morte quand Liv avait un an. Je n'ai pas de frères et sœurs, il n'y a que moi… et Liv. Il n'y a personne pour s'inquiéter de moi. J'ai découvert par la suite que c'est justement ce qui l'avait attiré chez moi. Il a pensé que je serais plus facile à manipuler ou à contrôler. Si j'avais été plus forte, si j'avais eu tout un réseau autour de moi, ça aurait été plus difficile pour lui. Mais j'étais flattée et je croyais qu'il m'aimait.

Au début, elle s'était justifiée en se disant qu'il avait mis un toit sur leurs têtes et qu'elle avait de la chance. Grâce à lui, elle pouvait rester à la maison avec Liv sans se soucier d'aller travailler.

— Mais quand l'emprise s'est transformée en abus physiques, continua-t-elle, j'ai su qu'il fallait que cela change. Pas pour moi, mais pour le bien de ma fille. Je ne voulais pas qu'elle grandisse en étant témoin de ce qu'il me faisait ou, pis encore, qu'il s'en prenne à elle.

— Ella, je suis tellement désolé d'apprendre ce qui vous est arrivé ! Combien de temps cela a-t-il duré ?

Il voulut lui prendre la main, mais elle s'écarta. Elle ne voulait pas qu'il la touche ou franchisse les limites qu'elle avait posées. S'il montrait trop d'empathie pour elle, elle craignait de s'effondrer. Elle voulait seulement qu'il comprenne ce qu'elle avait vécu, sans pour autant la prendre pour une victime. Elle voulait qu'il voie en elle une femme forte, une survivante.

— Il y a huit mois, reprit-elle, Trent a perdu son job. Il s'est mis à boire tous les jours. Auparavant, il prenait quelques verres à la marina, mais une fois qu'il a été au chômage, il a passé de plus en plus de temps au pub. D'ailleurs, il ne fréquentait plus la marina. Il avait dû vendre son bateau et son poste d'amarrage parce qu'il ne pouvait plus se permettre de les garder, et il en était humilié. Il n'avait pas d'économies, car il dépensait tout ce qu'il gagnait. Il m'accusait d'être une charge, pourtant il refusait que je reprenne un travail. Quoi que je fasse, j'avais tort. Quand je lui ai dit que j'allais m'en aller et que je n'avais jamais voulu qu'il m'entretienne, il m'a frappée pour la première fois. Il m'a traitée d'ingrate. Je serais partie, même si je n'avais nulle part où aller, mais il m'a juré qu'il était désolé et qu'il n'avait jamais voulu me faire de mal. Selon lui, je l'avais provoqué, et il s'engageait à ne plus jamais me frapper. Ensuite, il s'est mis à boire tous les jours, au pub comme à la maison. J'avais fait en sorte que mon allocation de mère célibataire soit versée sur son compte. Cela me donnait l'impression de ne pas être complètement à sa charge. Mais cela s'est retourné contre moi, car il dépensait mon argent en alcool. Je ne pouvais pas retourner travailler, car il m'était impossible de laisser Liv avec lui. D'ailleurs, la crèche aurait coûté plus que ce que j'aurais gagné. J'étais piégée. Je ne voyais pas comment m'enfuir. Lorsqu'il n'était pas au pub, il était à la maison, et je devais protéger ma fille.

Luke savait écouter, et les mots s'écoulaient sans difficulté de la bouche d'Ella. Elle ne le connaissait pourtant que depuis trois jours… Était-il dangereux de se confier ainsi à lui ? Comment la jugerait-il ? Que penserait-il ? Mais il était trop tard pour s'en soucier, maintenant. De toute façon elle partait le lendemain, et elle ne le reverrait jamais.

— Ensuite, reprit-elle, Trent a eu un appel de quelqu'un avec qui il travaillait souvent. On lui offrait un job sur une plate-forme pétrolière. Il a dû partir pour trois mois, et j'ai compris que je tenais là l'occasion de lui échapper. Malheureusement je n'ai pas pu prendre d'argent sur le compte joint, car il s'en serait aperçu. L'une de mes anciennes connaissances m'a trouvé un poste à l'administration de l'université. Je pouvais même profiter de la crèche. J'ignorais que Trent avait chargé certains de ses copains de me surveiller. L'un d'entre eux lui a dit que je me « baladais » en ville. Trent est revenu sans prévenir, il m'a accusée de le tromper et est devenu extrêmement violent. Je savais que je ne pouvais plus rester à Geraldton, que je ne serais jamais en sécurité et que je devais m'enfuir. Si je ne le faisais pas, je risquais ma vie et celle de Liv. Quand Trent est reparti pour la plate-forme pétrolière, j'ai pris sur le compte commun ce qui était à moi, j'ai fait mes bagages, je les ai chargés dans le coffre de ma voiture et j'ai pris la direction de l'est avec ma fille. C'était il y a deux semaines et demie.

— C'est un véritable exploit, Ella. Vous devriez être fière de vous. Il n'a pas essayé de vous contacter ?

— Je suppose qu'il a dû le faire, mais je lui ai envoyé un mail pour lui expliquer que Liv avait lâché mon téléphone dans son bain. Je lui ai dit que je n'avais pas les moyens de m'en payer un nouveau. Évidemment, j'avais acheté un autre portable. En quittant l'Australie-Occidentale, je pensais repartir de zéro et j'étais préparée pour ça. Mais ma situation s'est aggravée quand j'ai perdu ma voiture et les quelques affaires que j'avais emportées. Je n'ai plus qu'à recommencer, conclut Ella avec un soupir.

Luke la fixait avec intensité, et elle se demanda ce qu'il pensait.

— Ce que vous avez fait pour Liv et vous est extraordinaire, Ella. Le plus difficile était de franchir la porte et de ne pas revenir en arrière.

— Croyez-moi, je n'en ai pas la moindre intention.

— Et vous avez accompli tout cela seule. Est-ce que vous nous permettrez de vous aider, maintenant ?

— Nous ?

— Moi, Penny, Sam. On peut vous trouver un logement permanent, un travail.

Ella secoua la tête. Elle appréciait la proposition, mais s'en irait le lendemain matin et ne reverrait jamais Luke.

— Je ne vais pas rester.

— Vous pensez toujours vous rendre à Swan Hill en bus ?

— Oui.

— Au risque de dépasser les bornes, mais prenez-le comme un avis médical, puis-je vous suggérer de retarder votre départ de quelques jours pour donner à Liv le temps de se remettre de sa commotion cérébrale ?

— Vous m'avez dit que tout allait bien.

— C'est exact, mais elle a quand même subi un choc à la tête, et la faire voyager pendant six heures en bus n'est pas idéal. Pourquoi ne pas attendre le remboursement de l'assurance pour votre voiture ?

— Parce que je ne sais pas combien de temps cela prendra.

Mais évidemment elle ne voulait pas mettre sa fille en danger.

— Je peux peut-être me renseigner pour savoir quand le prochain bus passera, reprit-elle.

Si elle devait occuper le cottage quelques jours de plus, elle ne voulait pas être une charge.

— Si je reste un peu plus longtemps, est-ce que je peux au moins vous payer un loyer ? J'ai déjà été accusée d'être un parasite, ajouta-t-elle avec un sourire pour alléger un peu la tension qu'elle ressentait.

— Ce n'est pas nécessaire. Cela n'a rien à voir. Quand on fait partie d'une communauté, on permet aux autres de vous aider.

— Dans ce cas, est-ce que je peux vous inviter à dîner demain soir, puisque nous serons encore là ?

— Je ne refuse jamais ce genre d'invitation.

Le sourire de Luke suffit à Ella pour penser que peut-être elle pourrait rester un peu plus longtemps qu'elle ne l'avait prévu.

6

Luke sortit de chez lui et se dirigea vers le cottage, suivi par Maisie. Apparemment, il ne parvenait pas vraiment à garder ses distances avec Ella. Il avait l'impression de se perdre dans ses grands yeux sombres chaque fois qu'il la regardait, fasciné par sa beauté. Il savait qu'elle se sentait vulnérable, mais il admirait sa détermination, sa force et son courage

Une fois de plus, il se retrouva devant sa porte, incapable de résister au charme qu'elle exerçait sur lui. Il tenait un petit cadeau à la main. Il s'était demandé s'il devait en apporter un. Ella était son hôtesse, mais la maison lui appartenait. Cependant, ses parents l'avaient trop bien élevé pour qu'il se présente les mains vides. Il avait envisagé d'apporter un bouquet de fleurs, mais le jardin en était rempli, et il craignait que le message soit ambigu.

Mais quel message était le bon ? Comment qualifier leur relation ? Comme celle d'un propriétaire et de sa locataire ? Étaient-ils amis ? Elle ne payait pas de loyer, et on ne pouvait pas encore parler d'amitié.

Finalement, son choix s'était porté sur des sablés confectionnés par Penny.

Les mains tremblantes, Ella sortit les pâtes du four et les posa sur la cuisinière. Elle était à la fois excitée et nerveuse. C'était ridicule ! Luke venait dîner avec Liv et elle. Ce n'était pas un rendez-vous amoureux, seulement une façon de le remercier.

Lorsqu'elle avait décidé de repartir de zéro, l'idée qu'elle pourrait être attirée par un homme ne lui avait pas traversé l'esprit. En quittant Trent, elle était déterminée à prendre son propre chemin, et son seul but était de survivre. Elle n'avait pas le temps de réfléchir à ce que serait l'avenir, sinon qu'elle espérait trouver un endroit sûr pour vivre avec sa fille.

La rencontre avec Luke avait été inattendue, mais elle ne se faisait pas suffisamment confiance en ce qui concernait les hommes. Elle savait que Luke était quelqu'un de bien, mais cela ne signifiait pas pour autant qu'il était bien pour elle. Elle avait fait des erreurs dans le passé, et pour l'instant elle avait d'autres priorités que de s'engager dans une relation… En admettant que Luke soit attiré par elle. Et pourquoi le serait-il ? Elle était mère célibataire, ne possédait rien, n'avait ni diplôme ni argent, pas même quelques biens. Il n'y avait qu'elle et Liv contre le monde entier.

Quel homme sensé pourrait vouloir d'elle ?

Ce dîner était une façon de le remercier pour son aide, mais dans peu de temps leurs chemins se sépareraient. Elle avait beau fantasmer sur une autre vie, elle savait que ce n'était qu'un rêve.

La chance était une chose fragile. Mieux valait ne pas trop tirer sur la corde. Écartant toute pensée romantique, Ella jeta un dernier coup d'œil à la table. Tout était en place. Les assiettes, les couverts, le pichet rempli d'eau, les verres et les serviettes en papier.

Elle plaça un vase de fleurs cueillies dans le jardin au centre de la table, puis le retira et le porta dans la chambre. Ensuite, elle vérifia de nouveau l'heure. Luke devait arriver à 18 h 30.

Étendue sur le sol, Liv dessinait. Lorsqu'on frappa à la porte, elle se leva d'un bond et fit entrer Luke et Maisie. Aussitôt elle entoura de ses bras la chienne dont la queue battait vigoureusement l'air, bien qu'elle ait déjà passé la majeure partie de la journée avec elle.

Luke tendit une boîte à Ella.

— Je vous ai apporté ça.

Les sablés qu'il lui apportait semblaient faits maison.

— C'est vous qui les avez faits ? demanda Ella.

— J'aimerais bien, mais Penny s'en est chargée pour moi.

— Ils ont l'air délicieux, merci.

Lui aussi, il paraissait délicieux. Vêtu d'un short et d'un T-shirt, il sentait le propre, comme s'il sortait tout juste de la douche.

Ella s'écarta pour poser les sablés sur le plan de travail afin de mettre un peu de distance entre eux.

— Je vous sers à boire ?

— De l'eau, s'il vous plaît, répondit-il avant de se tourner vers Liv. Comment s'est passée ta journée aujourd'hui, Liv ?

— Très bien. J'ai appris à Maisie à serrer la main.

— Vraiment ? Tu me montres ?

— Assise, Maisie !

L'enfant attendit que la chienne obéisse, puis elle lui tendit la main et l'agita de haut en bas.

— À toi.

Maisie leva la patte, et Liv la serra doucement.

— Bravo !

— Toutes mes félicitations, Liv, dit Luke en prenant le verre d'eau que lui tendait Ella, à qui il adressa un clin d'œil.

Elle devinait que Maisie avait déjà appris ce tour auparavant, mais appréciait que Luke en accorde tout le crédit à sa fille. Elle se détendit et lui sourit. C'était un homme généreux et bon, elle n'avait nul besoin d'être nerveuse en sa présence.

Luke s'assit sur le canapé tout en sirotant son eau et poursuivit sa conversation avec Liv.

— Est-ce que tu as eu mal à la tête, aujourd'hui, Liv ?

— Non.

— Tu vois bien ?

— Oui.

— Ta vue n'est pas brouillée, et tu n'as pas de vertiges ?

Liv secoua la tête.

— Non. Je peux jouer avec Maisie, maintenant ? demanda-t-elle, visiblement fatiguée de répondre à toutes ces questions.

— On va bientôt manger, dit Ella. Va te laver les mains, tu joueras après le dîner.

Pendant que la fillette gagnait la salle de bains, Luke se tourna vers Ella.

— Liv n'a pas eu de mal à obéir aux instructions ou à maintenir son attention, aujourd'hui ? Pas de nausées ou de douleurs ?

— Non. La journée a été paisible. Liv semblait bien, normale. On a cuisiné ensemble, et elle m'a aidée comme d'habitude.

— C'est une bonne nouvelle.

Liv monopolisa la conversation pendant tout le repas, ce qui aida Ella à se détendre encore davantage. Et lorsque sa fille sortit dans le jardin avec Maisie, elle était tout à fait bien. Elle commençait à s'habituer au cottage et à la compagnie de Luke. Elle se sentait même presque en sécurité, moins effrayée et moins nerveuse.

— Donc, vous n'avez pas pris le bus aujourd'hui, constata Luke lorsqu'ils furent seuls.

— Je vous avais invité. Il n'y en aura pas d'autre avant jeudi prochain.

— Je reste convaincu que Liv ne pouvait pas supporter un aussi long trajet aujourd'hui.

— Mais je dois m'installer quelque part avant la rentrée des classes.

— Pourquoi pas ici ?

Ella ne répondit pas tout de suite. Pourquoi pas à Pelican's Landing ? Ce n'était pas ce qu'elle avait prévu, mais quelle importance ? La ville était agréable, la région paisible et pleine de charme, les gens semblaient sympathiques… surtout l'homme qui se trouvait avec elle. Mais les rumeurs allaient bon train, dans une bourgade aussi petite.

Trop petite pour elle.

— Je pensais m'installer dans une zone urbaine plus importante, expliqua-t-elle.

Un endroit où elle pourrait garder son anonymat. Mais si elle le formulait à voix haute, cela ressemblerait à un jugement un peu grossier, pour quelqu'un qui avait choisi de faire sa vie ici.

— Vous m'avez dit que vous connaissiez Penny depuis toujours, reprit-elle. Vous avez passé votre enfance ici ?

— Je suis né et j'ai grandi ici. Je suis parti faire mes études à l'université et je suis revenu.

— Pourquoi ce choix ?

— Mon père était le médecin local. Il est à la retraite depuis deux ans, maintenant. Il souffre de démence précoce, et comme son état empirait, j'ai dû rentrer.

— C'est ce que vous aviez toujours prévu ?

— Pas vraiment, mais j'ai eu le sentiment de ne pas avoir le choix. Je savais que l'état de mon père se détériorait. Il continuait de travailler... C'était quasi automatique après toutes ces années. Mais un jour, Sam l'a trouvé errant dans la rue principale. Il ne savait plus comment rentrer chez lui. Penny et moi avons organisé une aide à domicile, mais nous avons compris rapidement qu'il ne pourrait plus exercer son métier. Comme il avait besoin qu'on s'occupe de lui à plein temps, nous l'avons installé à l'EHPAD. Je suis sa seule famille, et il était aussi le seul médecin, si bien que j'ai repris son cabinet. Penny avait toujours travaillé pour mon père, et elle est restée pour m'aider.

— Je suppose que vous allez le voir souvent.

— Je lui rends visite chaque jour, parfois davantage. Quand il est agité et que le personnel ne parvient pas à le calmer, on m'appelle.

— C'est une lourde charge, en plus de votre travail. Vous amenez parfois votre père chez vous ?

— Au début, il déjeunait de temps à autre avec moi à la maison, mais c'est devenu trop perturbant. Elle appartenait à mes parents, c'est là que j'ai grandi, et mon père s'attendait toujours à y voir ma mère. Il a oublié qu'elle est morte, et cela ne servait à rien de le lui rappeler encore et encore. C'était un chagrin insupportable, ou bien il pensait que je lui mentais. Il vaut mieux que j'aille le voir à l'EHPAD. C'est un lieu qui lui est familier, maintenant.

— Je comprends mieux pourquoi vous vivez dans cette grande maison. Vous ne vous sentez pas seul ?

Ella avait conscience qu'elle partait à la pêche aux informations, mais elle ne comprenait pas pourquoi Luke était célibataire.

— Je ne suis pas assez souvent à la maison pour me sentir seul. Au départ, c'était pratique, et je ne pensais pas que cela deviendrait permanent.

— Vous ne vouliez pas reprendre le cabinet de votre père ?

— En tout cas, cela ne rentrait pas dans les projets de ma fiancée.

— Votre fiancée ? Où est-elle ?

C'était la première fois qu'il en parlait. Où Luke la cachait-il ? Dissimulait-il des squelettes dans un placard, lui aussi ?

— À Adélaïde, j'imagine. J'aurais dû dire : « mon ex-fiancée », car elle ne l'est plus.

— Vous êtes restés ensemble combien de temps ?

— Nous avons rompu il y a deux ans. J'étais revenu pour m'occuper de mon père, mais Miklayla venait d'obtenir un poste ; elle est médecin, elle aussi. Nous avons pensé pouvoir maintenir une relation à distance pendant un temps. Chacun à notre tour, nous faisions le trajet de quatre-vingt-dix minutes le week-end.

— Et alors ?

— Alors, Miklayla a commencé à refuser de conduire tous les quinze jours. Ce n'était pas un refus net et définitif, mais elle avait toujours énormément de raisons pour ne pas se déplacer. Pour être honnête, il m'arrivait aussi de ne pas pouvoir la rejoindre à cause du travail ou de mon père. Quand j'ai repris la maison de santé, j'ai supposé qu'elle me rejoindrait, mais elle n'était pas intéressée. Elle n'était pas vraiment fan de la maison, ni du job à Pelican's Landing, ni, pour finir, de moi. Elle m'a accusé d'être égoïste. Elle disait que je ne l'avais pas mise en tête de mes priorités, ce qui était vrai.

— Vous ne pouviez pas trouver un autre médecin pour vous remplacer ?

— J'ai essayé, mais peu de praticiens ont envie de s'installer à la campagne, et en conscience je ne pouvais pas laisser tomber mon père et la communauté. Miklayla et moi aurions peut-être pu trouver un compromis, mais en réalité il y avait eu des signes avant-coureurs. Quand nous avions vingt-cinq ans, nos divergences paraissaient minimes, mais à vingt-neuf elles commençaient à se multiplier, et nous avons rompu.

— Vous n'avez aucun regret ?

— J'en ai plein. Je m'en veux de ne pas avoir été plus prévenant à son égard, mais je ne regrette pas de ne pas l'avoir épousée.

Ella se demanda s'il projetait de repartir un jour.

— Et maintenant, c'est à Pelican's Landing que vous souhaitez être ?

— Pour l'instant, en tout cas. Je suis un gars de la campagne, mais si vous pensez que je suis trop seul, vous et Liv pouvez me tenir compagnie samedi, dit-il en souriant.

— Pour faire quoi ?

— Il y a un salon local de l'agriculture. C'est un grand événement, dans la région. Liv va adorer, et peut-être vous aussi.

Ella avait choisi sa toilette avec soin. Bien sûr, ce n'était pas un rendez-vous amoureux, mais Luke connaissait tout le monde, et elle voulait faire bonne impression.

Elle avait choisi une robe d'été légère et ample, dont les manches longues dissimulaient ses bras. Avec un peu de chance, les gens y verraient un style bohème. Elle avait réuni ses cheveux en une queue-de-cheval qu'elle avait ajustée de façon à pouvoir mettre un chapeau.

Prenant son sac, elle aida Liv à sortir de la voiture de Luke.

En ce début d'après-midi, une foule se dirigeait vers l'entrée du salon. La gorge serrée, Ella vit qu'il lui faudrait débourser une quinzaine de dollars pour entrer. Mais elle ne pouvait pas faire machine arrière maintenant.

— Deux adultes et un enfant, s'il vous plaît, dit Luke en sortant son portefeuille pour payer les billets.

— C'est bon si je vous rembourse plus tard ?

— Ne…

Elle devina qu'il allait lui dire de ne pas s'inquiéter, mais il s'arrêta à temps.

— Bien sûr. Je comptais vous inviter, mais si cela vous permet de vous sentir mieux en me rendant cette somme, il n'y a pas de problème.

— Merci.

Il comprenait qu'elle tenait à son indépendance, et elle lui en fut reconnaissante.

— Qu'est-ce que tu voudrais faire en premier ? demanda-t-il à Liv. Il y a de nombreuses attractions. Des stands qui proposent à manger, de voir des animaux, des promenades à dos de poney.

— Quels animaux ? demanda Liv. On est dans un zoo ?

— Non. C'est une exposition destinée aux fermiers et à leurs familles. Les plus belles vaches et les plus jolis poulets remportent des prix. Tu peux admirer les animaux de ferme et prendre des poussins dans tes mains.

Liv tira la main de sa mère.

— On peut faire ça en premier ?

Ella regarda Luke.

— Bien sûr. Suivez-moi.

Liv passa l'heure suivante à câliner des poussins, émerveillée par leur diversité – certains, par exemple, avaient les pattes emplumées et des crêtes –, et à nourrir des agneaux au biberon.

Luke bavarda avec elle au sujet des bébés animaux de la nursery, surprenant Ella par la pédagogie qu'il savait développer avec les enfants. Il ne la négligeait pas pour autant. Lui prenant la main, il la fit asseoir sur une balle de foin et s'installa près d'elle.

Quand leurs cuisses se touchèrent, Ella voulut s'écarter, mais c'était impossible, et elle se força à se détendre. La présence de Luke n'était pas menaçante. En fait, la chaleur de son corps se diffusait à travers le mince coton de sa robe, ce qui lui procura une sensation étrangement rassurante. Elle éprouva même une légère déception lorsqu'il se leva pour rendre les poussins à leur propriétaire.

Lorsqu'ils quittèrent la nursery, ils passèrent près d'un petit manège à poneys devant lequel les familles faisaient la queue.

— Maman, regarde, c'est Chloé ! s'exclama Liv.

Ella ne s'était pas attendue à rencontrer des gens qu'elle connaissait, mais Liv avait raison. Hayley et ses enfants, Jack et Chloé, se trouvaient au bout de la file.

— Vous connaissez les Perry ? s'étonna Luke.

— Si vous parlez de Hayley, oui, en quelque sorte. C'est elle qui m'a accompagnée à la maison de santé après la chute de Liv. Je suis surprise que Liv reconnaisse Chloé, puisqu'elle a oublié qu'elle était tombée ou avait été examinée par la suite.

— Les commotions cérébrales affectent parfois la mémoire de façon bizarre. Vous voulez leur dire bonjour ?

— S'il te plaît, maman, je peux monter sur un poney ?

Ella, Luke et Liv rejoignirent la queue, et Luke présenta Ella à Hayley et à son mari, Josh. Bien entendu, il connaissait cette famille. Quand les présentations furent faites, Ella remercia de nouveau Hayley pour son aide. Celle-ci lui demanda des nouvelles de Liv. Pendant qu'elles bavardaient, la file avançait, et lorsque ce fut leur tour, Ella n'avait toujours pas décidé si elle autoriserait sa fille à monter sur un poney.

— Vous croyez que c'est raisonnable ? demanda-t-elle à Luke. Et si elle faisait une nouvelle chute ?

Il la rassura d'un sourire.

— Ces bêtes marchent très lentement, elles sont guidées, et les enfants portent des casques. Tout va bien se passer.

Confiante dans l'avis de Luke, Ella se détendit.

— Tenez-vous près de Liv, je vais vous photographier, dit Luke quand cette dernière fut sur le dos du poney.

Il prit deux photos avant de les quitter.

— Je dois me rendre au stand des gâteaux, expliqua-t-il. Je suis censé juger les scones. Vous pourrez me retrouver là-bas, si vous voulez. Ou bien envoyez-moi un SMS plus tard, je vous rejoindrai.

— Vous jugez les scones ? répéta Ella.

Mais bien sûr qu'il le faisait ! Y avait-il quelque chose qu'il ne faisait pas dans cette ville ?

Liv et elle passèrent une heure avec Hayley et sa famille. Hayley tenta de la convaincre d'inscrire Liv à l'école de Pelican's Landing. Elles rejoignirent ensuite Luke au stand des gâteaux où Penny avait remporté le prix des meilleurs scones.

— J'ai l'impression qu'il y a eu un peu de favoritisme, plaisanta Ella.

— C'était une dégustation à l'aveugle, précisa Luke en lui en tendant une assiette. Tenez, je les ai mis de côté pour vous.

— Ne me dites pas que vous n'avez pas reconnu le goût et la consistance des scones de Penny ! Vous en avez mangé toute votre vie.

— Chut ! Je ne veux pas que vous me fassiez virer du jury, répliqua-t-il en riant. Où pourrais-je manger tout ce que j'aime pour la bonne cause ? Maintenant, il est temps d'aller voir d'autres attractions.

Un peu plus tard, Liv put jouer à la pêche à la ligne, puis Luke lança des ballons dans un panier de basket et gagna pour elle un chien en peluche noir et blanc qu'elle appela aussitôt Maisie.

— Et vous, qu'est-ce que vous voudriez, Ella ? demanda-t-il.

— Je n'ai besoin de rien, répliqua-t-elle en riant.

— Bien sûr que si, mais vous ne voulez pas l'avouer.

— Eh bien… j'ai toujours rêvé d'avoir une de ces poupées en fanfreluches.

— Pour de bon ?

— Oui, mais je n'en ai pas besoin.

— Je suppose que personne au monde n'en a besoin, dit Luke avec un sourire. Mais vos désirs sont des ordres.

— Ne soyez pas stupide. C'est de l'argent gâché.

— Je vais vous en gagner une.

— Vous n'avez pas à faire ça.

— J'utilise mon argent comme je veux.

Une minute plus tard, Luke lançait sur la tête de clowns en mouvement des balles de ping-pong. Il calcula ses coups de telle sorte qu'il gagna la poupée comme promis.

Luke sortit du parking de l'exposition et prit la direction de Pelican's Landing. Ella regardait par la vitre les champs et les prairies défiler. À mesure qu'ils approchaient de la ville et du fleuve, les vergers et les oliveraies se firent plus nombreux.

Soudain, Luke freina brusquement. Une voiture était garée sur le bas-côté de la route. Les feux de détresse clignotaient, et côté conducteur la portière était ouverte, mais Ella ne vit personne.

— Qu'est-ce qu'il y a ? demanda-t-elle.

— J'ai reconnu la voiture. J'en ai pour une minute, répondit-il en bondissant dehors.

Ella le vit s'accroupir à côté du véhicule et parvint à distinguer une silhouette affaissée sur le volant. Luke se retourna et lui fit signe. Elle défit prestement sa ceinture et ouvrit sa portière.

— Ella, est-ce que vous pouvez m'apporter ma sacoche ? Elle se trouve dans le coffre.

Après avoir dit à Liv de ne pas bouger, Ella fit ce qu'il lui avait demandé. Les doigts crispés autour du volant, une femme enceinte dont le front ruisselait de transpiration était assise. Elle criait de douleur, et Ella comprit que le travail avait commencé.

7

Ella recula, ne sachant ce qu'elle devait faire : offrir son aide ou rester à l'écart ? Elle resta silencieuse pendant que Luke parlait à la femme.

— Jane, je vais vous aider à vous installer à l'arrière après la prochaine contraction. Je dois savoir où en est le travail.

Il parlait calmement et s'il était affecté par la situation, il le cachait bien.

Se tournant vers Ella, il demanda :

— Est-ce que je peux compter sur vous ? Jane aura besoin de nous deux pour se déplacer.

Hochant la tête, Ella se rapprocha. Elle attendit les instructions de Luke, et ensemble ils nouèrent leurs bras autour de la taille de Jane pour l'extraire de son siège et l'installer du mieux possible sur la banquette arrière.

— Laissez-moi regarder où on en est, dit Luke tandis qu'Ella reculait pour laisser à la femme un peu d'intimité. La tête du bébé est visible.

— Quoi ! s'exclama Jane. Il arrive maintenant ?

Sa voix exprimait une incrédulité mêlée de peur.

— Oui, répondit Luke. Mais je vois sa tête, ce qui veut dire que la position est bonne, et c'est une excellente nouvelle.

Ella n'était pas certaine de partager cette définition de ce que pouvait être une excellente nouvelle.

— Elle va accoucher ici ? demanda-t-elle.

— Il le faut bien, répliqua Luke en se redressant. Jane m'a dit que son mari devait la retrouver à l'hôpital, à Murray Bridge. Il a appelé une ambulance pour qu'on vienne la chercher sur la route, mais à moins qu'elle n'arrive d'ici quelques minutes, ce sera trop tard. Je vais avoir besoin de votre aide.

Ella écarquilla les yeux.

— De mon aide ? répéta-t-elle.

Luke fouilla dans sa sacoche, puis lui tendit un sachet contenant des gants chirurgicaux.

— Pouvez-vous l'ouvrir, afin que je puisse enfiler des gants, s'il vous plaît ?

Tout en parlant, il sortit une bouteille de désinfectant et s'en arrosa généreusement les mains avant de les frotter vigoureusement. Ensuite il sortit une paire de gants du sachet et y glissa les mains.

— Vous trouverez un drap stérile dans la sacoche. Pouvez-vous le glisser sous Jane ?

Ella n'arrivait pas à croire que Luke allait aider une femme à accoucher sur le bord d'une route. Celle-ci était peu fréquentée, mais le lieu lui semblait très exposé et dangereux. Après avoir fait ce que Luke lui avait demandé, elle ouvrit un second paquet et en sortit un drap stérile qu'elle accrocha de façon à cacher la scène à d'éventuels automobilistes de passage.

— Ella, est-ce que vous pouvez monter à l'arrière derrière Jane ? demanda Luke. Aidez-la à se redresser légèrement, puis soutenez-la. L'accouchement sera plus facile dans cette position.

Ella contourna la voiture et rampa derrière Jane. Une contraction fit onduler la robe de la future mère.

— J'ai mal ! cria-t-elle.

— Je le sais bien, dit Luke, mais vous oublierez cette douleur quand vous tiendrez votre bébé dans vos bras. Ce n'est pas vrai, Ella ?

— Vous avez des enfants ? lui demanda Jane avant de se mettre à haleter.

Comprenant que Luke cherchait à la distraire, Ella fit de son mieux pour qu'elle se focalise sur elle.

— Une fille, répondit-elle. Et Luke à raison. Vous vous rappellerez avoir eu mal, mais pas tant que ça, finalement.

— J'ai envie de pousser !

— Pas encore, dit Luke.

— Vous vous en tirez très bien, enchaîna Ella. Inspirez et expirez avec moi. On va compter jusqu'à 10.

Elle espérait que cela suffirait à Luke pour faire ce qu'il fallait avant la prochaine contraction.

— C'est bon, dit Luke, vous allez pouvoir pousser dans quelques secondes.

Jane prit la main d'Ella et se cramponna à elle. C'était un peu douloureux, mais Ella savait que Jane n'en avait pas conscience. Par-dessus ses épaules, elle vit que Luke faisait doucement sortir la tête du bébé.

— Ne poussez plus, Jane.

Tout en parlant, il fit passer le cordon ombilical par-dessus la tête du bébé.

— C'est parfait, Jane. Vous pourrez pousser à la prochaine contraction.

Finalement, le bébé arriva soudainement entre les mains de Luke, qui le frotta vigoureusement avant d'être récompensé par un cri perçant.

— Toutes mes félicitations, Jane. Vous avez un fils.

Ella perçut le hurlement d'une sirène dans le lointain. Elle sortit de la voiture, sachant que Jane ne remarquerait pas son absence, maintenant que le bébé était dans ses bras.

Un instant plus tard, Luke confiait sa patiente aux urgentistes qui la transférèrent avec son fils dans l'ambulance.

— Qui va s'occuper de sa voiture ? demanda Ella après leur départ.

— Jane et son mari habitent à Pelican's Landing. Je leur ai dit que je la garerais devant chez eux. Mais c'est seulement à condition que vous soyez d'accord pour conduire la mienne et me suivre.

Ella était encore un peu secouée, mais elle se sentait capable de conduire. Elle suivit donc Luke jusqu'à la maison de Jane. Ensuite ils regagnèrent la propriété de Luke. Liv s'était endormie, et Luke la porta à l'intérieur du cottage. Pendant qu'il la déposait sur le lit, Ella brancha la bouilloire.

— Merci pour votre aide, dit Luke en redescendant.

— Je n'ai pas fait grand-chose. La situation était sous contrôle, grâce à vous. Vous avez pratiqué de nombreux accouchements ?

— Non. Fort heureusement, la plupart des mères accouchent à l'hôpital. Et sur le bas-côté d'une route, c'était vraiment une première, pour moi.

— Jane a eu de la chance, que vous soyez là. Ça ne vous semble pas étrange, parfois, de connaître tout le monde en ville et qu'en même temps ces gens soient vos patients ?

— Je ne les soigne pas tous. Certains préfèrent aller à Murray Bridge, mais on sait que je ne trahirai jamais le secret médical.

Ella le savait déjà. Luke avait de nombreuses qualités, et la discrétion en faisait partie.

— Je peux vous demander un avis ? demanda-t-elle en versant l'eau bouillante dans les mugs.

— Bien sûr.

— Hayley a invité Liv à venir jouer avec Chloé. Elle me proposera peut-être une tasse de thé, mais si elle ne le fait pas, pensez-vous que je puisse laisser ma fille chez elle ? C'est dans l'après-midi, mais j'ignore si Josh sera la maison. Est-ce que Liv sera en sécurité ?

— Hayley et Josh sont de braves gens avec qui je suis allé au lycée. J'ai confiance dans la plupart des habitants de Pelican's Landing, et je suis heureux de vous conseiller. Mais une fois que vous serez dans le Queensland, vous devrez vous fier à vos propres instincts, concernant les gens.

Ella secoua la tête.

— Ils n'ont pas été très fiables, par le passé ; je ne suis pas certaine de pouvoir leur faire confiance. D'ailleurs, je commence à me demander si je dois vraiment partir. Cet endroit me plaît énormément, et j'ai une faveur à vous demander. J'envisage donc de rester et d'inscrire ma fille à l'école, ici, mais dans ce cas j'aurai besoin d'un endroit où vivre. Je sais que votre proposition était temporaire, mais est-ce que vous accepteriez de me louer le cottage ?

Luke ne répondit pas immédiatement, et Ella devina à son expression qu'il était réticent.

— Il y a une raison pour laquelle vous n'avez pas pris de locataires jusqu'à présent ?

— Aucune raison logique, en apparence.

— Cet endroit est tellement charmant qu'il paraît incompréhensible de le laisser inhabité. Pourquoi l'avoir rénové, au départ ?

— Je l'ai fait pour ma sœur, Gemma, mais elle n'a jamais vécu ici.

— Votre sœur ? J'ignorais que vous en aviez une. Où est-elle ?

— Elle est morte.

— Oh ! Luke, je suis navrée. C'est arrivé récemment ?

Ella tendit son café à Luke et posa une assiette de scones confectionnés par Penny sur la table.

Il s'assit et commença à parler :

— Elle est morte il y a sept ans. Je venais d'avoir vingt-quatre ans, j'étais en sixième année d'études médicales à Adélaïde. Gemma en avait dix-neuf, elle avait toujours été rebelle et se disputait souvent avec mon père. Il voulait qu'elle étudie, qu'elle se fixe des objectifs et qu'elle les atteigne. J'avais emprunté le même chemin que lui parce que c'était ce que je voulais faire, mais ce n'était pas le cas de Gemma. Elle préférait vagabonder… Ma mère la défendait, elle disait toujours qu'il fallait lui donner le temps de trouver sa voie. Mais ma mère est morte quand Gemma était en terminale, si bien qu'elle a perdu sa seule alliée. Ils souffraient tous les deux – tout comme moi –, mais Gemma et mon père ne se supportaient plus mutuellement. Elle a terminé son année et est partie s'installer à Murray Bridge. J'ai passé un été à transformer la grange en espérant que cela lui ferait un endroit pour vivre et qu'elle comprendrait à quel point nous nous souciions d'elle. Je savais qu'elle ne serait jamais revenue dans la grande maison, mais j'espérais qu'elle serait en sécurité, ici. Malheureusement, elle a refusé mon offre.

— Quelquefois, les gens ont du mal à se sortir d'une situation, dit Ella.

Elle ne le savait elle-même que trop bien. Il était facile de se trouver des excuses ; c'était plus facile en tout cas que de chercher le moyen de s'en sortir.

— Je sais. Je voulais prendre une année sabbatique pour m'occuper d'elle, mais mon père a insisté pour que je retourne à l'université. Je regrette encore de lui avoir obéi. J'ai trahi ma sœur et ma mère. Gemma n'a jamais eu le temps de trouver sa voie.

— On fait tous des erreurs. Vous ne pouvez pas vous faire de reproches.

— C'est ce qu'on m'a dit, mais je n'en suis pas convaincu. J'aurais voulu que quelqu'un d'autre puisse l'aider, puisqu'elle ne m'écoutait pas. En réalité, elle était influencée par de mauvaises personnes, et cela lui a coûté la vie.

— Qu'est-ce qui s'est passé ?

— Son petit ami se droguait, ce qui ne l'empêchait pas de conduire. Gemma était avec lui lorsqu'ils ont eu un accident. Elle est morte. Il a survécu. Et j'ai perdu ma sœur.

— Vous avez dû être anéanti.

Il avait perdu sa mère et sa sœur dans un laps de temps relativement court. La douleur avait certainement été dévastatrice, d'autant qu'il se croyait responsable de la mort de Gemma.

Luke eut un petit sourire amer.

— J'ai connu de meilleurs moments. Ensuite, j'ai laissé tomber le cottage.

— Il est resté inhabité depuis sept ans ?

— Oui. C'était censé devenir un refuge pour Gemma, et je n'arrivais pas accepter l'idée qu'elle n'y vivrait jamais. De toute façon, j'habitais à Adélaïde, c'était facile de l'oublier. Bien entendu, on m'a suggéré de le louer, mais je ne voyais pas comment je pourrais tirer profit de quelque chose qui aurait dû sauver ma sœur. Je reconnais que les crues récentes m'ont fait changer d'avis. J'ai pensé que je pourrais accueillir des personnes dans le besoin. Si je ne leur demandais aucune contrepartie, cela compenserait peut-être ce qui était arrivé. Malgré tout, cela restait difficile pour moi. Penny prétend que je n'aurais pas pu sauver ma sœur, pas plus que je ne peux sauver tout le monde. Je me disais quand même qu'en accueillant quelqu'un en difficulté je pourrais éventuellement soulager ma culpabilité envers Gemma.

— C'est pour cette raison que vous m'avez permis de m'installer dans ce cottage ? Pour me sauver ?

— Je n'en suis pas certain. Au début, peut-être. Ensuite j'ai compris que vous n'aviez pas besoin d'être sauvée, mais juste d'un peu de temps pour respirer et prendre une décision une fois que vous auriez récupéré. Je ne savais pas ce que je ressentirais, vous sachant ici. De toute façon, je n'étais pas certain que vous accepteriez d'être aussi proche d'un inconnu. Le mieux était de vous laisser prendre la décision. Au début vous me rappeliez Gemma. Vous sembliez fragile, mais je me trompais. Vous êtes beaucoup plus forte qu'elle. Vous vous êtes sortie d'une situation difficile. Et aujourd'hui, je suis heureux que vous soyez là. Sachez que vous pourrez rester aussi longtemps que vous le voudrez.

— À la seule condition que je paye un loyer. Même si vous n'en avez pas besoin, même si la somme est insignifiante, je me sentirai plus à l'aise. Je ne veux pas qu'on me fasse la charité ou avoir une dette envers quelqu'un.

— D'accord. Je fixerai un loyer.

— Merci.

— Qui veut une autre guimauve ?

Luke avait appris à Liv, Chloé et Jack à piquer les marshmallows sur des branches longues et fines afin de les faire griller. Il avait préparé un feu de camp, puis Hayley, Josh, Penny et Sam étaient arrivés pour fêter le cinquième anniversaire de Liv. Ils étaient tous assis sur la pelouse de Luke, autour du foyer installé non loin du fleuve, près d'un bosquet d'eucalyptus. Les souches disposées autour du feu leur servaient de sièges.

Ella avait été touchée par la proposition de Luke d'organiser une petite fête pour Liv. Évidemment, personne ne savait que c'était aussi le jour de son anniversaire.

— J'espère qu'il vous restera de la place pour le gâteau, dit Penny aux enfants qui dévoraient une nouvelle tournée de marshmallows.

Quelques minutes plus tard, elle sortait de la maison de Luke, portant un énorme gâteau au chocolat. La garniture représentait une cour de ferme avec des poulets, une petite fille et un chien qui ressemblait à Maisie.

Les enfants abandonnèrent aussitôt leurs guimauves.

— Le gâteau ! Le gâteau ! crièrent-ils en se regroupant autour de Penny pendant que tout le monde chantait *Joyeux Anniversaire.*

Luke avait fait bouillir une gamelle d'eau sur le feu et préparé du thé et du café.

— Ella, est-ce que vous avez trouvé une voiture d'occasion ? demanda Sam en mordant dans une énorme part de gâteau.

— Non. Il n'y a rien de convenable qui soit dans mes prix dans la région.

— Mon neveu vend sa voiture, à Adélaïde. C'était celle de ma belle-sœur, au départ, si bien que nous connaissons son histoire. C'est un petit 4x4, et je pense qu'il serait bien pour vous. Il est d'accord pour que vous le voyiez avant qu'il passe une annonce.

— Il se trouve à Adélaïde ?

— Oui, à une quinzaine de minutes de la ville, dans les collines.

— Remerciez-le de ma part, mais je ne vois pas comment je pourrais m'y rendre. Il y a un arrêt de bus, là-bas ?

— Tu penses qu'il pourrait attendre jusqu'au prochain week-end ? intervint Luke. Je dois participer à une réunion en ville, samedi après-midi. Ella, vous pourriez venir avec moi, on passerait voir la voiture en passant.

— Je ne veux pas avoir l'air ingrate, mais qu'est-ce que je ferai avec Liv, pendant que vous serez à votre réunion ?

— Elle ne devrait pas durer plus de deux heures. Vous pourriez en profiter pour visiter la ville.

— Ou bien Liv pourrait passer l'après-midi avec nous, suggéra Hayley. Nous serions ravis de l'avoir.

— Je vais envoyer un SMS à mon neveu, dit Sam. Ça me paraît un bon plan.

Ella ne savait pas en quoi consistait exactement le plan. Comme souvent, à Pelican's Landing, les gens du coin prenaient des décisions rapides sans grand débat. Elle n'était pas certaine qu'elle appréciait de ne pas être consultée, mais la perspective de passer une journée avec Luke était vraiment attrayante.

Quand tout le monde eut fini de manger le gâteau, Hayley et Josh repartirent chez eux avec leurs enfants. Ella emmena sa fille dans le cottage, et après que Liv se fut lavé les dents, elle la coucha. Lorsqu'elle revint près du feu de camp, Penny et Sam s'apprêtaient à partir.

— Déjà ? fit Ella.

— Oui, malheureusement, répondit Penny. Sam travaille, demain.

— Merci d'avoir fêté l'anniversaire de Liv avec nous. Elle a vécu une journée fabuleuse.

Émue, elle embrassa le couple. C'était à la fois étrange et réconfortant. Deux semaines auparavant, un tel geste lui aurait paru impossible. Elle commençait à se sentir en sécurité, entourée par tous ces braves gens qui désormais ne lui apparaissaient plus comme des inconnus, mais plutôt comme des amis.

Après leur départ, Luke sourit à Ella.

— Qu'est-ce qui vous fait sourire ? demanda-t-elle.

— Je me disais que vous aviez beaucoup changé, ces derniers temps.

— De quelle façon ?

— Quand vous êtes arrivée, vous étiez sur la défensive.

Voyant qu'elle ouvrait la bouche pour s'expliquer, il leva les mains en riant.

— J'ai compris, vous aviez de bonnes raisons, et votre prudence était parfaitement compréhensible, mais vous vous êtes doucement détendue et vous n'êtes plus constamment sur vos gardes. Vous laissez les gens vous approcher, et c'est une bonne chose. Est-ce que vous auriez imaginé, il y a deux semaines, que vous embrasseriez Penny et Sam ? Ou que vous permettriez à Liv de passer un moment chez des amis sans vous ?

Ella secoua la tête, étonnée que les réflexions de Luke fassent écho aux siennes.

— Bien sûr que non ! Pour ma part, je pensais à l'instant comme nous avons eu de la chance, Liv et moi, d'être coincées ici. J'ai l'impression que nous sommes en voie de guérison. Cet endroit est bon pour nous. Vous, Penny, Sam et Hayley êtes bons pour nous. Je ne sais pas comment je pourrai jamais vous remercier pour tous vos bienfaits.

— Nous n'espérons rien de ce genre. Nous sommes trop heureux de vous soutenir. Aider les autres faits toujours du bien. Vous voir prendre goût à la vie et sourire est une récompense suffisante.

— Je le sais. J'ai eu des difficultés à accepter de l'aide et je vous ai sans doute parue ingrate, mais j'apprécie vraiment tout ce que vous avez fait, et ce soir vous êtes allé au-delà de tout ce que je pouvais espérer, alors merci.

— Ce fut un plaisir. Et maintenant que nous avons le feu de camp pour nous seuls, est-ce que vous accepterez de prendre un autre café avec moi ? Il est encore tôt.

— Très volontiers, répondit-elle avec un sourire.

— Je vais remettre de l'eau dans la gamelle et je reviens dans une minute.

Quelques instants plus tard, Luke réapparut, la casserole dans une main et un petit sac dans l'autre. Il plaça la casserole sur le feu et le sac par terre, puis s'assit sur la bûche près d'elle. Leurs cuisses étaient proches, et l'espace d'un instant Ella eut envie de se déplacer légèrement de façon qu'elles se touchent.

Luke prit le sac et le lui tendit.

— Bon anniversaire.

Levant vers lui un regard troublé, elle prit le cadeau.

— Comment êtes-vous au courant ?

— Vous avez rempli un formulaire à la maison de santé. Penny m'a fait remarquer que votre anniversaire tombait le même jour que celui de Liv. Comme vous n'y faisiez pas allusion, nous avons pensé que vous n'aviez pas envie d'en parler. Il n'empêche, c'est un événement à fêter.

— Vous n'aviez pas besoin de m'offrir quelque chose. Organiser une réception pour Liv était bien suffisant.

— La réception était pour Liv, ceci est pour vous.

— Merci.

Une minute plus tard, elle découvrait une photo encadrée d'elle et de sa fille. Luke l'avait prise quand Liv était juchée sur son poney. Ella se trouvait près d'elle, souriant largement. Elle eut du mal à se reconnaître, tant elle semblait heureuse et détendue.

— Merci, répéta-t-elle. Je l'adore.

Sans réfléchir, elle se pencha pour déposer un baiser sur la joue de Luke.

— Je suis content que vous l'aimiez.

À cet instant, l'eau se mit à bouillir, mais au lieu de s'en occuper, Luke prit sa main. La portant à ses lèvres, il embrassa ses doigts. Ses lèvres étaient douces et chaudes. Après avoir reposé sa main sur son genou, il lui caressa la joue avec le pouce.

Ella ne bougea pas.

Elle ne se contracta pas.

Elle ne recula pas.

C'était devenu un réflexe chez elle : refuser tout contact. Mais elle avait confiance en Luke et savait qu'il ne lui ferait pas de mal. Depuis qu'elle le connaissait, il ne lui avait témoigné que douceur et gentillesse. Auprès de lui, l'univers devenait comme elle l'avait toujours espéré : sûr, heureux.

— Ella ? fit-il d'une voix douce.

Il lui demandait sa permission. Le cœur battant, elle hocha simplement la tête.

— Cela implique qu'il faudra te trouver un autre médecin, dit-il.

— C'est un sacrifice que je suis prête à consentir, répliqua-t-elle avec un sourire.

Leurs bouches se rencontrèrent, et elle entrouvrit les lèvres pour accueillir sa langue et lui permettre de l'explorer et de la goûter comme elle le goûtait.

Lorsqu'elle rouvrit les yeux, elle vit qu'il la fixait et que ses prunelles bleues exprimaient un désir ardent. Elle se sentit brûler de l'intérieur, le souffle coupé.

L'attirant contre lui, il l'embrassa de nouveau passionnément. Il avait un goût de chocolat, de café, de bonheur et de rêves. Elle s'attendait qu'un signal d'alarme résonne dans sa tête, mais l'anxiété ne vint pas, et l'alarme non plus.

Elle se sentait en sécurité.

Elle se sentait belle.

Elle désirait Luke de tout son être, pourtant elle posa une main sur sa poitrine, et il s'arrêta immédiatement.

— Je ne peux pas, dit-elle. Pas maintenant et pas ici.

— Mais tu ne dis pas « jamais » ?

Ella secoua la tête. Elle aurait voulu abandonner toute raison, mais Liv était couchée dans le cottage. Elle ne pouvait pas y emmener Luke, pas plus qu'elle ne pouvait aller dans la grande maison avec lui et laisser sa fille seule, sans protection.

Elle ne devait pas oublier ses priorités, et sa priorité était Liv.

Elle n'avait pas besoin de complications dans sa vie.

Et les hommes compliquaient toujours les choses.

8

Le petit bateau de Luke était amarré à la jetée, devant sa maison. La crue avait atteint son maximum deux semaines auparavant, mais désormais le fleuve avait presque retrouvé son niveau habituel. Il estimait qu'on pouvait sans danger faire une petite excursion.

Il sauta dans le canot et sortit les gilets de sauvetage. La glacière, le panier de pique-nique, la couverture et les serviettes étaient encore sur le ponton. Il les chargea dans le bateau pendant qu'Ella et Liv enfilaient les gilets.

Maisie le rejoignit et s'installa à l'avant. Luke souleva la fillette et l'assit sur le banc, puis tendit la main à Ella. Ce geste lui rappela le jour où il les avait secourues, mais cette fois elle n'hésita pas.

— On va nager ? demanda Liv.

— Non, le courant est encore trop puissant, et il y a des débris qui flottent dans l'eau, mais il y a une petite crique où nous pourrons nous poser.

Ella regarda autour d'elle. Il n'y avait pas un brin de vent, et la surface du fleuve était calme. Les nuages se reflétaient dans l'eau, ainsi que la falaise. Le spectacle était magnifique, et tout semblait paisible, mais elle savait que les apparences pouvaient être trompeuses.

Luke emprunta un étroit canal. Ils passèrent au travers de

hauts roseaux et sous des branchages avant d'arriver sur une petite plage sablonneuse.

— Il n'y a pas de danger, ici ? demanda Ella, quand Luke sauta du bateau pour l'amarrer à un arbre.

L'eau était si sombre qu'on ne pouvait estimer sa profondeur ou voir ce qui se trouvait sous la surface.

— Il n'y a pas de courant, ici. Pas de tourbillons non plus, alors s'il n'y a pas de bûches ou d'arbres submergés, l'endroit est sûr. Mais je vais m'en assurer.

Ella et Liv restèrent sur la rive pendant qu'il ôtait son gilet, puis sa chemise. Lorsqu'il ne porta plus que son short, Ella parcourut du regard ses larges épaules, son ventre plat et ses bras musclés. Pour un homme qui semblait être toujours à son cabinet, il était en très bonne forme physique.

Il pataugea dans l'eau, suivi par Maisie.

Ella attendit qu'il ait le dos tourné pour se déshabiller à son tour. Elle n'avait pas de maillot de bain, juste un débardeur sous sa chemise. Après avoir remis son gilet, elle entra dans le fleuve avec Liv dès que Luke leur eut signalé qu'il n'y avait pas de problème.

La vase lui collait aux pieds, mais elle était douce, ainsi que l'eau, contrairement à l'eau salée et au sable des plages du bord de mer. Elle hésitait pourtant à y plonger le visage parce qu'elle ne pouvait pas voir le fond. Liv, qui avait grandi au bord de la mer, était une bonne nageuse, mais elle était gênée par le gilet. Du coup, elle faisait la planche et agitait les jambes, Maisie à côté d'elle.

Ella flottait, maintenue à la surface par le gilet de sauvetage. Luke, qui avait toujours pied, se tenait près d'elle. Comme le courant léger l'éloignait de lui, il saisit l'une des sangles, et l'attira plus près. Ella savait que si elle avait voulu s'écarter, il n'aurait pas insisté, mais elle appréciait cette proximité. Luke ne lui avait témoigné que de la bonté, du respect et de la considération. Il était beau, intelligent, adoré par la communauté… Le genre d'homme qui aurait fait un compagnon parfait.

Pouvait-elle s'imaginer rester à Pelican's Landing ?

Malgré le baiser qu'ils avaient échangé, elle avait toujours l'intention de partir, mais plus le temps passait, moins elle y pensait. Ce départ était désormais davantage une vague idée qu'une décision ferme.

Faisait-elle une erreur ? Laissait-elle le désir influencer sa raison ? Pouvait-elle envisager entre Luke et elle autre chose qu'une relation platonique ? Elle n'était même pas sûre qu'ils étaient amis. En tout cas, elle avait l'impression de se trouver au bord d'un précipice. La question était de savoir s'il était profond et dangereux. Si elle sautait, la fin serait-elle désastreuse ?

Éprouvant le besoin de recouvrer ses esprits, Ella sortit de l'eau. Lorsqu'elle se débarrassa du gilet, elle réalisa que son débardeur trempé révélait de son anatomie. Enveloppée dans une serviette, elle déballa le pique-nique préparé par Luke.

Il sortit une couverture du bateau et l'étala sur le sable. Elle y disposa les fruits, le fromage, l'eau et les sandwichs au jambon.

— Comment on se sent, quand on a cinq ans, Liv ? demanda Luke.

— C'est super ! Quel âge a Maisie ?

Un sandwich dans une main, Liv se servait de l'autre pour jeter un bâton au loin à l'intention de la chienne, qui débordait d'énergie et n'hésitait pas à plonger dans l'eau pour le récupérer encore et encore.

— Quatre ans. Mais en années de chien, elle est un tout petit peu plus âgée que ta maman.

— Eh ! protesta Ella en riant.

Il lui adressa un clin d'œil qui la fit fondre.

Luke était étendu sur le sable, mais quand Liv retourna dans l'eau, il se redressa sur les coudes pour la surveiller. Ella s'assit en tailleur auprès de lui, le touchant presque.

— À propos du week-end prochain, commença-t-il, quand nous irons voir la voiture du neveu de Sam, est-ce que tu comptes laisser ta fille chez Hayley ?

— Je crois que oui, si Hayley est vraiment contente de la garder.

Si jamais la voiture ne me convient pas, il faudra que j'en cherche une autre, et je n'ai pas envie de traîner Liv de garage en garage. Ce ne serait pas très drôle pour elle.

— Dans ce cas j'ai une suggestion à te faire. Le prix proposé correspond à ton budget, mais on n'est pas certains que cette voiture soit en bon état. Ma réunion a lieu dans l'après-midi, mais si nous restons une nuit à Adélaïde, nous pourrons voir d'autres véhicules le dimanche avant de rentrer, s'il le faut. Hayley sera ravie d'organiser une soirée pyjama.

— Et où est-ce que nous dormirons ?

— Il y a un hôtel, tout près du lieu de la réunion. Je peux y réserver deux chambres.

— Merci, mais je n'en ai vraiment pas les moyens.

— Mon hébergement est payé.

— Pour une chambre, je suppose.

— Je te la laisserai volontiers et j'en prendrai une autre pour moi.

— Vraiment ?

— Oui. Et pour être clair, cela ne t'engage à rien. Je sais à quel point tu es attachée à ton indépendance. Réfléchis-y et dis-moi ce que tu as décidé.

Une nuit en ville avec Luke... Était-ce le précipice ?

— Je crois que tu as fait une bonne affaire, avec cette voiture, dit Luke lorsqu'ils quittèrent l'autoroute pour prendre la direction d'Adélaïde.

— Je te remercie pour ton aide. Je n'aurais jamais su ce qu'il fallait vérifier.

En dehors du fait qu'elle allait retrouver une certaine indépendance, le prix qu'elle avait payé était inférieur au remboursement de l'assurance. Du coup, il lui restait un peu d'argent.

Ils avaient décidé de passer prendre la voiture le lendemain, en repartant pour Pelican's Landing. De cette façon, ils éviteraient de circuler en ville dans deux voitures.

Quand Luke traversa les parcs qui entouraient le quartier d'affaires d'Adélaïde, Ella aperçut les immeubles se dessiner à l'horizon. Elle eut la surprise de voir des dizaines de tentes et une grande roue, ainsi que plusieurs attractions installées dans l'un des parcs.

— Qu'est-ce que c'est ?

— L'Adélaïde Fringe, un festival artistique très important. On y trouve de tout. Des spectacles de cabaret, du burlesque, de la magie, des comédies, des acrobaties, de la musique, de la danse et des arts visuels. Il y a des centaines d'artistes et des milliers de performances. J'ai pensé qu'on pourrait se promener dans les jardins, après ma réunion, manger quelque chose et éventuellement voir un spectacle. Qu'est-ce que tu en penses ?

— Que du bien.

Ella avait décidé de se laisser porter au gré des flots pendant le week-end. Pas de projets et pas d'attentes spéciales. Liv était chez Hayley, personne ne l'attendait ou n'avait besoin d'elle. Elle était libre de faire ce qu'elle voulait pendant vingt-quatre heures.

Luke se gara devant l'hôtel, à quelques rues du parc. Il tendit ses clés au portier, pendant qu'un employé venait chercher leurs bagages.

— Ça a l'air plutôt luxueux, remarqua Ella.

Elle fronça les sourcils, se demandant combien sa chambre avait coûté à Luke.

— Tu es mon invitée, dit-il tandis qu'ils approchaient de l'accueil. Ma chambre a été réglée par le conseil d'administration, et je suis heureux de t'offrir la tienne. Je peux me le permettre, et cela ne t'engage en rien.

Hochant la tête, elle le suivit dans l'ascenseur. Une fois à leur étage, Luke déverrouilla une porte avec une carte et l'ouvrit pour elle.

— C'est ta chambre, elle est voisine de la mienne.

Les fenêtres donnaient sur les parcs et les collines au loin.

— Il y a un guide du festival, sur la table. Tu pourrais le

feuilleter et voir si un spectacle t'intéresse. Je devrais revenir de ma réunion vers 17 heures. Ça ira ?

— Très bien. Je suis ravie d'avoir un peu de temps pour moi.

— Aïe ! Je croyais que tu appréciais ma compagnie.

— Je te l'ai fait croire pour que tu me permettes de rester dans le cottage, plaisanta-t-elle. Plus sérieusement, j'adore ta compagnie mais je pourrai me débrouiller seule pendant quelques heures. Je vais faire du lèche-vitrines et ensuite paresser près de la piscine.

— C'est tentant… Je parle de la piscine, pas du lèche-vitrines. À tout à l'heure, alors.

Ella débrancha le sèche-cheveux et enfila sa nouvelle robe. En flânant dans Rundle Street, elle avait utilisé une partie de l'argent gagné sur l'achat de la voiture pour s'acheter une robe bain de soleil et un bikini.

Cet argent était à elle, et elle refusait de se laisser gagner par la culpabilité. Elle avait aussi acheté un cadeau pour sa fille et comptait inviter Luke à dîner.

Puis elle avait passé une heure à lire près de la piscine. C'était la première fois en cinq ans qu'elle avait du temps pour s'asseoir et se détendre sans que personne exige d'elle quoi que ce soit.

Elle se brossa les cheveux et utilisa la lotion hydratante de l'hôtel pour sa peau. Ses bleus avaient disparu au cours des quatre dernières semaines. Désormais, elle n'était plus obligée de cacher ses bras, d'autant qu'un léger bronzage acquis dans le jardin de Luke finissait de camoufler les dernières marques.

Elle ajusta ses bretelles, se demandant si cette couleur vert émeraude n'était pas un peu trop voyante. Mais elle avait trouvé cette robe seyante, et cela correspondait à son humeur. Elle avait l'impression de renaître, et cela faisait longtemps qu'elle ne s'était pas sentie aussi optimiste.

Maintenant qu'elle avait une voiture, elle devait réfléchir à ce qu'elle allait faire ensuite. Il était temps de prendre une décision.

Déciderait-elle de rester à Pelican's Landing ou de partir ? Il y aurait des avantages et des inconvénients dans les deux cas.

Elle glissait ses pieds dans ses sandales, quand on frappa à la porte. Luke s'était changé, lui aussi. Il portait un pantalon en toile légère et un polo bleu qui mettait ses yeux en valeur. Il souriait, et elle se surprit en train de lui sourire en retour.

— Salut. Comment était ta réunion ?

— Ennuyeuse, malheureusement. J'ai hâte de prendre un peu l'air. Tu es prête ?

— Je prends mon sac.

— C'est une nouvelle robe ?

— Oui.

— Cette couleur te va très bien.

— Merci.

Ella se sentit rougir. Luke n'était à son avis pas du genre à adresser de faux compliments, mais elle ne se fiait pas totalement à son jugement concernant les hommes.

— Tu as jeté un coup d'œil au guide ? Il y a quelque chose qui te plairait ? demanda-t-il pendant qu'ils attendaient l'ascenseur.

— À dire vrai, il y a presque trop de choix. Cela t'ennuie, si on se contente d'une promenade parmi les tentes ? On verra bien si quelque chose nous attire.

— Pas de souci.

Quelques instants plus tard, ils se mêlaient à la foule composée de familles, de jeunes couples et de groupes d'amis.

Luke avait réservé une table dans un restaurant thaï. Après le dîner, il proposa de prendre un dessert au Jardin des Délices, qui faisait partie du festival. Ils se promenèrent dans Rundle Street et dans le parc, où se trouvait le Jardin, sous deux figuiers de la baie de Moreton illuminés par des lanternes. Ils vagabondèrent parmi les tentes, s'imprégnant de l'atmosphère, écoutant les conversations qui se mêlaient aux échos des musiques. À l'extrémité du parc, ils arrivèrent devant la grande roue près de laquelle on vendait des beignets à la cannelle.

— Tu en veux un ? demanda Luke.

— On pourrait les manger sur la grande roue.

Ils prirent place dans une cabine orientée vers l'ouest au moment où le soleil se couchait. Le ciel tournait au rouge, la ville et la mer s'étiraient sous leurs yeux.

— Tu as parlé à Liv, aujourd'hui ? demanda Luke entre deux bouchées de beignets.

— J'ai appelé Hayley dans l'après-midi. Liv était bien trop occupée pour bavarder avec moi, mais je l'ai entendue rire, et elle semblait heureuse.

— Et toi ? Tu l'es aussi ?

Ella hocha la tête. À cet instant précis, elle était heureuse. Elle se sentait légère, sans soucis.

— J'ai l'impression d'avoir tourné la page et commencé un nouveau chapitre. L'avenir m'apparaît sous un jour positif.

— Qu'est-ce que tu envisages ?

— Maintenant que j'ai une voiture, je vais revenir au plan A.

— Le Queensland ?

— Oui.

— Bientôt ?

— Je ne sais pas exactement. Je ne suis pas pressée, mais je devrai prendre une décision à un moment ou un autre.

— Pourquoi ? Liv est contente d'aller à l'école. Elle s'est fait des amis à Pelican's Landing.

— Elle a cinq ans, elle se fera des amis n'importe où.

C'était exact, mais Ella savait que plus vite elles partiraient, mieux ce serait.

Elle avait passé tant de mois à rêver de ce départ, à le planifier, qu'elle se sentait presque obligée de réaliser son plan initial. En même temps, c'était le choix le plus raisonnable. Elle était bien à Pelican's Landing, mais elle devait aussi pouvoir payer ses factures.

— Il faut que je trouve un travail, et ce sera plus facile dans le Queensland.

À cet instant, la grande roue s'arrêta brusquement, la propulsant contre Luke. Ils se trouvaient au sommet, et une brise légère agitait la cabine. Luke passa un bras autour de ses épaules. Les rayons du soleil couchant peignaient son visage en rose et en orange, mais ses yeux étaient toujours d'un bleu étincelant.

— Y a-t-il un moyen de te faire changer d'avis ? demanda-t-il.

Elle se tourna vers lui en souriant.

— Tu peux essayer.

Il l'attira contre lui et pencha la tête. Bientôt, ses lèvres furent sur les siennes, chaudes et douces. Elle entrouvrit les siennes... Il avait un goût de cannelle sucrée.

Une main de Luke était posée sur son bras nu, l'autre contre sa joue. La peau d'Ella était en feu, plus rien n'existait pour elle, hormis la sensation d'être vivante.

Elle ouvrit les yeux quand la grande roue se mit de nouveau en mouvement, les surprenant tous les deux. Luke la fixait avec intensité, comme s'il voulait graver ses traits dans sa mémoire. Du bout des doigts, il caressa son visage, suscitant en elle un frisson de désir. Elle sentait son cœur battre la chamade, sa respiration se faire haletante. Ce baiser aurait pu suffire à la faire changer d'avis.

Lorsqu'ils quittèrent la cabine, Luke lui prit la main. Ils regagnèrent l'hôtel en silence. Ella était profondément troublée, un flot de pensées incohérentes se pressaient dans son esprit, si rapide qu'elle n'avait pas le temps de les exprimer en mots, encore moins en phrases.

Ce baiser avait été merveilleux, magique. Elle était attirée par Luke, mais elle avait commis des erreurs dans le passé. Ce qui venait de se passer allait-il compliquer les choses ? Elle ne voulait pas laisser passer la chance de connaître Luke intimement, mais elle s'était juré d'être indépendante.

Peut-être que s'ils faisaient l'amour, juste une fois, elle ne serait pas obligée de changer ses plans.

— Tu veux entrer ? demanda-t-elle lorsqu'ils furent devant la porte de sa chambre.

— Tu le voudrais ?

Elle hocha la tête.

Luke la suivit à l'intérieur. Dans la semi-obscurité, elle eut un moment de nervosité jusqu'à ce qu'elle allume la lumière. Aussitôt, les mauvais souvenirs disparurent. Si elle voulait rester à Pelican's Landing ou dans n'importe quel autre endroit, elle devait cesser de regarder par-dessus son épaule ou d'attendre le pire des gens. Au cours des dernières semaines, elle avait passé énormément de temps avec Luke ; ils avaient discuté, et elle se savait en sécurité avec lui.

Elle voulait faire l'amour avec lui.

Elle voulait une nouvelle expérience.

Elle voulait que de nouveaux et beaux souvenirs effacent son passé douloureux.

Était-ce ce qu'elle obtiendrait cette nuit-là ?

Elle sentit les doigts de Luke sur sa joue et se figea, attendant de voir ce qu'il allait faire ensuite. Mais sa caresse était douce.

Bien sûr que oui ! C'était Luke. Levant les yeux, elle croisa son regard grave et posa la main sur sa poitrine. Elle ne savait pas trop si c'était pour le repousser ou l'attirer plus près. Son instinct allait-il sonner l'alarme ?

Mais non… L'anxiété ne vint pas.

Son cœur battait vite, mais pas de peur.

Au contraire, elle reconnut une sensation d'impatience.

C'était quelque chose de nouveau, qu'elle voulait, dont elle avait besoin. Mais elle ne ressentait aucune crainte.

La main gauche de Luke descendit le long de son dos et se posa sur ses fesses. Lorsqu'il l'attira contre lui, elle sentit son érection, à travers les minces couches de leurs vêtements d'été.

Son sexe était long, épais, et maintenant elle se demandait comment ce serait quand il la pénétrerait. À cette idée, elle sentit une boule de chaleur naître dans son ventre.

Les lèvres de Luke se posèrent sur les siennes, chaudes et douces. Elle ouvrit la bouche pour le goûter et noua les bras autour de son cou.

D'ici quelques secondes, il n'y aurait plus de retour en arrière possible. Et tant mieux ! Elle se sentait en sécurité, dans les bras de Luke ; elle se sentait belle, désirable.

Se pressant contre lui, elle lui rendit son baiser avec passion. La langue de Luke était chaude, dans sa bouche, ses mains étaient chaudes, sur sa peau… Et elle était en feu, consumée par le désir.

Lorsqu'il posa le pouce à la base de son cou, là où battait son pouls, elle cessa de respirer.

— Tout va bien ? s'inquiéta-t-il.

Elle acquiesça, incapable de parler.

Ses yeux bleus, d'une intensité sans pareille, se posèrent sur sa poitrine, qui se soulevait à peine sous le coton léger de sa robe. Mais les pointes de ses seins se dressèrent en réponse à ce regard qui transperçait le tissu. La chaleur dans son ventre redoubla d'intensité, et bien qu'il ne la touche pas, elle se sentait proche de l'autocombustion.

— Tu veux qu'on arrête ?

— Non ! Je veux que tu me fasses l'amour.

Elle n'eut pas à le demander deux fois. La soulevant dans ses bras, il la porta jusqu'au lit.

9

Luke l'étendit doucement sur le lit, puis se plaça au-dessus d'elle, appuyé sur les coudes. Levant la main, elle caressa ses biceps dont elle perçut la puissance. Elle s'émerveilla de sa force et de la fermeté de son corps, alliées à une grande douceur.

Il respirait plus vite, maintenant. Elle sentait son haleine sur ses épaules nues et son cou, mais il ne bougeait pas. Comment parvenait-il à demeurer immobile ?

Il ne semblait pas pressé, alors que le désir menaçait de la consumer. L'attente constituait un supplice exquis. Ce sentiment délicieux combattait l'envie urgente qu'il la prenne maintenant, tout de suite. Elle se cambra pour sentir son sexe contre son pubis et fut récompensée lorsqu'elle perçut chez lui un désir aussi intense que le sien.

Laissant échapper un soupir, elle noua les jambes autour des hanches de Luke. Il poussa un grognement et recouvrit son corps de toute la longueur du sien. C'était ce qu'elle voulait : sentir son poids sur elle pour s'assurer que tout cela était bien réel.

En elle, chaque cellule vibrait, sa peau était en feu, ses terminaisons nerveuses frémissaient dans l'attente de ce qui allait se passer.

Cette réaction extrême était presque douloureuse.

Luke mit fin au supplice. Sa bouche douce et ferme se posa sur le lobe de son oreille, avant de recouvrir ses lèvres. Du bout des doigts, il frôla ses mamelons, qui durcirent aussitôt, puis il baissa une bretelle de sa robe, exposant son sein gauche à l'air frais. Lorsqu'il le taquina du pouce, Ella poussa un cri, submergée par une vague de plaisir. Un sillon brûlant la parcourut, allant de ses seins à son sexe.

Luke déposa une pluie de baisers sur sa gorge, avant de prendre un mamelon entre ses lèvres. Lorsqu'il se mit à en lécher la pointe dressée avec sa langue, elle crut qu'elle allait exploser. Mais elle ne voulait pas que ce délicieux supplice prenne fin… Pas encore, et peut-être jamais. Elle voulait le sentir, le toucher, l'exciter, lui aussi.

Elle tira sur la chemise de Luke, pour la faire sortir de son pantalon, puis glissa les mains au-dessous pour caresser sa peau tiède. Son corps était ferme sous ses doigts. Il posa la main sur l'un de ses seins et le pressa doucement, la faisant gémir. Elle se cambra, s'offrant à lui. De nouveau il prit un mamelon entre ses lèvres, et elle faillit connaître un premier orgasme.

Du bout de l'index, elle frôla son ventre, suivant la ligne dessinée par sa toison brune jusqu'à sa taille. Elle défit ensuite la ceinture de son pantalon, qu'elle déboutonna avant de faire glisser le zip de sa fermeture Eclair. Le boxer de Luke était gonflé par son érection. Ella fit courir la main le long de son sexe, qui se dressait à sa rencontre. Luke émit un grognement qui mit l'excitation d'Ella à son comble.

À son tour, il caressa sa cuisse. Quand son doigt se glissa sous la dentelle de son slip, Ella ouvrit les jambes pour lui permettre d'entrer en elle. Elle était humide et palpitante. Du pouce, Luke caressa son clitoris, la menant au bord du plaisir.

Mais elle ne voulait pas jouir de cette façon.

Elle voulait partager cette expérience avec lui.

Elle voulait tout de lui, comme il aurait tout d'elle.

Très vite, elle fit passer sa robe par-dessus sa tête pour être nue devant lui. Ses yeux bleus parcoururent son corps, suscitant un embrasement de tout son être.

— Tu es si belle, murmura-t-il en caressant son ventre et son entrejambe.

Elle voulait le sentir en elle… Levant les hanches, elle posa les mains sur les fesses de Luke pour l'attirer vers elle. Lorsqu'il s'enfonça en elle, elle crut se liquéfier, tandis qu'une vague de chaleur la parcourait des pieds à la tête. Il la remplissait comme s'ils ne faisaient plus qu'un.

— Mon Dieu, Luke ! gémit-elle en s'agrippant à lui.

Des étoiles jaillirent derrière ses paupières closes. Elle haletait, proche de l'orgasme qu'elle sentait monter en elle.

Luke se noyait en Ella, il perdait le contrôle.

Elle avait noué les jambes autour de sa taille et levait les hanches pour aller à sa rencontre. Incapable d'une seule pensée cohérente, il murmura son prénom.

La peau d'Ella était douce ; son corps, à la fois mince et féminin. Ses hanches voluptueuses et ses seins ronds l'ensorcelaient.

Incapable de lui résister, il la pénétra et s'entendit gémir.

Le monde cessa d'exister, il n'y avait plus qu'Ella.

Il aurait voulu y aller doucement, savourer ce moment, mais il ne put lui résister. Il se mit à aller et venir en elle de plus en plus vite, de plus en plus fort. Elle venait à sa rencontre à chaque coup de boutoir, se cambrait, le retenait. Elle s'offrait à lui.

Enfin, il s'enfonça profondément en elle et jouit avec elle lorsqu'il la sentit frémir de tout son être. Ensuite, il la serra contre lui, répugnant à la laisser s'écarter.

Elle lui avait fait perdre l'esprit. Elle était courageuse et forte. C'était là la Ella qui se cachait, celle dont il avait pensé qu'elle était quelque part, sous son apparence fragile et inquiète. Peu à peu, il apprenait à la connaître, et il était émerveillé par sa résilience et son authenticité.

Sentant quelque chose d'humide sur son épaule nue, il vit Ella essuyer une larme. Son cœur fit un bond dans sa poitrine.

— Ella ? Tout va bien ? Je t'ai fait mal ?

Elle lui sourit et secoua la tête.

— Ce sont des larmes de bonheur. Je ne savais pas que faire l'amour pouvait ressembler à ça.

— C'est-à-dire ?

— C'était merveilleux. Je n'avais jamais connu l'orgasme auparavant.

— Jamais ?

— Non, j'en étais arrivée à me donner moi-même du plaisir.

— Tu n'as rien ressenti avec le père de Liv ?

— Non. Nous étions jeunes. Je ne pense pas qu'il se souciait de moi, et tout était terminé en quelques secondes.

— Nous verrons ce qu'il est possible de faire pour te faire oublier le passé.

— Ce soir était suffisant.

— Vraiment ? Je suis sûr que nous pouvons encore améliorer les choses avec un peu de pratique.

Se tournant sur le côté, il la prit dans ses bras.

— Pas d'engagement, tu te rappelles ? dit-elle. Et n'oublie pas mon plan A.

Son plan A… Elle voulait s'installer dans le Queensland.

— Tu es vraiment obligée de partir ? demanda-t-il, le cœur serré. Pourquoi ne pas rester à Pelican's Landing ?

Qu'était-il en train de faire ? Les mots étaient sortis de sa bouche sans qu'il ait le temps de réfléchir. Faire l'amour avec elle avait été fantastique, mais cela ne signifiait rien de plus. Il n'était pas prêt à s'engager, alors qu'était-il en train de suggérer ?

Elle fronça les sourcils.

— Qu'est-ce que j'y ferais ?

— Et que comptes-tu faire, dans le Queensland ?

— J'aimerais trouver un job dans le secteur de l'hébergement, par exemple à la réception d'un hôtel.

— C'est ce qui te plairait ?

— Pas vraiment, mais j'ai de l'expérience dans ce domaine.

— Tu as une passion ?

— Les chiffres.

— Les chiffres ?

— Quand je suis tombée enceinte de Liv, j'étudiais la comptabilité, à l'université. J'étais en seconde année, mais je n'y suis jamais retournée.

— Pourquoi ?

— Je n'ai jamais eu l'argent ou le temps pour continuer mes études. J'aimerais bien reprendre ma formation, mais j'ai besoin de travailler. Pourquoi pas dans le secteur des violences faites aux femmes ?

— Si tu obtenais un poste à temps partiel à Pelican's Landing, tu envisagerais de rester ?

— Tu me demandes de rester ?

— Je te demande d'y réfléchir. Liv paraît heureuse, ce serait dommage de lui faire quitter cet environnement où elle se plaît. C'est une bonne communauté, et je pense que tu pourrais t'y épanouir.

Il ne voulait pas la laisser partir, pourtant il ne parvenait pas à lui demander clairement de rester. Autrefois, il avait abandonné sa sœur, et il ne s'était pas battu pour sa fiancée… Était-il suffisamment fiable pour soutenir Ella jusqu'au bout, ou la laisserait-il tomber comme les autres ?

Ella n'aurait su dire à quel moment ni pourquoi elle avait cédé et décidé de demeurer à Pelican's Landing.

Peut-être était-ce parce qu'elle voyait à quel point Liv était radieuse, ou alors parce qu'elle s'était inscrite à des cours de comptabilité sur Internet, ou encore parce que Luke lui avait obtenu un poste à temps partiel à la pharmacie locale.

Il restait une dernière hypothèse : peut-être n'était-elle pas prête à quitter Pelican's Landing et Luke…

Ils n'étaient pas officiellement en couple, mais elle ne pouvait nier que leur relation progressait, même s'ils ne lui donnaient pas de nom. Elle pensait qu'ils craignaient tous les deux d'avoir cette discussion, mais elle se sentait bien avec lui, en sécurité. Il était prévenant envers elle, que ce soit au lit ou ailleurs.

Liv ignorait ce qui se passait entre eux, mais Penny et Hayley étaient au courant. Luke l'avait convaincue de leur en parler, et elle devait admettre que sans leur aide Luke et elle auraient disposé de très peu de temps ensemble. La nuit précédente, par exemple, Liv avait été invitée à une soirée pyjama chez Chloé, ce qui avait permis à Ella de passer une nuit merveilleuse avec Luke.

Allongée sur le côté, elle le regardait dormir. Il était si beau, si gentil, si bienveillant et généreux… Et elle apprenait lentement à lui faire confiance. Elle comprenait désormais que cela n'impliquait pas pour autant qu'elle perde son indépendance ou son identité.

De temps à autre, cependant, elle éprouvait une légère anxiété à l'idée qu'elle avait abandonné son rêve de liberté pour un homme qu'elle connaissait à peine.

Luke ouvrit les yeux et lui sourit en découvrant qu'elle le regardait. Le drap lui ceignait la taille, et elle était nue. Ils l'étaient tous les deux, et elle vit ses yeux bleus s'assombrir de désir.

Le cœur d'Ella s'emballa, lorsque Luke tendit le bras pour frôler un mamelon du bout des doigts. À ce contact, il se dressa et durcit. Ella se passa la langue sur les lèvres, et Luke laissa échapper un grognement, puis il posa la main sur sa joue et attira son visage contre le sien.

Au moment où leurs lèvres se rencontrèrent, Ella ne sut plus où elle était. Tout ce qu'elle voulait, c'était que cela ne s'arrête jamais. Elle ne savait plus très bien où son corps finissait et où celui de Luke commençait.

Alors lentement, très lentement, il glissa les doigts entre ses cuisses. Elle écarta les jambes pour lui donner un meilleur accès à son intimité. La magie de ses caresses faisait son œuvre, et bientôt les doigts de Luke l'amenèrent à l'extase.

Heureuse et comblée, elle se redressa et l'enjamba. Posant les mains de chaque côté de sa tête, elle laissa Luke s'introduire en elle, puis se redressa. Il la prit par les hanches pour la faire aller et venir sur lui. Penchée en arrière de façon à envelopper toute la longueur du sexe de Luke, elle le chevaucha jusqu'à ce qu'ils connaissent ensemble la magie d'un orgasme exquis.

— Bonjour.

— C'est une belle journée, en effet, dit-elle en se laissant aller contre la poitrine de Luke. Une très belle journée.

— À quelle heure vas-tu chercher Liv ?

— Pas avant 10 heures.

— Parfait. Je vais faire sortir Maisie et nous préparer du thé. Puis nous pourrions passer l'heure suivante au lit. À moins que tu n'aies d'autres projets.

— J'ai zéro projet.

Ella s'étendit sur le lit pendant que Luke se levait et sortait nu de la chambre. Un grand sourire aux lèvres, elle le suivit du regard, savourant ce moment de pur délice. Sa nouvelle vie ressemblait à un rêve. Elle faisait l'amour avec un homme superbe, elle avait un travail, Liv était heureuse à l'école, et elles étaient en sécurité.

Luke lui avait dit qu'elle méritait tout ce bonheur, que son courage et sa force l'avaient amenée à ce résultat. Il s'efforçait de calmer ses peurs, lui conseillait de ne pas trop réfléchir et de profiter, mais parfois elle avait du mal à se débarrasser de son anxiété.

Luke souriait tout en préparant le thé. Sa relation avec Ella s'approfondissait lentement, le temps qui lui était imparti étant limité par Liv, mais ce rythme tranquille le soulageait d'une partie de son stress.

Ella était forte, résiliente et déterminée à suivre son propre chemin. Sa crainte de lui faire défaut se dissipait peu à peu, au vu de son indépendance. Elle ne lui demandait rien. Tout comme lui, elle était occupée, et il était juste content de passer du temps avec elle quand c'était possible. Ils n'avaient pas mis d'étiquette sur ce qu'ils vivaient et ne s'étaient fait aucune promesse.

En revanche, il s'apercevait que les nuits sans elle lui paraissaient longues et qu'il pensait constamment à elle. Il ignorait si elle comptait faire de Pelican's Landing sa terre d'adoption, puisqu'ils n'avaient plus abordé le sujet, mais il commençait à se demander s'ils auraient un jour cette conversation.

Lorsqu'il apporta le thé dans la chambre, l'expression d'Ella le terrifia. Elle était pâle, ses yeux bruns fixaient le vide.

— Que se passe-t-il ? Il y a un problème ?

Elle laissa tomber son téléphone sur le lit.

— Mon ex. Il est rentré et il me cherche.

— Je croyais que tu avais un nouveau téléphone et un nouveau numéro ?

— Il m'a envoyé un mail.

— Tu n'as pas changé d'adresse de messagerie ?

— Non. J'en avais besoin pour recevoir mes allocations. Il ne peut pas me retrouver à cause de ça, non ?

Luke ne le pensait pas, mais il n'y avait jamais réfléchi auparavant. Il traversa la pièce et posa les tasses de thé sur la table de chevet avant de prendre le téléphone d'Ella. Le mail était encore affiché sur l'écran, et il le lut rapidement. Le ton était menaçant, Trent promettait de la retrouver.

— Ne réponds pas, dit-il.

— Et s'il parvient à suivre ma trace ?

— Est-ce que tu as dit à quelqu'un où tu te trouves ?

— Non.

Comment faisait-on pour traquer quelqu'un ? Luke l'ignorait. Liv n'était pas l'enfant de Trent, qui n'avait donc aucun droit sur elle.

— Est-ce que vous avez un compte bancaire commun ? demanda-t-il.

— Nous en avions un, mais j'ai pris ce qui me revenait et j'en ai ouvert un autre dans une banque différente avant de partir. Tu crois qu'il pourrait me retrouver grâce à ma voiture ?

— Elle a été emportée par le fleuve.

Ella sourit faiblement.

— Je me demande comment j'ai pu oublier ce détail.

— Est-ce qu'elle était à vos deux noms ? Est-ce qu'il figure sur l'assurance ?

— Non.

— Est-ce qu'il a déjà essayé de découvrir où tu es ?

— C'est la première fois. Il a été absent pour son travail. Il vient sûrement de rentrer à Geraldton et a compris que je m'étais enfuie.

— Je ne pense pas qu'il puisse te retrouver.

— Mais tu m'as dit que tout le monde en ville sait que j'occupe ton cottage !

— Ella, il t'a envoyé un mail, mais il n'a aucun moyen de suivre ta trace à travers l'Australie jusqu'à Pelican's Landing. Je te suggère quand même d'en parler à Sam. Il saura mieux que nous ce qu'il convient de faire dans ces circonstances. Je vais l'appeler et lui demander si on peut passer le voir tout à l'heure. On ira chercher Liv, et je m'occuperai d'elle pendant que tu parleras à Sam.

— Tu peux lui téléphoner tout de suite ? Plus on attend, plus j'ai peur.

Ella était épuisée. Elle avait suivi le conseil de Luke et avait discuté avec Sam. Mais exposer à quelqu'un les détails du calvaire qu'elle avait vécu avec Trent la bouleversait. Le récit des abus était presque aussi traumatisant que les abus eux-mêmes.

— Avez-vous appelé la police à l'aide ? demanda Sam. Vous avez déposé une plainte ?

Non. Pourquoi ne l'avait-elle pas fait ? Elle s'était enfuie parce qu'il l'avait frappée devant Liv et qu'elle craignait que sa fille soit en danger, mais jamais elle ne s'était adressée à la police.

— Avez-vous consulté un médecin généraliste qui aurait gardé une trace des blessures infligées par Trent ?

— Non. Luke est le seul médecin à avoir vu mes bleus quand il a suturé ma jambe, après la crue.

— Avez-vous des photos datées de ces contusions ?

— Oui. J'en ai quelques-unes dans ma messagerie.

Elle se les était envoyées à elle-même, sachant qu'elle ne pouvait pas les conserver dans son téléphone, au cas où Trent les verrait.

— Ça aidera. Je vous suggère de demander une ordonnance de protection d'urgence. Il n'aura pas le droit de vous contacter ou de vous approcher, vous ou Liv.

— De quelles preuves ai-je besoin ?

— Le récit que vous m'avez fait et les photos suffiront, pour commencer. S'il conteste l'ordonnance, il faudra aller devant le tribunal.

Ella pâlit à l'idée de se retrouver face à Trent.

— Vous ne serez pas obligée de vous présenter en personne, précisa Sam.

— Combien de temps faudra-t-il pour que l'ordonnance soit mise en place ?

— Dès que Trent en aura été averti. Il me faut son adresse, et je trouverai quelqu'un pour la lui remettre.

Luke était passé prendre Ella au poste de police, puis les avait invitées à dîner, Liv et elle. Ils ne s'attendaient pas que Sam les appelle pendant le repas pour les prévenir que la police de Geraldton n'avait pas trouvé Trent. Sam voulait savoir si Ella connaissait les lieux où il était susceptible de se rendre. Elle n'avait pensé qu'au pub.

Malade d'angoisse, Ella n'avait pas pu manger.

En rentrant, Luke lui demanda :

— Est-ce que tu te sentirais davantage en sécurité dans la grande maison ?

— Merci, mais je ne veux pas expliquer à Liv pourquoi nous ne dormirions pas chez nous.

— Je comprends. Dans ce cas, va la coucher. Je reviens et je dormirai sur le canapé. Je serai rassuré si Maisie et moi restons avec vous. Ça te va ? Je serai parti avant que Liv se réveille.

L'offre était trop généreuse pour qu'Ella ne l'accepte pas.

— Merci. Je me sentirai mieux moi aussi.

Cela faisait plusieurs jours qu'Ella avait fait sa déposition auprès de Sam. L'ordonnance de protection avait été mise en place, mais Trent ne l'avait pas reçue. Ella était sur les nefs et attendait avec impatience que Sam lui annonce de bonnes nouvelles.

Elle était allée chercher Liv à l'école et se faisait du thé, lorsqu'elle entendit une voiture rouler dans l'allée. Ce n'était pas celle de Luke, elle reconnaissait le bruit de son moteur, désormais. Jetant un coup d'œil par la fenêtre de la cuisine pour voir qui approchait, elle sentit son cœur battre à grands coups dans sa poitrine.

Derrière le volant, elle reconnaissait un visage familier.

Trent, son ex.

Les jambes flageolantes, elle s'appuya à l'évier et prit une grande inspiration. Comment l'avait-il retrouvée ?

Elle n'avait pas le temps de fuir.

Et nulle part où fuir…

La bouche sèche, elle regarda autour d'elle, cherchant en vain une issue. Que pouvait-elle faire pour assurer leur sécurité, à Liv et à elle ? Même au cas où elle parviendrait à porter sa fille dans la voiture, il n'y avait qu'une voie permettant de quitter la propriété, et elle se retrouverait face à lui dans l'allée. Elle savait que Trent allait se garer derrière sa voiture. Ensuite, il pousserait la barrière, traverserait le jardin et frapperait à la porte.

Dès le départ, elle avait déploré qu'il n'y en ait qu'une seule, mais elle s'était convaincue qu'elle était en sécurité. Elle s'était leurrée elle-même et avait été stupide de croire que personne ne pourrait la retrouver dans un endroit aussi paisible que Pelican's Landing.

La porte de bois était solide, mais résisterait-elle si Trent tentait de l'enfoncer ? Seigneur ! Avait-elle pensé à la verrouiller ? Elle se précipita pour le vérifier et laissa échapper un soupir de soulagement en constatant que c'était le cas.

Du coin de l'œil, elle vit la voiture de Trent. Il n'avait pas vu la bifurcation, mais combien de temps mettrait-il pour se rendre compte de son erreur ?

Ella tira vivement les rideaux des fenêtres donnant sur le jardin. Il croirait peut-être qu'il n'y avait personne… Mais il allait voir sa voiture.

Liv était assise à table, elle sortait sa boîte à déjeuner et son cahier de lecture de son cartable.

— Liv, dit-elle le plus calmement possible. Est-ce que tu peux aller te laver les mains, s'il te plaît ?

Comme elle la suivait dans la salle de bains, elle entendit une voiture s'arrêter et faire marche arrière. Trent avait dû voir sa voiture. Elle l'entendit reculer, puis s'engager dans le sentier menant au cottage.

— Liv, j'ai besoin que tu m'écoutes. Trent est là, il ne va pas tarder à arriver devant la maison.

Sa petite fille écarquilla les yeux.

— Tu vas verrouiller la porte et ne faire aucun bruit jusqu'à ce que je te dise qu'il est parti. D'accord ?

Ella lui déposa un baiser sur le front, puis sortit de la salle de bains.

— Tire le verrou maintenant, Liv.

Dehors, le bruit du moteur cessa.

Le cœur d'Ella battait à tout rompre.

Elle retourna dans la cuisine et se plaça derrière la table.

Une portière claqua.

Son sac était sur la table, elle en sortit son téléphone et ouvrit ses messages. Penny avait été la dernière à lui en envoyer un.

Elle répondit très vite :

Mon ex est là. Prévenez la police.

Elle l'envoya au moment où Trent actionnait la poignée de la porte. La gorge serrée, les yeux écarquillés par la terreur, elle pria pour que le verrou tienne bon.

— Ella, qu'est-ce que...

Les derniers mots furent inaudibles, car Trent venait de donner un coup de pied dans la porte.

— Je sais que tu es là, reprit-il. Laisse-moi entrer.

Sur ces mots, la porte trembla violemment.

Devait-elle ouvrir et tenter de fuir pour appeler la police ? Non ! Elle ne pouvait pas laisser Liv derrière elle.

Soudain, le verrou sauta, et Trent parut sur le seuil, les yeux étincelants de colère.

— Tu es à moi, Ella, dit-il en approchant d'elle. Si tu crois pouvoir m'échapper, tu es une imbécile.

— Trent, on est juste parties en voyage. J'avais besoin de prendre des vacances, c'est tout.

— Ne me mens pas. Tu as volé mon argent et changé de compte bancaire.

— Je n'ai pris que *mon* argent. Le mien !

Il la rejoignit en quelques pas, si vite qu'elle n'eut pas le temps de fuir. Un coup de poing l'atteignit en plein visage, et elle tomba en arrière. Sa main gauche heurta le sol, la déviant dans sa chute avant qu'elle se cogne la tête contre le placard.

Ella vit des étoiles et sentit immédiatement une bosse se former à l'arrière de son crâne. Trent fit deux pas dans sa direction. Étourdie, elle tenta de se relever. Son bras gauche pendait à son côté, et lorsqu'elle voulut le plier, elle cria de douleur. Le pressant contre son torse, elle tenta de passer à côté de Trent. Si elle parvenait à gagner la porte et à sortir, elle l'éloignerait de Liv.

Elle croyait avoir réussi, lorsqu'elle se sentit soulevée de terre. Trent l'avait attrapée par les cheveux, lui en arrachant plusieurs mèches. Il la reposa par terre, mais cette fois pour nouer les mains autour de sa gorge.

Tandis qu'il l'étranglait, elle s'efforça désespérément de le repousser, mais son bras gauche ne lui était d'aucune utilité, et elle était incapable de se défendre avec une seule main.

Elle étouffait et tenta d'appeler à l'aide, sachant qu'elle utilisait son dernier souffle pour rien, mais elle ne pouvait s'en empêcher.

Le visage de Trent était déformé par la rage. Elle voyait ses lèvres bouger et savait qu'il hurlait, mais elle n'entendait rien.

Des points rouges dansèrent devant ses yeux, puis ce fut le noir total.

10

Luke s'engagea dans le sentier qui menait au cottage. Il apportait un cageot de pêches achetées en route pour Ella en revenant d'une visite. Il pensait les déposer pour le goûter de Liv, puis il repartirait à la maison de santé.

Une voiture inconnue était garée derrière celle d'Ella. Il supposa qu'elle avait invité une amie de Liv. Heureusement, il y aurait des fruits pour tout le monde, songea-t-il en prenant le cageot sur la banquette arrière.

La porte d'entrée était ouverte, mais aucun bruit ne provenait de l'intérieur. Parvenu sur le seuil, il balaya la pièce du regard.

Le cageot tomba par terre lorsqu'il se propulsa en direction de l'homme qui se tenait au-dessus d'Ella.

Les mains de l'inconnu serraient son cou.

Luke lui sauta sur le dos, le forçant à lâcher Ella, qui s'effondra sur le sol. Les deux hommes tombèrent lourdement sur la table qui cassa en deux sous leur poids. L'agresseur se redressa presque aussitôt, et Luke eut juste le temps de comprendre qu'il devait s'agir de l'ex d'Ella, Trent, lorsqu'il prit son poing dans la figure, juste au-dessus de l'œil gauche. Secouant la tête, il se lança dans la bagarre, obsédé par la nécessité d'éloigner Trent d'Ella.

D'un direct du droit, il eut la satisfaction d'atteindre son adversaire en plein dans l'estomac. Malheureusement, ce bonheur fut de courte durée, car Trent lui rendit la pareille avant de lui décocher un coup de genou dans la cuisse.

Luke n'avait pas l'habitude de se battre, mais il devait protéger Ella. Il réussit à rendre coup pour coup jusqu'à ce que le combat cesse brusquement. Trent porta les mains à son visage et fut pris d'une violente quinte de toux.

Sam se tenait à côté de lui, tenant une bombe au poivre dans la main. En quelques instants, Trent fut menotté et emmené dehors.

Luke se précipita vers Ella.

Elle était assise par terre, les genoux remontés contre la poitrine comme si elle s'efforçait de se faire toute petite. Son visage était pâle, mais son cou était marbré de taches rouges.

Il s'accroupit auprès d'elle et la prit dans ses bras. Fermant les yeux, elle se laissa faire, et il la sentit trembler contre lui.

— C'est fini. Tu es en sécurité. Tu vas bien ?

— Oui. Non. Je ne sais pas, dit-elle d'une voix rauque.

— Où est Liv ?

— Dans la salle de bains. Je vais lui dire qu'elle peut sortir, dit Ella en tentant de se relever.

— Je vais la chercher.

S'agrippant au bras de Luke avec sa main valide, Ella se mit debout.

— Non. Je lui ai dit de ne pas sortir jusqu'à ce que je vienne.

— Tu es blessée ?

— Mon bras.

Sa main droite retenait son avant-bras gauche contre son corps. Luke vit que son coude était déformé et comprit immédiatement qu'il s'agissait d'une luxation. Passant un bras autour de sa taille, il la soutint. Ses jambes la supportaient à peine, la douleur et le choc se combinant pour la faire chanceler.

Une goutte tomba du sourcil de Luke. Il l'essuya du dos de la main sans lâcher Ella. C'était du sang. Trent devait l'avoir blessé au-dessus de l'œil. Il exerça une pression sur la coupure pour stopper l'hémorragie, sachant que Liv risquait d'être effrayée par la vue du sang.

Ella frappa à la porte de la salle de bains.

— Mon cœur, c'est maman. Trent est parti, tu peux m'ouvrir maintenant.

Ils l'entendirent tirer sur le verrou, mais elle ne sortit pas immédiatement. Ella poussa la porte. Liv était recroquevillée contre le mur, derrière les toilettes. Elle semblait terrifiée.

Ella s'écarta de Luke, semblant oublier sa propre douleur pour atteindre son enfant traumatisée. Il la regarda la serrer contre elle de son bras valide.

— C'est fini. On est en sécurité.

— Où est Trent ?

— Sam l'a emmené. Il doit être dans la voiture de police, en ce moment.

Ella parlait doucement, mais Luke entendit chaque mot. Il se demanda combien de fois cette scène avait eu lieu avant qu'Ella parvienne à s'échapper.

La mère et la fille tremblaient, et il devina qu'Ella devait souffrir horriblement. Il la laissa réconforter Liv un instant avant de les guider vers le canapé, utilisant son corps pour masquer les traces de lutte. La pièce était parsemée de morceaux de meubles brisés et de vaisselle cassée.

Luke examina le bras d'Ella. Il s'agissait bien d'une luxation, mais à l'entendre décrire ce qui s'était passé, il craignait qu'elle souffre aussi d'une fracture. Fort heureusement, la couleur de sa peau était normale, ainsi que ses sensations au niveau de la main et des doigts. Il faudrait malgré tout faire une radio avant de réduire la luxation.

Ella resta silencieuse pendant l'examen, ce qui inquiéta Luke.

Sam réapparut avec une trousse de premiers secours.

— Ce n'est pas ce dont j'ai besoin, dit Luke. Je dois emmener Ella à mon cabinet.

— C'est pour toi, répliqua Sam. Tu as besoin qu'on mette

un pansement sur ta plaie pour stopper l'hémorragie. Tu peux m'accorder quelques minutes ? Je dois aussi prendre des photos, et je préférerais qu'elles ne voient pas Trent. Elles ont déjà suffisamment dégusté comme ça.

Ella pouvait à peine parler. Elle souffrait visiblement, et sa gorge devait aussi être douloureuse.

— Non ! s'exclama Luke. On doit partir tout de suite. Est-ce que tu peux déplacer la voiture de police et la mettre hors de vue ?

— Très bien. C'est toi qui prendras les photos des blessures d'Ella ? J'en aurai besoin pour mon rapport.

Luke photographia le coude gauche d'Ella. Il s'attendait que la radio montre une luxation postérieure du coude, mais par bonheur il n'y avait pas de fracture.

Il lui rendit compte des résultats tout en s'efforçant de faire taire sa culpabilité. S'il se focalisait sur l'aspect médical de la situation, il mettrait de côté l'idée qu'il n'avait pas été à la hauteur et qu'il aurait pu empêcher tout cela.

— Je peux remettre ton coude en place, mais ça sera douloureux.

Il n'était pas certain qu'elle avait saisi ce qu'il lui disait. Elle inspirait un antalgique grâce à l'inhalateur qu'il lui avait donné, mais il ne le lui prit pas des mains. Elle allait en avoir besoin lorsqu'il réduirait la luxation.

— Je vais demander à Penny de m'aider, lui dit-il. Je ne serai pas long.

Un instant plus tard, il revenait avec elle.

— Ella, tu vas t'étendre sur le ventre et laisser pendre ton bras sur le côté du lit, dit-il en l'aidant à s'installer. Penny, je voudrais que tu tiennes son bras gauche et que tu exerces une traction légère vers le sol.

Luke posa les pouces à l'arrière du coude d'Ella et appliqua une traction sur l'olécrane vers le bas de façon à remettre en place l'articulation déboîtée.

Après avoir mis le bras d'Ella en écharpe, il demanda à Penny de l'aider à photographier les meurtrissures de son cou. Elles avaient la forme d'une main d'homme, et il fallait mesurer les marques des doigts pour les comparer à ceux de Trent.

Quand ce fut terminé, Penny déclara :

— Maintenant, tu vas me laisser soigner ton œil.

— Je dois faire de nouvelles radios et rédiger un rapport sur les blessures d'Ella.

— Tu pourras le faire plus tard. Laisse Ella se reposer et viens avec moi dans la salle de soins.

Luke faillit protester, dire que son œil pouvait être traité facilement dans la pièce où il se trouvait. Mais il devina à l'expression de Penny qu'elle avait des choses à lui dire en privé. Il se leva en soupirant.

— J'ai demandé à Janine de reprogrammer tous tes rendez-vous de l'après-midi, dit Penny en nettoyant sa plaie avant d'en rapprocher les bords. Il n'y a rien d'urgent, et elle pourra les répartir sur les deux prochains jours.

— Je vais bien.

— Tu n'es pas en état de t'occuper de tes patients, et quelqu'un doit veiller sur Ella.

— Je n'ai pas été très bon, en ce qui la concerne.

— Ça aurait été bien pire, si tu n'étais pas arrivé. C'est la faute de son ex, pas la tienne.

— À quoi je pensais, en la laissant seule au cottage ? Elle n'était pas en sécurité. N'importe qui pouvait entrer dans la propriété, et la porte était moins solide qu'il n'y paraissait. Et le comble, c'est qu'elle n'avait aucun moyen de s'échapper.

— Tu ne pouvais pas savoir que Trent poursuivrait Ella à travers le pays. Il l'aurait tuée, si tu n'avais pas été là. Sam va s'occuper de lui, désormais. Et toi, tu dois prendre soin d'elle. Elle est effrayée et elle souffre, elle a besoin de rentrer chez elle et de s'allonger. Quant à toi, on dirait que tu es passé sous un rouleau compresseur.

— Ce sera pire demain, dit Luke en touchant son œil devant le miroir. De toute façon, Ella n'a certainement pas envie que je l'approche de près ou de loin.

Il ne la blâmerait pas, si elle ne voulait plus jamais le voir.

— Tu lui as sauvé la vie, rétorqua Penny sur un ton qui lui prouva à quel point elle le trouvait ridicule.

En vérité, il n'espérait aucun remerciement. Il avait voulu qu'Ella reste à Pelican's Landing pour des raisons égoïstes. S'il ne le lui avait pas demandé, Trent n'aurait pas retrouvé sa trace. La façon dont il y était parvenu restait un mystère, mais Luke ne pouvait s'empêcher de penser qu'il était fautif.

Luke emmena Ella et Liv dans la grande maison.

— Où va-t-on ? demanda Ella lorsqu'ils dépassèrent la bifurcation.

— Chez moi. Ce soir, je ne vous laisse pas seules.

— Penny a dit que Sam va envoyer Trent à Murray Bridge. Il sera sous les verrous cette nuit. On peut très bien retourner au cottage.

Les effets de l'analgésique commençaient à décroître, et Luke savait qu'Ella allait avoir besoin de glace sur son coude et d'autres antalgiques.

— Tu ne peux pas t'occuper de ta fille avec un seul bras. Permets-moi de prendre soin de toi ce soir, et je n'ai pas envie de dormir sur ton canapé.

Il aida Ella à sortir de la voiture, puis à entrer dans la maison, où elle put s'asseoir. Il lui administra des antidouleurs et alluma la télévision pour Liv, très contente de regarder des dessins animés, couchée par terre, à côté de Maisie.

— Tu n'as pas besoin de prendre quelque chose pour ta tête ? demanda Ella. Tu n'as pas mal ?

— Ça peut aller.

Son œil était gonflé, et sa vision était trouble, mais ce n'était pas grand-chose en comparaison de ce qu'Ella avait subi.

— Je vais aller au cottage pour récupérer ce dont tu as besoin, si tu me dis ce qu'il te faut, reprit-il. Je vais un peu nettoyer et ensuite préparer le repas.

À cet instant, une vibration de son téléphone lui apprit qu'il venait de recevoir un SMS.

— C'est Sam, dit-il en le lisant. Il voudrait venir prendre ta déposition, si tu te sens assez bien pour ça.

Ella était somnolente à cause des antalgiques et elle devait se concentrer pour comprendre ce que disait Sam.

— Trent va être poursuivi pour « voies de fait ayant causé des lésions corporelles », précisa-t-il, mais j'ai besoin de votre déposition. Je dois vous prévenir qu'il sera libéré sous caution demain s'il a les fonds nécessaires, mais je lui demanderai de retourner en Australie-Occidentale. Les conditions de cette libération seront qu'il aura l'interdiction de quitter cet État. Plus tard, il sera convoqué au tribunal, et s'il est reconnu coupable, il aura un casier judiciaire.

— *S'il* est reconnu coupable ?

— Je n'en doute pas, mais comme ce sera sa première condamnation, il n'ira vraisemblablement pas en prison. Je n'ai pas pu trouver de plaintes ou de condamnations antérieures, bien que je sois certain qu'il n'en est pas à son premier méfait. Heureusement, nous avons déjà contre lui une ordonnance de protection d'urgence. Au cas où il enfreindrait l'une de ses conditions, il irait à coup sûr en prison. Cela devrait être suffisant pour le tenir loin de vous.

— Tu sais comment il a retrouvé Ella ? demanda Luke.

— Il avait une photographie qui a été publiée dans notre journal local dans sa poche. Apparemment, quelqu'un qui travaille avec Trent connaît le photographe, si bien qu'il suit de près ses interventions dans la presse. Cette relation de Trent connaissait

Ella qu'il avait rencontrée quand elle travaillait à la marina de Geraldton. Il l'a reconnue et a montré la photo à Trent.

Ella se rappela le journaliste qui les avait photographiées, Liv et elle, le jour où Luke les avait secourues. Elle s'était même détournée pour éviter d'être prise en photo.

— Trent a tenté sa chance, continua Sam. Il s'est dit que si vous étiez restée à Pelican's Landing, vous aviez dû inscrire Liv à l'école primaire. Il vous a attendue à la sortie et vous a suivie jusque chez vous. Il a été filmé lorsqu'il passait devant l'école.

Ce récit rendait Ella malade. Malgré toutes ses précautions, Trent l'avait retrouvée facilement.

— Donc, c'est ma faute, dit Luke.

— Comment ça ? demanda-t-elle.

— Je t'ai demandé de rester à Pelican's Landing. Si tu étais repartie comme tu le souhaitais, Trent aurait perdu ta trace.

— Tu n'y es pour rien ! Trent est le seul responsable.

Elle détestait l'idée que Luke se fasse des reproches.

— Tu m'as sauvé la vie, ajouta-t-elle, sachant que c'était une dette qu'elle ne pourrait jamais rembourser.

Ella dormit difficilement cette nuit-là, dans la chambre de sa fille. Elle avait beau savoir que Trent passait la nuit sous les verrous, elle ne voulait pas perdre Liv de vue.

Luke avait apporté un fauteuil dans la chambre, car elle souffrait moins en position semi-inclinée. Malgré cela et les antalgiques, son bras la maintint éveillée pendant presque toute la nuit. Luke lui administra davantage d'analgésiques au lever du jour, et elle put sombrer dans un profond sommeil.

Les cris des cacatoès la réveillèrent. L'espace d'un instant, elle fut désorientée, puis submergée par la panique à la vue du lit vide jusqu'à ce qu'elle voie le mot laissé par Luke sur l'oreiller.

LIV PREND SON PETIT DÉJEUNER AU REZ-DE-CHAUSSÉE.

Luke et Liv étaient dans la cuisine. Sa fille était assise devant un bol de céréales, et Luke préparait un sandwich qu'il s'apprêtait à déposer dans sa boîte à déjeuner.

— Bonjour, lui dit-il tandis qu'elle déposait un baiser sur les cheveux de sa fille. Comment te sens-tu ?

— Comme un punching-ball.

— Je vais déposer Liv à l'école. Profites-en pour te reposer.

Elle secoua la tête. Elle ne voulait pas rester seule dans la maison, d'autant qu'elle avait des choses à faire.

— Tu veux bien m'emmener en ville ? demanda-t-elle.

Elle savait qu'elle ne pourrait pas conduire, car son bras lui faisait trop mal, mais elle espérait que cela irait mieux le lendemain.

— Je peux t'emmener où tu veux à l'heure du déjeuner.

— Il faut que je me procure des sacs pour faire mes valises.

Luke fronça les sourcils.

— Tes valises ?

Pendant sa nuit blanche, Ella avait décidé qu'elle devait quitter Pelican's Landing, et depuis la crue elle avait accumulé pas mal d'affaires qu'elle devait emballer.

Liv avait terminé son petit déjeuner et écoutait en silence, espérant visiblement que sa mère ne le remarquerait pas.

— Liv, tu veux bien aller t'habiller et te brosser les dents, s'il te plaît ? Maintenant ! ajouta-t-elle lorsqu'elle vit qu'elle allait protester.

— On ne peut pas rester ici, affirma-t-elle une fois que Liv fut montée à l'étage.

— Avec moi ?

— À Pelican's Landing. J'espérais que nous y serions en sécurité, mais Trent nous a retrouvées. Il sait où nous sommes, il peut très bien revenir.

Ella avait conscience que Luke s'efforcerait de la protéger, mais elle était certaine qu'un jour il en serait las. C'était elle qui avait introduit Trent dans sa vie et maintenant dans celle de Luke. Si elle s'en était tenue à son plan de s'installer dans le Queensland, au lieu de se laisser séduire par un homme bien, elle ne serait pas dans cette situation. Trent ne l'aurait pas retrouvée.

— Tu as entendu ce que Sam a dit hier soir, répliqua Luke. Trent va être poursuivi et renvoyé en Australie-Occidentale. L'ordonnance de protection a été utile ; il ne pourra plus t'approcher.

Cette décision crevait littéralement le cœur d'Ella. Elle souhaitait désespérément rester à Pelican's Landing, mais elle était terrifiée à l'idée que cela pourrait coûter la vie à Liv, Luke ou elle-même.

— Tu penses vraiment qu'un bout de papier l'empêchera de faire ce qu'il veut ?

Elle avait trop entendu parler de femmes victimes de harcèlement et de violences en dépit d'injonctions légales. Elle espérait pourtant que Luke affirmerait que tout était sous contrôle, mais il secoua la tête et se rangea à son avis.

— Je déteste le fait que tu te sentes obligée de fuir une fois de plus, mais je comprends que tu refuses de prendre ce risque. Je suis désolé de t'avoir fait défaut.

Ella tendit son bras valide vers lui.

— Ce n'est pas ce que tu as fait, lui assura-t-elle. C'est la faute de Trent, pas la tienne. Sans toi, il m'aurait tuée. Je ne peux pas prendre le risque que cela se reproduise. Je dois faire ce qu'il y a de mieux pour Liv. Notre sécurité est ma priorité.

Ella avait pris un taxi pour rentrer au cottage avec les sacs qu'elle avait achetés en ville. Elle emballa ses affaires et celles de Liv, mit les draps à la machine et les suspendit avec difficulté avant de faire le ménage. Luke avait emporté la table brisée et ramassé la vaisselle cassée, sans doute pendant la nuit précédente. Malgré cela, elle mit plus de temps à nettoyer le cottage qu'elle ne l'avait prévu, à cause de son bras douloureux.

Sam avait fait retirer la voiture louée par Trent, qui était restée devant le cottage et bloquait la sienne. Elle put donc aller chercher Liv à l'école et la ramener au cottage avant de mettre leurs sacs dans le coffre, car elle souhaitait partir le plus vite possible. Elle savait que plus elle retarderait son départ, plus ce serait difficile.

Mais elle n'avait pas imaginé que Liv serait inconsolable à l'idée de quitter Pelican's Landing, son école, ses nouveaux amis, Luke et Maisie. Ella avait du mal à la réconforter, vu qu'elle était elle-même accablée de chagrin.

Elle s'efforçait toujours de convaincre Liv de monter dans la voiture, quand Luke et Penny arrivèrent. Elle avait espéré être sur la route avant que Luke rentre. Elle ignorait si elle était assez forte pour un dernier au revoir en face à face, mais elle allait être confrontée à cette situation contre son gré.

Penny emmena Liv faire ses adieux à Maisie, laissant Ella et Luke seuls.

— Tu es sûre de vouloir partir ?

Bien sûr que non, mais elle avait trop peur pour rester !

— J'ai besoin de me sentir en sécurité. J'ai eu de la chance que tu arrives à temps, hier, mais tu ne seras pas toujours là, et je dois d'abord penser à Liv. Durant mes vingt-six années de vie, j'ai fait beaucoup d'erreurs et je m'efforce de ne pas en faire davantage.

Elle l'embrassa pour la dernière fois, le cœur lourd.

— Au revoir, Luke.

Sur ces mots, elle s'écarta très vite de lui et courut vers sa voiture, mais il la suivit.

— Tu m'enverras un message en arrivant à Mildura ? demanda-t-il.

Hochant la tête, Ella prit Liv dans ses bras et l'installa sur la banquette arrière avant de fixer sa ceinture de sécurité. Quelques instants plus tard, en s'installant au volant de sa voiture, elle réprimait ses larmes à grand-peine. Elle ne voulait pas que Luke la voie pleurer.

Elle parvint à se retenir jusqu'à ce qu'elle atteigne la périphérie de la ville et doive s'arrêter pour laisser libre cours à son désespoir. Liv et elle sanglotèrent jusqu'à ce que la petite fille s'endorme, épuisée, mais Ella devait continuer de conduire. Elle regarda sa fille dans le rétroviseur pour se rappeler la raison de son départ et démarra.

— Tu ne pouvais pas la convaincre de rester ? demanda Penny à Luke en regardant la voiture s'éloigner.

— Non. Elle est convaincue que c'est la seule solution. Je ne peux pas lui dicter sa conduite. Elle veut contrôler sa propre vie, et c'est son droit.

— Cela n'implique pas qu'elle s'en aille.

— J'en suis conscient, mais elle ne se sentait pas en sécurité. Je ne pouvais pas la protéger, en tout cas pas tout le temps. Elle a raison de ne pas me faire confiance.

Mais le départ d'Ella lui brisait le cœur. Il n'avait pas recherché une relation amoureuse, pourtant il l'avait trouvée. En lui permettant de s'installer dans le cottage, il pensait faire un petit sacrifice qui ferait une grosse différence pour Ella. Il n'avait pas prévu que c'était elle qui ferait la différence dans sa vie.

Mais il avait manqué à sa parole, et elle avait raison de partir.

Pourtant, s'il en était tellement certain, pourquoi avait-il l'impression que c'était une très mauvaise décision ?

— Ella n'a pas besoin de compter sur quelqu'un, au sens physique du terme, dit Penny. Ce dont elle a besoin, c'est de quelqu'un qui l'aime.

Épuisée par les événements des deux derniers jours, Ella décida qu'elle ne pouvait pas continuer à rouler lorsqu'elle parvint à Loxton, à deux heures de route de Pelican's Landing. Elle avait prévu d'aller jusqu'à Mildura, mais son coude la faisait souffrir, et elle était trop bouleversée pour se concentrer sur la conduite.

À chaque kilomètre qui l'éloignait de Luke, elle se sentait un peu plus démunie, comme si elle avait laissé un morceau d'elle-même derrière elle. Elle imaginait les miettes de son cœur brisé parsemées sur la chaussée et comprit qu'elle avait commis une erreur. Elle laissait encore Trent diriger sa vie.

Elle s'arrêta dans un camping et appela Luke.

— Ella ? Tu es déjà à Mildura ?

La voix de Luke l'apaisa un peu, mais elle aurait voulu qu'il soit auprès d'elle et qu'elle puisse se glisser dans ses bras.

— Non. Je me suis arrêtée dans un camping à Loxton.

— Ça va ?

— Non. Pas vraiment. Mon coude me fait mal, et je n'aurais sans doute pas dû prendre la route. Je crois que je me suis trompée.

— Tu as besoin de repos. Ne force pas trop, tu as vécu des épreuves difficiles.

— Je ne parle pas de la conduite, mais de Trent.

— Je ne comprends pas.

— J'ai permis à Trent de continuer à contrôler ma vie. En te quittant, je l'ai laissé gagner.

— Oh ! Ella, tu n'es pas la seule à avoir fait une erreur. Je t'ai laissée tomber et j'en suis désolé.

— Ce n'est pas ce que tu as fait.

— Je pensais que tu serais mieux sans moi, qu'il valait mieux pour toi t'en tenir à ton projet de te construire un avenir toute seule.

— J'ai cru moi aussi que c'était ce que je devais faire, mais je n'en suis plus aussi sûre. Tu me manques.

Elle n'avait pas prévu de le lui dire, mais les mots étaient sortis tout seuls.

— Tu me manques aussi.

Il y eut un silence. Ella crut d'abord que la communication avait été interrompue, mais ils étaient toujours connectés.

— Luke ? Tu es toujours là ?

— Oui. Je réfléchissais.

— À quel propos ?

— Tu me fais confiance ?

— Oui.

— Reste où tu es, ne repars pas demain, ne fais rien avant que je te parle à nouveau.

— Qu'est-ce que tu comptes faire ?

— Ce que j'aurais dû faire plus tôt. Dors et ne va nulle part. Je te promets que tout va s'arranger.

— Luke ! Luke !

Liv sauta du trampoline et courut vers la barrière qui entourait l'aire de jeux. Se retournant vivement, Ella aperçut Luke qui marchait dans leur direction.

— Qu'est-ce que tu fais là ? demanda-t-elle en se levant d'un bond.

— Je m'inquiétais pour toi.

— Je vais bien.

— Pour de bon ?

Elle secoua la tête. Luke ouvrit les bras, et elle se blottit contre sa poitrine, sans se soucier des protestations de son coude.

— Je suis contente que tu sois là, avoua-t-elle, mais je ne comprends pas.

— Tu as été courageuse. Je me devais de l'être à mon tour, dit-il en la lâchant.

— De quoi parles-tu ?

— Je voulais que tu restes avec moi, mais j'ai pensé que tu serais mieux sans moi parce qu'autrefois j'ai laissé tomber Gemma et que je craignais d'en faire autant avec toi. J'aurais dû te demander de rester, mais tu aurais pu en déduire que je voulais contrôler ta vie. Tes décisions t'appartiennent, mais ces dernières vingt-quatre heures ont été les plus longues et les plus tristes de ma vie. Alors, quand tu as dit que je te manquais, j'ai pensé que j'avais une dernière chance de te convaincre de changer d'avis.

— À quel propos ?

— À propos de ton départ pour le Queensland. Si tu refuses de laisser gagner Trent, est-ce que tu peux envisager de retourner à Pelican's Landing avec moi ? Je t'aime, Ella. Je ne peux pas te promettre de ne jamais manquer à ma parole, mais je m'y efforcerai.

— Tu peux répéter ?

— Je ne peux pas te promettre de ne jamais manquer à ma parole, mais je m'y efforcerai.

— Pas ça. L'autre partie.

— Je t'aime.

L'allégresse gonfla le cœur d'Ella.

— Moi aussi, je t'aime.

Luke prit ses mains dans les siennes.

— Reviens à Pelican's Landing avec moi. Fonde ton foyer avec moi, entourée par des gens qui t'aiment. Ne laissons pas Trent gagner, je t'en supplie. Repartons de zéro ensemble.

— Tu n'en auras pas assez, de me secourir ?

— Je ne suis pas ici pour te secourir. Je suis ici pour te demander de rentrer à la maison avec moi.

— À la maison, répéta Ella. Cette expression me plaît.

— Ça veut dire oui ?

Elle acquiesça d'un signe de tête. Luke sourit et souleva Liv dans ses bras.

— On rentre chez nous.

Liv frappa dans ses petites mains. Attirant Ella contre lui avec son bras libre, Luke déclara :

— Embrasse-moi autant que je t'ai manqué, et partons.

Épilogue

— Les filles dorment ? demanda Luke quand Ella le rejoignit dans la véranda.

Elle sourit et l'embrassa sur la joue avant de s'asseoir près de lui sur le canapé.

— Non, mais elles sont au lit et elles essayent de décider quel a été le meilleur moment de la journée.

— Et alors ?

— Je crois que les jeux sur la rivière remportent le premier prix.

C'était le sixième anniversaire de Liv, qui avait invité trois copines d'école. Luke avait passé le plus clair de son temps à remorquer leurs bouées derrière son canot. Ensuite, elles avaient eu droit à un barbecue et fait griller des marshmallows sur un feu de camp. Les filles restaient toutes pour une soirée pyjama. Ella s'attendait qu'elles peinent à s'endormir, mais elle n'aurait rien changé à cette journée parfaite.

Lorsqu'elle avait décidé de revenir à Pelican's Landing avec Luke, Liv et elle s'étaient installées définitivement dans la grande maison. C'était la meilleure décision qu'elle avait jamais prise. Les onze derniers mois avaient été les plus heureux de sa vie.

Glissant les pieds sous elle, la tête sur l'épaule de Luke, elle se blottit contre lui pour contempler la lune qui émergeait derrière les collines et s'élevait dans le ciel. La vue sur la rivière changeait constamment, les jours se succédaient, jamais semblables.

Certains matins étaient brumeux ; d'autres, dorés par le soleil levant. Parfois, la surface de l'eau était lisse, mais elle pouvait aussi être agitée par un vent furieux qui faisait ployer les saules. Il arrivait qu'un ciel sans nuages soit obscurci brusquement par un orage, mais qu'il soit rose, bleu, orange ou noir, Ella ne s'en lassait jamais.

— J'ai oublié de te dire que j'ai un nouveau client depuis hier. Le marchand de journaux, tu te rends compte ?

Depuis qu'elle avait terminé sa formation de comptable, Ella s'était fait une clientèle considérable en ville, et même dans des bourgades voisines. Elle gagnait son propre argent, au lieu de bénéficier des allocations du gouvernement, ce qui lui permettait de participer aux dépenses du foyer. Elle était aussi bénévole dans un refuge pour femmes, qu'elle aidait à gérer leur budget. Le cottage accueillait régulièrement des femmes qui avaient besoin d'un logement temporaire ou qui avaient été victimes de violences conjugales.

— C'est génial ! Ta réputation ne cesse de croître, et je ne suis pas surpris du tout. Je suis vraiment fier de toi et de ce que tu as accompli.

— Merci, mais je n'aurais pas réussi sans ton soutien.

Luke avait été extraordinaire. Savoir qu'il croyait en elle l'avait poussée à se lancer des défis et à en sortir victorieuse.

Ella s'agita sur son siège à la pensée du prochain challenge qui l'attendait.

— Ça va ? s'inquiéta Luke.

— Très bien, mais le bébé est très agité. Il m'envoie des coups de pied dans les côtes.

Prenant la main de Luke, elle la posa sur son ventre. Enceinte de six mois, elle avait l'impression d'être énorme tout en sachant que sa grossesse était encore peu visible. L'été avait été chaud, et elle se sentait fatiguée.

— Je suis certaine que c'est un garçon, reprit-elle. Cette

grossesse ne ressemble en rien à la précédente. Liv était calme dans mon ventre.

Luke caressa son ventre.

— Salut, Max, c'est ton papa.

— Max ? Tu lui as trouvé un prénom ?

— Max est l'abréviation de Maximus, qui signifie « fort ». Je suis certain qu'il aura un fort caractère, tout comme sa mère.

— Et si je me trompais et que c'est une fille ?

— Je propose que nous l'appelions Mildred, qui signifie « force tranquille ».

— Je n'aime pas trop ce prénom.

— Pourquoi pas Millie, dans ce cas ?

— Pour le coup, ça, ça me plaît.

À cet instant, le téléphone de Luke sonna.

— C'est Christine, dit-il.

Christine était le nouveau médecin qui devait travailler à la maison de santé une semaine plus tard. Elle avait une cinquantaine d'années et n'avait pas encore l'âge de la retraite, mais la santé de son mari l'avait amenée à penser qu'ils devaient changer de décor et adopter un rythme de vie plus calme. Au lieu de travailler soixante heures par semaine, elle passerait davantage de temps avec son mari.

C'était Ella qui avait suggéré à Luke de faire appel à quelqu'un comme elle afin d'alléger son propre emploi du temps pour se consacrer à sa famille et à son père.

Pendant que Luke discutait avec Christine, Ella se détendit. L'espace d'un instant elle avait craint que Christine refuse le poste, mais apparemment elle avait seulement quelques questions à poser.

Levant les pieds, elle frotta ses chevilles qui avaient tendance à gonfler à la fin d'une journée un peu chaude.

— Je vais te préparer une tasse de thé et ensuite je te masserai les pieds, proposa Luke après avoir raccroché.

— Le paradis !

Ella ferma les yeux et posa la tête sur un coussin, les mains posées sur son ventre tandis que le bébé faisait des culbutes en elle. Elle ouvrit les yeux en entendant la porte claquer, signe que Luke revenait.

— Bon anniversaire, dit-il en posant le plateau sur la table basse. Tu as un an de plus.

Il lui tendit une enveloppe et un paquet.

— Je suis heureuse d'être là pour le célébrer.

Elle avait encore des flash-back de l'agression dont elle avait été victime, mais Luke et Sam ne s'étaient pas trompés. Trent ne s'était jamais remanifesté, et elle commençait à croire que Liv et elle pourraient vivre en paix.

— Est-ce que tu es heureuse, avec moi ?

— Tu le sais bien. Je pense que tu es le secret de ma vie parfaite.

Elle voulut l'attirer à elle pour l'embrasser.

— Pas tout de suite, dit-il. Ouvre d'abord cette enveloppe.

Une fois déchirée, celle-ci révéla quelques brochures touristiques pour le Queensland.

— Je me suis dit qu'on pourrait passer quelques jours dans le Queensland, une fois que Christine aura pris son poste et se sera installée.

— Tu comptes prendre des vacances ?

— Avant que bébé Max arrive, si c'est possible.

— Et avant que je sois trop énorme.

Elle savait que Luke appréciait ses rondeurs, mais elle était d'ordinaire si mince qu'elle avait du mal à s'habituer à son nouveau corps.

— Tu n'es pas énorme.

— Pas encore.

— Tu es forte, en bonne santé et très belle, continua Luke, ignorant sa remarque. Et pourquoi ne pas inviter Hayley, Josh et leurs enfants ? Liv adorera le parc d'attractions et la plage, mais aussi la compagnie de Chloé et de Jack. Qu'est-ce que tu en dis ?

— Ça semble fabuleux, à condition qu'il y ait une piscine où je pourrai flotter comme une baleine.

— C'est d'accord. Maintenant, passons au deuxième cadeau.

Il ressemblait à une boîte à chaussures, mais quand Ella déchira le papier d'emballage et souleva le couvercle, elle découvrit une feuille de papier sur laquelle était dessiné au feutre noir un gros point d'interrogation.

— Qu'est-ce que ça veut dire ?

— Ce cadeau implique une question, dit Luke. J'ai donné ma vie à ma famille, à mon père, à mon job et à cette ville. Ils ont tous pris un petit morceau de moi, lentement mais sûrement. Mais toi, tu me remplis, tu me reconstruis, tu nourris mon âme. Quand je suis avec toi, je vois un avenir… Pas une existence, mais une vie. Tu m'as arraché à une demi-vie, et je veux que nous formions une famille, toi, moi, Liv et tous les bébés qui viendront. J'aimerais adopter Liv, pour faire officiellement d'elle ma fille, si tu penses qu'elle aimera m'avoir pour papa.

— Elle adorera, et moi aussi !

Ella ne doutait pas de l'amour de Luke pour Liv et elle. Il le leur prouvait constamment, mais elle était profondément touchée qu'il veuille rendre ce lien officiel.

— C'est ça, la question ? demanda-t-elle.

— C'est une question, mais ce n'est pas *la* question. Tu m'as dit que tu n'avais pas besoin que nous nous mariions, mais…

Luke s'agenouilla devant elle avant de poursuivre :

— Ella, j'aime tout, en toi : ta beauté, ta compassion, ta force. Je t'ai promis de rester à tes côtés jusqu'à la fin de nos vies, mais ce que je veux vraiment, c'est être ton mari. Est-ce que tu veux bien m'épouser ?

Les larmes jaillirent des yeux d'Ella. Elle les essuya du dos de la main pour voir distinctement Luke.

— Je croyais que je voulais être indépendante et je suis sûre que j'aurais été heureuse si j'y étais parvenue, mais pas autant que je le suis avec toi. Tu es tout ce que je pouvais souhaiter, et je veux passer le reste de ma vie avec toi. Cette maison est mon foyer, mon îlot de bonheur, mon sanctuaire. Je t'aime et je veux me marier avec toi. La réponse est oui aux deux questions. Liv t'aime, et je t'aime, alors marions-nous.

TINA BECKETT

Séduction impossible

Traduction française de
ELISA MARTREUIL

BLANCHE

HARLEQUIN

Prologue

Elia recula lentement, attirant vers elle son petit frère qui apprenait à marcher. Les yeux rivés sur le bébé, ses parents attendaient avec impatience d'assister aux premiers pas de leur fils.

En gloussant de rire, le gamin lança un pied en avant, vacilla… mais resta debout.

— Recule encore, Elia. Il va continuer.

Ainsi encouragée par sa mère, Elia fit deux autres pas en arrière puis, comme son frère avançait vers elle, un autre encore en lui prodiguant des encouragements de la voix et du geste :

— *Venha aqui, Tomás !*

Comme elle félicitait son frère d'un « Bravo ! » enthousiaste, elle trébucha, perdit l'équilibre et tomba en arrière en riant, toute à son bonheur d'être celle vers qui Tomás avait osé se lancer.

Elle chuta si lourdement que le choc lui coupa le souffle et, en une fraction de seconde, son rire se mua en un cri effroyable : une atroce sensation de brûlure se répandait dans son dos et sur une de ses jambes.

Tandis qu'une étrange odeur emplissait l'atmosphère, elle sentit des mains l'attraper et l'éloigner de la chaleur sans que l'affreuse douleur reflue pour autant. Elle entendit confusément sa mère, qui la berçait doucement, appeler son mari en hurlant.

Dans un brouillard, elle sentit d'autres mains l'arracher à sa mère et, quelques instants plus tard, la plonger dans l'eau glacée de la rivière qui coulait derrière la maison. La douleur disparut sur-le-champ ou presque. De soulagement, elle ferma un instant les yeux avant de les rouvrir pour découvrir le visage de son père au-dessus d'elle. Mais elle n'y vit aucun sourire, aucun signe d'encouragement. Juste de l'inquiétude. Et quelque chose de pire.

C'est alors qu'elle tourna la tête vers l'endroit où elle avait entraîné son frère à marcher. Sous les yeux horrifiés de sa mère, son *tio* et plusieurs autres membres de la famille déversaient des seaux d'eau puisés dans la rivière sur le petit feu de bois que ses parents avaient allumé en l'honneur du premier anniversaire de Tomás. Elia comprit alors : elle était tombée dedans.

Au moment où son père la sortit de la rivière rafraîchissante, la douleur réapparut, bloquant toute pensée. Elle gémit et agrippa la chemise de son père puis, comme la brûlure augmentait en intensité jusqu'à ce que plus rien d'autre n'existe pour elle, elle se mit à hurler.

Elle entendit le mot « hôpital » juste avant que son père, qui la portait toujours, se mette à courir vers une voiture comme elle ne l'avait jamais vu courir auparavant. Ils montèrent à l'arrière, et il ne la lâcha pas de tout le trajet en la réconfortant d'une voix mal assurée qu'elle ne lui connaissait pas.

Son *papá* était grand et fort. Le plus fort de tous. Mais à cet instant-là, alors qu'il était penché au-dessus d'elle, les épaules un peu voûtées, il paraissait seulement… avoir peur.

1

Jakob Callin se pencha au-dessus du lit de son patient, Matt, un adolescent grièvement blessé au visage lors d'un feu d'artifice. Le chirurgien allait devoir reconstruire sa mâchoire – un processus long et pénible – et débrider ses plaies – un acte médical douloureux – avant de procéder à des greffes de peau. Les antalgiques ayant commencé à agir, Matt, dont la mâchoire inférieure n'était pas encore complètement immobilisée, essayait de parler sans vraiment y parvenir.

Jakob tendit l'oreille pour tenter de comprendre ce qu'il disait.

— ... sert

— Tu veux de l'air ? Mais la fenêtre est ouverte.

Matt ferma les yeux et secoua la tête en portant la main droite à son visage.

— ... sert, répéta-t-il. Le ... sert.

Jake l'obligea doucement à reposer la main sur le lit tout en réfléchissant. Était-ce son apparence qui le perturbait ?

— Nous allons tout mettre en œuvre pour que tu retrouves ton visage d'avant.

— Ce n'est pas son visage qui l'inquiète pour le moment, mais la crainte de ne pouvoir se rendre au concert la semaine prochaine avec sa petite amie, qui attend dans le couloir d'ailleurs, dit une voix féminine derrière lui.

Jake tourna la tête, davantage surpris par la pointe d'accent étranger de cette voix que par son agacement à peine voilé et clairement exprimé dans le froncement de sourcils de sa propriétaire.

Il reporta son attention sur Matt, qui hochait la tête à présent.

Comment cette infirmière avait-elle deviné ce qu'il essayait de dire ?

Et pourquoi cet agacement ?

Un agacement qui lui rappela celui de Samantha, son ex-compagne mannequin, chaque fois qu'il répondait par un « Laissons un peu de temps au temps » à sa demande d'avoir un enfant. Des atermoiements qui avaient rapidement sonné le glas de leur histoire. En fait, il était persuadé que leur relation avait commencé à se fissurer et que le désir d'enfants de Samantha n'était que de la manipulation, un moyen de le forcer à rester avec elle. Elle n'avait manifestement pas envisagé qu'il puisse refuser, et son irritation s'était progressivement muée en colère, puis en soif de vengeance. Elle avait décidé de rompre et avait profité de ce qu'il assistait à une conférence dans une autre ville pour quitter leur appartement.

Avec le recul, il avait compris que sa relation avec Samantha était vouée à l'échec dès le départ et qu'il avait succombé aux charmes d'une jolie fille qui avait été davantage attirée par le statut social et les avantages qu'elle gagnerait à fréquenter un médecin qu'à lui en tant que personne.

— Pour le moment, tu dois avant tout penser à guérir, Matt, d'accord ? dit-il. Veux-tu que j'aille parler à ta petite amie ?

Il marqua un temps d'hésitation avant de demander :

— Comment s'appelle-t-elle ?

— Gracie, répondit la voix derrière lui.

Encore !

Cette fois, il ne tourna pas la tête. Étonnamment, les traits de cette femme pourtant peu amène s'étaient déjà gravés dans son esprit. Ses cheveux ondulés et brillants, acajou comme la boîte à cigares qu'il gardait sur son bureau en souvenir de son père, avaient attiré son regard vers son visage. Qui était très beau. Même quand elle était en colère. Ou peut-être *parce qu'*elle était en colère.

Il s'obligea à ne pas se laisser distraire de son patient.

— Tu veux que je parle à Gracie ? À moins que tu ne préfères la voir. Je peux autoriser une courte visite.

Cette fois, Jake n'eut pas besoin d'interprète quand l'adolescent secoua la tête avec véhémence. Il avait déjà remarqué cette expression d'effroi chez nombre de ses patients à la pensée que les personnes qu'ils aimaient les voient dans l'état où ils étaient. Pour la plupart, ils refusaient même de se regarder dans un miroir au début, et Jake s'efforçait toujours de les faire changer d'avis.

— D'accord. Je vois. Mais je suis convaincu qu'elle comprendra. Veux-tu que je lui parle ? répéta-t-il.

Matt acquiesça de la tête mais garda les yeux obstinément braqués sur le plafond, pour éviter le regard de Jake sans nul doute, car il n'était pas sûr que Gracie comprendrait. Jake non plus d'ailleurs, même s'il espérait de toute son âme qu'elle en serait capable.

Il fit pivoter son tabouret pour se trouver face à l'infirmière qui – comment le dire autrement ? – l'avait remis à sa place. Avec ses sourcils finement dessinés et ses pommettes très hautes, elle incarnait la perfection aux yeux d'un chirurgien plasticien. Seulement, Jake ne travaillait plus dans la perfection. Il s'efforçait simplement d'aider ses patients à reprendre le cours de leur vie de la manière la moins éprouvante possible, aussi bien physiquement que moralement.

Puisque cette infirmière semblait avoir des idées bien arrêtées sur la façon dont il devait se comporter, il lui indiqua d'un mouvement de tête de le suivre de l'autre côté de la chambre et constata avec une certaine surprise qu'elle obtempérait.

— Bien. Voulez-vous aller parler à Gracie vous-même ou jugez-vous que cela au moins est dans mes cordes ? demanda-t-il.

Elle rougit. De gêne, de toute évidence. Pourtant, il n'avait pas cherché à l'embarrasser. Il s'était juste essayé à l'autodérision.

Manifestement, il n'était pas plus doué pour cet exercice que pour les rapports avec les femmes. La preuve : la façon dont s'était terminée son histoire avec Samantha.

Quoi qu'il en soit, il ne voulait plus jamais revivre le calvaire d'une rupture conflictuelle.

— Je suis désolée si j'ai..., commença l'infirmière.

Jake côtoyait beaucoup de nationalités différentes, mais l'accent de cette femme avait une couleur inhabituelle particulièrement charmante.

— Non, c'est moi qui suis désolé, la coupa-t-il. Nous sommes partis du mauvais pied tous les deux. Vous êtes nouvelle ici ?

— Si on est toujours nouvelle après deux semaines, alors oui, répondit-elle après une hésitation. Mais cela ne concerne que ma présence à l'hôpital. Sinon, je vis au Texas depuis que j'ai l'âge de Matt.

— Je suis impardonnable de ne pas vous avoir accueillie comme il faut à Westlake Memorial. Vous travaillez dans ce service depuis votre arrivée ? demanda-t-il, étonné que leurs chemins ne se soient pas encore croisés.

— Oui. Nous nous sommes même occupés ensemble de quelques patients.

Quoi ? Eh bien ! Lui qui se vantait de remarquer les moindres changements dans son service et d'entretenir des relations cordiales avec les infirmières qui l'assistaient ! Il avait de toute évidence manqué à ses devoirs en l'occurrence.

— Alors, toutes mes excuses les plus sincères. Vous vous appelez Eliana Pessoa, c'est bien ça ? demanda-t-il après avoir jeté un coup d'œil au badge sur sa blouse.

Elle rectifia la prononciation de son nom, mais avec un sourire indulgent qui accentua si joliment le creux sous ses hautes pommettes que Jake en eut la gorge sèche.

Ressaisis-toi, Callin !

— À votre avis, que devons-nous dire à Gracie ?

— La vérité, sans lui faire de promesses que vous ne pourrez pas tenir concernant l'apparence physique de Matt.

— Je ne garantis jamais quoi que ce soit, puisque chaque patient réagit différemment aux interventions.

— C'est vrai, confirma Eliana après un silence et sur un ton qui intrigua Jake.

Il la regarda plus attentivement. Peut-être un peu trop, car elle recula d'un pas.

— Bien, dit-elle. D'autres patients m'attendent. Vous ne voulez vraiment pas que je parle à Gracie ?

— J'ai une certaine habitude dans ce domaine, et personne ne s'est plaint de mon comportement jusqu'à présent. Alors, je crois que je peux m'en charger.

Il adoucit sa réponse avec un sourire.

— Très bien. À plus tard, alors.

Tandis qu'elle se dirigeait vers la porte, Jake remarqua une légère claudication dans sa démarche, qu'il n'aurait vraisemblablement pas perçue s'il n'avait pas observé Eliana avec autant d'attention.

— Je repasserai te voir tout à l'heure, dit-elle à Matt. D'ici là, essaye de te reposer.

L'adolescent réussit tant bien que mal à lever le pouce, un signe qui fit de nouveau sourire Eliana.

Après le départ de cette dernière, Jake resta quelque peu abasourdi. Apparemment, il venait de rencontrer une infirmière qui se souciait de ses patients autant que lui-même s'enorgueillissait de le faire. Bien sûr, toutes les infirmières de Westlake Memorial se démenaient pour leurs malades. Mais la bienveillance et l'empathie d'Eliana avaient retenu son attention.

À moins que ce ne soit son physique.

Non, il ne pouvait être à ce point frivole ! Quoique...

Ne s'était-il pas intéressé à Samantha précisément pour cette raison ? s'avoua-t-il à contrecœur.

Il se promit donc de rester sur ses gardes avec Eliana Pessoa.

Car il y avait autre chose dont Jake se flattait : il apprenait de ses erreurs, quitte à y laisser des plumes.

Elia sortit de la chambre de Matt en poussant un ouf de soulagement. Pour une raison qu'elle ne s'expliquait pas, la présence du Dr Callin éveillait en elle une nervosité qui la rendait agressive, comme cela avait d'ailleurs transparu lors de leur échange. Elle devait absolument se maîtriser.

En fait, elle était vexée qu'il ne se soit même pas rappelé avoir travaillé avec elle. À sa décharge, il y avait un tel ballet d'infirmières qui allaient et venaient qu'il s'avérait probablement difficile de se souvenir de toutes. Elle aurait donc eu tort de se sentir quantité négligeable.

Chirurgien esthétique de formation, le Dr Jakob Callin s'était spécialisé dans la chirurgie reconstructrice chez les victimes de brûlures et de lésions traumatiques. Comme Matt, qui souffrait à la fois de brûlures et d'une fracture de la mâchoire. Une double peine qui lui avait été épargnée à elle quand, enfant, elle avait été admise dans un service pour grands brûlés au Portugal, son pays d'origine. Malgré la série d'interventions qu'elle y avait subies, elle avait gardé des séquelles à la jambe droite. Mais au moins, elle avait échappé à l'amputation. Une chance dans son malheur.

Elle s'assit dans un fauteuil du Moka, le café de l'hôpital, et but une première gorgée d'un expresso presque brûlant et bien sucré. Son goût n'avait pas tout à fait la même intensité que ceux que sa mère lui préparait au Portugal, mais elle l'apprécia malgré tout. Se serait-elle américanisée ?

Elle étendit la jambe droite pour atténuer la douleur de la névralgie qui la saisissait quand elle restait debout trop longtemps, mais garda le genou légèrement fléchi. En raison de la rétraction de la peau dans son creux poplité et des tiraillements douloureux qu'elle occasionnait, Elia ne pouvait en effet déplier complètement la jambe. Le dernier médecin qu'elle avait consulté ne lui avait pas laissé le moindre espoir d'amélioration après tout ce temps, à moins qu'elle ne se lance dans de nouvelles opérations et de nouvelles greffes. Sans aucune garantie de résultat car, pour des raisons génétiques, son corps réagissait mal à la cicatrisation.

Elle prit une deuxième gorgée de café, le laissant avec délectation couler dans sa gorge et descendre jusqu'à son estomac. Elle posa le menton sur la paume de sa main libre et laissa ses paupières se fermer.

Elle était exténuée. Il lui restait deux heures de travail mais sa chef, apitoyée par sa mine lorsqu'elle était sortie de la chambre de Matt, l'avait incitée à prendre une pause. Elia n'avait pas discuté.

Elle avait choisi – peut-être à tort – de se spécialiser en brûlologie à l'école d'infirmières parce que c'était dans cette discipline qu'elle se sentait le plus susceptible d'aider les gens. Ce que ses patients vivaient, elle l'avait vécu elle-même, bien qu'à un moindre degré puisqu'elle pouvait cacher les marques laissées par ses brûlures. Un privilège interdit à nombre d'entre eux, comme Matt par exemple. Certains luttaient même contre la mort.

Sentant soudain une présence dans le café, elle ouvrit les yeux : le Dr Callin venait d'entrer et l'observait.

Deus ! C'était bien sa chance qu'il la surprenne en train de dormir ! Ce qu'elle ne faisait d'ailleurs pas. Pour elle, « fermer les yeux » ne signifiait pas « dormir », mais simplement se déconnecter du monde pour recouvrer une certaine sérénité.

Il changea de direction pour venir vers elle. Aussitôt, elle replia la jambe droite pour la ramener sous la table à côté de l'autre. Sans savoir pourquoi, elle préférait qu'il ne remarque rien. Lorsqu'elle était habillée, elle pouvait prétendre être « normale ». Ce qu'elle était à bien des égards. Pourtant, même après toutes ces années, sa jambe continuait à la complexer, au point qu'elle se mettait rarement en maillot de bain ou en short, même dans la chaleur suffocante de l'été texan.

Lorsqu'elle était arrivée aux États-Unis, indépendamment de sa jambe, elle s'était déjà différenciée des autres. Parce qu'elle ne maîtrisait pas parfaitement la langue. Parce qu'elle était « la nouvelle » à l'école au milieu de camarades de longue date. Parce qu'elle portait un pantalon de yoga au lieu d'un short en éducation physique. Elle en avait gardé quelque part en elle l'impression que les gens guettaient chez elle un signe de faiblesse. Une conviction qui, bien que certainement non fondée, l'avait poussée à exceller dans tout ce qu'elle entreprenait, y compris dans son travail bien sûr.

— Je voulais juste m'excuser pour ne pas vous avoir accueillie correctement dans l'équipe, dit le Dr Callin en arrivant à sa table. Cela ne me ressemble pas. Sheryll m'a confirmé que vous travaillez ici depuis deux semaines déjà.

Il ne l'avait donc pas crue ?

— Ce n'est pas grave, assura-t-elle malgré son irritation. Vraiment.

Elle restait en général en retrait, à l'abri des regards, et ne s'opposait jamais à un supérieur. Mais curieusement, elle avait pris particulièrement à cœur le cas de Matt. Peut-être parce qu'elle espérait que Gracie ne se détournerait pas de lui en apprenant que même une fois la reconstruction achevée, il ne serait plus tout à fait le même garçon, extérieurement du moins, que celui qu'elle avait connu.

Si Elia n'avait jamais été directement abandonnée par un copain à cause de ses cicatrices, elle s'était aperçue que tous évitaient de les toucher, par délicatesse probablement. L'un d'eux avait même systématiquement tiré le drap sur ses jambes lorsqu'ils faisaient l'amour. Elle en avait été tellement humiliée qu'elle avait rapidement cessé de le voir.

Mais elle ne sortait pas avec le Dr Callin ! Alors, pourquoi ces souvenirs refaisaient-ils surface ?

— Si, c'est grave. Vous avez quelques minutes à me consacrer ? Sheryll vous a déjà présenté l'hôpital apparemment, mais j'aimerais discuter un peu avec vous.

Peut-être allait-il la recadrer parce qu'elle était sortie de son rôle devant témoins. Mais elle ne lui avait pas manqué de respect. Elle l'avait seulement aidé à comprendre ce que voulait le pauvre Matt. Comme elle-même aurait aimé qu'on la comprenne lorsqu'elle avait débarqué à Austin.

— Euh... Oui...

Difficile de refuser sans l'indisposer davantage encore. Or, elle allait devoir travailler avec lui et oublier que, pour quelque raison mystérieuse, sa présence la troublait.

Avec son épaisse tignasse – déjà parsemée de mèches grises – qui lui mangeait en partie le front, ses yeux bleu vif et ses joues mal rasées, il offrait une image impressionnante. Il respirait la force d'un chef, sûr de ses capacités à contrôler les événements. Pour quelqu'un comme Elia, qui avait passé les vingt-six premières années de sa vie à se laisser diriger par les événements, il apparaissait intimidant, probablement sans le vouloir.

— Super ! Je vais chercher du café et je reviens. Vous voulez quelque chose ?

— Non, ça va, merci.

Le poste d'ingénieur que le père d'Elia avait accepté aux États-Unis l'avait contraint à des allers-retours entre le Portugal et Austin. À la fin de la première année, sa femme y avait mis le holà en déclarant que pour lui permettre de continuer ce travail qu'il aimait tant, elle émigrerait avec leurs enfants pour ne plus vivre séparés. C'est ainsi que s'était produit le deuxième bouleversement dans la vie d'Elia, après l'accident : elle avait dû quitter ses amis et un monde familier.

Mais elle ne le regrettait pas. Bien sûr sa famille de Castelo Branco lui manquait, mais elle retournait au pays tous les deux ans, avec ses parents quand elle réussissait à faire coïncider ses vacances avec les leurs.

Elle observa le Dr Callin pendant qu'il s'éloignait pour commander son café, qui lui fut servi à l'américaine dans un grand gobelet et non dans une petite tasse à expresso comme le sien, qu'elle acheva d'ailleurs de boire en grimaçant quand elle réalisa qu'il était alors presque froid.

Lorsqu'elle avait cherché un hôpital doté d'un service pour grands brûlés, celui de Dallas s'était imposé. Sa mère avait craint que son choix ne ravive en permanence le souvenir traumatisant de son accident. À tort, bizarrement. Au contraire, Elia en avait tiré une force inattendue, car son drame personnel lui permettait d'aider des gens qui se trouvaient dans la même situation que celle qu'elle avait connue pendant toute son enfance. Elle avait en effet été surprise de constater que cela encourageait ses patients d'apprendre qu'elle savait dans sa chair la souffrance qu'engendraient les traitements qu'ils devaient subir.

Quand elle vit le Dr Callin revenir vers elle, elle inspira profondément et se prépara à un feu nourri de questions sur son parcours professionnel ou sur les raisons pour lesquelles elle avait choisi cette spécialité ou…

Il s'assit en face d'elle. Le léger bruit que produisit son gobelet quand il le posa sur la table parut assourdissant à Elia ; et le silence qui suivit, affreusement vide. Elle se creusa la cervelle pour trouver quelque chose à dire.

— Depuis combien de temps travaillez-vous à Westlake Memorial ?

Il était en train de porter son gobelet à ses lèvres et s'arrêta net, comme surpris par la question.

— Depuis que j'ai terminé la fac.

Logique, songea Elia. Westlake Memorial était un gros Centre Hospitalier Universitaire. Elle avait d'ailleurs été étonnée d'y être embauchée, alors qu'elle pensait que l'établissement sélectionnait son personnel dans le vivier de ses propres étudiants et qu'elle venait d'une faculté moins prestigieuse que celle de Westlake. Le fait qu'elle ait été major de sa promotion avait certainement joué.

— Et vous-même ? demanda-t-il en prenant une gorgée de son café. D'après Sheryll, vous êtes originaire d'Austin, c'est ça ?

Elle ne put retenir un sourire. Impossible qu'il la prenne pour une Texane pur jus avec la pointe d'accent qu'elle savait avoir conservée.

— Non. Je suis née au Portugal. Mais mon père a accepté un travail à Austin, et nous nous sommes installés aux États-Unis à mon entrée au lycée.

— Et vous n'avez pas eu envie de retourner au Portugal après vos études ?

— Mes parents et mon frère vivent à Austin, répondit-elle, surprise par la question. Et je rentre dès que je peux au Portugal voir le reste de ma famille.

Il hocha la tête et se tut. Elia regretta alors d'avoir terminé son expresso. Elle aurait au moins pu s'occuper les mains.

Si seulement il en venait au fait !

— Normalement, nous organisons un goûter pour souhaiter la bienvenue aux nouveaux membres du personnel, dit-il brusquement avec un sourire. C'est peut-être ce qui m'a induit en erreur. Mais d'après Sheryll, vous avez demandé de ne rien prévoir pour vous.

Elia détestait se trouver au centre de l'attention. Au restaurant, le jour de son anniversaire, ses parents ne demandaient plus depuis longtemps aux serveurs d'apporter un gâteau avec des bougies pour le lui fêter. La perspective qu'un groupe d'inconnus entoure sa table et entonne *Happy Birthday* l'horrifiait. Le contraire de son petit frère, Tomás, qui adorait ce genre de célébrations.

— J'ai pensé que je pourrais faire connaissance avec mes collègues au fur et à mesure et à mon rythme, expliqua-t-elle avec un haussement d'épaules.

Puis, sentant qu'elle ne pouvait en rester là, elle ajouta :

— Je suis ravie de travailler à Westlake Memorial.

— Et nous sommes ravis de vous compter parmi nous, lui assura-t-il avant de poursuivre dans un large sourire :

— Vous m'avez vraiment tiré une épine du pied avec Matt tout à l'heure. Je ne comprenais absolument pas ce qu'il disait.

« Tirer une épine du pied. » Elia adorait ces expressions imagées, même celles qui n'avaient pas vraiment de sens, comme « *falar pelos cotovelos* » en portugais qui voulait dire « trop parler », mais qui littéralement évoquait des coudes qui discutaient.

— Je me souviens de ce qu'on ressent quand les gens ne vous comprennent pas. Mais je vous prie de m'excuser si vous avez trouvé mon intervention déplacée.

Elle s'efforçait de ne pas prêter attention à la façon dont le léger sourire en coin du Dr Callin adoucissait ses traits et créait une patte d'oie craquante près de ses yeux.

— Ne vous excusez pas, vous avez bien fait. Je me plais à croire que notre service est une équipe solidaire. Aussi, si à un moment vous estimez que je n'aborde pas une situation correctement, ne manquez pas de me le signaler.

— Entendu. Merci. Y a-t-il autre chose que je doive savoir par rapport à ce service ?

— Je veux être tenu au courant d'éventuels problèmes et aussi des avancées scientifiques. Si vous entendez parler d'un nouveau traitement que vous jugez opportun de tester, à condition qu'il soit étayé par des études sérieuses, faites-m'en part. Des petits groupes de travail ont déjà été mis en place. On y discute d'articles intéressants, et différentes informations y circulent. Je veux une équipe de pointe qui obtienne les meilleurs résultats possibles dans l'intérêt de nos patients.

Ainsi, il ne pensait pas uniquement à sa carrière. Ce qu'elle ne pouvait que respecter… si ce n'étaient pas des paroles en l'air. À suivre donc. Mais elle espérait qu'il était sincère.

— D'accord, je vous le dirai, lui assura-t-elle.

Son dévouement à ses patients passait avant sa peur de se trouver sous les projecteurs. Alors, si elle apprenait l'existence d'une nouvelle technique prometteuse, elle n'hésiterait pas – en tout cas pas très longtemps – à en faire part à l'équipe.

En revanche, elle éviterait de faire apparaître sur les lèvres du Dr Callin son sourire irrésistible. À moins de vouloir s'engager sur une voie dangereuse dont elle connaissait d'expérience l'issue : un cœur brisé et le traumatisme de l'abandon.

Le sourire de Jakob Callin devait être réservé à ceux qui le prenaient pour ce qu'il était : le simple mouvement de muscles sur une structure osseuse. Peut-être transformait-il son visage, mais finalement il ne signifiait pas grand-chose. Ce qu'elle aurait tout intérêt à ne pas oublier.

2

Des affiches étaient placardées dans tout l'hôpital pour annoncer, deux semaines plus tard, la « fête du Vélo », organisée comme chaque année afin de lever des fonds pour les différents services de Westlake Memorial.

Jake soupira. Il n'avait prêté attention à ces affiches pourtant mises en place depuis un moment que lorsque, comme tous les chefs de service, il avait reçu le mail lui rappelant de promouvoir l'événement dans son département.

Cette manifestation, certes très utile pour l'établissement, représentait cependant une charge de travail supplémentaire alors qu'il ne savait déjà plus où donner de la tête.

Non qu'il n'aime pas le cyclisme. C'était même son sport préféré. Il sortait pédaler au moins deux fois par semaine pour décompresser. Il venait même de remplacer ses pneus usés jusqu'à la gomme. Outre ces sorties récréatives, il se rendait une fois par semaine à vélo à l'hôpital, distant d'une quinzaine de kilomètres de chez lui.

Il comptait sur Sheryll pour proposer des idées susceptibles d'inciter leurs collègues à participer. En général, une feuille d'inscription à l'intention du personnel était posée derrière le poste des infirmières, mais il fallait aussi faire savoir que l'événement était ouvert à tous et offrait donc l'occasion d'une sortie en famille. Il n'était d'ailleurs pas rare de voir un cycliste tirer une remorque avec un enfant à l'intérieur.

Le seul enjeu pour le gagnant – car il s'agissait à l'origine d'une course – consistait à avoir sa photo affichée à l'hôpital et un article dans le journal local. Une des difficultés était donc d'annoncer cet événement essentiellement festif à des familles de patients gravement atteints. Jake craignait de paraître insensible et uniquement soucieux de l'image de l'hôpital quand, en réalité, ses patients lui importaient bien davantage que n'importe quelle levée de fonds. S'il n'avait tenu qu'à lui, il se serait contenté des affiches. Mais il comprenait aussi la nécessité pour la direction de collecter de l'argent pour les projets médicaux et aussi pour effectuer les réparations indispensables dans les bâtiments.

Il sortit de l'ascenseur au quatrième étage et se dirigea vers le poste des infirmières qui était vide, comme toujours à l'heure de la distribution des médicaments. Il remarqua sur le bureau un énorme bocal en verre, du type de ceux que l'on trouve sur les étagères des pharmacies, à la différence près que celui-ci, au lieu des boules de ouate ou des abaisse-langues habituels contenait… des biscuits. En s'approchant, il vit qu'ils étaient couverts d'un fin glaçage bleu sur lequel était dessiné… un vélo ! Chacun d'une couleur différente. Intrigué, il regarda de plus près : outre les bicyclettes, il y avait des nuages et sur certains de minuscules fleurs le long d'une piste cyclable. Sur une assiette à côté du bocal, une pince était mise à disposition avec une note : « Servez-vous ! » De l'autre côté du bocal, était posée une pile de prospectus annonçant la manifestation.

Alors qu'elle sortait de la chambre d'un patient, Sheryll aperçut Jake.

— Ah ! Tu les as trouvés ! J'ai appris hier par le téléphone arabe que ces jolis prospectus venaient d'être imprimés. Nous avons décidé de prendre un peu d'avance pour t'éviter de faire ton laïus de propagande pour convaincre le personnel de participer. Nous savons tous que tu aimes beaucoup cet exercice.

— Probablement autant que vous autres aimez l'écouter, précisa-t-il en souriant.

Jake s'imaginait difficilement se passer de cette infirmière chef aussi dévouée à ses patients qu'à ses collègues, pour qui elle n'hésitait pas à monter au créneau le cas échéant. Grâce à elle, le personnel de l'unité des grands brûlés était remarquablement stable. Très peu d'employés demandaient leur mutation.

— Dis-moi, ces petits gâteaux sont-ils de ta fabrication ?

— Oh ! Certainement pas ! J'aime bien cuisiner le salé mais pas le sucré. Au grand dam de mon mari.

Il considéra de nouveau les biscuits dans le bocal : l'œuvre d'un professionnel, à n'en pas douter. Mais Sheryll n'avait pas pu avoir le temps de les commander si elle n'avait pris connaissance de la publication des prospectus que la veille.

— Qui alors, si ce n'est pas toi ?

— Elia. Hier, j'ai organisé une courte session de remue-méninges avec les infirmières, et Elia a proposé de préparer des petits gâteaux. Mais je ne m'attendais pas qu'ils soient aussi élaborés. Ni aussi bons. Goûtes-en un.

À l'aide de la pince, il prit un biscuit sur lequel était dessinée une bicyclette rouge équipée d'un panier sur le guidon, le tout réalisé avec une précision extraordinaire. Ces gâteaux avaient dû nécessiter des heures de travail. Il croqua dedans et demeura sans voix. Rien à voir avec les biscuits habituels. Celui-ci était léger et délicatement parfumé au citron. Une merveille !

— Alors ? Je n'avais pas raison ?

— Malheureusement si, parce qu'ils sont trop beaux pour être mangés.

— Les gens qui sont passés par là n'ont pas eu tes scrupules. Il a déjà fallu recharger le bocal une fois.

— Tu veux dire qu'elle n'a pas fait que ceux-là ?

— Oui. Et elle a promis de veiller à ce que nous n'en manquions pas pendant les deux semaines à venir.

— Elle ne m'en a pas touché un seul mot hier quand nous avons bu un café.

— Quoi ? Tu l'as invitée à prendre un café ?

— Non, s'empressa-t-il de répondre pour couper court à toute interprétation abusive. Je l'ai croisée par hasard au Moka, et nous avons parlé quelques minutes. Du travail, se sentit-il obligé de préciser.

— Ouf ! J'ai eu peur. J'ai cru un instant que ton cœur commençait à fondre derrière ta carapace.

Hors de question !

Du moins l'espérait-il. Surtout concernant la dernière arrivée dans l'équipe, qui avait déjà beaucoup trop piqué sa curiosité.

— Tu me connais mieux que ça, quand même !

— En tout cas, rétorqua Sheryll avec un éclat de rire, je sais que dans les autres services certaines femmes te jugent imprenable. Cela dit, elles aimeraient bien se tromper.

— Qu'elles continuent à rêver ! À supposer même que j'envisage d'entamer une relation, ce ne serait pas avec quelqu'un de l'hôpital. Ce serait trop compliqué.

Et une inévitable source d'ennuis. Comme sa relation avec Samantha, qui avait débouché sur un terrible fiasco et un cauchemar médiatique.

— Ils sont magnifiques ! s'écria une femme qui passait par-là avec son enfant en remarquant les petits gâteaux.

— Et ils sont aussi bons que beaux, assura Sheryll avec un grand sourire. Servez-vous.

La maman prit deux biscuits... et un prospectus.

— Tu ne trouves pas que c'est mieux que de haranguer les foules ? demanda Sheryll après son départ.

— Oh que si ! Remercie Elia de ma part, s'il te plaît.

— Tu vas pouvoir le faire toi-même. La voilà.

Il ferma une seconde les yeux en grommelant intérieurement, au risque que Sheryll le remarque.

Pour une raison qu'il ne s'expliquait pas, il avait retardé au maximum le moment où il la croiserait. Finalement, peut-être était-ce mieux d'en être débarrassé tout de suite.

Il se retourna. Elia se dirigeait effectivement vers le poste des infirmières avec à la main un appareil numérique sur lequel était enregistré le dossier médical de chaque patient.

Avait-elle réellement rougi ou l'avait-il imaginé ? s'interrogea Jake qui tenait encore entre ses doigts le reste de son gâteau.

— J'étais en train de demander à Sheryll de vous remercier pour ces petits gâteaux. Ils sont délicieux. Vous les avez faits et décorés hier soir ?

— En fait, ma mère est venue d'Austin pour m'aider, répondit-elle avec un bref haussement d'épaules. Elle était chef pâtissier au Portugal qui, comme vous le savez sans doute, est connu pour ses pâtisseries et ses boulangeries. Pour leurs vingt-cinq ans de mariage, mon père a fait venir du pays spécialement pour elle un four à pain fantastique. On n'en trouve pas d'aussi performant ici aux États-Unis. Je vous apporterai une boule de pain un jour.

Jake ne répondit pas tout de suite, ne sachant quoi dire.

— Pour tout le monde à l'étage, bien sûr, précisa Elia, les joues soudain cramoisies.

Une réaction qui étonna Jake, car son silence ne signifiait pas qu'il avait vu des avances dans la proposition d'Elia.

— J'ai hâte de le goûter. En tout cas, ces gâteaux sont une publicité parfaite pour notre événement. Merci encore.

— J'ai pris beaucoup de plaisir à les faire. D'autant plus que ma mère est venue pour m'aider et que je trouve rarement l'occasion de passer du temps avec elle.

— Jake déteste promouvoir ce genre d'événements non médicaux. Alors ton initiative le décharge d'une corvée, déclara Sheryll.

— C'est vrai, murmura Jake.

— Tant mieux si j'ai pu vous aider, docteur Callin.

— Appelez-moi Jake, comme tout le monde ici. Et comme le tutoiement est aussi de rigueur dans le service, tutoyons-nous.

— Euh... D'accord.

Cherchant manifestement quoi ajouter, elle se mordilla la lèvre, qui se colora d'un rose charmant. Si charmant que Jake peina à détourner le regard de sa bouche humide et pulpeuse qui invitait au baiser...

Mais bien sûr ! Voilà pourquoi il avait voulu l'éviter ! Sa présence le déconcentrait. Cela ne lui était pas arrivé depuis très longtemps. Depuis son ex en fait. Son physique à elle aussi l'avait fasciné. Jusqu'à ce qu'il s'aperçoive qu'elle n'avait que sa beauté pour elle. Il pressentait qu'il n'en allait pas de même pour Elia et qu'elle ne se résumait pas à son apparence. Une première preuve : le bocal sur le bureau du poste des infirmières.

Il ne s'aventurerait cependant pas à découvrir ce qui se cachait derrière la surface. Si au bout d'un jour il peinait déjà à ne pas s'intéresser à elle, qu'en serait-il dans un mois ? Dans deux mois ?

Allons ! Avec un peu de chance, son intérêt pour Elia s'émousserait rapidement. Peut-être d'ici peu allait-elle devenir pour lui comme n'importe quel autre membre du personnel de Westlake Memorial. Qui sait ?

Il se détourna, finit son biscuit et secoua la tête. Sans savoir pourquoi, il avait l'impression que ce ne serait pas aussi facile que ça.

Ni aussi rapide.

En regardant Jake croquer dans son petit gâteau, Elia fut parcourue de frissons. Une réaction inattendue qui la contraria. Elle avait seulement voulu apporter sa pierre et commençait à se dire qu'elle aurait probablement été bien avisée de s'en abstenir. Certes, sa mère et elle avaient passé un moment fabuleux à confectionner ces biscuits. Mais ce plaisir ne compensait pas la honte que lui avait causée le silence gêné de Jake, qui avait dû croire qu'elle le draguait.

Et maintenant, allait-il voir en elle l'infirmière qui avait cherché à retenir son attention par tous les moyens ?

Tu déraisonnes, Elia.

Sans nul doute. Probablement parce qu'il occupait davantage ses pensées qu'il ne le devrait.

Une chose était sûre malgré tout : elle avait fait les biscuits en pensant à ses patients et non à lui. En outre, elle projetait de participer en personne à l'événement. Le vélo était un des sports qu'elle pouvait pratiquer sans trop de douleurs, car elle n'était pas obligée de déplier complètement le genou, contrairement à la course à pied ou à la marche rapide. La natation lui convenait aussi grâce à l'eau qui la soulageait du poids de sa jambe blessée.

— Il est parfois bourru, mais il n'est pas méchant, dit Sheryll en lui tapotant l'épaule.

Elle n'avait donc rien inventé, puisque l'infirmière chef avait remarqué l'attitude de Jake.

— J'ai peur qu'il ne m'ait trouvée trop familière.

— Comment ça « trop familière » ?

— D'avoir proposé d'apporter une boule de pain de ma mère.

— Cela m'étonnerait. Je pense qu'il ne sait tout simplement pas comment dire merci. C'est Matt ! s'écria-t-elle alors brusquement comme une lumière se mettait à clignoter.

Elles allèrent aussitôt dans le couloir et virent en effet la mère de Matt, Veronica, passer la tête par la porte de la chambre en criant :

— S'il vous plaît ! S'il vous plaît !

Elia et Sheryll se précipitèrent et Veronica s'effaça pour les laisser entrer tout en leur expliquant la situation :

— Il a brusquement été pris de tremblements incontrôlables.

En effet, Matt était secoué de spasmes. Son visage était rouge ; et ses yeux, agrandis par la peur.

Elia, la première à son chevet, lui toucha le front.

— Il est brûlant. Tu peux appeler le Dr Callin, Sheryll ?

— Oui.

Elia prit la température de Matt. Comme elle s'y attendait, il avait une forte fièvre : 39,8 °C.

En dehors des lésions tissulaires, l'infection représentait le plus gros danger dans les blessures du type de celles de Matt. L'exsudat qui suintait des zones brûlées créait un environnement humide propice au développement de divers microbes plus ou moins virulents, comme dans une boîte de Petri. Aucun symptôme n'était apparu jusque-là – une heure auparavant sa température était normale –, mais il n'était pas toujours facile de différencier les rougeurs dues aux brûlures de celles dues à un état infectieux.

Matt réclama des couvertures supplémentaires mais, au lieu d'accéder à sa demande et malgré ses protestations, Elia enleva celle qu'il avait tirée sur lui.

— Je sais que c'est désagréable, Matt, mais il faut faire tomber ta température et donc ne pas trop te couvrir, expliqua-t-elle tout en posant des gants mouillés sur son front et ses poignets.

Alors qu'elle était ainsi occupée, Jake entra dans la chambre. De toute évidence, Sheryll l'avait déjà mis au courant de la situation parce qu'il alla droit au but.

— Température ?

— 39,8 °C, il y a deux minutes.

— Prenons-la de nouveau.

Elia s'exécuta aussitôt.

— 40 °C...

— Courbes ?

Elia lui tendit l'appareil numérique contenant les données de Matt.

— Arrêtons la céphalosporine et voyons si sa température baisse, décida-t-il après les avoir consultées. Quand la prochaine prise était-elle prévue ?

De tous les médicaments administrés à Matt, la céphalosporine était celui dont l'effet secondaire le plus souvent cité était la fièvre. Logique donc que Jake veuille éliminer cette possibilité avant de poser un diagnostic d'infection.

— Il a pris ses cachets à minuit, ce devait donc être à midi.

Jake, qui préférait les vêtements de ville à la blouse traditionnelle, était vêtu ce jour-là d'un polo bordeaux et d'un jean noir.

Avec ses beaux cheveux noirs rejetés en arrière, il était éblouissant, et Elia dut lutter pour ne pas se laisser distraire de sa tâche.

— Très bien, dit-il en lui jetant un coup d'œil. La température devrait commencer à tomber rapidement si la céphalosporine est en cause. Dans ce cas, nous changerons d'antibiotique.

— D'accord, dit Elia. Y a-t-il autre chose que vous souhaitez que je fasse ?

— Le reste de ses constantes est-il bon ? demanda Jake sans relever le vouvoiement qui lui avait échappé.

— C'est ce que j'allais vérifier.

Quelques instants plus tard, elle annonça :

— Tout va bien, en dehors de son pouls qui est un peu rapide.

— Il va s'en sortir ? intervint sa mère.

— Si sa fièvre ne tombe pas après l'arrêt de la céphalosporine, nous modifierons son traitement. Je ne veux prendre aucun risque, mais je ne veux pas non plus augmenter la dose d'antibiotiques avant d'avoir compris la raison de ce pic de température.

Il se tourna alors vers Matt :

— Je peux t'examiner ?

Matt acquiesça de la tête, et Jake, avec une délicatesse qu'Elia admira, détacha les pansements humides couvrant ses blessures. Les plaies de l'adolescent devaient être débridées dans l'après-midi, et tout le monde espérait que les chirurgiens pourraient bientôt commencer les interventions de reconstruction de sa mâchoire fracturée. Ce n'est qu'alors que Jake pourrait se charger de la greffe de peau.

Quand ce dernier eut terminé son examen, il fit pivoter son tabouret vers Veronica.

— Je ne vois rien de spécialement inquiétant pour le moment, mais je préfère que le Dr Julle vienne rendre visite à Matt. Deux avis valent mieux qu'un.

Elia accompagna Jake à la porte.

— Vous voulez… Tu veux, se reprit-elle devant le sourcil levé de Jake, que je lui mette des compresses froides ?

— Oui. Si sa température continue à monter, appelle-moi, et nous prendrons des mesures plus agressives. Mais la courbe devrait bientôt s'inverser si mon hypothèse est la bonne.

— Entendu.

Sheryll étant déjà partie dans une autre chambre, Elia était seule avec Jake. Au moment où ils atteignaient la porte, leurs bras se frôlèrent, et aussitôt une vague de frissons parcourut Elia.

Nossa Senhora ! Qu'est-ce qui ne tournait pas rond chez elle ?

— Si tu remarques quoi que ce soit d'anormal, préviens-moi immédiatement, précisa Jake en chuchotant à son oreille. J'espère qu'il s'agit uniquement d'un effet secondaire de la céphalosporine, mais si c'est autre chose je veux absolument en comprendre l'origine. Dieu sait ce qui a pu pénétrer dans ses blessures quand le pétard a explosé.

— Vous... Tu penses au sepsis ?

Au lieu de répondre, il lui indiqua d'un mouvement de tête de le suivre dans le couloir.

— Pas encore, dit-il lorsqu'il eut fermé la porte derrière eux. Mais je préfère prendre les devants et faire une prise de sang. Son pouls est rapide, mais j'espère que cela est dû uniquement à la fièvre puisque sa tension reste à peu près normale.

— C'est aussi ce que je pensais.

— Vraiment ?

Elia ne détecta aucune moquerie ou arrogance ni dans son sourire ni dans sa voix. Au contraire, il semblait apprécier de bénéficier d'un avis complémentaire. La plupart des médecins attendaient uniquement des infirmières qu'elles exécutent leurs ordres et ne s'intéressaient pas à ce qu'elles avaient à dire. Mais Elia avait l'impression que Jake ne fonctionnait pas ainsi. Sinon, il n'aurait pas échangé avec autant de simplicité avec Sheryll, et cette dernière n'aurait pas cherché à le décharger d'une partie des tâches administratives et d'organisation en rapport avec la fête du Vélo. De toute évidence, l'infirmière chef respectait Jake.

Elle avait même de l'affection pour lui. Cela se voyait quand elle lui parlait.

— Oui, vraiment, lui répondit-elle avec un sourire. Pour le moment, Matt s'en sort bien, et ça fait plaisir.

— Des nouvelles de sa petite amie ?

Cette fois, Elia se mordilla la lèvre comme chaque fois que quelque chose la tracassait. Elle arrêta instantanément quand elle vit le regard de Jake se porter sur sa bouche.

— Non, mais d'après Veronica, ils...

Elle s'arrêta pour essayer de se rappeler l'expression qu'avait utilisée la mère de Matt.

— ... ont le béguin l'un pour l'autre depuis le collège. Alors, j'espère que Gracie ne le laissera pas tomber.

— Moi aussi. Matt se rétablira plus vite avec le soutien de sa petite amie.

— Absolument !

Elia se rappela ses années d'adolescence après son arrivée aux États-Unis quand elle avait subi des reprises chirurgicales sur sa jambe. Des interventions qui n'avaient réduit qu'en partie la rétraction du tissu cicatriciel, à cause de son profil génétique.

Elle avait eu un petit ami au lycée. Un seul. Ses cicatrices l'avaient gêné, alors qu'elle ne venait pourtant jamais en cours en short. Même en sport, à la demande de ses parents, elle avait eu l'autorisation de porter un pantalon de survêtement pour dissimuler ce qui la complexait profondément. Heureusement, il y avait une piscine dans leur jardin, et là elle avait pu se mettre en maillot de bain à l'abri des regards autres que ceux de sa famille.

Mais elle avait refusé catégoriquement de nager avec son petit ami lorsqu'il venait chez elle, ce qui avait créé un autre sujet de tension entre eux, et il avait rompu au bout de six mois.

Jake lui toucha la main, et elle la retira aussitôt par réflexe.

— Désolé si je t'ai fait peur. Tu avais l'air à des milliers de kilomètres d'ici, et je voulais juste te rappeler encore de m'informer sur-le-champ d'un éventuel changement dans l'état de Matt, qu'il se détériore ou qu'il s'améliore.

— C'est noté. Et tu n'as pas à t'excuser. J'étais en effet plongée dans mes pensées, et tu m'as fait sursauter. J'ai été surprise.

Elle ne voulait ni qu'il connaisse la nature de ses pensées, ni qu'il croie qu'elle était prude au point de ne pas supporter le moindre contact physique. De toute façon, elle avait dit vrai : il l'avait surprise, rien de plus.

Vraiment ? Elle avait frissonné aussi lorsque leurs bras s'étaient accidentellement effleurés, un peu plus tôt. Comme si un courant électrique lui avait traversé le corps, mais en provoquant une sensation fort agréable...

Allons ! Elle devait à tout prix se reprendre avant qu'il remarque l'effet qu'il lui faisait. D'autant plus qu'elle avait déjà eu peur qu'il pense qu'elle le draguait.

De surcroît, il était hors de question qu'elle s'entiche de cet homme.

— Bien, dit-elle en s'arrachant à ses ruminations. Je vais m'occuper des compresses et je te tiens au courant de l'évolution de l'état de Matt.

— Merci. À tout à l'heure.

Là-dessus, il tourna les talons et disparut sans qu'elle ait le temps d'ajouter quoi que ce soit.

3

Jake se laissa aller en roue libre sur la piste cyclable entre la route et l'hôpital.

La céphalosporine s'étant révélée responsable de la fièvre de Matt comme il l'avait soupçonné, la première intervention chirurgicale sur sa mâchoire avait pu être entreprise dès la veille. Il n'avait malheureusement pas été possible d'éviter l'extraction des dents de droite trop abîmées dans l'accident, mais avec des implants rien ne se verrait, et Matt recouvrerait l'usage de sa mâchoire… à condition que le greffon osseux prélevé par le Dr Julle sur son péroné de Matt.

Jake s'était chargé de la greffe cutanée pour réparer la zone sur la jambe de Matt au niveau du péroné en prenant du tissu sur une de ses fesses.

Alors qu'il se dirigeait vers les range-vélos en arceau que l'hôpital avait installés sur la pelouse près des entrées principales, Jake remarqua une jeune femme qui était en train d'y attacher sa bicyclette.

Il ralentit encore en arrivant derrière elle et joua de la sonnette pour l'avertir de sa présence. Quand elle se retourna, Jake freina si brusquement qu'il faillit passer par-dessus son guidon. Elia ! Dans son collant de cycliste en lycra, avec ses tennis et un haut moulant qui découvrait ses épaules, elle était très différente de l'infirmière en blouse informe qu'il avait l'habitude de voir. Elle était sexy en diable.

Plus exactement, davantage encore qu'à l'accoutumée.

— Fais attention si tu ne veux pas atterrir aux urgences, plaisanta-t-elle. Le vélo a beau ne pas s'oublier, le manque de pratique peut poser problème.

Comment ça « le manque de pratique » ? Il venait à vélo à l'hôpital une fois par semaine !

— Tu m'as fait peur, c'est tout.

Exactement ce qu'elle lui avait répondu lorsqu'elle avait sursauté lorsqu'ils s'occupaient de Matt...

— D'accord.

Visiblement, elle ne le croyait pas. Quelle importance, après tout ? Mais bizarrement, ça en avait pour lui.

— En fait, je viens assez souvent travailler à vélo.

— Ah ! Pour ma part, c'est la première fois. J'ai pensé que c'était un bon entraînement pour la fête du Vélo.

Normal donc qu'il n'ait jamais vu sa bicyclette, pourtant facilement identifiable avec sa couleur rouge vif, son guidon de course et ses rayons noirs. Elia était une connaisseuse apparemment.

Elle finit de verrouiller son antivol et glissa un petit sac à dos sur son bras.

— Le seul inconvénient c'est de ne pas pouvoir se doucher ici.

À ces mots, l'image que Jake essayait à tout prix de bloquer surgit dans son esprit : celle d'Elia faisant lentement glisser son collant moulant le long de ses hanches, puis de ses jambes...

Il s'abstint de lui dire qu'il disposait d'une salle de bains attenante à son bureau, à la fois pour ne pas apparaître comme un privilégié – ce qu'il était malgré tout – et surtout parce qu'il aurait alors dû lui proposer de l'utiliser. Et de ce fait, l'image qu'il venait à grand-peine de repousser serait revenue en force chaque fois qu'il serait entré dans son bureau.

— Oui, je comprends, réussit-il à dire. Je n'habite qu'à une petite quinzaine de kilomètres de l'hôpital, alors le matin ça va. Mais au retour, avec la chaleur de l'après-midi, c'est parfois dur.

— Tu connais des balades à faire à vélo par ici ?

— Tout dépend de ce que tu cherches et de la distance que tu veux parcourir. Plusieurs marchands de vélos organisent des sorties, en particulier une le samedi à laquelle je participe. C'est une boucle au départ de University Park qui tourne autour de l'aéroport Dallas Fort Worth. Si tu veux te joindre à nous, tu es la bienvenue.

Quelle mouche l'avait piqué de lancer cette invitation ? Mais ce qui était fait était fait, et il lui donna quelques précisions.

— C'est un circuit de soixante-quinze kilomètres.

— OK. J'ai pédalé sur de plus longues distances, mais au printemps ou à la fin de l'automne, quand la température est plus clémente.

Elle se tut un instant avant de reprendre, avec une timidité surprenante et… attendrissante.

— Ce serait rassurant de voir un visage familier la première fois. Mais je comprendrais que ma présence te gêne, même si je promets de ne pas m'accrocher à tes basques,

— Tu ne me gênes pas du tout. Tu verras que la communauté cycliste de Dallas est très accueillante.

— Tu fais souvent du vélo si je comprends bien.

— C'est un sport que j'aime bien.

— Moi aussi.

Elle le fixa pendant ce qui parut une éternité à Jake.

— Bien, finit-elle par dire en se tournant. Il faut que j'y aille.

Puis elle lui fit de nouveau face.

— Je n'étais pas de service hier. Comment s'est passée l'opération de la mâchoire de Matt ?

— Bien, répondit-il après avoir attaché son vélo et alors qu'ils se dirigeaient de concert vers l'hôpital. Et Gracie est venue.

Pour la deuxième fois, Jake remarqua qu'Elia boitillait

imperceptiblement. À cause de sa jambe droite, lui sembla-t-il. Elle le suivait cependant sans difficulté.

— Super ! A-t-il accepté de la voir ?

— Oui, après l'opération. Comme il était couvert de bandages, peut-être avait-il moins peur de ce qu'elle allait découvrir.

Une réaction courante chez les patients atteints dans leur chair par un accident, comme dans le cas d'une brûlure grave, avait constaté Jake.

Dans l'ascenseur, Elia demanda.

— Et les greffes de peau, tu les as faites ?

— Juste celle sur la zone où ils ont prélevé un greffon d'os. Quant à celles nécessaires pour reconstruire le visage, il faut attendre un peu.

Là-dessus, ils arrivèrent au quatrième étage, et Jake demanda :

— Alors, tu es partante pour samedi ?

— Oui. Quelle heure ?

— 8 heures. Apporte une gourde et de quoi grignoter.

Le sourire avec lequel elle acquiesça creusa ses joues de façon toujours aussi charmante.

— Entendu. Merci encore pour cette invitation.

— De rien. À tout à l'heure.

En passant devant le bureau des infirmières, Jake s'aperçut que le bocal de gâteaux était presque vide. Normal puisqu'Elia n'était pas là la veille, songea-t-il. Mais il ne voulait pas qu'elle se sente obligée de le remplir systématiquement, surtout vu le temps que leur fabrication devait prendre. Il nota mentalement de le lui dire quand il la reverrait.

Il nota aussi dans son agenda la date de la sortie à vélo. Aucune inscription préalable n'était nécessaire. Il suffisait de se présenter. Parfois un employé du magasin prenait la direction des opérations, parfois les participants se débrouillaient tout seuls, les habitués informant les nouveaux du parcours et leur indiquant où attendre de l'aide en cas de besoin. Ils dressaient aussi la liste des cyclistes qui projetaient de s'arrêter avant la fin, de façon à ne pas s'inquiéter et à ne pas envoyer inutilement quelqu'un aux nouvelles. Bref, le protocole normal dans ce genre d'événements.

Mais le moment était mal choisi pour penser au vélo. Il devait consulter le dossier de ses patients et le programme de sa journée. Il avait deux opérations prévues qui ne concernaient pas des grands brûlés : un bec-de-lièvre et une reprise chirurgicale pour un malade opéré d'un cancer à la joue dans un autre hôpital. Jake pensait pouvoir étirer un peu la peau et réduire la boursouflure.

Tout en se changeant, il réfléchit à la claudication d'Elia. Souffrait-elle d'asthénie musculaire ? Dans ce cas, un long parcours à vélo était-il raisonnable ? Elle avait certes déclaré que soixante-quinze kilomètres ne l'effrayaient pas, mais peut-être devrait-il malgré tout s'assurer qu'elle ne se surestimait pas.

Non. Elle était adulte et savait ce qu'elle faisait. Si elle se sentait capable de pédaler sur cette distance, de quel droit remettrait-il en cause sa décision ? À sa place, il n'apprécierait vraiment pas une telle ingérence dans ses affaires.

Dire qu'Elia avait cru qu'il venait de se mettre à la bicyclette ! Il rit tout seul de cette erreur. C'était sa punition pour s'être intéressé de trop près à elle.

Il avait beau le nier de toutes ses forces, elle continuait bel et bien à l'obséder, et il espéra que la sortie du samedi n'aggraverait pas encore les choses.

Avec un peu de chance, le fait de la voir souvent opérerait à la manière d'un protocole de désensibilisation…

Le samedi matin, Elia gara sa voiture près du magasin de cycles de Walter. Plusieurs personnes étaient déjà arrivées, mais Jake n'en faisait pas partie. Peut-être avait-il renoncé à venir. Peu probable : lorsqu'ils s'étaient vus la veille à l'hôpital en fin de journée, il lui avait fixé rendez-vous pour ce matin-là. Elle-même avait failli se défiler. Mais quel prétexte aurait-elle invoqué quand Jake constituait son seul véritable motif de désistement ? Parce que oui, il continuait à la perturber. Chaque fois qu'elle s'était trouvée en sa présence au cours des deux derniers jours, elle avait rougi et, pire que tout, les bouts de ses seins avaient durci. Aussi avait-elle pris soin ce jour-là de mettre un soutien-gorge de sport, bien épais, qui n'était ni particulièrement agréable à porter ni particulièrement facile à mettre, mais qui cacherait toute manifestation traîtresse de son corps.

Elle décrocha son vélo de l'arrière de sa voiture, rangea ses cartes d'identité et de crédit dans la petite sacoche du guidon et inséra sa gourde dans le porte-bidon du cadre.

Alors qu'elle attachait ses cheveux en queue-de-cheval, Jake se gara à côté d'elle et descendit de voiture.

— Salut, dit-elle.

— Salut toi-même. Je vois que tu es venue.

Dans une tenue de rigueur – cuissard et maillot en nylon –, il semblait aussi à l'aise dans cet univers que dans celui de l'hôpital. Comment avait-elle pu se méprendre à ce point sur ses compétences de cycliste ? s'étonna-t-elle.

Un casque pendait au guidon de Jake. Son port n'étant pas obligatoire au Texas et ayant roulé essentiellement sur des pistes cyclables à Austin, elle n'en avait jamais utilisé jusque-là. Mais comme elle ne connaissait pas les conditions de circulation à Dallas, elle avait préféré en apporter un ce matin-là, par précaution. Et bien lui en avait pris : en effet, presque tous les participants en portaient. Tant pis si elle avait chaud à la tête, elle suivrait leur exemple. En revanche, elle ne ferait aucune concession côté short et garderait son collant.

— Oui, évidemment je suis venue. Vous êtes combien d'habitude ?

— Une quinzaine. Mais pour des événements exceptionnels ça peut monter jusqu'à une quarantaine.

— Waouh ! Nous n'étions pas aussi nombreux dans mon club d'Austin. Mais comme il n'était pas sous l'égide d'un magasin de cycles, ceci explique peut-être cela.

— Les clubs ont chacun leur propre organisation et leur propre style aussi. Ici, c'est plutôt décontracté.

— Salut, Randy ! lança-t-il à un homme qui s'approchait d'eux.

Il bavarda quelques instants avec lui avant de procéder aux présentations.

— Voici Elia. Elle est arrivée à Dallas il y a peu et veut tester le club.

— Nous tâcherons de ne pas vous effrayer, mais si Jake n'a pas encore réussi à vous faire fuir, tout devrait bien se passer, plaisanta Randy. Il est le plus redoutable de nous tous.

C'était surtout l'effet qu'il produisait en elle qu'Elia, elle, trouvait redoutable. Aussi remercia-t-elle intérieurement Randy d'avoir interrompu son tête-à-tête avec Jake.

Décidant d'entrer dans son jeu, elle plaisanta à son tour :

— Je travaille avec lui, alors j'ai l'habitude.

Faux, bien sûr. Mais elle avait le droit de le prétendre, non ?

— S'habitue-t-on jamais à Jakob Callin ?

Elia continua sur le même ton :

— Je l'ignore. À vous de me le dire.

— Il faudrait quelqu'un d'exceptionnel.

Les gens autour d'eux s'esclaffèrent, et Jake leva les yeux au ciel.

Sur ces entrefaites, d'autres cyclistes arrivèrent, qui se mirent à bavarder ensemble dans l'atmosphère détendue et cordiale caractéristique d'une activité commune pratiquée régulièrement. Si Elia pensait s'intégrer sans difficulté à leur cercle, elle craignait en revanche de le regretter au final. Raisonnablement, elle devrait donc aller frapper à la porte d'un autre club. Et risquer de ne pas y trouver la même ambiance et de ne pas être aussi facilement acceptée ? Ici, elle était incontestablement aidée par son statut de « compagne » de Jake. Ce qu'elle n'était pas, bien sûr. Elle l'accompagnerait pour cette seule et unique sortie… si elle avait un tantinet de bon sens.

Elle consulta sa montre : 8 heures tapantes.

Comme s'il avait lu dans ses pensées, Jake prit la parole.

— Brian, notre intrépide chef, étant actuellement en vacances en Floride, il m'a laissé la responsabilité de la sortie d'aujourd'hui. Tout le monde est là ?

Plusieurs personnes ayant hoché la tête, il reprit en se frottant les mains :

— Dans ce cas, équipons-nous.

Comme les autres, Elia mit son casque.

— Vous roulez vite ? demanda-t-elle.

— Chacun fixe son propre rythme, répondit Randy qui avait entendu sa question. Tout dépend de ce qu'on cherche. Certains d'entre nous s'entraînent pour des courses à venir, d'autres viennent juste pour le plaisir. Si tu arrêtes en cours de route, pense à en informer quelqu'un. À ce propos, peux-tu me donner ton nom et ton numéro de téléphone, s'il te plaît ?

Randy était passé tout naturellement au tutoiement et, du coin de l'œil, Elia vit Jake froncer les sourcils. Pourquoi ? Craignait-il qu'elle ne s'intègre trop bien ? Dans ce cas, il n'avait aucun souci à se faire puisqu'elle ne comptait pas renouveler cette sortie.

Devrait-elle le rassurer ?

Non, ce serait embarrassant.

— Si je te perds de vue, je t'enverrai un texto pour m'assurer que tout va bien, poursuivit Randy après avoir noté soin nom et son numéro de portable.

Elle regarda autour d'elle. Personne ne semblait considérer la démarche de Randy déplacée. Seul Jake continuait à froncer les sourcils. Elle se pencha vers lui.

— Si tu veux rouler en tête de cortège avec les as, vas-y. Aucun problème pour moi.

— Non, ne t'inquiète pas. Je ne voudrais pas te perdre de vue.

Il avait parlé d'une façon qui la fit frissonner alors qu'il n'avait rien dit de plus que Randy. Elle aurait même dû se vexer qu'il sous-entende qu'elle serait à la traîne.

— Qui te dit que ce n'est pas moi qui vais te perdre de vue ?

— C'est un défi ? pouffa-t-il.

— Euh... pas du tout. Dans mon club d'Austin, nous pédalions tranquillement en profitant du paysage et en bavardant. Nous ne cherchions pas à avaler des kilomètres à tout prix ou à réaliser un exploit et nous restions groupés.

— Je vois. Il règne davantage un esprit de compétition ici, mais il ne s'agit pas non plus d'une course à proprement parler. Pour la plupart d'entre nous, en tout cas. Il y en a toujours quelques-uns qui mettent un point d'honneur à être en permanence en tête.

De toute évidence, pas Jake. Pourtant, dans le service des grands brûlés, c'est bien lui qui menait les troupes et, d'après ce qu'Elia avait entendu dire, il était l'un des meilleurs chirurgiens plasticiens dans la région de Dallas. Mais peut-être ne courait-il pas après la gloire. Il lui donnait en effet l'impression de se préoccuper bien davantage de ses patients que de sa réputation.

Tout le monde se mit en selle, et ils s'élancèrent. Un kilomètre plus loin, le groupe compact du départ commença déjà à s'étirer. Jake resta avec elle, pas par simple gentillesse espéra-t-elle. Elle ne voulait pas l'empêcher de se joindre au peloton de tête si tel était son souhait et son devoir en tant que responsable de la sortie. Mais elle admirait aussi qu'il ne cherche pas à frimer.

— Cette allure te convient ? demanda-t-il.

Comme s'il avait lu dans ses pensées...

— Oui. Elle est un peu plus rapide que celle à laquelle je suis habituée, mais je n'ai aucun mal à suivre.

Elle disait vrai ; elle n'était même pas essoufflée.

— C'est chouette par ici, observa-t-elle non sans une certaine surprise, car les grands arbres, l'aménagement paysager soigné et la piste cyclable ombragée ne correspondaient pas à l'image de jungle de béton qu'elle s'était faite de Dallas.

— Oui. Nous longeons University Park actuellement. C'est une des parties les moins ensoleillées de notre circuit. Il fera beaucoup plus chaud près de l'aéroport. Mais nous devrions avoir terminé la balade un peu avant midi, donc avant que la chaleur ne devienne vraiment étouffante.

La route se mit à descendre, et Elia cessa de pédaler, freinant même lorsqu'elle prenait trop de vitesse.

— J'aurais dû me renseigner sur le relief du parcours. Va-t-il y avoir de fortes montées ?

— Pas excessivement fortes, mais au quinzième kilomètre nous aborderons une côte d'une vingtaine de kilomètres avant de redescendre et de rouler sur du plat jusqu'à la fin. Et à Austin ?

— C'est un pays de collines là-bas et, comme la ville est située en hauteur, nous commencions en général notre parcours par une descente et le terminions par une montée pour rejoindre le point de départ.

Seules les côtes posaient un véritable problème à Elia, car elles l'obligeaient à pédaler en danseuse et donc à déplier complètement sa jambe droite, ce qui provoquait un tiraillement extrêmement pénible derrière le genou, là où le tissu cicatriciel s'était rétracté. Sur le coup, elle supportait en général la douleur pourtant intense, mais dès son retour chez elle elle appliquait de la glace sur l'arrière de sa jambe, une solution moins agressive que les antidouleurs, qu'elle évitait dans la mesure du possible.

Elle jeta un coup d'œil à Jake. Elle ne l'avait jamais vu aussi détendu. Il prenait indéniablement plaisir à s'adonner à cette activité physique en plein air. Penché sur son guidon, il était dangereusement beau. Il était bâti pour ce sport, et son maillot moulant dessinait à la perfection les muscles de son dos vigoureux. Quant à ses mollets…

Elle s'empressa de reporter son attention sur la route pour changer le cours de ses pensées.

— Est-ce toi qui as eu l'idée de cette fête du Vélo ?

— Non. Elle était dans l'air depuis un bout de temps, et comme j'étais déjà un adepte de ce sport lorsque je suis arrivé à l'hôpital, le projet m'a tout de suite plu. Jusqu'à présent, je ne l'ai pas manquée une seule année.

— C'est un événement qui sort un peu de l'ordinaire. D'habitude, les hôpitaux organisent plutôt des marathons ou ce genre de choses, me semble-t-il.

— Il n'y a rien de mal à être un peu différent.

Peut-être. Mais à une époque, elle s'était sentie si différente qu'elle avait été une véritable boule d'angoisse. Grâce à la psychologue qu'elle avait consultée pendant son adolescence, elle avait fini par comprendre que ses blessures présentaient l'avantage de la rendre plus empathique envers ceux qui souffraient. Elle avait donc décidé d'aider le Special Olympics d'Austin – un organisme qui permettait aux handicapés mentaux de faire du sport – et avait tiré beaucoup de plaisir et de fierté à participer à une action aussi constructive.

— Non, aucun mal en effet, confirma-t-elle à la fois parce que c'était la réponse attendue et parce qu'elle en était venue à le croire pour de bon.

— Nous arrivons dans une zone plus fréquentée, la prévint Jake. Il va y avoir des feux, et nous allons devoir partager la route avec les voitures, la voie de droite étant réservée aux cyclistes.

Et effectivement, Elia aperçut le premier gros carrefour du parcours. La circulation devint plus dense aussi. Cinquante mètres plus loin, la piste cyclable se transforma en une voie de circulation repérée par un vélo peint en blanc sur l'asphalte.

Au feu rouge, ils rattrapèrent la tête du groupe, et les retardataires les rejoignirent. Quand le feu passa au vert, Elia mit son pied sur la pédale. Elle venait tout juste de s'élancer quand, dans un cri, Jake saisit son guidon et la tira violemment vers l'arrière, les déséquilibrant tous les deux. Au même moment, elle entendit un crissement de pneus et se prépara à un inévitable choc mais, étonnamment, rien ne vint la heurter ou l'écraser. Elle entendit en revanche quelqu'un hurler, et Jake, qui était par terre à côté d'elle, se mit debout d'un bond.

— Ça va ? demanda-t-il.

— Oui, je crois.

Elle ne comprit ce qui était arrivé que lorsqu'elle se mit debout à son tour et découvrit une voiture encastrée dans un arbre avec sous ses roues une bicyclette bleu foncé sans cycliste à côté.

Les mains en visière pour ne pas être éblouie par le soleil, elle finit par repérer Jake et quelques autres personnes qui couraient vers une zone enherbée à côté de l'arbre. Y gisait un corps parfaitement immobile.

D'une immobilité terrifiante.

4

Jake arriva le premier auprès du cycliste accidenté. C'était Randy ! Et il ne bougeait pas.

Il portait toujours son casque, mais une flaque de sang qui semblait provenir de son nez s'était formée sur le sol.

Jake s'agenouilla à côté de lui, chercha son pouls… Il battait, mais très faiblement.

Comme par magie, Elia apparut soudain et s'accroupit près de lui.

— La vache ! Il a fait un vol plané d'au moins vingt mètres.

— Oui. J'ai senti son pouls mais je crains une hémorragie interne.

Un des bras de Randy était plié… à l'envers. Fracture, diagnostiqua Jake. Et ce n'était probablement pas la seule.

Dire qu'il s'en était fallu d'un cheveu qu'ils ne soient eux aussi heurtés par la voiture. Dans l'état actuel des choses, il s'en sortait avec des bobos aux genoux et aux coudes. Quant à Elia, elle était écorchée à la joue, et sa lèvre inférieure saignait et avait enflé. Rien de bien méchant non plus apparemment.

Il fallait vraiment ne rien avoir dans le crâne pour aborder un carrefour à une allure pareille, s'indigna intérieurement Jake qui avait tout de suite compris que le conducteur ne parviendrait pas à s'arrêter au feu rouge.

— Les secours arrivent, annonça Serge, un membre du club. Franchement, à quoi pensait donc ce type ?

— Je n'en ai pas la moindre idée. En tout cas, merci d'avoir prévenu les secours. Nous n'allons prendre aucun risque et les attendre avant de bouger Randy, au cas où des vertèbres seraient fracturées. Nous n'avons aucun moyen de savoir pour le moment si sa colonne ou son cou ont été touchés. Y a-t-il d'autres victimes ?

— Non, répondit Serge. Si tu n'avais pas eu un bon réflexe, vous auriez été renversés aussi tous les deux.

— C'est vrai, dit Jake avant de s'adresser à Elia : Tu peux aller voir le conducteur, s'il te plaît ?

— Oui, tout de suite.

Elle se releva et disparut quelques minutes avant de revenir faire son rapport.

— Il est assis sur le bord du trottoir, a priori indemne. Mais son haleine sent fortement l'alcool, bien qu'il assure ne pas avoir bu. Et il ne s'est pas inquiété de savoir s'il y avait des blessés. À mon avis, vu son air hagard, il n'a pas pris que de l'alcool.

— C'est un miracle qu'il n'y ait pas davantage de victimes, observa Jake.

Il avait à peine terminé sa phrase, qu'une sirène hurla au loin. Enfin ! Et bientôt une voiture de police arriva sur les lieux. Jake voulut se lever, mais Elia le retint.

— Occupe-toi de Randy. J'y vais.

À ce moment-là, Randy émit un son et ouvrit les yeux. Il voulut même bouger son bras cassé, mais Jake l'en empêcha.

— Reste tranquille jusqu'à ce qu'on t'ait examiné.

Jake ne voulait pas vexer cet homme si fier de sa bonne santé et de la rareté de ses visites à son médecin traitant, mais une hygiène de vie aussi bonne soit-elle ne soignait pas une fracture du coude. Et il était quasiment sûr que Randy ne souffrait pas que d'un simple bras cassé. Son ventre était dur, et cela n'avait rien à voir avec ses abdominaux. Il fallait l'emmener à l'hôpital. Et vite.

En même temps que les policiers embarquaient le chauffard

dans leur véhicule, le mettant ainsi hors d'état de nuire au moins pour la journée, d'autres sirènes retentirent. Les services médicaux cette fois. Ouf !

— Comment va-t-il ? demanda Elia comme elle revenait.

— Il alterne entre lucidité et perte de conscience. J'ai hâte qu'on le mette dans l'ambulance et qu'il parte pour l'hôpital. Je suis quasiment certain à présent qu'il a une hémorragie interne, et son bras est en capilotade. Il ne coupera pas à une opération. Quant à son cou et à son dos, tout est possible.

En regardant Elia plus attentivement, Jake s'aperçut qu'elle n'était pas seulement blessée à la joue et à la lèvre. Son collant déchiré laissait voir ses genoux égratignés et couverts de sang séché là où ils avaient frotté contre la chaussée. Et elle tenait son bras droit contre son ventre.

— Qu'est-ce que tu as ?

Quand il voulut lui bouger le bras, elle grimaça.

— Je crois que je me suis foulé le poignet. Ce n'est rien. Je peux faire quelque chose ?

Il la fixa un instant avant de dire :

— Quand les services d'urgence seront là, aide-moi seulement à immobiliser Randy s'il se débat.

Ce ne fut heureusement pas nécessaire, et quelques minutes plus tard Randy, minerve autour du cou, était placé sur une planche dorsale. Il allait être conduit à l'hôpital local, plus proche que le Westlake Memorial.

Jake essaya de convaincre Elia de se faire examiner par l'équipe médicale. En vain.

— Ça va, je t'assure. J'ai juste envie de rentrer chez moi pour me laver et me changer.

La police ayant terminé de photographier la scène de l'accident, des membres du club enlevèrent de la route leurs deux bicyclettes. Celle de Jake ne semblait pas abîmée. En revanche, celle d'Elia…

— En tout cas, tu ne pourras pas rentrer à vélo, même jusqu'à ta voiture.

— Au moins, je connais un bon atelier où le faire réparer, plaisanta-t-elle.

Jake réfléchit un instant.

— Je n'habite pas loin d'ici. Si tu te sens capable de marcher, nous pourrions pousser les vélos jusque chez moi. Tu pourras te laver. Comment va ton poignet ?

— Il n'est pas cassé, c'est sûr. Il me fait juste mal.

Elia hésitait. Jake envisagea d'autres solutions, entre autres aller lui-même à vélo chercher la voiture d'Elia garée près du magasin de cycles. Mais Elia souffrait de plus en plus. Aussi, après s'être assurée que Jake avait du paracétamol chez lui, elle accepta sa proposition.

— Le paracétamol, c'est pour ton poignet ? demanda Jake après avoir relevé le vélo d'Elia et le lui avoir tendu.

— Pas spécifiquement. Tout mon corps est endolori, et j'ai un peu mal à la tête.

Il s'approcha d'elle et lui leva le menton pour examiner ses pupilles. Elles étaient toutes les deux de la même taille et réagirent à la lumière quand il lui tourna la tête vers le soleil. Tandis qu'il scrutait son visage, il caressa sa lèvre avec le pouce.

— Douloureux ? demanda-t-il quand elle s'écarta.

— Oui. Ça brûle un peu, mais rien de grave. Quant à l'hémorragie cérébrale, oublie !

Mais qu'est-ce qui lui avait pris ? se tança-t-il. Heureusement qu'Elia avait reculé, parce que pendant une fraction de seconde l'envie d'embrasser sa lèvre tuméfiée avait balayé toute prudence. Or, il continuait à être convaincu que les histoires d'amour entre collègues étaient à proscrire. Elles conduisaient au désastre.

Son ex n'avait pas travaillé dans le médical, mais leur rupture avait tourné à l'horreur. Samantha s'était déchaînée contre lui sur les réseaux sociaux, le taguant avec violence dans un commentaire qu'il n'avait découvert que plusieurs semaines plus tard par l'intermédiaire de sa mère qui l'avait appelé pour lui demander des explications. Il se rendait en effet rarement sur son compte, qu'il n'avait ouvert qu'à la demande pressante de sa mère qui voulait suivre la vie de son fils. Elle n'avait certainement pas prévu de le voir un jour traîné dans la boue par une célébrité. C'est même elle qui avait dû expliquer à Jake comment effacer le tag et retirer Samantha de la liste de ses « amis ». Il avait malheureusement eu le temps de voir que des fans de son ex avaient laissé des milliers de messages dans lesquels ils le vilipendaient et l'accusaient d'une faute qu'il n'avait pas commise.

— Je te donnerai du paracétamol, mais si ta migraine empire…

— *Deus !* Je suis infirmière, Jake, tu te rappelles ?

Sûrement honteuse de sa virulence, elle s'empressa de rectifier le tir :

— Excuse-moi, mais c'est un peu gênant de rester là avec mes vêtements dans cet état, même s'il n'y a plus personne.

Effectivement, tout le monde était parti, et les lieux étaient devenus à présent étrangement silencieux.

— D'ailleurs, ta chemise aussi est déchirée, ajouta-t-elle.

Il regarda son épaule qui commençait à lui faire mal. Elia avait raison : sa manche pendait sur son bras.

— C'est vrai. OK, tu es prête ?

— Oui. C'est dans quelle direction ?

— On repart par où on est arrivés.

Il releva son vélo et attendit qu'Elia le rejoigne.

Ils attachèrent leurs casques à leurs guidons, et Jake nota mentalement de remplacer le sien avant sa prochaine sortie pour le cas où il aurait été endommagé lors de la chute.

Quand ils se mirent en route, Jake remarqua qu'Elia boitait davantage que d'habitude. Il ne lui avait jamais posé de questions sur sa claudication, estimant que c'était à elle d'aborder le sujet si elle le souhaitait. Et ce jour-là encore, elle ne dit rien. Mais au bout de cinq minutes de marche, il ne fut plus possible à Jake d'ignorer ses mâchoires serrées.

— Tu t'es fait mal à la jambe ?

— L'accident a juste réveillé une ancienne blessure. Ce n'est rien. Ça passera avec des antidouleurs.

Les taxis maraudant autour de l'aéroport plutôt que dans cette partie de la ville où les clients étaient plus rares, ils n'en trouvèrent aucun.

— Il reste sept minutes avant d'arriver. Ça va aller ?

— Oui, ne t'inquiète pas. Une fois que je pourrai m'asseoir et que j'aurai pris un cachet, ma jambe sera comme neuve.

Il en doutait mais dut se résigner à la croire sur parole. À moins de lui demander la nature exacte de sa blessure. Pourquoi ne pas essayer au moins ?

— Y a-t-il quelque chose que tu voudrais me dire ?

Elle tourna avec vivacité la tête vers lui avant de regarder de nouveau la route.

— Non. Ce n'est pas important.

Mais il pressentait le contraire.

Il ralentit le pas en remarquant qu'elle était de plus en plus gênée et qu'elle utilisait de plus en plus son guidon comme béquille. Heureusement, ils approchaient du but.

Deux minutes plus tard en effet, ils étaient rendus, et Elia ne cacha pas son soulagement. Jake l'aida à attacher son vélo au râtelier devant la porte de son immeuble. Lui monterait le sien dans son appartement.

— Tu veux t'appuyer sur moi ?

— Non, c'est bon. Mais merci.

L'ascenseur était gigantesque, une des raisons pour lesquelles Jake avait décidé de s'installer dans cette résidence d'une banlieue tranquille de Dallas. Depuis sept ans qu'il y habitait, il n'avait jamais regretté son choix. Elle était située à proximité de son travail et à une distance raisonnable de l'aéroport, ce qui s'avérait pratique lorsqu'il rendait visite à sa mère en Floride, où elle avait élu domicile quelques années après la disparition de son mari, emporté par un cancer.

Il ouvrit sa porte et fit entrer Elia.

— Va sur le canapé. Je t'apporte du paracétamol.

Elle obéit sans protester, et quand Jake la vit s'aider de sa main pour s'asseoir, il comprit qu'elle souffrait davantage qu'elle ne voulait l'avouer. Une véritable tête de bois !

Par un système de poulies fixées au plafond, il hissa sa bicyclette suffisamment haut pour qu'elle ne gêne pas, puis alla chercher les antalgiques et un verre d'eau dans la cuisine.

Il tendit à Elia deux comprimés qu'elle avala d'un coup.

— Je peux enlever mes tennis ? demanda-t-elle après l'avoir remercié.

— Bien sûr !

Une fois déchaussée, elle se mit à décrire des cercles avec son pied droit. Et aussitôt Jake craignit qu'elle ne se soit aussi foulé la cheville ou bien que l'ancienne blessure dont elle avait parlé ne concerne cette articulation. Il avait plutôt l'impression cependant que c'était la zone autour de son genou qui était en cause. Mais comme Elia n'avait rien dit, il ne pouvait que se livrer à des conjectures.

— J'ai un short de cycliste qui pourrait peut-être t'aller... ou en tout cas ne pas glisser.

Elle secoua aussitôt la tête.

— Non. Mais si tu as un pantalon de survêtement que je peux ajuster autour de ma taille, je veux bien.

Manifestement, les shorts lui posaient problème, car elle allait mourir de chaleur dans cette tenue à cette heure de la journée, songea Jake. Peut-être avait-elle une cicatrice ou une tache de vin qui la complexait. Ce qui expliquerait son collant.

— J'ai un pantalon de jogging qui est plus léger et muni d'un cordon à la taille. Ça te conviendrait ?

— Oui, ce serait parfait, merci beaucoup. C'est vraiment gentil. Je peux attendre que le paracétamol agisse avant de partir ? Je sais que j'abuse...

— Pas du tout ! Que dirais-tu d'un thé ou d'un café ?

— Je veux bien un café bien fort, si ça ne t'ennuie pas.

— Mais non, pas du tout ! répéta-t-il en s'en allant vers la cuisine.

Il revint quelques minutes plus tard avec une tasse de café, des sachets de sucre et un petit pot de crème.

— Exactement ce qu'il me fallait, merci, soupira-t-elle d'aise en se laissant aller contre le dossier du canapé après avoir goûté son café. Dès que le paracétamol commencera à faire effet, j'appellerai un taxi et je débarrasserai le plancher.

— Rien ne presse. Je n'avais rien prévu d'autre que la sortie à vélo pour aujourd'hui. Je peux prendre une douche rapide ? À moins que tu ne veuilles y aller en premier ? ajouta-t-il après une courte hésitation. J'en profiterais pour téléphoner à l'hôpital et savoir comment va Randy.

— Non. Et prends ton temps. Je vais savourer ce café et le plaisir de ne plus être debout.

— Tu veux de la glace ou une compresse chauffante ?

— Non. Tout va bien. File te doucher.

Elle semblait plus détendue que quelques instants auparavant. La position assise avait probablement permis d'atténuer sa douleur, quelle qu'en soit l'origine.

— OK. Je ne serai pas long.

Il alla prendre dans sa chambre des vêtements propres pour lui-même et, pour Elia, un T-shirt avec un de ses pantalons de jogging qu'il utilisait comme pyjama. Il se rendit ensuite dans la salle de bains où il déposa le tout sur la paillasse à côté du lavabo avant d'ouvrir le robinet de la douche.

Entre la douleur dans sa jambe et la névralgie qui n'avait cessé d'augmenter dans son pied, Elia avait dû serrer les dents pour continuer à marcher. Tout allait beaucoup mieux depuis qu'elle était assise et pouvait garder la jambe pliée à un angle qui rendait l'inflammation plus supportable.

Jake l'avait regardée bizarrement lorsqu'elle avait refusé le short de cycliste qu'il lui proposait. Mais l'habitude de cacher ses cicatrices était devenue une seconde nature chez elle. Si bien que la simple pensée que lui ou quiconque les voie lui donnait des sueurs froides.

Son téléphone vibra. C'était sa mère.

Comment s'est passée la sortie à vélo ?

Heureusement, la nouvelle de l'accident ne lui était pas encore parvenue aux oreilles. Pourtant, nul doute qu'elle circulait déjà sur Internet. Quoi qu'il en soit, Elia devait répondre à la question de sa mère sans la rendre malade d'inquiétude et sans qu'elle accoure à Dallas pour constater de visu dans quel état se trouvait sa fille.

Elle composa son message en pesant chaque mot.

Nous avons arrêté plus tôt que prévu à cause de problèmes de circulation. Sinon tout s'est bien passé. Tout le monde s'est montré gentil et serviable.

Voilà. Elle n'avait pas menti, même si elle avait incontestablement minimisé les raisons de leur arrêt.

L'eau coulait toujours dans la salle de bains. La proximité de Jake avait quelque chose d'apaisant. Si elle avait été toute seule ce jour-là, une bonne âme l'aurait probablement aidée à rentrer chez elle, mais rien n'aurait remplacé le plaisir d'avoir cet homme aux petits soins pour elle, prêt en permanence à la soutenir.

Dans l'attente de la réponse de sa mère, elle parcourut la pièce du regard. L'aménagement y était minimaliste. Très vraisemblablement parce que Jake vivait seul et travaillait presque tous les jours. Comme elle, il se servait certainement de son appartement uniquement pour dormir avant de retourner à l'hôpital.

Tant mieux. Nous pensons venir te voir le week-end prochain. C'est possible ? J'apporterai d'autres petits gâteaux.

Ouf ! Ses parents n'allaient pas débarquer à l'improviste comme cela leur arrivait par le passé.

Merci ! OK pour le week-end prochain. À bientôt au téléphone. Bisous à tous les deux.

Le bruit de l'eau cessa. Jake n'avait pas lambiné. Faisait-il *tout* sans traîner ?

Elia rougit instantanément. D'où lui était venue cette question ? Peut-être de la pensée gênante qu'il était nu derrière la porte.

Chasse tout de suite ces images de ta tête !

Trente secondes plus tard, Jake l'avait rejointe. Quelques mèches grises ressortaient dans ses cheveux mouillés plaqués vers l'arrière. Le jean et le débardeur qu'il avait choisis aiguillèrent de nouveau les pensées d'Elia dans une direction inappropriée, et l'odeur de savon et de propre qui le suivait et qu'elle aurait voulu emprisonner au fond de ses poumons n'arrangeait rien.

Après tout, c'était la première fois – et ce serait vraisemblablement la seule – qu'elle se trouvait dans la même pièce que Jake au sortir de sa douche. Alors, pourquoi se priverait-elle d'un petit plaisir ? Comme celui suscité par la vue de son biceps bandé quand il reprit le plateau et lui demanda si elle voulait une autre tasse de café.

— Non, merci. Je commence déjà à sentir l'effet des antidouleurs. Je peux prendre une douche maintenant ? Je suis dans un état pitoyable et j'aimerais me décrasser avant de rentrer chez moi.

— J'ai laissé des habits dans la salle de bains ainsi que du shampoing et du savon. Tu trouveras aussi des pansements et une crème antiseptique dans la petite armoire de toilette.

— Merci.

Bien… Maintenant, restait à se mettre debout sans crier… Ce n'était pas gagné. Pourtant le paracétamol commençait réellement à la soulager, et elle respirait de nouveau normalement.

Il lui tendit une main, qu'elle accepta cette fois, et elle réussit tant bien que mal à se lever sans laisser échapper de gémissements. Ou alors sans qu'elle s'en rende compte, parce que la main chaude de Jake enserrant la sienne la fit frissonner des pieds à la tête.

Elle boitilla jusqu'à la salle de bains et pénétra dans l'atmosphère humide et parfumée dans laquelle Jake avait baigné quelques instants plutôt. Elle frissonna de nouveau en même temps qu'une onde de chaleur lui envahissait le ventre et descendait vers son pubis. Elle déglutit en essayant de la stopper. Sans succès.

D'une main, elle essuya la buée sur une petite partie du miroir et se pencha pour examiner son visage.

Elle offrait véritablement un piteux spectacle avec sa lèvre gonflée et ses cheveux ébouriffés dont des mèches étaient collées par du sang sur l'écorchure de sa joue. Elle la toucha du bout des doigts et grimaça. Elle ne couperait pas à un bleu d'ici le lendemain.

Quand Jake avait saisi son guidon et qu'elle s'était sentie tomber, elle se rappelait avoir été gagnée par un terrible accès de colère. Jusqu'à ce qu'elle entende le crissement de pneus et qu'elle comprenne la raison de l'intervention de Jake. Il lui avait peut-être sauvé la vie. Et lorsqu'il avait touché sa lèvre meurtrie...

Elle s'était écartée avec vivacité, exactement comme lorsqu'il lui avait touché la main dans la chambre de Matt. Un instinct de survie pour fuir les rêves que ce genre de contacts engendrait.

Elle respira profondément en s'exhortant à se ressaisir.

Elle enleva sa chemise par la tête et fit rouler ses épaules pour tenter d'évacuer la tension accumulée pendant toute la marche jusqu'à l'appartement de Jake. Elle dégrafa ensuite son soutien-gorge qu'elle laissa tomber par terre sur sa chemise, puis entreprit de libérer ses hanches et ses genoux meurtris de son collant en lycra. Cette opération réalisée, Elia se contorsionna pour examiner l'arrière de sa jambe handicapée où les greffons de peau s'étaient transformés au fil du temps en un tissu cicatriciel épais dépourvu d'élasticité qui l'empêchait de l'étendre complètement. Elle n'y découvrit aucune trace de blessure. Il n'empêche qu'elle ne lui avait pas fait aussi mal depuis très longtemps. Lors de la chute elle avait dû se déplier excessivement et déchirer des adhérences internes.

Dans la vie quotidienne, elle évitait de regarder sa jambe. Tant qu'elle l'amenait où elle voulait, c'était tout ce qui comptait, s'était-elle convaincue.

En quelques rares occasions, ses cicatrices la complexaient

malgré tout, comme au temps où son petit ami avait insisté pour ne pas enlever le drap pendant qu'ils faisaient l'amour. Mais cette histoire appartenait au passé, et Elia avait cru l'avoir dépassée. Hélas ! la vue de Jake avec sa peau parfaitement lisse tendue sur ses muscles avait tout ravivé. Aussi l'idée de porter un short devant lui l'avait-elle terrifiée. Et elle culpabilisait d'oser se plaindre de marques dont la plupart des gens ignoraient l'existence alors que certaines personnes avaient perdu une partie du visage ou présentaient des cicatrices inopérables à des endroits qu'ils n'avaient pas le luxe de pouvoir cacher.

Arrête de t'apitoyer sur ton sort, Elia ! Franchement. Pense plutôt à la chance que tu as.

Elle prit place dans la grande baignoire qui tenait lieu de douche et demeura là un moment à s'imaginer la remplir et y plonger son corps endolori. Jake n'y verrait certainement pas d'inconvénients.

Elle se positionna sous le pommeau de la douche et laissa l'eau chaude ruisseler sur son visage et ses genoux, et les débarrasser du sang qui y était collé, malgré le picotement provoqué sur ses égratignures. Elle se lava ensuite les cheveux avec le shampoing de Jake, s'autorisant à savourer le plaisir d'utiliser pour cela un produit qui lui appartenait.

Ses cheveux une fois propres, elle arrêta la douche, mit la bonde, et s'assit dans la baignoire qu'elle commença à remplir. Quand le niveau de l'eau atteignit ses mollets, elle versa un peu de shampoing sous le robinet en guise de bain moussant avant de s'allonger, la tête contre la paroi de la baignoire.

Elle ferma les yeux et soupira de bonheur quand l'eau monta doucement sur ses cuisses et se glissa entre elles vers des zones sensibles que personne n'avait explorées depuis un certain temps. Elle commença à se mordiller la lèvre, mais s'arrêta très vite sous le coup de la douleur et s'abandonna alors à la volupté de la chaleur liquide qui lui couvrait maintenant le ventre. La névralgie dans son pied cédait déjà du terrain, en même temps que d'autres parties de son corps s'embrasaient dans un débordement de sensations incomparablement plus agréables que les tiraillements avec lesquels elle vivait au quotidien.

Elle retint son souffle quand l'eau, tels les doigts espiègles d'un amant, prit lentement possession de ses seins. Une image dansa derrière ses paupières closes et, malgré ses efforts, elle ne parvint pas à l'empêcher d'emprunter des traits familiers. Et au moment où l'eau s'empara de ses tétins, elle cessa de résister à la tentation et laissa sa main les caresser. Dans un gémissement, elle les sentit aussitôt durcir.

Elle se redressa le temps de fermer le robinet puis s'immergea de nouveau pour poursuivre son voyage érotique dans lequel les mains de Jake caressaient ses seins. Elle avala sa salive en essayant de contenir ses sensations. Mais quand, dans son fantasme, il se mit à la mordiller puis à la téter, elle se cambra vers ce Jake imaginaire et descendit lentement la main le long de son ventre, vers son sexe qui la suppliait de le satisfaire.

Quand elle le toucha, son désir devint incontrôlable, impossible à stopper. Sa respiration se hacha, et elle s'autorisa à écouter son corps qui réclamait avec de plus en plus d'insistance qu'elle fasse le nécessaire pour éradiquer la douleur dans sa jambe. Pour quelques minutes en tout cas.

Le mouvement de ses doigts s'accéléra au rythme des battements de son cœur l'amenant tout près… de plus en plus près…

Son cerveau arrêta de fonctionner tandis qu'un orgasme la submergeait et que son bassin se tendait à la recherche de quelque chose…

Qui n'était pas là.

Elle redescendit sur terre avec une rapidité qui la surprit presque autant que le fait de s'être masturbée. Dans la salle de bains de Jake qui plus est !

Et maintenant elle allait devoir sortir de *sa* baignoire, enfiler *ses* vêtements, quitter *sa* salle de bains et se retrouver face à lui.

Cet homme avec qui elle venait d'imaginer faire l'amour !

Ah ! Si elle avait pu remettre son collant déchiré et sa chemise sale sans devoir se justifier de les avoir préférés aux vêtements qu'il lui avait préparés, elle n'aurait pas hésité une seconde. Mais inutile de rêver, il lui aurait demandé des explications. Et hors de question qu'elle les lui donne !

Elle acheva donc de se laver et vida la baignoire en rinçant toute trace de son bain moussant. Elle se sécha ensuite avec l'épaisse serviette qu'il avait sortie pour elle et mit ses sous-vêtements. Elle hésita longtemps devant les habits pliés sur la paillasse avant de se résoudre à les prendre. Elle enfila le T-shirt et ne put s'empêcher de sourire : il lui arrivait à mi-cuisse. Ravalant très vite son sourire, elle enfila le pantalon de jogging et en noua le cordon autour de sa taille. Ça avait quelque chose d'intime. Presque aussi intime que la séance dans la baignoire. Dont Jake ne saurait jamais rien. Heureusement !

Elle ramassa ses vêtements sales et, après un dernier regard dans le miroir pour s'assurer que rien ne la trahissait, elle sortit de la salle de bains.

5

Quand Elia sortit de la salle de bains, ses cheveux mouillés adorablement ébouriffés, son visage rosi par la chaleur humide et avec des vêtements trop grands pour elle, Jake demeura un moment sans voix devant cette apparition incroyablement sexy.

— Randy va bien, finit-il par dire. J'ai appelé l'hôpital. Ils ont cautérisé un vaisseau sanguin qui avait été percé par une côte cassée et rabouté les deux morceaux de cette dernière. Par chance, aucun organe n'a été touché. On lui a immobilisé le bras et l'avant-bras dans une attelle, mais la fracture étant mal placée il n'échappera probablement pas à la chirurgie. Dans l'ensemble, il s'en sort bien malgré tout.

— Oui, ça aurait pu être bien pire, confirma-t-elle sur un ton étrange qui alarma aussitôt Jake.

— La douleur a-t-elle augmenté ?

Il examina son visage. Le sang séché avait disparu, mais sa joue commençait déjà à se colorer de différentes teintes, signe annonciateur d'un probable œil au beurre noir.

— Non. L'eau chaude m'a soulagée au contraire. Merci de m'avoir laissée utiliser ta salle de bains. Et de m'avoir prêté une tenue.

Elle se regarda et se mit à rougir. Parce qu'elle était gênée d'avoir dû emprunter ses vêtements ? se demanda avec perplexité Jake. Ce n'était pourtant pas une affaire d'État. À moins qu'elle n'ait tout simplement hâte de rentrer chez elle, dans un environnement familier où elle pourrait plus facilement se mettre à l'aise et se détendre.

— J'ai pensé à quelque chose, dit-il. À vélo, il me faut une demi-heure tout au plus pour aller au magasin de cycles. Là, je prends ma voiture, je reviens ici avec et ensuite je t'emmène avec ta bicyclette au magasin où est garé ton propre véhicule.

Elia réfléchit un instant.

— J'allais suggérer d'appeler un taxi, mais cela m'ennuierait que mon vélo te reste sur les bras jusqu'à ce que je puisse passer le chercher. Ta proposition est sérieuse ?

— À mon avis, c'est de loin la meilleure solution. En outre, si le magasin est encore ouvert, tu pourras laisser ta bicyclette en réparation.

— D'accord. Merci de te décarcasser pour moi. Et un remerciement de plus, ajouta-t-elle dans un sourire ironique. Je n'aurais jamais pensé être un jour reconnaissante à quelqu'un de m'avoir fait tomber. Mais tu m'as probablement évité le même sort que celui de Randy. Je n'avais ni vu ni entendu la voiture.

— Et moi, je n'aurais jamais pensé faire un jour tomber un autre cycliste, répliqua-t-il dans un grand sourire. Volontairement, j'entends. Bref, ce n'est pas la peine de me remercier. J'ai juste tourné la tête au bon moment et j'ai aperçu le bolide. C'est tout.

— Quoi qu'il en soit, tu m'as sauvé la vie, déclara-t-elle d'une voix légèrement tremblante qui surprit Jake.

Il s'approcha et lui leva le menton, comme il l'avait fait sur les lieux de l'accident.

— Il ne nous serait peut-être rien arrivé si je n'étais pas intervenu, mais je ne pouvais pas courir ce risque. Si je m'étais contenté de crier ton nom, le temps que tu comprennes la situation, il aurait été trop tard.

— En tout cas, merci.

Les yeux de Jake se dirigèrent d'eux-mêmes vers sa bouche, qu'il eut soudain une envie quasiment irrépressible d'embrasser.

Au point qu'il se pencha vers Elia… et lui déposa un bisou sur le bout du nez.

— Je suis content que tu ailles mieux. Plus de migraine ?

— Non. Disparue.

Elle recula, et Jake s'aperçut alors qu'il la tenait toujours par le menton. Mince ! La chute avait dû déconnecter des neurones dans son cerveau. Un grand nombre de neurones même.

Il s'obligea à reprendre ses esprits et alla décrocher son vélo du plafond.

— Tu veux manger quelque chose avant que je parte ? Ou boire un autre café ?

— Non, ça va. Merci.

— Bon. Eh bien, je reviens le plus vite possible. En cas de contretemps, je t'enverrai un texto.

— OK. Merci encore.

— Fais comme chez toi pendant mon absence. Il y a de quoi grignoter dans le réfrigérateur et une cafetière à piston sur le plan de travail.

Sur ces mots, il sortit.

Une fois dans la rue, il enfourcha sa bicyclette et se mit à pédaler comme un fou. Il avait failli embrasser Elia ! L'embrasser pour de bon, pas juste sur le bout du nez. Après l'accident, lorsqu'il avait examiné Randy en essayant d'évaluer la gravité de ses blessures, la pensée qu'Elia aurait pu être elle aussi projetée en l'air comme une poupée de chiffon lui avait traversé l'esprit. Oui, elle aurait pu être gravement blessée… ou pire.

Mais de là à l'embrasser ? Non ! Une relation amoureuse ne l'intéressait vraiment pas. Dans l'immédiat en tout cas. Son histoire avec Samantha lui avait servi de leçon. À trente-huit ans, il s'était habitué à vivre seul et avait accepté de ne pas devenir père. Sa situation lui convenait. Il passait presque toutes ses journées à l'hôpital, de tôt le matin jusqu'à tard le soir. Son appartement ne représentait guère pour lui qu'un lieu où dormir, et il n'y était absolument pas attaché.

Alors non, il ne souhaitait pas entamer quoi que ce soit avec Elia. Et il s'en tiendrait à cette ligne de conduite même si, de son côté, elle devait manifester le désir d'une relation, ce qu'il jugeait plus qu'improbable. Son comportement quelque peu étrange dans l'appartement prouvait en effet qu'elle était sur la même longueur d'onde que lui : elle redoutait qu'il lui fasse des avances.

Pourquoi avait-il fallu qu'il l'embrasse sur le nez ? Quel imbécile !

Mais bon, après tout, c'était un geste amical, rien de plus, se rassura-t-il. N'avait-il donc jamais embrassé une amie sur le nez ?

En fait, non. Il était vrai qu'il n'avait pas beaucoup d'amis, hommes ou femmes. Et d'ailleurs, il ne considérait pas Elia comme telle. Il ne la connaissait pas suffisamment pour cela.

Et c'était très bien ainsi. Mieux valait qu'elle reste la simple collègue qu'elle était... Peu importait qu'elle l'attire physiquement. Et cela, il ne pouvait le nier. Il n'avait pas l'habitude de mentir, y compris à lui-même.

Alors oui, elle était belle, intelligente, fascinante. En outre, elle cachait des secrets. Mais il se résignerait à ne pas chercher à les découvrir afin de maintenir ses distances.

Pour se faciliter la tâche, il se promit donc de la fréquenter le moins possible à l'extérieur de l'hôpital et espéra même qu'elle ne s'inscrirait pas au club cycliste. Car s'ils continuaient à se voir, même occasionnellement, l'occasionnel risquait fort de devenir régulier et de saper son apologie du célibat.

Et cela, il ne le voulait pas.

Ni maintenant ni dans un avenir proche.

La première greffe de peau de Matt était programmée dans la journée. La transplantation osseuse sur sa mâchoire s'était déroulée la semaine précédente, avec succès. Quant aux implants dentaires, la date n'était pas encore fixée, mais ils étaient prévus pour bientôt.

Jake avait opté pour une greffe en feuillet dans laquelle le greffon – dans le cas de Matt, prélevé sur sa clavicule où la couleur était la plus proche de celle de son visage – était utilisé directement plutôt qu'une greffe en filet où on le cisaillait pour l'amincir et l'étirer. Cette dernière technique permettait certes de couvrir une zone plus étendue, mais au prix de cicatrices résiduelles disgracieuses peu acceptables sur le visage, surtout lorsque, comme pour Matt, on disposait de suffisamment de peau saine à prélever.

Randy était rentré chez lui depuis deux jours. Jake était passé le voir et avait donné de ses nouvelles à Elia quand il l'avait croisée dans le cadre normal du travail, en limitant leurs échanges au strict minimum.

Elle lui avait assuré que sa jambe allait mieux, que sa bicyclette avait été réparée et donc que tout allait bien. Sa joue, qui avait arboré un gros hématome pendant quelques jours, ne portait plus aucune trace de l'accident, et sa lèvre avait recouvré son aspect pulpeux et soyeux.

Quant aux petits gâteaux, leur production n'avait pas faibli, et la liste des inscriptions à la fête du Vélo s'allongeait. À en croire les chiffres, le taux de participation allait battre des records.

Jake se dirigea vers la chambre de Matt pour tester le moral de l'adolescent avant l'opération.

Dès qu'il eut poussé la porte, il grimaça : Elia était là. Elle prenait les constantes de Matt tout en bavardant avec lui et avec ses parents, plus à l'aise avec eux qu'il ne l'avait jamais vue avec lui-même. Il avait en effet remarqué qu'il la crispait, malgré les efforts qu'elle déployait pour le cacher.

Devrait-il s'excuser pour ce qui s'était passé dans son appartement ?

Il ne l'avait pas agressée sexuellement quand même ! Son baiser affectueux n'avait exprimé que son soulagement à la voir en forme. Mais peut-être avait-elle jugé ce geste déplacé.

Des excuses s'avéraient sans doute appropriées, décida-t-il. Si elle estimait qu'il n'y avait pas de quoi fouetter un chat, ils continueraient chacun leur vie comme si rien ne s'était passé. Dans le cas contraire, elle saurait au moins qu'il s'en voulait sincèrement de l'avoir indisposée.

Quand elle découvrit sa présence en se retournant, son sourire disparut, et elle devint l'image même de l'infirmière modèle, efficace et sérieuse. Non qu'elle ne l'ait pas été avant, mais elle ne voulait manifestement pas lui montrer son autre facette.

Ce qu'il pouvait comprendre.

Jake salua les parents de Matt et leur serra la main avant qu'Elia l'informe que ses constantes étaient normales.

— Quand va-t-on le préparer pour le bloc ? demanda-t-elle.

— Bientôt. L'intervention est programmée pour 10 heures ce matin.

Soit dans un peu plus d'une heure. Jake n'allait pas tarder à se préparer de son côté.

— Combien de temps va-t-elle durer ?

Bien. Elle l'invitait donc à un vrai échange d'informations. Mais probablement par égard pour les parents de Matt qui étaient suspendus à leurs lèvres. Il décida donc de s'adresser à eux.

— Une heure et demie environ. J'ai réservé le bloc pour un créneau de deux heures pour parer à tout imprévu.

— Tu peux y assister, si tu veux, ajouta-t-il à l'intention d'Elia.

— Oh oui ! S'il vous plaît ! s'écria Matt. Cela me rassurerait de vous savoir là. Comme un ange gardien. Vous nous avez tellement aidés, entre autres en nous recommandant un thérapeute. Je crois que nous irons consulter, Gracie, mes parents et moi. Gracie m'a dit que vous avez pu lui expliquer ce qu'un grand brûlé vivait, parce que vous êtes personnellement passée par-là.

Jake se figea.

Elia avait été brûlée ?

Il se tourna vers elle avec vivacité. Elle rougit jusqu'à la racine des cheveux et sembla perdre l'usage de la parole pendant quelques secondes.

— C'était il y a longtemps tu sais, Matt, finit-elle par murmurer.

Mais tant mieux si cela a pu servir à quelque chose. Et, oui, j'observerai l'intervention si ça t'aide.

La mère de Matt se leva pour venir la prendre dans ses bras.

— Merci, vraiment merci, dit-elle les larmes aux yeux. Pour tout. Et en particulier pour avoir parlé à Gracie.

La claudication d'Elia revint à l'esprit de Jake, et brusquement les pièces du puzzle se mirent en place. Quand il lui avait demandé pourquoi elle boitait, elle avait expliqué que la chute à vélo avait réveillé une ancienne blessure, et il avait pensé à une fracture de la jambe. Se serait-il trompé ?

Elia avait donc vraisemblablement choisi de travailler dans un service de grands brûlés pour des raisons très personnelles. Il n'y avait là rien d'extraordinaire, en fait. N'exerçait-il pas lui-même à Westlake Memorial à la suite de l'expérience qu'il avait vécue, non comme victime mais comme témoin, lorsqu'on avait amené dans son hôpital ce célèbre pilote de Formule 1 resté coincé un moment dans sa voiture en feu ? Traumatisé par l'atrocité de ses blessures et par son décès peu de temps après, il avait changé de voie, délaissant la chirurgie esthétique pour se spécialiser dans les greffes cutanées et la reconstruction.

Peu importait que l'accident d'Elia soit ancien ou non, il lui devait des excuses. Plus que jamais.

Elle le regarda, le menton légèrement relevé comme si elle le mettait au défi de l'interroger sur son histoire. Il n'en avait pas l'intention. Du moins pas ici, devant un patient.

— Où peut-on voir l'intervention ? demanda-t-elle.

— Nous serons dans le bloc n° 4. La galerie juste au-dessus a été aménagée pour que les étudiants observent certaines techniques en lien avec leur cursus. Comme ils sont en vacances d'été, tu devrais avoir le lieu pour toi toute seule.

— Très bien. Merci de m'autoriser à regarder.

— Oui, merci, renchérit Matt. Je vous suis très reconnaissant à tous les deux. Gracie aussi se sentira mieux.

L'adolescent parlait de nouveau difficilement depuis qu'on lui avait immobilisé la mâchoire pour permettre aux greffes osseuses de prendre. Mais comme il avait gardé l'usage de sa langue et de ses lèvres, il réussissait à se faire comprendre.

— C'est avec plaisir que je le fais, Matt. Je suis sûre que tout se passera bien. Le Dr Callin est un excellent chirurgien. Tu es en bonnes mains.

Toute bonne infirmière se devait naturellement de vanter auprès du patient les talents du chirurgien qui allait officier. Malgré tout, même si elles étaient de pure forme, les paroles d'Elia réchauffèrent le cœur de Jake.

Avec un grand sourire aux parents de Matt, Elia s'apprêta à partir, mais Jake la retint en lui touchant le bras.

— Tu as une minute ?

Elle se passa la langue sur les lèvres avant de répondre :

— Oui. Je te retrouve dehors, d'accord ?

Elle sortit, et il la suivit quelques instants plus tard après avoir donné à Matt et ses parents toutes les précisions utiles sur le déroulement de l'intervention et les suites postopératoires.

Appuyée au mur devant le bureau de Jake, Elia ferma brièvement les yeux.

Elle avait su que son passé d'ancienne grande brûlée referait un jour surface. Mais elle avait préféré que Jake l'ignore pour ne pas se sentir dans une position de vulnérabilité, insupportable pour elle. D'ailleurs, seules quelques personnes triées sur le volet connaissaient son histoire. Ce qui lui était arrivé ne regardait personne, estimait-elle.

Ayant éprouvé dans sa chair l'épreuve que représentaient les soins tels que le débridement et les diverses opérations de reconstruction, elle avait choisi de se spécialiser en brûlologie en espérant que son expérience l'aiderait à mieux comprendre les patients. Matt en était une illustration parfaite. Mais là encore, ses motivations ne regardaient personne.

De toute évidence, Jake souhaitait parler de ce qu'il venait d'apprendre, et elle décida de minimiser son accident : elle s'était brûlé la jambe quand elle était petite, et maintenant tout allait bien.

À moins qu'il n'ait deviné qu'elle avait cédé à ses fantasmes dans sa salle de bains et ne veuille aborder ce sujet-là plutôt que celui de sa jambe.

Non. Impossible. Sauf s'il avait collé son oreille à la porte pour l'espionner. Ce qui aurait été vraiment glauque. Et peu plausible de la part du Jake qu'elle connaissait jusque-là.

Plus glauque que de se masturber dans la baignoire de Jake ?

Deus ! Ce simple souvenir continuait à l'emplir de honte.

Mais bref… Jake ne pouvait être au courant, et c'était donc de son accident qu'il souhaitait parler.

Elle sentit, plus qu'elle n'entendit, la porte s'ouvrir et se fermer quand un souffle d'air lui caressa la joue. Elle ouvrit les yeux. Jake était là et la regardait.

— Pas ici, dit-il. Ça t'ennuie de sortir marcher quelques minutes ?

— Non. Je vais prévenir Sheryll

Elle avala sa salive et gagna le poste des infirmières. Sheryll leva la tête de son ordinateur et la regarda par-dessus ses lunettes.

— Je peux prendre une pause ? demanda Elia.

— Bien sûr.

Derrière Elia, Sheryll aperçut Jake qui attendait dans le couloir. Elle écarquilla légèrement les yeux mais se contenta d'ajouter :

— Aussi longue que tu veux.

— Merci. Au fait, Matt, l'adolescent qui se fait opérer aujourd'hui, aimerait que j'observe l'intervention. Elle durera environ deux heures. Je comprendrais très bien que tu ne puisses pas me libérer…

— Non, pas de problème. De toute façon, ton service se termine dans une heure. File. Norma devrait arriver d'une minute à l'autre.

— Tu es sûre ?

— Certaine. À… lundi, c'est ça ? Tes parents viennent demain, n'est-ce pas ?

— Oui.

D'un côté Elia se réjouissait de voir son père et sa mère ; d'un autre elle redoutait qu'ils la bombardent de questions sur les personnes avec qui elle travaillait, peu importait que sa mère lui ait assuré ne monter à Dallas que pour apporter des petits gâteaux.

La situation devenait de plus en plus compliquée. Pour elle, Elia.

Et probablement à cause d'elle qui s'entêtait à cacher sa vieille blessure. Une attitude absurde. Aussi absurde que ses complexes qui perduraient après toutes ces années.

— Merci encore, Sheryll. Passe un bon week-end.

— J'y compte bien. Je vais au lac de Granbury avec Hubs.

— Amusez-vous bien ! À lundi.

Sheryll avait mérité ces deux jours complets de repos. En raison des gardes à assurer, les infirmières travaillaient souvent une partie du week-end, et Sheryll n'avait pas pris de congés depuis longtemps.

Elia respira profondément avant de se retourner. Elle regrettait de ne pas avoir demandé à Jake de l'attendre dehors. Cela lui aurait évité de marcher dans le couloir côte à côte avec lui, comme deux amis… qu'ils n'étaient pas.

Elle le suivit dans une des cours de l'hôpital et s'assit sur un banc.

— Avant que tu dises quoi que ce soit, sache que ce n'est pas quelque chose dont je parle habituellement, commença-t-elle lorsqu'il eut pris place à côté d'elle. Je suis tombée dans un feu de bois quand j'étais petite. Ma jambe et une partie de mon dos ont été brûlées. Je vis avec les séquelles depuis si longtemps, que je n'y pense plus vraiment.

Il la regarda longuement avant de dire :

— Je suis désolé, Elia. Ce n'est pas de cela que je souhaitais m'entretenir avec toi. J'ignorais tout de cet accident. Tu souffres encore, après tout ce temps ?

Si ce n'était pas pour parler de sa jambe, pourquoi avait-il voulu la voir ?

— Non, c'est davantage une gêne à présent. Les cicatrices à

l'arrière du genou se sont rétractées et m'empêchent de le déplier complètement. Si je force, la douleur devient insupportable.

— La chirurgie révisionnelle n'a servi à rien ?

— Non. Mon chirurgien a procédé à deux autres interventions. Sans succès. À cause d'une chéloïde qui a tout compliqué. Après le deuxième échec, on a essayé les piqûres de cortisone et les pansements compressifs dans l'espoir d'empêcher une extension anormale du tissu de granulation. Sans résultat là non plus. J'ai aussi une chéloïde au niveau de la clavicule. Pas gigantesque, mais il n'empêche que la cicatrice est boursouflée et plus apparente qu'elle ne devrait.

— Ce dérèglement est effectivement difficile à maîtriser. Je suis vraiment désolé pour toi, Elia. Est-ce pour cela que ta jambe t'a fait si mal après ta chute à vélo ?

— Oui. La zone touchée s'est tendue, irritant toutes les terminaisons nerveuses qui s'y trouvent. De surcroît, mes brûlures ont déclenché une névralgie chronique dans mon pied droit. Voilà, maintenant tu sais tout. Je n'essayais pas de garder le secret à tout prix. Simplement, ce n'est pas un sujet qui surgit au cours d'une conversation normale a priori.

— Oui, je comprends. Et franchement, ça ne regarde personne.

Elle écarquilla les yeux.

— Je croyais que tu voulais me parler de ma jambe. Si ce n'est pas de ça, c'est de quoi alors ?

Dire qu'elle avait tout révélé d'elle-même, sans que Jake lui demande rien, uniquement parce qu'elle s'était trompée sur ses intentions !

— Je voulais discuter de ce qui s'est passé dans mon appartement, répondit-il en la regardant droit dans les yeux.

Elia blêmit. Aurait-elle fait plus de bruit que ce qu'elle avait cru ?

— Euh… C'est-à-dire ?

S'il avait deviné, elle remettrait sa démission. Elle ne pouvait imaginer avoir affaire à lui tous les jours en sachant qu'il avait découvert un secret beaucoup plus intime que ses cicatrices.

Beaucoup plus épouvantable.

Et honteux.

— Je voulais m'excuser pour mon baiser.

Un baiser ? Quel baiser ? Elle fouilla dans sa mémoire... et finit par comprendre avec un long soupir intérieur de soulagement.

— Pourquoi veux-tu t'excuser ? s'esclaffa-t-elle. C'était un bisou et sur le nez en plus. Ce n'est pas comme si tu m'avais... roulé une pelle, c'est bien comme ça qu'on dit ?

Il inclina la tête et la regarda d'un air perplexe.

— Tu n'es pas fâchée ?

— Pourquoi le serais-je ?

— Je ne sais pas. Simplement, tu ne semblais plus la même le soir quand nous nous sommes dit au revoir sur le parking du magasin de cycles.

Deus do céu ! C'était vrai. Mais elle avait changé de comportement bien avant le parking. Et hors de question bien sûr qu'elle lui en donne le vrai motif ! Comment lui aurait-elle parlé de ce moment d'égarement qu'elle ne s'expliquait elle-même que par sa chute et la douleur intense dans sa jambe ? Et un peu aussi par l'apparition irrésistible de Jake au sortir de la douche, avec ses cheveux mouillés, ses pieds nus, le parfum envoûtant de son savon et...

— C'était probablement le contrecoup de l'accident.

Jake demeura visiblement sceptique, mais n'insista pas. Elle ne voulait cependant pas qu'il pense qu'un simple bisou sur le nez l'avait choquée.

Si elle ne réussissait effectivement pas à le regarder en face, ce n'était certainement pas à cause de ce baiser, qu'elle avait entre parenthèses trouvé tellement adorable qu'elle regrettait qu'il n'ait pas atterri un peu plus bas.

Franchement, Elia ! Tu n'as pas retenu la leçon ?

De toute évidence, non puisqu'elle se mettait à réécrire l'histoire en inventant des scénarios dans lesquels Jake la pressait de lui parler de ses brûlures, alors qu'en vérité c'était elle qui avait vendu la mèche sans aucune raison. Absolument aucune.

Cela dit, c'était un mal pour un bien, car elle se sentait beaucoup plus légère depuis.

Jake était le premier à l'hôpital à être au courant de son accident. Ce n'est pas pour autant qu'elle allait systématiquement se confier à lui. Sinon, elle ouvrirait la porte à un danger beaucoup plus grand. Se désoler par exemple qu'il ne l'ait pas embrassée sur la bouche ?

— Bien, il est temps que tu ailles te préparer pour l'opération, non ? Tu n'en auras pas besoin, mais bonne chance quand même ! Tu sais, je ne cherchais pas à rassurer Matt. Je pense sincèrement que tu es l'un des meilleurs chirurgiens de la région. C'est la vérité, et je suis sûre qu'on te l'a déjà dit.

Il demeura silencieux un long moment avant de dire :

— Oui. Mais toi, jamais.

Elle dut se répéter plusieurs fois ces mots avant de se convaincre qu'il les avait réellement prononcés. Elle ne savait cependant pas comment les interpréter. Malgré tout, le ton qu'il avait utilisé lui donnait l'impression que son opinion comptait pour lui. Que, comme elle, il avait des moments de doute. Une idée qui, bizarrement, la fit sourire.

— Eh bien, maintenant c'est fait. Alors va exercer tes talents.

— Merci.

Puis, avec un sourire, il ajouta :

— À tout de suite, derrière la vitre.

6

Sans même lever la tête vers la galerie d'observation, Jake sut qu'Elia le regardait tandis qu'il prélevait avec un dermatome un morceau de peau saine sur la clavicule de Matt et le déposait délicatement sur le plateau de collecte. Avec un peu de chance, l'autogreffe prendrait du premier coup. Jake avait opté pour une greffe à épaisseur variable plutôt que pour une greffe totale afin de faciliter la revascularisation.

Comme l'infirmière emportait le greffon pour le préparer, il s'autorisa enfin à lever les yeux. Elia était bien là, assise au premier rang. Quand leurs regards se croisèrent, elle le félicita d'un signe de tête.

Une brusque chaleur l'envahit, et il s'en inquiéta. Le jugement d'Elia commençait à compter un peu trop pour lui. Quel idiot d'avoir regardé là-haut ! À bien y réfléchir cependant, quel mal y avait-il à accepter un petit geste d'encouragement de temps en temps ? Intrinsèquement aucun. En revanche, attacher de l'importance à ce qu'il vienne d'Elia posait problème.

Il reporta son attention sur son patient en s'efforçant d'oublier la présence de sa spectatrice. Plus facile à dire qu'à faire surtout quand il était préoccupé par le soin tout particulier qu'il apportait à l'intervention, comme s'il cherchait à impressionner Elia.

Pourtant, ce n'était pas pour Elia qu'il souhaitait le succès de l'opération mais pour Matt, afin qu'il continue à avancer dans la vie malgré le traumatisme qu'il avait subi. Elia avait eu raison de suggérer qu'il consulte un psychologue avec ses parents. Cela aiderait ces derniers à savoir comment soutenir leur fils sans l'étouffer et Matt à accepter ce qui lui était arrivé, et peut-être même à le tourner en atout. Par exemple, en utilisant son histoire pour aider d'autres victimes de brûlures.

Comme Elia ?

Oui, exactement. Elle avait apparemment si bien surmonté l'accident de son enfance qu'elle travaillait dans un service de soins aux grands brûlés. Mais pas seulement. Elle assistait les patients individuellement. Une bénédiction autant pour le Westlake Memorial en tant qu'établissement hospitalier que pour les blessés. Jake aurait mis sa main à couper que Matt n'était pas le premier patient auprès de qui elle s'investissait ou qu'elle avait déjà donné de sa personne pour une levée de fonds.

Peut-être aurait-il dû la remercier plutôt que de s'excuser. L'un n'empêchait pas l'autre, et il n'était pas trop tard mais cela supposait qu'il la prenne de nouveau à part.

Or, si d'un côté il ne rêvait que de se trouver seul avec elle, d'un autre il tenait à limiter au minimum leurs rencontres, parce qu'il commençait à s'intéresser de trop près à elle, à ce qu'elle faisait ou ne faisait pas, à ce qu'elle pensait ou ne pensait pas... de lui.

L'infirmière revint avec le greffon prêt à être implanté. Jake le saisit avec une pince et vérifia qu'il ne présentait aucun défaut.

— Très bien, annonça-t-il, satisfait. Allons-y.

Chacun prit sa place, et Jake cousit le greffon à tout petits points, une technique qu'il avait préférée aux agrafes afin de rendre la cicatrice le moins visible possible, un paramètre important pour une greffe sur le visage.

Il rinça ensuite la zone pour l'examiner attentivement et s'autorisa à se féliciter intérieurement de son intervention.

— Je crois que nous avons obtenu le résultat que nous cherchions aujourd'hui. Bravo à tout le monde !

Un pansement compressif avait été posé sur le site donneur

qui cicatriserait par seconde intention, c'est-à-dire qu'une couche de peau se formerait d'elle-même sur la plaie. Inutile donc de suturer la zone comme cela aurait été nécessaire s'il avait prélevé l'épiderme et la totalité du derme.

Ils réveillèrent Matt. Quand il leva des yeux encore embrumés vers lui, Jake leva le pouce et expliqua :

— Tout s'est bien passé. Nous allons te ramener dans ta chambre. Tes parents t'y attendent.

L'adolescent porta précautionneusement la main sur son pansement et fit signe qu'on lui apporte un miroir.

— Tu ne verras pas le résultat avant plusieurs jours, le prévint Jake. Et il faut absolument que tu bouges ta mâchoire le moins possible pour permettre aux vaisseaux de se développer dans le greffon.

En levant la tête vers la galerie d'observation il s'aperçut qu'Elia avait disparu. Qu'avait-il cru ? Qu'elle resterait pour lui parler ?

Il tapota l'épaule de Matt et partit voir ses parents. Mais quand il entra dans la chambre… Elia était déjà là, en train de vanter l'excellent travail qu'il avait réalisé.

— Merci pour ces éloges, mais sans l'équipe formidable qui m'entoure je n'obtiendrais pas les mêmes résultats.

— Oh ! Je ne voulais pas…

D'un sourire, il lui assura qu'elle n'avait commis aucune gaffe.

— Je t'incluais dans l'équipe. La période de récupération est aussi importante que l'intervention elle-même.

Elle rougit, ce qui ne manqua pas de ravir Jake comme d'habitude et suscita en lui une question qu'il s'empressa de chasser : en quelle autre circonstance le feu lui monterait-il aux joues ?

— Vous savez si les cicatrices resteront très visibles ? demanda la mère de Matt.

Jake jeta un coup d'œil à Elia de crainte que la question n'ait touché une corde sensible chez elle, mais elle ne paraissait pas perturbée.

— C'est surtout la différence de teinte qui se verra ainsi que l'absence de barbe sur la zone receveuse puisque le greffon est dépourvu de follicules pileux. Mais on pourra éventuellement remédier partiellement à ce dernier problème par des greffes effectuées à partir de peau saine sur son menton ou sa mâchoire. On a énormément progressé dans ce domaine. Dans l'immédiat, l'essentiel est que les plaies n'étant plus à l'air libre, les risques d'infection sont quasiment écartés.

— Matt sera content d'apprendre tout ça, dit Veronica. Quand pourrons-nous le voir ?

— Il est encore en salle de réveil, mais d'ici une demi-heure maximum on le ramènera dans sa chambre.

— Encore merci, docteur. D'autres transplantations cutanées seront-elles nécessaires ?

— Si celle-là prend comme je l'espère, il devrait en avoir terminé de ce côté-là. Il restera les implants dentaires.

— Vous n'imaginez pas à quel point nous vous sommes reconnaissants. Pour tout.

« Tout » c'est-à-dire bien sûr l'intervention chirurgicale proprement dite, comprit Jake, mais aussi le bonheur de savoir que Matt aurait la chance de vivre à peu près normalement. Comme Elia. Elle aussi avait eu de la chance en fin de compte, puisque malgré la profondeur de ses blessures, la fonctionnalité des tissus avait été préservée, ce qui n'était pas toujours réalisable, loin de là.

— Les choses se présentent bien, commenta Jake avant de leur demander s'ils avaient d'autres questions.

— Non, mais nous aimerions qu'Elia nous explique plus en détail en quoi consiste l'aide psychologique qu'elle nous a conseillée.

— D'accord, je vous laisse avec elle alors. Je vous ai donné mon numéro de portable. N'hésitez pas à m'appeler si vous avez des inquiétudes ou des interrogations.

— Entendu.

Alors qu'il partait, Jake surprit le début de la conversation qui reprenait entre les parents de Matt et Elia.

— Il a été super quand je lui ai parlé de mon accident qui remonte pourtant à plusieurs années.

Il referma la porte derrière lui et n'entendit plus rien. Tant mieux. Il avait hâte de s'éloigner d'Elia.

Il se rendit au poste des infirmières et là, sans réfléchir, prit un biscuit et croqua dedans. Il était aussi frais et savoureux qu'une semaine auparavant quand Elia avait commencé ses livraisons. C'est alors que l'idée lui vint de la défrayer, au moins en partie. La feuille d'inscription à côté du bocal était vierge mais les trois autres feuillets qui y étaient agrafés étaient couverts de noms. Au moins cent personnes avaient donc signé. Pour le seul quatrième étage. Si tout l'hôpital venait manger un petit gâteau, la facture pourrait s'avérer très lourde pour Elia. Et Jake avait d'autant plus de scrupules que c'était son rôle à lui de promouvoir l'événement.

Il devait absolument discuter avec Elia. À moins que... Il sortit d'une armoire un bocal vide qui servait à entreposer les abaisse-langues et, avec un marqueur, écrivit en grosses lettres sur une feuille :

Servez-vous et laissez votre obole.

Voilà qui devrait permettre à Elia de rentrer dans ses frais.

Mais la suite ne se déroula pas comme prévu.

— Hors de question, déclara Elia lorsque, en sortant de la chambre de Matt, elle lut le message et vit Jake avec le marqueur encore en main.

— La nouvelle s'est de toute évidence répandue que d'excellents biscuits étaient à disposition au service des grands brûlés. Cela me gêne déjà que tu passes ton temps libre aux fourneaux. Alors la moindre des choses est que tous les gourmands participent financièrement.

Sur ces mots, il sortit de son portefeuille un billet de cinq dollars qu'il mit dans le bocal.

— Je ne suis pas la seule à les fabriquer. Ma mère en apporte d'autres demain.

— Dans ce cas, vous partagerez la somme collectée. Elle ne sera probablement pas énorme, mais elle couvrira au moins une partie de vos frais.

Elia ne put retenir un sourire.

— On voit que tu ne connais pas ma mère. Elle adore cuisiner et gagne bien sa vie comme chef pâtissier à Austin. Les gens viennent de kilomètres à la ronde pour goûter à ses créations.

Cette fois, elle ne parla pas du fameux pain maternel, et Jake se garda d'aborder le sujet.

Sur ces entrefaites, le bip annonçant l'arrivée de l'ascenseur de service retentit, les portes s'ouvrirent, et Matt, sur son lit, fut emmené vers sa chambre. Un des brancardiers riait à quelque facétie de l'adolescent, qui contrevenait donc aux instructions de Jake de s'abstenir de parler, car un simple mouvement de ses lèvres pouvait compromettre la prise du greffon cutané.

Jake s'apprêtait à le sermonner quand il sentit la main d'Elia se poser sur son bras.

Il la regarda d'un air interrogateur.

— Ses parents le lui rappelleront, dit-elle avec douceur. Ce n'est pas la peine qu'il t'ait sur le dos en plus. Il est encore dans les vapes après l'anesthésie. Crois-moi, si quelqu'un veut que la greffe réussisse, c'est bien lui. Il ne fera rien délibérément pour saboter le processus.

— Tu as vraisemblablement raison, concéda Jake en se détendant. Je peux me montrer un peu autoritaire parfois.

— Qui ? Toi ? feignit-elle de s'étonner avec un regard faussement innocent.

— Très drôle. Cela ne t'est jamais arrivé de houspiller un patient qui risquait de se nuire ?

— Bien sûr que si, mais jamais à la sortie du bloc, quand les facultés intellectuelles sont affectées par les produits anesthésiants.

— OK. Je m'incline. Cela dit, si demain je le surprends à discuter, je ne promets pas de ne pas intervenir.

— S'il continue demain, je te devancerai. Mais cela m'étonnerait qu'il continue.

— Très bien. Nous réglerons ça demain.

Elle s'appuya contre le bureau et changea de sujet.

— Tu as eu d'autres nouvelles de Randy ?

— Je sais seulement qu'il est rentré chez lui et qu'hier tout allait bien.

— Tant mieux. Tu t'entraînes toujours pour la fête du Vélo ?

— Non. Et par respect pour Randy, le club ne se réunit pas ce week-end. Les gens se sont cotisés pour lui acheter un vélo neuf pour remplacer le sien qui est totalement détruit.

Elia n'ayant participé qu'à une seule sortie, Jake n'avait pas estimé juste de lui demander une contribution.

Elle sortit les cinq dollars du bocal, les compléta par vingt autres qu'elle prit dans son portefeuille et remit les deux billets à Jake.

— Tu peux les ajouter à la cagnotte, s'il te plaît ?

— Elia...

— J'y tiens. Cela me fait plaisir.

Elle tira la main de Jake vers elle et déposa l'argent dans sa paume avant de replier ses doigts dessus. Un contact chaud et ferme, beaucoup trop bref au goût de Jake.

— Je les donnerai au magasin de cycles de ta part. Ils sauront comment les utiliser.

— Dans combien de temps pourra-t-il remonter sur une selle ?

— Pas avant cinq semaines au moins, en fonction de l'état de son coude.

— Le pauvre ! Lui qui se faisait une joie de participer à la fête le week-end prochain.

— Oui, c'est triste.

Jake vit alors Sheryll sortir de la chambre d'un patient et se diriger vers eux. Le signal du départ, car le regard soupçonneux qu'elle leur avait lancé lorsque Elia et lui étaient sortis de concert ce matin-là ne lui avait pas échappé, et il ne voulait pas qu'elle se mette à imaginer des choses et qu'une rumeur commence à circuler à leur propos.

— Je dois y aller. Le devoir m'appelle. Comme toi, je suppose.

— Non, répondit Elia avec un grand sourire. J'ai terminé mon service depuis belle lurette. Je suis restée uniquement pour assister à l'opération de Matt.

— Je suis certain qu'il t'en est très reconnaissant.

— Qui est reconnaissant et de quoi ? demanda Sheryll en les rejoignant.

À cette question au moins, il pouvait répondre en toute franchise.

— Nous parlions de l'opération de Matt. Elia est restée pour y assister au lieu de rentrer chez elle.

— Ah ! Je comprends mieux pourquoi tu es toujours là, Elia ! s'exclama Sheryll avant de consulter sa montre. Ta mère est arrivée ?

— Non. Demain.

— Ah oui ! C'est vrai. J'ai passé une garde de dingue. Heureusement, elle tire à sa fin, et après je pars en week-end.

— Eh bien, profites-en à fond, lui dit Jake.

— Je vais tout faire pour. Je ne suis pas partie avec mon mari depuis un bout de temps.

— Amuse-toi bien, dit Elia. Je vais lever le camp, moi aussi. À lundi, Sheryll. Et toi, Jake, à... ?

— Je travaille demain.

— Moi aussi. Alors, à demain.

Son imagination lui jouait-elle des tours, ou la perspective de travailler avec lui le lendemain contrariait-elle réellement Elia ? Quoi qu'il en soit, on ne pouvait rien y changer. Mieux valait donc qu'elle fasse contre mauvaise fortune bon cœur. Sinon, ils allaient dans le mur.

— OK. À lundi, Sheryll.

Là-dessus, Jake rejoignit son bureau, laissant les deux femmes libres de discuter comme elles l'entendaient.

De lui peut-être.

Pour dire quoi ? Il n'en avait pas la moindre idée et, franchement, il s'en moquait. Plus exactement, il aurait dû s'en moquer. Il finit cependant par se raisonner : après tout, tant qu'elles n'essayaient pas de le caser avec quelqu'un, autant ne pas laisser cette question l'obnubiler.

Par mesure de précaution, il fouilla dans le tiroir du bas de son bureau d'où il tira un numéro du *Daily Gossip*, et resta une minute les yeux rivés sur la couverture. Au-dessus de la photographie pleine page d'une Samantha éplorée était écrit en grosses lettres : « Le chirurgien esthétique abandonne la mannequin sur la Côte d'Azur. » Une autre photo, plus petite, le montrait lui, furieux. Ce que le tabloïd omettait de préciser était que sa colère avait été dirigée non pas contre Samantha mais contre les paparazzis qui les avaient poursuivis sans relâche tout le temps où ils avaient été ensemble.

Il avait rencontré Samantha lors d'une conférence à Dallas, où elle passait ses vacances dans sa résidence secondaire. Ils avaient sympathisé et avaient commencé à se fréquenter. Une fois que leur liaison – gardée secrète au départ à la demande de Jake – avait été rendue publique, la presse s'en était donné à cœur joie, laissant entendre entre autres inventions que Samantha avait été une de ses patientes. Et lorsque leur relation avait tourné à l'aigre, le tabloïd avait publié le fameux article dont le titre s'était étalé à la une, et Samantha avait posté son terrible message sur les réseaux sociaux. Les commentaires étaient évidemment repartis de plus belle. Au point que la direction de l'hôpital lui avait posé quelques questions embarrassantes auxquelles il avait répondu en toute franchise. Le soufflé médiatique avait fini par retomber, mais l'affaire lui avait servi de leçon. Aussi, quand Sheryll les avait regardés avec curiosité, Elia et lui, il s'était empressé de quitter la scène avant que les soupçons de l'infirmière se transforment en certitudes. Restait à espérer qu'Elia n'était pas du genre à alimenter les rumeurs de ce type. A priori, elle ne lui en donnait pas l'impression.

Malgré tout, moins Sheryll les verrait ensemble, mieux ce

serait. Et il s'appliquerait à traiter Elia comme n'importe quelle autre infirmière. D'ailleurs, c'est ce qu'elle était, non ?

Jake sentit son ventre se contracter. N'était-elle vraiment rien de plus pour lui ? Peu importait, il allait devoir le prétendre. Tant pis si cela lui demandait des efforts surhumains. Le choix était simple : soit il réussissait, soit il s'exposait à un nouvel épisode à la Samantha.

Sheryll se pencha à l'oreille d'Elia.

— Me cacherais-tu quelque chose ?

— Comment ça ? demanda Elia en regardant sa chef avec perplexité.

— Vous traînez beaucoup ensemble tous les deux ces derniers temps, il me semble. D'abord la sortie à vélo, et maintenant l'opération de Matt...

— Je n'appelle pas ça traîner ensemble, répliqua Elia avec un froncement de sourcils. Primo, je n'étais pas au bloc avec lui. Deuzio, c'est Matt qui m'a demandé de rester pendant l'intervention, et j'ai accepté pour lui faire plaisir à lui, pas à Jake.

— D'accord, je vois.

— Et là, il était venu pour une idée ridicule : organiser une cagnotte pour me rembourser de mes frais pour les gâteaux.

— Ce n'est pas ridicule, c'est une excellente idée au contraire. Ils disparaissent à vue d'œil, Elia. Tu dois dépenser une fortune pour en faire autant.

— Non. Et puis, j'adore cuisiner. Or, à cause de mon travail, je n'en ai ni le temps ni l'énergie. Alors, j'ai sauté sur ce prétexte.

— C'est vrai que notre métier exige beaucoup, physiquement et surtout moralement. Quand je rentre le soir, je suis trop épuisée pour avoir envie de faire quelque chose. Alors, je me demande comment tu peux te mettre à faire de la pâtisserie. En fait, cela revient à travailler pour le Westlake Memorial même quand tu n'es pas de service, puisque la fête est organisée par l'hôpital.

— Je vois les choses différemment. Cela me permet de pratiquer une activité extraprofessionnelle, et c'est important pour moi.

— OK. Je vais quand même laisser cette cagnotte en place, parce que j'estime normal que tu rentres dans tes frais.

— Comme tu veux, dit Elia en levant les yeux au ciel.

Elle partit en jouant la colère, mais elle savait que son manège ne tromperait pas sa chef. En réalité, les réactions de Jake et de Sheryll lui avaient fait chaud au cœur et lui avaient confirmé qu'elle avait pris la bonne décision en acceptant ce poste à Dallas.

Et dans l'immédiat, elle ne laisserait aucune autre pensée lui occuper l'esprit.

7

Avec la discrétion d'un train de marchandises, la mère d'Elia débarqua dans l'hôpital. Elia, qui savait pourtant qu'elle ne pensait pas à mal, ne put s'empêcher de grimacer. Elle avait demandé à ses parents de s'installer dans son petit appartement et d'y attendre qu'elle ait fini sa journée. Peine perdue. Sa mère avait tenu à voir où sa fille travaillait et avait certainement harcelé son mari jusqu'à ce qu'il accepte de la conduire au Westlake Memorial.

Cette curiosité pathologique n'aurait pas trop gêné Elia si elle n'avait craint que sa mère ne tombe sur Jake, qui se trouvait quelque part à l'étage. En effet, pour quelque raison qu'elle ne s'expliquait pas, elle ne souhaitait pas que ces deux-là fassent connaissance. Sa mère revenait sans cesse à la charge pour qu'elle se case avec un gentil garçon. Des gentils garçons, Elia en avait rencontré un certain nombre, mais aucun ou presque qui ait cherché une relation sérieuse. Or, Elia avait une fâcheuse tendance à s'attacher sentimentalement à ses partenaires. N'était-elle pas normale ? s'était-elle inquiétée. Était-elle trop collante, trop en demande ? Renseignements pris auprès de ses amies, rien ne clochait chez elle. Simplement, les hommes étaient des imbéciles. Difficile malgré tout de croire que tous l'étaient. Alors peut-être était-elle attirée uniquement par cette catégorie de la gent masculine.

Quoi qu'il en soit, elle ne voulait pas que sa mère passe en revue tous les mâles de l'hôpital et la bombarde de questions embarrassantes. Des questions auxquelles elle se garderait bien sûr de répondre. De toute façon, elle ne connaissait quasiment aucun de ses collègues masculins… en dehors de Jake. Et même lui, le connaissait-elle vraiment ?

Il n'empêche qu'il n'avait pas hésité à lui sauver la vie lors de la sortie à vélo. Et elle s'était masturbée en fantasmant sur lui dans la baignoire chez lui.

Décidément, elle devait à tout prix éviter que sa mère le rencontre.

Cette dernière prit sa fille dans ses bras puis fit signe à son mari de poser sur le bureau les trois boîtes qu'il portait.

— *Biscoitos*. Et on dirait qu'ils arrivent à point nommé, ajouta-t-elle devant le bocal presque vide. Tu es sûre que tu ne veux pas que je dessine autre chose que des bicyclettes ? Des fleurs, par exemple ?

Sa mère parlait en portugais, même en public parfois, alors que son anglais était pourtant très bon. À une époque, cette habitude avait gêné Elia, jusqu'à ce qu'elle comprenne que c'était la langue de cœur de sa mère, celle qui lui offrait davantage de complicité avec sa fille. Son père en revanche avait depuis longtemps abandonné le portugais. Elia avait donc appris à échanger avec eux dans deux langues différentes.

— C'est pour la fête du Vélo, maman, s'esclaffa Elia. Alors, je ne crois pas que des fleurs, ou des danseuses en tutu ou des fées seraient adaptées.

— C'était juste une question. Avec un peu de chance, le thème de la levée de fonds sera différent l'année prochaine. Plus… intéressant.

— Cette manifestation est organisée depuis plusieurs années, et elle remporte un vif succès. Alors, je ne crois pas qu'un changement soit à l'ordre du jour.

— Ne l'écoute pas, dit son père en se penchant pour l'embrasser. Elle voudrait que chaque gâteau soit différent. Elle passe son temps à chercher des idées sur Pinterest.

À la pensée de sa mère faisant défiler des centaines de photos sur les réseaux sociaux, Elia pouffa, et son rire redoubla quand sa mère punit son mari d'une tape appuyée sur le bras.

— Ce n'est pas vrai, s'indigna-t-elle. J'ai de l'imagination, figure-toi.

— Si tu le dis, ma chérie, répondit-il, en portugais pour une fois.

Il était temps de les faire partir avant qu'ils commencent à se chamailler. Leurs disputes avaient beau être des querelles d'amoureux, des non-avertis pourraient se laisser tromper.

— Mangez un morceau et puis allez vous reposer dans mon appartement. Je vous ai donné les clés exprès pour ça. Je rentre dans une heure ou deux. J'ai encore quelques patients à voir.

À peine eut-elle terminé sa phrase que la porte de l'ascenseur s'ouvrit sur... Jake !

Elle ferma les yeux et fit une prière silencieuse. Bien sûr, ses parents et Jake se seraient rencontrés à un moment ou à un autre, mais elle aurait préféré que ce soit le plus tard possible et dans des circonstances qu'elle aurait choisies.

Dès qu'il la repéra, Jake se dirigea vers elle pour prendre des nouvelles de leurs patients. Elle essaya de s'éclipser, mais sa mère surveillait chacun de ses mouvements.

— Bonjour, docteur Callin. Je m'apprêtais à aller voir Matt.

— Ça fait un bout de temps que tu ne me donnes plus du « docteur Callin », observa Jake en inclinant la tête. Il y a un problème ?

— Qui est-ce, *filhinha* ?

L'expression de Jake changea. Il comprenait la situation... à présent qu'il était trop tard.

— C'est le Dr Jakob Callin, chef du service des grands brûlés à Westlake Memorial. Jake, mes parents.

Sa mère se hissa sur la pointe des pieds pour l'embrasser sur la joue, à la portugaise. Elia se crispa mais Jake se contenta de sourire, comme s'il trouvait cela parfaitement naturel.

— Enchantée. Moi, je suis Tersia, et voici mon mari, Nelson.

Nous sommes très impatients de savoir avec qui Elia travaille ; or, elle ne nous a encore parlé de personne ici.

Oh ! Maman, je t'en supplie, pas ça. Et surtout pas avec Jake.

— Elia est une très bonne infirmière. Et bien sûr le service vous est reconnaissant à toutes les deux pour vos gâteaux. Ils sont très appréciés. D'après Elia, vous faites aussi un excellent pain.

En remarquant l'éclat malicieux dans les yeux de Jake, Elia comprit qu'il la taquinait. Mais s'il avait su ce qu'il allait déclencher, il aurait réfléchi à deux fois avant de parler, songea Elia en entamant un compte à rebours silencieux.

— C'est exact. Venez donc manger chez Elia demain. Je vous préparerai un repas portugais traditionnel. Malheureusement, le pain ne sera pas aussi bon sans mon four.

Et voilà. Exactement ce qu'Elia avait prévu.

— Ah ! Mais je ne voulais pas vous...

De toute évidence, Jake n'avait pas prévu cette invitation. Cette fois, c'est Elia qui le regarda avec un haussement de sourcils ironique. Il s'était mis de lui-même dans le pétrin, et elle ne pouvait plus rien faire. C'était à lui de trouver un prétexte pour refuser. Dans leur intérêt à tous les deux.

— J'insiste, s'obstina sa mère. Si vous n'avez pas d'autres engagements.

Son père préférait visiblement ne pas s'en mêler, et tant mieux. Une intervention de sa part aurait inévitablement poussé sa mère à s'entêter davantage encore.

— Je n'en ai pas. Alors, j'accepte. Si Elia est d'accord, bien sûr.

— Naturellement qu'elle l'est. N'est-ce pas, *filha* ?

Sa mère la regardait à présent d'un air incrédule. Manifestement, elle n'en revenait pas que Jake puisse envisager une pareille possibilité.

— Oui, pas de problème, répondit Elia avec une certaine froideur.

Qu'ils ne comptent pas sur elle pour se montrer enthousiaste ! Pour que sa mère ou Jake se fasse de fausses idées ? Non, merci.

— Votre heure sera la mienne. Je m'arrangerai. Mais surtout, ne vous mettez pas en quatre.

Il ne connaissait ni sa mère ni leur culture. Évidemment qu'elle allait se mettre en quatre. Elle adorait recevoir. C'était dans sa nature.

— Non, ne vous inquiétez pas. 19 heures, ça vous convient ? C'est l'heure à laquelle nous dînons en général.

— C'est parfait. À demain donc.

Sa mère le regarda, les yeux écarquillés.

— Vous savez où habite ma fille ?

— Non. J'allais lui demander de m'envoyer son adresse par texto.

Cette fois, il avait eu le bon réflexe, comme s'il avait enfin compris dans quoi il avait mis les pieds.

— Ah ! OK. Bien, nous allons vous laisser à vos occupations tous les deux. À demain.

— Merci encore pour l'invitation.

Ses parents se dirigèrent vers l'ascenseur, sa mère agitant le bras en signe d'au revoir jusqu'à ce que la porte se ferme sur eux.

Elia se laissa alors tomber sur un des tabourets hauts.

— Je suis vraiment désolée, Jake. Tu n'es pas obligé de venir. Je peux dire à ma mère que tu avais oublié que tu avais un rendez-vous.

— Tu ne veux pas que je vienne, c'est ça ?

Était-ce une question piège ?

— Non, ce n'est pas ça. Simplement, je ne voudrais pas que tu aies l'impression d'avoir été embobiné.

— « Embobiné », répéta-t-il avec un sourire. Ça fait un bail que je n'avais pas entendu ce mot. Et je dois dire que ton accent lui donne un côté beaucoup plus raffiné.

Elle rougit. Mais cette fois le feu à ses joues était agréable. Rien à voir avec la gêne qu'avait provoquée le numéro de sa mère, auquel elle était pourtant habituée. Elle savait comment manipuler les gens pour les amener à faire ce qu'elle avait décidé. Et elle s'était surpassée avec Jake.

Ce qui inquiétait Elia était que sa mère n'en resterait probablement pas là. D'où la nécessité de replacer sa relation avec Jake dans un cadre strictement professionnel. Dans ce but, elle décida de se comporter comme si l'invitation à dîner n'avait jamais été lancée.

Quand Jake lui proposa de venir voir Matt avec lui, elle sauta donc sur l'occasion :

— J'allais justement y aller pour vérifier ses pansements.

— Après toi, alors, dit-il en lui cédant le passage.

Même si l'invitation de Tersia l'avait pris au dépourvu, pensa Jake, il avait indéniablement manqué de présence d'esprit. Il aurait facilement pu prétexter un autre engagement et aurait en outre dû s'abstenir de lui parler de son pain.

Quant à Elia… Il n'avait jamais entendu un mot plus érotique que son « embobiné ». Une spirale de chaleur le parcourut à ce souvenir ainsi qu'à la pensée des autres façons dont Elia pourrait l'embobiner.

Quand ils arrivèrent à la chambre de Matt, il avait heureusement repris ses esprits et put se concentrer sur son jeune patient. Ses parents étaient là, comme à chaque étape du parcours médical de leur fils. En revanche, Gracie était absente, probablement empêchée par son travail d'été.

Il examina rapidement le pansement compressif et constata avec satisfaction qu'il était intact.

— Tu fais attention à ne pas trop bouger ta mâchoire, n'est-ce pas ?

Matt hocha la tête et écrivit sur une ardoise blanche : « Je parle le moins possible. »

— Très bien. Et tu as compris pourquoi c'est important ? Il faut que le greffon se vascularise pour bien se développer et, au début, les nouveaux vaisseaux sanguins qui s'y installent sont extrêmement fragiles. Alors, le moindre mouvement peut tout remettre en cause.

Matt répondit oui en langue des signes avant d'écrire : « Dans combien de temps retire-t-on le pansement ? »

— Dans une huitaine de jours. Mais attention, n'espère pas un résultat parfait tout de suite. Tu devras t'armer de patience. Il faut attendre un certain temps avant qu'on ne voie plus rien ou presque.

Impossible de lire les pensées de Matt sur son visage qui était resté parfaitement imperturbable. De toute façon, Jake préférait dire la vérité plutôt que de voir l'adolescent s'effondrer quand le pansement serait enlevé.

Veronica prit la parole pour la première fois.

— Il voulait aussi savoir quand il sortirait de l'hôpital.

L'inévitable question qui ne possédait hélas ! pas de réponse toute faite.

— Dans une quinzaine de jours, pour laisser le temps à la greffe et au site donneur de cicatriser correctement. Et puis il faut tenir compte des autres interventions chirurgicales. Tant que la mâchoire et la greffe cutanée ne sont pas suffisamment consolidées, on ne peut pas procéder aux implants dentaires.

Cette fois, Matt fronça les sourcils, et Elia, qui s'affairait à prendre ses constantes et à vérifier le matériel, s'arrêta, s'approcha du lit et posa la main sur son bras.

— Je sais que ça paraît long. Moi aussi j'étais impatiente. Mais quand on va trop vite et que le résultat ne correspond pas à ses attentes, on passe toute sa vie à se demander si on a bien suivi les consignes ou si c'est la faute à pas de chance.

Parlait-elle de son expérience ? s'interrogea Jake. Avait-elle essayé de hâter les choses et se demandait-elle depuis si la rétraction de sa peau et l'apparition de chéloïdes étaient dues à sa trop grande précipitation ? Elle mettait officiellement ces problèmes sur le compte de son patrimoine génétique, mais une autre explication la taraudait-elle ?

Matt sembla se détendre et, avec un petit hochement de tête, se laissa aller contre ses oreillers.

Elia entraîna Veronica un peu à l'écart pour lui parler quelques instants en privé, à la suite de quoi la mère de Matt lui prit les mains et la serra longuement dans ses bras.

Jake admira une fois de plus l'exceptionnelle empathie d'Elia envers les patients et leur famille. Il avait beau n'avoir personnellement jamais reçu de plaintes de malades à propos de son comportement, il se connaissait suffisamment pour savoir qu'il privilégiait le médical au détriment de l'humain.

D'ailleurs, parmi une longue liste de défauts que Samantha n'avait soi-disant pas pu supporter chez lui, elle lui avait reproché de négliger cet aspect-là des situations. Et le refus de Jake de répondre à son soudain désir de maternité avait définitivement signé l'arrêt de mort de leur couple. Elle avait sûrement été sincèrement attristée par cette fin de non-recevoir de Jake, mais n'avait jamais voulu en discuter pour essayer de comprendre ses raisons. Elle avait été entourée d'une cour qui lui était entièrement dévouée, et c'était l'un de ses fidèles qui, alors qu'elle séjournait en France pour son travail, avait pris contact avec Jake pour le prévenir que Samantha l'aimerait toujours et chérirait le souvenir des moments qu'ils avaient passés ensemble, mais qu'elle voulait rompre. Une nouvelle, entre parenthèses, qui avait davantage soulagé que fâché Jake. Il n'empêche que Samantha n'avait même pas eu le courage de l'affronter.

Juste après, les tabloïds avaient « informé » avec fracas leurs lecteurs que Jake l'avait abandonnée alors qu'ils étaient en vacances. Comme si elle avait tout manigancé depuis le début.

Quelques semaines plus tard, elle sortait avec un acteur, dont la personnalité lui convenait beaucoup mieux. D'après ce que Jake avait entendu dire, ils avaient un enfant à présent. Il était content pour elle. Et très content pour lui-même.

Une chose était sûre : il ne voulait pas renouveler ce genre d'expérience. Jamais. De toute façon, il n'imaginait pas possible de trouver quelqu'un avec qui se ranger. Sa vie actuelle le satisfaisait pleinement.

Perdu dans son monde, il ne remarqua qu'au bout d'un bon moment qu'Elia le fixait. Il chassa donc ses souvenirs et la rejoignit.

— Verrais-tu un inconvénient à ce que j'essaye d'organiser des séances avec un thérapeute pour Matt et ses parents ici, à l'hôpital ? demanda-t-elle à voix basse. Je suis persuadée que ce serait bénéfique pour lui.

— Aucun inconvénient. C'est même une excellente idée.

L'attitude de Matt préoccupait Jake. Un adolescent vivait difficilement le fait de ne pouvoir parler normalement à sa petite amie et d'être immobilisé à l'hôpital pendant des semaines pendant que ses copains continuaient à vivre.

— Gracie est-elle toujours dans le tableau ? demanda-t-il, à voix basse lui aussi.

— Oui. Elle a été géniale. Mais je vois bien que Matt craint qu'elle ne finisse par se lasser. Cela dit, à mon avis, il redoute encore plus de rester défiguré. C'est un coup dur pour un jeune qui a toujours été populaire de se sentir monstrueux.

Jake ne put s'empêcher de s'interroger. Avait-elle été en proie aux mêmes peurs bien que ses brûlures n'aient pas été apparentes ?

Mais ils en restèrent là de leur échange, car Matt agitait les bras vers eux en brandissant son ardoise, sur laquelle il avait écrit : « De quoi parlez-vous ? »

Ils se rapprochèrent du lit, et Elia prit la parole :

— Que dirais-tu de commencer la thérapie ici, puisque les greffes t'obligent à prolonger ton séjour ? Tu pourrais demander à Gracie d'y participer avec toi.

Des hochements de tête enthousiastes accueillirent sa proposition.

« Le thérapeute serait d'accord pour venir ici ? » griffonna-t-il.

— Je peux l'appeler aujourd'hui. Si le Dr Callin te rédige une ordonnance pour un suivi psychologique, l'assurance prendra certainement les frais en charge.

Tous les yeux se tournèrent vers lui. Dans sa spécialité, il devait respecter un équilibre délicat entre prescrire des traitements indispensables et ne pas grever inutilement le budget des malades ou des compagnies d'assurance. Dans le cas de Matt et en toute honnêteté, l'idée d'Elia, si elle s'avérait réalisable, se justifiait. Et était même nécessaire.

— Oui, bien sûr. Je préparerai une ordonnance.

Matt effaça son ardoise et écrivit ce simple mot : « Merci. »

— Remercie Elia. C'est son idée.

À ce moment-là, une infirmière, Brittany, passa la tête par la porte de la chambre.

— Les urgences vous réclament, docteur Callin.

— Matt, j'appelle le psychologue et je te dis quand il peut venir, annonça Elia.

Pas « si » mais « quand » il peut venir. Jake avait su dès le premier jour qu'elle remuerait ciel et terre pour ses patients.

Jake et Elia quittèrent la chambre et s'arrêtèrent dans le couloir le temps que Brittany leur expose la situation.

— On vient d'amener une fillette de trois ans qui s'est renversé une casserole d'eau bouillante sur elle. Elle est brûlée sur le torse et l'abdomen.

— J'arrive, dit-il en laissant Brittany partir vaquer à ses occupations.

Puis il ajouta, à l'adresse d'Elia :

— Tiens-moi au courant pour le psychologue.

— Ça marche. Et toi, tiens-moi au courant pour la petite.

La demande d'Elia surprit Jake, car la plupart des membres du personnel médical se construisaient une carapace d'indifférence pour tenir le coup devant les situations épouvantables auxquelles ils étaient confrontés tous les jours. Craignant donc que le cas de la petite qui venait d'être admise aux urgences ne ravive chez Elia le souvenir douloureux de son accident lorsqu'elle était elle-même enfant, Jake lui toucha impulsivement le bras.

— Ça va ?

Sans paraître étonnée par sa question, elle le regarda droit dans les yeux.

— Curieusement, les petits enfants me touchent davantage encore que les autres blessés.

Il lui serra alors doucement les doigts en murmurant :

— Je te donnerai des nouvelles. Promis.

— Merci, Jake. Vraiment.

— De rien.

Il lui lâcha la main et entra dans l'ascenseur vers ce qui l'attendait aux urgences.

Elia, quant à elle, s'occupa d'appeler le psychologue, qui promit de venir le lendemain matin, un dimanche pourtant. Quel soulagement ! Elle avait eu tellement peur que Matt, dans un geste désespéré, ne détruise tout ce que Jake s'était employé à réaliser.

Sur ces entrefaites, la porte de l'ascenseur s'ouvrit, et elle entendit les pleurs d'une enfant avant même de voir Jake en sortir suivi par deux brancardiers poussant un lit. Elle courut vers eux. La fillette paraissait minuscule sur cette civière.

— Mettons-la dans la salle de soins n° 4 pour l'instant, dit Elia le cœur serré.

Sur la poitrine et les jambes de la fillette, là où les vêtements avaient été découpés, on voyait déjà des cloques rouge vif se former.

Des brûlures au deuxième degré, diagnostiqua Elia. Et probablement plus sur d'autres zones.

Une fois que la fillette fut dans la salle, Jake glissa ses mains sous elle en veillant à ne pas la toucher sur le devant du corps. Malgré ces précautions, lorsqu'il la souleva pour la transférer sur le lit de la chambre, elle se mit à hurler.

— Et ses parents ? demanda Elia.

— Ils sont interrogés par une assistante sociale et la police, mais ils ne vont pas tarder à monter.

— *Deus* ! De la maltraitance ?

— Non. Apparemment, ils avaient des invités, et la mère est allée bavarder avec eux pendant que l'eau des pâtes chauffait.

Jake prit une profonde inspiration et caressa le visage de l'enfant, heureusement indemne, avant de poursuivre :

— Et puis, brusquement, ils ont entendu des cris stridents provenant de la cuisine. Ils se sont précipités et ont trouvé la casserole renversée sur Carly. La petite était montée sur le marchepied qu'elle utilise pour aider sa mère à faire la vaisselle. Ils ont eu le bon réflexe : ils l'ont immédiatement douchée à l'eau froide, mais les vêtements ont mis du temps à refroidir.

— Et pourquoi la police ?

— C'est la procédure habituelle quand un enfant présente des blessures aussi graves. Mais les parents ne jouent pas la comédie. Ils sont vraiment effondrés.

Elia l'imaginait facilement. Des images du visage de sa propre mère la tenant dans ses bras resteraient gravées à jamais dans sa mémoire. Elle n'avait jamais oublié la peur qu'elle y avait lue. L'horreur. La culpabilité de ne pas avoir remarqué que sa petite fille adorée se trouvait si près du feu.

Elle gagna le chevet de Carly. Alors qu'elle était penchée au-dessus d'elle et lui parlait avec douceur, elle se rappela avoir vu une tétine sur le brancard dans lequel elle avait été montée des urgences.

— Je reviens.

Par bonheur, les brancardiers attendaient toujours l'ascenseur. Elle courut vers eux et inspecta les draps. Rien ! Mais sous l'oreiller, elle trouva une tétine rose qu'elle rapporta dans la chambre. En la voyant, la petite la mit aussitôt en bouche. Ses cils étaient mouillés de larmes, et Elia ne voulait même pas imaginer sa souffrance. Les douleurs étaient encore plus insupportables pour un enfant qui ne comprenait pas ce qui se passait.

— Bien vu la tétine, Elia. Je viens de recevoir un texto, ses parents montent.

— Très bien. Que veux-tu que je fasse ?

— Que tu mettes en place une perfusion.

Une opération délicate sur une jeune enfant qui souffrait ou qui avait peur. Heureusement, les parents arrivèrent à temps pour la rassurer et lui tenir le bras pendant qu'Elia introduisait et scotchait le cathéter sur sa main qui, par chance, avait été épargnée par l'eau bouillante. En moins de trente secondes, tout était terminé.

Ensuite, Jake et elle évaluèrent la gravité des différentes brûlures pour décider lesquelles traiter en priorité. Ce diagnostic effectué, ils administrèrent des antalgiques à Carly qui se calma progressivement et finit même par s'endormir, leur permettant de débrider les plaies dans de bonnes conditions, tandis que sa mère, assise à son chevet, lui caressait la joue en pleurant.

Quand ils eurent fini, Jake entraîna les parents de Carly un peu à l'écart.

— Les brûlures sont graves, je ne vous le cache pas. Mais d'après ce que je peux voir, les plus profondes sont du deuxième degré, pas du troisième.

— Cela signifie-t-il qu'elle ne gardera pas de cicatrices ? demanda la mère.

— Non. Certaines en laisseront probablement, mais nous mettrons tout en œuvre pour qu'elles soient les plus discrètes possible. Si la zone atteinte n'était pas aussi étendue, nous pourrions renvoyer Carly chez vous avec des consignes sur les soins à dispenser. Mais comme une grande partie de son torse est touchée, nous préférons la garder ici en observation. Des cloques sont déjà apparues, qui vont se multiplier et parfois fusionner, de telle sorte que votre fille va perdre la couche superficielle de sa peau. Les tissus au-dessous seront à vif et très sensibles. Et c'est à ce moment-là que l'infection menace.

— Faites ce que vous avez à faire, docteur, intervint le père de Carly resté silencieux jusque-là. L'un de nous deux va rester ici vingt-quatre heures sur vingt-quatre. Si c'est possible.

— Oui, je pense que nous pouvons nous arranger. Le fauteuil à côté du lit se rabat complètement. Mais nous devons limiter le nombre de visiteurs pour ne pas exposer votre fille à davantage de microbes.

— Dans combien de temps pourra-t-elle sortir ?

— Laissez-nous deux jours pour décider. Tout dépendra de la réaction de sa peau.

— Nous avons trois autres enfants. Carly est la petite dernière. Pourront-ils venir la voir ? Ils sont extrêmement perturbés et ils peur pour elle. En ce moment, c'est ma mère qui les garde.

Elia avait mal pour eux. Le reste de la fratrie avait naturellement besoin d'être rassuré sur l'état de la petite sœur. Mais Jake avait raison : dès que la peau commencerait à peler et mettrait à nu les couches plus profondes, les risques d'infection augmenteraient considérablement.

— Nous pouvons mettre en place une visioconférence comme cela se pratiquait pendant la pandémie de COVID. Mais il n'est pas possible d'autoriser d'autres personnes dans la chambre.

Comme Carly se mettait à gémir dans son sommeil, sa mère se précipita vers elle pour l'apaiser, mais hésita à la toucher de peur de lui faire mal.

— Caressez-lui le front et parlez-lui, lui conseilla Elia. Elle veut seulement s'assurer de la présence de quelqu'un qui l'aime à ses côtés.

Elia se glissa alors hors de la chambre pour laisser à la mère un peu d'intimité avec sa fille. Jake, lui, était déjà sorti pour s'entretenir avec le père avant de soigner les plaies de la petite. Elia ne pouvait qu'espérer que vu le jeune âge et la bonne santé de Carly, elle guérirait vite et sans trop souffrir.

Ne pas trop souffrir. N'était-ce pas le vœu de tous les êtres humains ? Bien sûr que si. Et la douleur n'était pas toujours physique. Elle était psychique parfois et pouvait infliger des blessures invisibles qui demeuraient longtemps après la disparition de ce qui les avait causées. Comme celle engendrée par un homme qui tirait le drap sur vos cicatrices pendant qu'il vous faisait l'amour.

Elle se rendit au poste des infirmières pour mettre à jour le dossier de Carly et, tout en travaillant, essaya d'effacer le souvenir du léger contact de la main de Jake quand il lui avait serré les doigts avec tant de douceur.

Elle commençait à apprécier un peu trop pour sa tranquillité d'esprit la présence de Jake. Elle aurait donc tout intérêt à l'éviter si elle ne voulait pas risquer de souffrir. De nouveau.

8

Une bouteille de vin rouge serrée entre ses doigts crispés, Jake frappa à la porte. À sa grande surprise, elle s'ouvrit presque aussitôt, et Elia l'invita à entrer.

— J'ai apporté une bouteille en remerciement pour l'invitation. Mais comme le dîner a lieu chez toi, je ne sais pas à qui je dois la donner.

— À mes parents. Ils seront très touchés. D'autant plus que c'est ce qu'on offre traditionnellement à ses hôtes au Portugal. Et puis ça s'accordera parfaitement avec le plat de porc typiquement portugais que ma mère a mitonné.

Devant le sourire qu'elle lui adressa, il ne put retenir le sien. Il y avait quelque chose de naturel et de chaleureux à bavarder ainsi avec elle sur le pas de la porte. Comme si elle allait le présenter officiellement à ses parents.

Ce qui n'était évidemment pas à l'ordre du jour.

— Tant mieux. C'est un coup de chance.

Elle l'invita de nouveau à entrer.

L'appartement d'Elia dégageait une atmosphère aussi chaleureuse que leur échange. Le Portugal était présent partout, avec les assiettes émaillées en bleu et blanc accrochées aux murs de la salle à manger ou les poteries posées sur quasiment toutes les surfaces libres. Le tout formait un ensemble agréable à l'œil qui correspondait en outre parfaitement à la personnalité d'Elia.

Malgré la température étouffante, cette dernière ne portait toujours ni short ni robe courte. Elle avait opté à la place pour une longue jupe ample. Il n'avait toujours pas vu ses cicatrices – et ne les verrait probablement jamais –, mais la présence de rétractions cutanées suggérait de lourds dégâts.

Le chirurgien en lui avait automatiquement passé en revue mentalement plusieurs gestes chirurgicaux susceptibles de réussir à diminuer ses tiraillements douloureux tout en sachant qu'il ne les évoquerait jamais. En effet, à supposer même qu'il lui propose de l'examiner, il doutait qu'elle accepterait d'être opérée. Elle vivait avec cette gêne depuis longtemps. Elle y était habituée. C'était son corps à elle, et il n'avait pas son mot à dire.

Alors qu'il méditait ainsi, Tersia sortit de la cuisine, Nelson sur les talons.

— Ah ! Jakob ! C'est gentil à vous d'être venu.

Son accent était plus prononcé que celui de sa fille. Elle avait par exemple mis en relief la syllabe finale de son prénom. Elia ferait-elle de même si elle l'appelait autrement que par son diminutif ? Quoi qu'il en soit, il adorait l'entendre parler. Ses mots coulaient en lui comme un bon whisky, et il se surprenait parfois à prêter davantage attention à la cadence de ses phrases qu'à leur signification. Malgré tout, s'il se concentrait suffisamment...

Ce qu'il fit pour ne pas être obligé de demander à Elia de répéter. Même si c'était tentant...

Ça suffit, Callin.

— *Mãe*, Jake a apporté du vin pour le dîner.

Même raccourci, son prénom prenait une tonalité chaude et caressante dans la bouche d'Elia. Et murmuré contre son corps dans le feu de la passion... ?

Il arrêta net le cours de ses pensées. Les deux femmes le regardaient.

— Excusez-moi. Vous m'avez parlé ?

— Je vous ai simplement remercié, Jakob.

Le visage de Tersia se durcit un peu, et elle scruta celui de Jake comme si elle cherchait à y lire quelque chose.

Quelque chose qu'il l'empêcherait par tous les moyens de découvrir. Car il ne voulait à aucun prix que la mère d'Elia joue les entremetteuses. Non qu'il puisse honnêtement l'en accuser dans l'immédiat. C'était uniquement parce qu'il se comportait bizarrement qu'elle le fixait d'un regard inquisiteur. S'il ne se reprenait pas rapidement, Tersia ne se contenterait probablement pas longtemps de regards et se mettrait à lui poser de vraies questions, plus personnelles. Plutôt mourir !

Il fut tiré d'embarras par Nelson qui entra dans la pièce et vint lui serrer la main.

— Ravi de vous revoir. Désolé de ne pas être venu vous ouvrir, mais Tersia m'avait confié la mission de surveiller la fin de la cuisson du pain. Je crois que vous allez aimer.

Comme sa fille, Nelson parlait un excellent anglais, mâtiné de cette pointe d'accent qui donnait à leurs paroles un parfum exotique envoûtant.

— À en juger par ce délicieux fumet, tout va me plaire.

— Venez vous asseoir, dit Tersia en ouvrant le chemin vers le salon en maîtresse de maison alors qu'elle se trouvait chez sa fille. Le dîner est bientôt prêt.

Elia articula silencieusement à l'adresse de Jake un « Désolée » accompagné d'un sourire.

Il lui toucha le bras et, d'un petit mouvement de tête, lui assura que tout allait bien. Aussitôt, le visage d'Elia s'éclaira.

— Assieds-toi sur le canapé pendant que je vais donner un coup de main à maman. J'espère que tu as faim. Elle prépare toujours de quoi nourrir un régiment. Or, tu n'es pas accompagné d'un escadron d'amis, non ?

— Désolé, non, pouffa-t-il.

Comme il appréciait de plaisanter avec elle ! Avec ses autres collègues, il n'en avait ni le temps ni l'occasion, car toutes les conversations tournaient autour de leur travail.

Ce soir, le travail n'était pas invité. Alors, il allait en profiter et peut-être même, contre toute attente, réussir à se détendre vraiment.

Brusquement, la perspective de passer du temps avec cette famille et d'apprendre à mieux la connaître l'enchanta. Il partageait rarement un repas avec des amis. Ou avec quiconque d'ailleurs. Aussi décida-t-il de lâcher prise, de manger, de s'amuser et d'oublier l'hôpital et les malades. Ils n'allaient pas s'évaporer. Et lui non plus.

Le porc aux palourdes accompagné d'une riche sauce savoureuse s'avéra à la hauteur des promesses de Nelson. Meilleur même. Et Jake écouta avec intérêt les anecdotes sur l'enfance d'Elia et de son frère.

— Et alors, Elia a levé le bras pour jeter les graines aux pigeons. Mais ils se sont impatientés, et l'un d'eux est venu se percher sur sa tête, sur le joli petit béret qu'elle avait absolument voulu porter pour cette visite au parc ornithologique national. Et ce béret...

Tersia étouffa un rire dans sa main.

— ... ce béret *puro branco* n'est pas resté blanc très longtemps. Et ce que le pigeon avait lâché a coulé sur le nez d'Eliana. Si vous aviez vu sa tête ! conclut-elle, hilare.

Jake imaginait très bien l'expression de surprise de la petite Elia et rit de bon cœur comme il ne cessait de le faire depuis une demi-heure.

— Je n'avais pas invité ce volatile à m'utiliser comme perchoir et encore moins à...

D'un geste de la main au-dessus de ses cheveux elle se fit comprendre sans avoir besoin de mots.

— Et qu'as-tu fait lorsqu'il s'est invité ? demanda Jake.

Elle lui donna un coup d'épaule.

— Je peux te dire ce que je n'ai pas fait. Je n'ai plus jamais remis ce béret. J'ignore même ce qu'il est devenu.

— Oh ! Je l'ai gardé, déclara Tersia. Je l'ai porté à nettoyer chez le teinturier, mais il conserve l'odeur spéciale du souvenir. C'est sa grand-mère qui le lui avait confectionné, ajouta-t-elle à l'intention de Jake.

— Ah bon ? s'étonna Elia. Je ne m'en souvenais pas. Dans ce cas, je regrette de ne plus jamais l'avoir porté.

Tersia vint embrasser sa fille.

— J'avais suffisamment de photos prises de toi ce jour-là pour qu'elle croie que c'était ton accessoire vestimentaire préféré. Je ne lui ai jamais raconté cette mésaventure, sinon elle l'aurait jeté au feu jusqu'à ce qu'il soit réduit à un tas de cendres...

Tersia s'arrêta net et se couvrit la bouche avec la main, l'air épouvantée, avant de passer le bras autour des épaules d'Elia.

— Excuse-moi. C'était juste une façon de parler.

— *Mamãe*, tout va bien. Ne te mets donc pas dans tous tes états chaque fois que tu fais allusion à des flammes.

Tersia ne parut pas convaincue. Son désarroi augmenta même.

— Si seulement j'avais prêté un peu moins attention à Tomás, ce jour-là.

« Et c'est reparti pour un tour ! » dit le regard qu'Elia adressa à Jake.

— Tu n'y es pour rien, *mãe*.

Qui était Tomás ? Un parent ou un ami proche, vraisemblablement.

— Quand elle était petite, Elia a été brûlée alors qu'elle apprenait à marcher à son petit frère, expliqua Tersia à Jake comme si elle avait lu dans ses pensées. En reculant, elle est tombée dans le feu de bois que nous avions allumé pour l'anniversaire de Tomás.

Jake hocha la tête. Il comprenait qu'Elia soit gênée que ce sujet surgisse dans la conversation.

— Oui, elle m'a parlé de cet accident. Je sais quelle épreuve cela a représenté pour vous tous. Mais Elia en a tiré une empathie incroyable à l'égard de ses patients. Sans lui, elle ne s'identifierait peut-être pas autant à eux et ne comprendrait pas aussi parfaitement leur calvaire.

— C'est exactement ce que j'ai dit à Elia, intervint Nelson avec un regard reconnaissant à Jake, et elle admet que cela lui facilite le travail. Pas vrai, *filha* ?

— Oui. Absolument. J'adore mon métier. Et oui, mon passé m'aide à comprendre mes patients, même si chaque expérience est différente.

Sous la table, Jake sentit le genou d'Elia toucher le sien, comme si elle voulait le remercier pour ses paroles. À moins que ce contact ne soit purement accidentel. Auquel cas, elle se serait écartée, non ? Il se risqua donc à répondre par une pression de son propre genou.

Elle se tourna aussitôt vers lui… en souriant.

Et il fut littéralement subjugué, tétanisé pendant plusieurs secondes, jusqu'à ce qu'il se ressaisisse et inclue le reste de la famille dans le large sourire par lequel il répondit à celui d'Elia.

Il leur parla alors un peu de Matt, sans donner son nom ou aucun autre renseignement qui permettrait de l'identifier, et leur avoua l'aide précieuse qu'Elia lui avait apportée quand ils s'étaient rencontrés au chevet du malade. Leur première rencontre.

— En fait, tu m'avais déjà vue. Simplement, tu avais oublié.

— Mais vous ne l'oubliez plus, à présent, n'est-ce pas ? murmura Tersia.

— *Mamãe*…, la rabroua sèchement Elia.

Mais Tersia avait raison. Elia n'était pas quelqu'un qu'on oubliait.

— Oh non ! Impossible.

Elia le regarda avec insistance mais, malgré ses efforts, Jake ne réussit pas à décrypter le message. En désespoir de cause, manifestement, Elia changea de sujet :

— On peut passer au dessert, maman ?

— Oui, tout de suite. J'espère que vous aimerez, ajouta Tersia à l'adresse de Jake. Ce sont des *filhoses de abóbora*. À la boulangerie, nous appelons ça des gâteaux frits à la citrouille bien qu'ils n'aient rien à voir avec votre recette américaine. Ce sont les pâtisseries préférées d'Elia. Je vais les chercher.

Essayer quelque chose qu'Elia adorait ? Avec plaisir !

Les beignets biscornus saupoudrés de sucre qu'apporta Tersia suscitèrent instantanément la curiosité de Jake et lui emplirent les narines d'une odeur délicieuse.

— Il y a de la cannelle ?

— Oui, avec la citrouille et avec le sucre sur le dessus. À Noël, les *filhoses* sont parfois fabriqués dans des moules pour leur donner différentes formes.

— Oh ! C'est boooon !

La façon dont Elia étira ce mot coupa un instant la respiration à Jake.

Quoi que ce soit qui provoque une pareille réaction chez elle devait nécessairement être divin. Et il se mit à saliver ! Mais pas uniquement à cause du dessert. Il s'imaginait provoquer chez Elia le même petit cri de plaisir.

Il déglutit. Il se sentit soudain dépassé par la situation et se reprocha de s'être abandonné à de pareils fantasmes en souhaitant si ardemment qu'ils deviennent réels. Malheureusement, c'était plus fort que lui.

Tersia posa le plat de pâtisseries sur la table avant d'aller sortir d'un buffet des assiettes à dessert bleu et blanc assorties à celles utilisées pour le reste du dîner. Elles rappelèrent à Jake les Wedgwood qu'on trouvait aux États-Unis, mais celles-ci étaient plus lourdes et, au toucher, ressemblaient davantage à de la poterie. Elles lui plurent et le firent penser à Elia. Chez elle aussi se cachait un fond solide derrière une apparence délicate. Elle n'était pas qu'un joli minois. Et tant mieux !

Tersia le servit mais, avant d'attaquer les *filhoses,* il attendit de voir si ses hôtes mangeaient avec des couverts ou simplement avec les doigts.

Nelson parut remarquer son hésitation, car il lui jeta un coup d'œil puis prit un beignet avec la main et le mit en entier dans sa bouche. Jake l'imita et comprit aussitôt pourquoi ces pâtisseries étaient les préférées d'Elia. D'une incroyable légèreté, elles fondaient dans la bouche. Un vrai goût de revenez-y !

Tout en dégustant son beignet, Elia l'observait.

— Tu aimes ?

— J'adore.

Et il ne se régalait pas seulement de la pâtisserie, mais aussi de l'espèce de sensualité avec laquelle Elia se délectait de la sienne comme s'il ne s'agissait pas d'un simple dessert. Jake eut même l'impression d'être un voyeur.

Pour tenter de dévier le cours de ses pensées, il prit un autre *filhós* et, cette fois, le laissa fondre sur sa langue pour faire durer le plaisir.

Nom d'un chien ! Il fallait qu'il parte d'ici.

Comme si son ange gardien l'avait entendu, son téléphone vibra dans sa poche.

— Excusez-moi. Il faut que je réponde. C'est l'hôpital.

— Je vous en prie, dit Nelson. Allez sur le balcon si vous voulez vous isoler.

Comme il se dirigeait vers la porte coulissante, il lui sembla entendre la sonnerie d'un autre portable derrière lui. Tournant la tête, il vit qu'Elia prenait son téléphone. Il sut immédiatement qu'il n'allait pas lui échapper aussi facilement qu'il l'avait espéré.

Il prit la communication et entendit la voix affolée de Sheryll.

— Jake, tu peux venir ?

— Que se passe-t-il ?

— On vient de nous amener une jeune femme que son ex-petit ami a attaquée à la soude caustique, selon un de ses proches. Elle n'est pas belle à voir.

— J'arrive. Rince immédiatement la zone touchée. À grande eau, mais attention qu'elle ne pénètre pas dans les yeux au cas où il y aurait encore de la soude.

— D'accord. Je crois malheureusement que l'œil droit en a reçu. Mary essaye de joindre Elia pour savoir si elle peut venir elle aussi. Sais-tu où elle est ? Nous manquons de bras et... Ah ! Attends !

Elle échangea quelques mots avec Mary avant de reprendre la communication.

— C'est bon. Elia arrive.

Elia avait manifestement tenu secret leur dîner en famille, et ce n'était évidemment pas lui qui vendrait la mèche.

— Très bien. Je serai là dans une vingtaine de minutes.

Sheryll raccrocha sans autre forme de procès. Mais Jake n'avait pas besoin de mondanités. Apparemment, c'était d'un miracle qu'il aurait besoin. D'un grand miracle.

Elia n'en revenait pas. Elle avait déjà été confrontée à des violences volontaires, mais de ce type, jamais. Asperger délibérément d'un produit caustique un autre être humain ? Un tel acte dépassait l'entendement. C'était sidérant.

Comme il était sidérant qu'elle roule en ce moment même vers l'hôpital avec Jake, alors qu'une seconde auparavant encore elle riait avec lui. L'exubérance de ses parents, que leur fille trouvait parfois embarrassante, ne semblait pas avoir gêné Jake. Au contraire même, il avait paru sous le charme.

À peine garés, ils se ruèrent aux urgences où on les dirigea immédiatement vers le service des grands brûlés. Ils partirent au pas de course vers l'ascenseur, suivis par un interne qui répondait aux questions de Jake.

— On l'a transférée là-bas parce que vous êtes mieux équipés pour traiter les brûlures graves.

— Des organes ont-ils été touchés ?

— À première vue non. Mais la soude a causé pas mal de dégâts.

Ce type de brûlure était le pire parce que la victime ne sentait pas immédiatement la douleur. Or, plus le produit restait longtemps en contact avec la peau et les muqueuses, plus les lésions étaient graves, car la soude caustique pouvait littéralement dissoudre les tissus.

Quand la porte de l'ascenseur s'entrouvrit, Jake et Elia s'engouffrèrent dans la cabine. Jake se taisait maintenant. Comme Elia, il devait passer en revue dans sa tête l'éventail des traitements possibles.

Quand ils arrivèrent au quatrième étage, Elia remarqua tout de suite que le poste des infirmières était vide. Normal. Toutes ses collègues livraient une bataille dans la salle de soins, facilement reconnaissable aux allées et venues incessantes du personnel médical.

Jake intercepta l'un des médecins qui en sortait, un jeune chirurgien ophtalmologiste qui travaillait habituellement au rez-de-chaussée.

— Alors ?

— Elle va très certainement perdre son œil droit. La cornée a disparu en partie, et le produit a touché certaines des couches plus profondes.

— Comment ce genre de chose peut-il se produire, bon sang ? s'indigna Jake.

— Une rupture fait parfois émerger le côté sombre des individus. Ils ressentent alors le besoin de faire souffrir l'autre pour se venger. Tu sais bien comment ça fonctionne.

Jake réagit bizarrement à ce dernier commentaire. Il tressaillit et eut un léger mouvement de recul. Son collègue ne parut pas le remarquer ou en tout cas n'y vit rien d'anormal.

— Au moins la peau, elle, peut être greffée, observa le jeune chirurgien. Mais il va y avoir du boulot.

— Était-ce de la soude pure ?

— Je ne sais pas. La victime possède une petite entreprise de savons artisanaux. Elle ajoutait de la soude à une préparation liquide avec de simples lunettes de vue comme protection quand son ex-petit ami est entré et a délibérément renversé la table pliante sur laquelle elle effectuait cette manipulation. Il avait déjà proféré des menaces, mais elle ne les avait pas prises au sérieux.

— Merci. Je vais aller évaluer la situation.

— Tiens-moi au courant. Je reviendrai dans une demi-heure quand je me serai débarrassé d'une tâche administrative qui ne peut plus attendre. De toute façon, je ne sers plus à rien ici.

Sur ces mots, le jeune médecin disparut dans l'ascenseur, et Jake et Elia pénétrèrent dans la salle de soins.

Des emballages de produits médicaux et des flacons vides jonchaient le sol. Deux infirmières se tenaient près de la patiente qui était allongée sur une table spécialement conçue pour le lavage des plaies quand elles couvraient une grande partie du corps. Comme sur une table d'autopsie, des gouttières de chaque côté recueillaient l'eau, et l'ensemble était légèrement incliné pour que tous les liquides coulent vers un récipient relié à une évacuation dans le sol.

— Merci d'être venue, Elia, dit Sheryll. J'étais seule avec Mary, et elle n'est pas en forme... Elle vient de partir aux toilettes. Pour la ixième fois.

La direction incitait le personnel à rester chez lui en cas de maladie, mais dans certaines circonstances cette consigne pouvait ne pas être respectée. Du moins en l'absence de fièvre, quand la personne se sentait simplement patraque.

— La patiente s'appelle Dorothy White. Elle souffrait tellement que nous l'avons mise sous sédation. Nous l'avons lavée comme il faut, je pense, mais Timmons veut avoir l'avis de Jake.

Jeremy Timmons était un nouvel interne qui travaillait sous le tutorat de Jake et que le Westlake Memorial avait recruté dès sa sortie de la faculté avant qu'un autre établissement mette le grappin sur lui.

De plus en plus de patients étaient transférés de l'hôpital voisin où l'unité de traumatologie venait d'être fermée. Peu de temps auparavant encore, le service des grands brûlés de Westlake Memorial recevait seulement les cas les plus graves, et après que les premiers soins – comme le lavage des plaies – avaient été dispensés dans un établissement local. À présent, comme les victimes devaient effectuer un trajet plus long en ambulance leur prise en charge était retardée.

— Quel est le plus urgent maintenant ? demanda Elia.

— Attendons de voir ce que va dire Jake. Tu peux me remplacer pour que je puisse me rendre auprès de mes autres malades ? C'est le chaos total ici depuis une demi-heure.

— Vas-y. Je gère.

— Merci.

Après le départ de sa collègue, Elia se lava soigneusement les mains puis enfila son EPI – Équipement de Protection Individuelle – et aida Jake à mettre le sien. Les deux dangers les plus redoutés en cas de brûlures étendues étaient la déshydratation et l'infection. Si on pouvait assez facilement remédier au premier, il était en revanche difficile de barrer la route aux bactéries en l'absence de la couche protectrice du derme. C'était une bataille permanente. Elia se rappelait le cas d'un brûlé à 90 % – le cas le plus lourd qu'elle ait connu – qui avait été emporté par une septicémie deux semaines seulement après son accident, malgré les fortes doses d'antibiotiques administrées en intraveineuse.

Jake lui avait demandé de commencer à traiter les brûlures plus légères avec une crème antimicrobienne pendant qu'avec l'aide de Jeremy il passait une petite brosse sur le corps de Dorothy tout en réfléchissant à la stratégie qu'ils mettraient en œuvre tous les deux.

— De la famille ? demanda Jake.

— Ses parents sont dans la salle d'attente, répondit Jeremy. Ils sont effondrés, comme tu peux l'imaginer. Nous pensions la transférer dans une vraie chambre une fois les premiers soins terminés avant de les faire entrer. Le Dr Perkins a insisté pour qu'on scotche aussi de la gaze sur son œil droit avant qu'ils la voient.

Pour le moment, la patiente avait les yeux fermés, mais sa

paupière droite était enflée et rouge. Elia préférait ne pas penser à ce qui se cachait dessous.

— Le petit ami est en garde à vue, j'espère !

Il ne manquerait plus qu'il fasse irruption dans le service et s'en prenne à d'autres innocents !

— On l'a arrêté chez lui. Il s'y était réfugié après avoir pris la fuite.

Timmons leva la tête avant d'ajouter :

— Il s'était préparé un sandwich.

Elia fut prise de nausée. Comment pouvait-on agresser ainsi un autre être humain et continuer à vivre comme si de rien n'était ?

Elle se força à se concentrer sur sa tâche. Sa patiente méritait qu'elle pense à elle, pas l'homme qui avait agi de cette façon.

— Où en êtes-vous ? demanda Timmons en venant près d'elle.

— J'ai presque fini avec les lésions que je peux voir. En a-t-elle sur le dos ?

— Pratiquement pas. Juste un peu sur l'épaule. Grâce à ses vêtements.

Des cloques s'étaient déjà formées sur tout le côté droit de Dorothy, de son sourcil à sa hanche.

Elia discuta encore quelques instants avec Jeremy des médicaments à prescrire, jusqu'à ce que Jake les rejoigne.

— Tout va bien ? s'alarma Elia devant ses sourcils froncés.

— Oui. Je voulais seulement demander à Jeremy de passer voir les parents et de s'assurer qu'il y a une salle de libre où on pourrait commencer le débridement. Tout de suite, si possible.

Jeremy demeura un instant interloqué avant de hocher la tête.

— D'accord. Je m'en occupe.

— J'aurais pu m'en charger, observa Elia après son départ.

— Les parents préféreront parler à un médecin.

Oui, bien sûr, l'explication était parfaitement acceptable. Pourtant, elle avait remarqué une expression étrange sur le visage de Jake. Mais peu importait. Ce qui comptait était de prendre en charge Dorothy et de la stabiliser. Et le plus rapidement possible.

9

Quatre heures plus tard, Jake se déclara enfin satisfait. Dorothy était stable, toutes ses brûlures profondes avaient été débridées et couvertes de pansements humides. En revanche, le Dr Perkins avait confirmé que son œil droit était perdu. Par chance, ou par malchance, c'était la blessure la plus grave sur son visage, même si une de ses joues, rongée par la soude jusqu'au tissu adipeux, allait certainement nécessiter des greffes et de la chirurgie esthétique.

Quelque chose taraudait Jake cependant : pourquoi avait-il éloigné Jeremy en salle de soins ? En y réfléchissant, il devait bien l'admettre : il avait été contrarié que son collègue se rapproche d'Elia et avait agi impulsivement. En réalité, comme Elia l'avait souligné, elle aurait très bien pu aller elle-même au moins consulter le planning des chambres. Inutile de ruminer. Ce qui était fait était fait. Et puis elle n'avait apparemment pas remarqué sa réaction étrange.

Il préféra penser à son comportement admirable pendant les soins à Dorothy. Elle n'avait pas eu la moindre hésitation ni le moindre problème pour suivre les instructions qu'il lui avait données. Comme s'ils travaillaient ensemble depuis des années et non depuis quelques semaines seulement. L'hôpital avait incontestablement déniché un trésor avec elle.

— Merci pour tout, Elia. Je vais aller boire un café dans mon bureau. Ça te tente ?

Elle s'étira en se massant le dos avant de répondre :

— Oui, je m'assiérais volontiers quelques minutes pour soulager mes pieds et mes jambes.

— Pareil pour moi. Je suis tellement contracté que je crois que je n'arriverais pas à entrer dans ma voiture. Ces cas sont vraiment éprouvants.

— Oui, c'est vrai. Mais tu as bien géré avec les parents.

En dépit des efforts de l'équipe médicale pour cacher les blessures les plus effrayantes de Dorothy, les parents de cette dernière, au vu de la quantité de pansements, avaient compris l'étendue de ses lésions et avaient été naturellement sens dessus dessous. Quand ils avaient été autorisés à la voir, les antidouleurs qu'elle avait ingurgités l'avaient plongée dans un état comateux. Elle pouvait hocher et secouer la tête, mais pas soutenir une conversation. Quant au pronostic sur le plus long terme, c'était un autre sujet difficile sur lequel il s'avérait impossible de statuer dans l'immédiat.

— Tu me donnes une meilleure note que pour ma gestion de Matt ?

Il se rappelait encore avec précision la première fois qu'il avait remarqué Elia et la virulence avec laquelle elle avait parlé pour son patient sans aucune considération pour son supérieur hiérarchique. Il ne put retenir un sourire à ce souvenir. Un sourire qu'elle lui rendit.

— Je te donne un B.

— Pas un A ? s'indigna-t-il, curieux de savoir quels étaient ses critères d'évaluation.

Elle réfléchit un instant à la question tandis qu'il s'effaçait pour la laisser entrer dans son bureau.

— Je réserve le A à un travail exceptionnel. Et en admettant que tu le mérites je ne voudrais pas que tu prennes la grosse tête.

Jake éclata de rire. L'horreur de ce qu'avait vécu Dorothy n'était évidemment pas effacée, pas plus que celle qu'ils affrontaient quotidiennement, mais des échanges légers comme celui-là constituaient un sas de transition avant de revenir à leur vie personnelle. Jake avait vu d'excellents professionnels craquer ou leur famille voler en éclats parce qu'ils avaient rapporté une fois de trop leur travail à la maison. Il en avait tiré des leçons et s'efforçait de ne pas tomber dans ce piège.

Elia l'aida à préparer le café avec la même aisance qu'elle soignait les patients sous sa houlette. Il prit une profonde inspiration et s'autorisa à libérer sa tension.

— Tu as prévenu tes parents que tu rentrerais tard ?

— Oui. Ma mère m'a appelée en plein milieu du débridement. Sheryll m'a remplacée le temps que je sorte répondre.

Il ne l'avait même pas remarqué, tant il avait été concentré sur les cloques à percer et les peaux nécrosées à couper.

— Tu lui as dit de ne pas t'attendre ?

Elle leva une seconde les yeux vers lui avant de lui répondre.

— Pas besoin, elle avait compris. En fait, mes parents sont rentrés à Austin juste après son coup de fil. Comme je travaille demain, ils n'ont pas jugé utile de rester.

— Ah ! mince ! J'avais complètement oublié ! Et nous sommes venus ici ensemble, dans ma voiture. Veux-tu que je te ramène chez toi ?

— Non, pas tout de suite. Laisse-moi d'abord savourer ce bon café. Verrais-tu un inconvénient à ce que je me mette à l'aise sur ton canapé ? J'ai besoin d'un peu de temps pour décompresser.

— Moi aussi.

Munis de leurs mugs, ils allèrent s'asseoir sur le canapé. Et Elia, joignant le geste à la parole, se débarrassa de ses Crocs et replia les jambes sous elle, comme elle l'aurait fait dans son appartement. Une simplicité et un naturel qui plurent à Jake. Qui lui plurent même beaucoup.

— Tu n'as pas peur que la caféine t'empêche de dormir cette nuit ? demanda-t-il.

— D'habitude, elle ne me fait rien. Et je suis tellement survoltée qu'elle va au contraire m'aider à redescendre un peu. Oui, je sais que c'est n'importe quoi.

— Non. C'est pareil pour moi.

Il étendit les jambes et s'affala contre les coussins derrière lui, selon son habitude après une longue journée de travail. Sauf que normalement il était toujours seul dans ces moments-là. Et presque systématiquement, il finissait par s'allonger directement sur le canapé – pourtant convertible – et s'endormait sous un grand jeté de lit crocheté par une de ses patientes. Voilà pourquoi il gardait toujours une tenue de rechange dans son bureau. D'autant plus qu'il avait la chance de disposer d'une salle de bains attenante.

Ils demeurèrent dans un silence serein jusqu'à ce que Jake demande :

— Comment va ta jambe ?

Puis, comme s'il craignait la réaction d'Elia, il s'empressa d'ajouter :

— Ne te fâche pas. En te voyant te masser le cou, je me suis demandé si elle se rappelait à ton bon souvenir. Au fait, prends la couverture à côté de toi, si tu as froid.

Dans un froncement de sourcils, elle regarda ses jambes et se mit à tirer sur l'ourlet de sa jupe pour couvrir sa cheville droite. Puis elle tourna de nouveau la tête vers lui et le scruta, se demandant peut-être si sa proposition recélait ou non des arrière-pensées.

— Non, je n'ai pas froid, mais merci, finit-elle par dire. Et j'ai un peu mal à la jambe, mais c'est très supportable. Elle a l'habitude de mes longues stations debout. Mais le fait de pouvoir la plier soulage la constriction du tissu cicatriciel. Tu es sûr que cela ne te dérange pas que je mette les pieds sur ton canapé ? Ça en choquerait certains.

— Moi, ça ne me gêne pas. Et même, j'aime bien te voir comme ça, laissa-t-il échapper.

Elia ne fit aucun commentaire. Elle se contenta de poser la joue sur le cuir du dossier du canapé.

— C'est une position très confortable. Tu devrais la tester un jour.

— Je pense que mes jambes se briseraient en deux si j'essayais de les plier comme toi.

Elle sourit et, comme chaque fois, il sentit un pincement dans son ventre.

— Tu n'exagérerais pas un petit peu par hasard ?

— Joker.

Ils se turent de nouveau, et Jake apprécia ce calme après la confusion de la salle de soins. Ce fut lui encore qui brisa le silence pour revenir sur les rapides remerciements qu'il lui avait adressés après la séance de débridement.

— Tu as été une aide extrêmement précieuse avec Dorothy tout à l'heure. J'avais l'impression que tu anticipais chacune de mes demandes. Tout le monde n'en est pas capable.

— La plupart des infirmières, si. Je crois aussi que dans mon cas, comme je parlais mal anglais à mon arrivée aux États-Unis, j'ai appris à décoder le langage corporel et à comprendre ce que les gens expriment sans paroles.

— Effectivement. En tout cas, ton anglais est maintenant excellent, et c'est un atout formidable que tu saches toujours « décoder les gens ».

— Je n'ai pas perdu mon accent, quand même. Les *r* sont particulièrement durs à prononcer pour moi. Ils sont tellement différents en portugais ! Rosalie dans sa robe rouge roule sur la route rurale.

Là-dessus elle éclata d'un rire qui caressa Jake tout entier et élargit son sourire. Il appréciait chez elle cette capacité, plutôt rare, à l'autodérision.

— J'espère que tu ne le perdras jamais.

— C'est très gentil de ta part, dit-elle, la tête toujours sur le dossier du canapé, en posant la main sur son bras, ce qui fit réapparaître le pincement dans son ventre.

— Ah bon ?

Elle s'immobilisa.

— Oui. Et moi, j'espère que tu ne perdras jamais ta bienveillance et ton humanité avec tes patients. Ni avec moi.

Jake eut l'impression que la Terre s'arrêtait de tourner tandis que les paroles d'Elia se frayaient un chemin jusqu'à un endroit secret enfoui en lui, qu'il n'avait ouvert à personne depuis bien longtemps.

Il regarda Elia une seconde puis se pencha et l'embrassa. Sur la bouche, cette fois. Et comme il s'y attardait, Elia releva la tête pour le laisser glisser la main sous sa nuque.

Comme sa bouche était voluptueuse ! Plus encore que ce qu'il avait imaginé dans les recoins de son cerveau lorsqu'il s'était laissé aller à y penser. Des recoins qu'il avait verrouillés. Jusqu'alors.

Si elle avait marqué la moindre hésitation, il aurait arrêté sur-le-champ, se serait excusé, et advienne que pourrait. Mais de toute évidence, elle n'avait pas d'objection. Vraiment pas du tout.

Et Jake ne put s'empêcher de se demander si les mêmes pensées que les siennes avaient traversé son esprit lorsque leurs genoux s'étaient touchés lors du dîner avec ses parents et si, sans l'appel de l'hôpital, la soirée se serait terminée de la même manière.

Beaucoup de questions et peu de réponses. Peu importait finalement. Seul comptait le moment présent. Or, Elia avait changé de position pour se mettre à genoux devant lui. Il lui entoura la taille et la rapprocha de lui.

Pas suffisamment hélas ! pour satisfaire les pulsions qui l'assaillaient, chacune le maillon d'une longue chaîne de désirs qui attendaient l'occasion d'être assouvis.

Lorsqu'il la redressa, elle se positionna naturellement à califourchon sur ses cuisses et jeta un bref coup d'œil vers la porte.

— Veux-tu que je la ferme à clé ? demanda-t-il.

De la réponse d'Elia dépendrait la suite de la soirée. Soit elle dirait non et quitterait rapidement son bureau, soit elle dirait oui, et alors...

— Non.

Tous les espoirs de Jake s'écroulèrent... jusqu'à ce qu'elle ajoute :

— Je vais le faire, moi-même.

Jake attendit, le corps et l'esprit en alerte, pendant qu'elle s'éloignait pour aller tourner le verrou.

Il se leva alors et alla l'enlacer et l'embrasser sur la nuque. Au murmure qui lui échappa, il resserra son étreinte autour de sa taille, au risque qu'elle sente son érection. Au moins, elle saurait ainsi exactement ce que son corps attendait. Et Dieu sait qu'il l'attendait !

Si elle changeait d'avis et s'écartait, il ne savait comment il expliquerait à son corps pourquoi il ne répondait pas à ses attentes. Mais il s'y résoudrait.

Mais bien au contraire, elle passa un bras autour de son cou pour attirer sa tête contre sa joue. Et quand elle tourna le visage et lui offrit sa bouche… il la couvrit avec la sienne, sans plus aucune retenue.

Personne ne viendrait les interrompre. Sheryll était rentrée chez elle, et l'infirmière qui la remplaçait croirait qu'il en allait de même pour tous les deux. Si on avait besoin d'eux, on leur téléphonerait.

Et Jake pria pour qu'il n'en soit rien. Au moins pendant un moment. Un moment le plus long possible.

Lorsque leurs lèvres se séparèrent enfin, Jake recula d'un pas en signifiant de l'index à Elia d'attendre, tandis qu'il tirait de sa poche arrière son portefeuille dans lequel il pensait avoir gardé au moins un préservatif. Bien sûr, il en avait chez lui, mais s'il proposait à Elia de rentrer avec lui, il gâcherait cet instant et aurait le temps de réfléchir à ce dans quoi il s'engageait. Et franchement, mieux valait l'éviter.

Il ouvrit son portefeuille et… Ouf ! Tout au fond d'un des compartiments pour cartes de crédit, il trouva même plusieurs étuis. Il en sortit un et jeta son portefeuille au petit bonheur sur le bureau.

Elia s'humecta les lèvres, et Jake fut pris de frissons, impatient à la pensée du plaisir qu'il voulait lui donner. Du plaisir que lui-même voulait prendre.

Il fit tourner lentement le petit étui entre ses doigts tout en regardant Elia.

Samantha s'était mise à parler maternité à peu près au moment où il avait commencé à nourrir des doutes sur la pérennité de leur liaison. En outre, elle avait projeté de recourir à une mère porteuse en arguant qu'une mannequin au sommet de sa carrière devait faire attention à son corps. Jake avait admis ses craintes, mais s'était en même temps rappelé les propos de sa mère lorsqu'elle lui avait parlé de leur excitation, à son mari et à elle, quand ils avaient appris qu'elle était enceinte. De la façon dont ils avaient traversé les neuf mois ensemble et à quel point cela les avait rapprochés.

Mais pourquoi pensait-il à tout cela à cet instant ?

Il prit Elia par les hanches et la rapprocha petit à petit jusqu'à ce qu'elle soit tout contre lui, enflammant de nouveau ses sens et chassant toute autre pensée.

À sa grande surprise, elle lui prit le préservatif des mains pour le poser sur le bureau à côté de lui.

— Pas tout de suite, murmura-t-elle devant son expression perplexe.

Il avala sa salive. Elle avait à l'évidence des idées précises sur le déroulement de leurs ébats.

Du bout des doigts, elle suivit le contour de son visage en partant de ses tempes puis en descendant le long de ses joues et sur sa barbe naissante avant d'arriver à son cou. Là, elle effleura des ongles des zones érogènes dont il ignorait jusque-là l'existence. Il gémit sourdement et enfouit les mains dans les mèches soyeuses qui encadraient le visage d'Elia. Il avait besoin de la toucher, mais sans interrompre ses caresses.

Elle les arrêta pourtant. Le temps de tirer sur le bas de sa chemise. Comprenant aussitôt le message, il leva les bras pour lui permettre de le dévêtir. Elle se blottit alors contre lui et, se hissant sur la pointe des pieds, plaqua ses lèvres chaudes sur son épaule dans un baiser mouillé avant de descendre en le mordillant, jusqu'à ses tétins...

Une explosion de sensations jaillit des zones qu'Elia agaçait avec les dents, embrasant toutes ses terminaisons nerveuses. Un gémissement monta alors du plus profond de lui, et il ressentit le besoin de toucher la peau nue d'Elia. Il roula en boule le devant de sa longue jupe vaporeuse jusqu'à ce qu'il sente sous sa main sa cuisse gauche où il laissa ses doigts monter, monter encore...

Elia se figea un instant avant de le lécher avec une gourmandise féline qui l'excitait un peu plus à chaque coup de langue. Il glissa la main dans sa culotte et trouva son sexe chaud et humide. Merveilleusement chaud ! Merveilleusement humide ! Il faillit ouvrir sa braguette pour y plonger, mais se retint de peur que tout ne finisse trop vite. Or, il voulait prolonger au maximum ce moment et explorer tout ce qui s'offrait à lui.

Les possibilités étaient nombreuses. Par exemple, introduire les doigts en Elia et imaginer ce qu'elle éprouverait pour le transférer à son propre corps.

Quand il toucha l'intérieur de son sexe avec le pouce, elle s'arrêta de respirer et s'immobilisa puis, comme mû par une volonté propre, son bassin se cambra vers Jake.

Il passa son bras libre sous ses fesses et la rapprocha de lui avant de la pénétrer avec les doigts. Elle fut parcourue d'un violent frisson et redressa la tête pour le regarder, puis quand il s'enfonça davantage en elle, elle se mordit la lèvre.

— Jakob, souffla-t-elle d'une voix mal assurée, à la pointe d'accent si craquante avec cette manière d'appuyer sur la seconde syllabe de son prénom.

— J'adore t'entendre dire mon prénom, murmura-t-il.

Et c'est par une espèce de râle qu'elle répondit à la caresse de plus en plus insistante de son pouce sur son clitoris.

— J'adore ce que tu fais... Oui, ça...

— C'est vrai ?

— Tu le sais très bien.

Elle se frotta contre sa main.

— Mais je veux davantage. *Deus*, je te veux, toi. Pas juste ta main.

Ce fut le feu vert pour Jake. Fini de lutter contre lui-même. Il retira les doigts et, agenouillé devant elle, caressa l'arrière de ses jambes tout en lui enlevant sa culotte. Elle se raidit et tenta de l'arrêter. Il comprit pourquoi quand il sentit sur sa jambe droite une zone de peau épaisse à la texture parcheminée.

— Chut ! Tout va bien, murmura-t-il en effleurant l'endroit avec de petits mouvements apaisants.

Elle se détendit puis se crispa de nouveau quand il posa la main sur la ceinture élastique de sa jupe.

— Non. S'il te plaît.

Le ton de sa voix serra le cœur de Jake. Quelqu'un lui aurait-il fait des remarques sur sa jambe ? Il se rappela son collant de cycliste, et ce jour-là elle portait une jupe qui lui arrivait aux chevilles. Il comprenait pourquoi maintenant, et il lui tenait à cœur qu'elle sache qu'elle ne devait pas s'inquiéter. Pas avec lui. Mais il se promit de ne rien forcer et de respecter sa volonté.

Il leva la tête vers elle jusqu'à ce qu'il réussisse à accrocher son regard.

— Laisse-moi faire, Elia. S'il te plaît.

Elle se mordit de nouveau la lèvre puis hocha la tête. Quand il tendit une nouvelle fois la main vers l'élastique, elle ne protesta pas mais ferma les yeux, comme pour s'armer de courage.

Mais enfin, Elia, tu ne te rends pas compte comme tu es belle, cicatrices ou pas cicatrices ?

Il descendit la jupe le long de ses hanches, de ses cuisses, de ses genoux… arriva à ses chevilles et découvrit enfin les marques de ses anciennes brûlures. Elles étaient en effet importantes et boursouflées, mais elles racontaient une histoire. L'histoire de quelqu'un qui avait réussi à surmonter une douleur plus profonde que ses blessures physiques.

Elia leva les pieds l'un après l'autre pour lui permettre de la débarrasser entièrement de sa jupe. Il commença alors à lui masser les mollets, avec la même attention pour chacun. Il remonta ensuite jusqu'à ses cuisses en résistant encore à l'envie de poursuivre jusqu'à l'accomplissement de son désir. Ce qui comptait était de lui faire comprendre qu'elle était parfaite telle qu'elle était. Il lui déposa un baiser dans le pli de l'aine.

— Tu es superbe, Elia. D'une beauté époustouflante.

Il se mit debout et l'attira contre lui.

— Je ne sais pas comment je vais pouvoir me retenir assez longtemps pour te prodiguer toutes les caresses auxquelles je pense.

Elia ouvrit les yeux. Ils débordaient de douceur et de larmes. Des larmes d'émotion ? Quoi qu'il en soit, il avait dit la vérité.

— Tu n'es pas obligé de te retenir.

Sur ces mots, elle ouvrit sa braguette, signal qu'il saisit aussitôt pour enlever pantalon et slip. Il n'eut pas le temps d'attraper le préservatif, Elia l'avait devancé.

— Laisse-moi faire… S'il te plaît.

Les mêmes mots que lui un peu plus tôt. Mais, contrairement à lui, elle n'attendit pas son autorisation. Après avoir déchiré l'étui, elle enserra son membre en érection entre ses doigts et commença à le masturber.

— Arrête, Elia !

Il lui prit le bras pour l'empêcher de continuer avant qu'il perde tout contrôle.

Dans un éclat de rire, elle recula jusqu'à ce que son dos touche le bureau et, d'un bond, s'assit dessus.

Ce même bureau sur lequel, dans ses fantasmes, Jake avait imaginé Elia penchée en avant tandis qu'il se tenait derrière elle prêt à… Mais la réalité était mieux encore.

D'une main elle brandit le préservatif, de l'autre elle fit signe à Jake d'approcher.

Quand il avança entre ses cuisses qu'elle avait écartées, elle s'empara de nouveau de son sexe sur lequel elle déroula le préservatif jusqu'au bout. Jake aspirait à plonger en elle… jusqu'au bout lui aussi.

Son membre était tellement dur que l'inaction devenait douloureuse. Comme si elle l'avait deviné, Elia lui entoura la taille avec les jambes, sans plus se soucier de ses cicatrices. Cela dit, elle n'avait plus l'air d'être en état de se soucier de quoi que ce soit.

Lui non plus d'ailleurs, car quand elle l'attira contre elle, il n'eut d'autre choix que de la pénétrer. Débordé par ce qu'il ressentit alors et qui était indicible, les mains toujours sur les fesses d'Elia, il demeura quelques instants immobile dans la chaleur moite de son vagin avant de s'emparer de sa bouche pour un baiser brûlant. Il remonta les mains, cherchant la peau nue de son dos et rencontra… du tissu. Il se pencha en arrière pour lui permettre de déboutonner son corsage.

Il découvrit alors un soutien-gorge rose, très « Elia », et s'abandonna à la contemplation de ses seins, sublimes dans leur nid de dentelle. Il se retira légèrement avant de plonger de nouveau en elle tout en les regardant danser au rythme de son corps.

Ah oui ! Il adorait les sensations qu'elle faisait naître en lui. Il adorait la regarder. Au point qu'il hésita même à lui enlever son soutien-gorge pour continuer à se régaler du balancement de ses seins. Mais, comme elle, il aspirait à davantage. Davantage qu'un acte animal. Il lui enleva son corsage et chercha à dégrafer son soutien-gorge.

— Il s'ouvre par-devant, expliqua-t-elle en effectuant elle-même l'opération.

La dentelle rose libéra alors son trésor, et Jake demeura sidéré par la pensée qui le traversa : comment ce qui était conçu pour nourrir les bébés était-il susceptible de provoquer chez lui une réaction aussi intense ? Mais à quoi bon essayer de comprendre ? Le fait était là. Il aimait ce corps féminin et chacune de ses rondeurs.

C'est alors qu'Elia accomplit l'inconcevable : se penchant en arrière jusqu'à s'allonger sur le bureau, elle lui offrit son corps.

Ses yeux se fermèrent d'eux-mêmes lorsque Jake lui agrippa les hanches pour l'attirer contre lui. Ses terminaisons nerveuses chantaient. Jake l'emplissait si complètement qu'elle éprouvait des sensations inconnues d'elle jusque-là, même s'il n'était pas son premier amant.

Mais il était le premier à lui donner l'impression qu'elle répondait à ses attentes. Le premier à lui demander de le laisser voir ses jambes. Le premier à qui elle avait eu envie de dire oui. Et pas une seule fois, il n'avait attrapé la couverture sur le canapé. Certes, il la lui avait proposée, mais pour qu'elle n'ait pas froid, pas pour dissimuler ses cicatrices. Elle en était certaine.

À chacun de ses coups de reins, elle sentait son dos glisser sur la surface fraîche du bureau. C'était d'un érotisme tout nouveau pour elle qui avait toujours fait l'amour dans un lit – sauf une fois dans une voiture, en tout cas jamais dans le bureau d'un supérieur…

Elle oublia volontairement qu'il était son patron. De toute façon, il ne l'était pas vraiment puisqu'il n'avait pas le pouvoir de la renvoyer. En revanche, il avait le pouvoir de l'embraser.

Et il l'exerçait à plein. Sa fougue, son regard et la puissance de ses coups de boutoir la consumaient petit à petit, la laissant flageolante.

Sans cesser ses mouvements de va-et-vient, il retira une main de sa hanche pour la poser sur un de ses seins sans le caresser ni le pétrir, mais avec une infinie sensualité, comme s'il cherchait quelque chose à lui seul destiné.

Elle ne put retenir un gémissement de plaisir, et son téton se dressa contre la paume de Jake comme pour se frotter contre elle. Elle s'arc-bouta, les jambes tendues contre les fesses de Jake dont les muscles se contractaient et se relâchaient avec chaque mouvement de son corps.

Il glissa son autre main entre leurs ventres jusqu'à ce qu'il atteigne son clitoris, qu'il commença à masser. Un désir foudroyant la submergea alors.

Les mains de Jake, qui semblaient bouger d'elles-mêmes au

rythme de son va-et-vient, amenaient Elia de plus en plus près de l'orgasme.

— Oui, Jake. *Deus. Quero te. Agora, quero...*

Soudain, il accéléra le mouvement de son corps à l'intérieur du sien, et en une seconde elle explosa. Un feu d'artifice de couleurs jaillit derrière ses paupières tandis qu'une succession de tremblements la plaquait contre Jake. Jusqu'à ce qu'il ralentisse. Le plaisir se prolongea néanmoins dans le relâchement qui suivit leur orgasme simultané, quand Jake s'immobilisa et demeura allongé sur elle, ainsi que dans les petites répliques qui lui rappelèrent le formidable séisme qu'elle venait de vivre.

Et duquel elle allait devoir s'extraire.

En baissant les bras, elle fit tomber par inadvertance la pile de documents posée sur le bord du bureau et revint aussitôt sur terre.

— Oh ! Pardon, dit-elle en se redressant d'un coup.

— Ce n'est pas grave.

Puis, alors qu'il jetait un coup d'œil aux papiers éparpillés par terre, il fronça légèrement les sourcils.

Elia le sentit se retirer d'elle, trop rapidement à son goût, et remarqua parmi les feuilles la couverture glacée d'un magazine où s'affichait la photographie d'une top model qu'elle avait déjà vue ici et là dans des publicités. Un gros titre accusait un chirurgien connu de l'avoir abandonnée en France. Jake rassembla en toute hâte d'autres papiers qu'il empila par-dessus.

Que faisait ce tabloïd dans le bureau de Jake ? Peut-être avait-il été laissé là par une patiente avec qui Jake s'était entretenu.

Comme il venait de s'entretenir avec elle ?

Une pensée qui la tétanisa et qu'elle s'empressa de chasser.

Elle avait été pleinement consentante. Elle n'avait pas hésité une seconde. Elle lui avait fait signe d'approcher avec l'espoir que l'histoire se terminerait exactement de la façon dont elle s'était terminée.

À l'exception peut-être de cet incident qui avait gâché son retour sur terre.

Elle sauta à bas du bureau, mais quand elle voulut aider Jake à ramasser les papiers, il la repoussa.

— Ce n'est pas important, vraiment.

Vu le comportement de Jake, elle ne put s'empêcher d'en douter.

Deus ! Pourvu que le charme ne soit pas rompu !

Mais le mal n'était-il pas déjà fait ?

Elia attrapa ses vêtements et s'apprêta à se rhabiller, mais Jake l'attira vers lui et l'embrassa avant de murmurer :

— Tout va bien ?

Une seconde auparavant elle aurait répondu par la négative, mais le baiser de Jake calma ses craintes. Elle inspecta le dessus du bureau du regard : la une avait disparu.

Ce n'était pas important. Il l'avait dit lui-même.

Elle tourna de nouveau la tête vers lui, et le sourire plein de douceur qu'il lui adressa finit de la rassurer. Rien dans son comportement ne laissait penser qu'il y avait une ombre au tableau. En même temps, il ne semblait pas vouloir reprendre leurs ébats.

Et tant mieux.

Ce qui s'était passé entre eux n'était sans aucun doute dû qu'à une simple montée d'adrénaline après le stress de la nuit et la bataille menée pour tenter de sauver une vie.

— Oui. Tout va bien. Mais il faut que je rentre chez moi pour essayer de dormir au moins un peu. Mais si tu veux passer le restant de la nuit ici, sur le canapé, je peux demander à un ami de venir me chercher ou plutôt, vu l'heure, commander un taxi.

— Non. Je vais te ramener chez toi. Ça ne me dérange pas. Tu me laisses cinq minutes ? Mais si tu veux te doucher avant de partir, il y a probablement de la place pour deux dans la cabine.

Le tout proposé avec un charme ravageur qui fit fondre Elia. Donc, ce n'était pas le scénario « Bim ! Bam ! Merci pour tout, m'dame ! » qu'elle avait craint. Peut-être allait-il les ramener en douceur sur un terrain plus neutre. Comme dans une aventure passagère où les partenaires se séparent à l'amiable et reprennent leur relation antérieure. Cela arrivait tout le temps à des tas de gens.

Mais pas à elle. En général, ses amants se volatilisaient. Quand ce n'était pas elle. Mais de toute façon, ils ne se revoyaient plus la plupart du temps.

Elle jeta un coup d'œil vers la couverture sur le canapé et se détendit un peu.

Certes, le fait qu'ils travaillent ensemble compliquait la situation. Mais il n'y avait rien là d'insurmontable.

Après tout, pourquoi ne pas retarder un peu la séparation ?

— Écoute, s'il y a de la place pour deux..., dit-elle avec un sourire malicieux.

— Si ce n'est pas le cas, nous nous débrouillerons.

Après un dernier regard au bureau, vibrant déjà d'impatience, elle le suivit dans la salle de bains.

10

Jake avait fini la nuit chez Elia. Dans son lit. Et tous les deux avaient très peu dormi.

Mais le jeu en avait valu la chandelle. Et l'incident du tabloïd, se dit-il, n'avait été qu'une fausse alerte. Elia n'avait sans doute pas lu le gros titre qui s'étalait sur la couverture, ou, dans le cas contraire, n'avait pas compris qu'il concernait Samantha et lui.

« À tout à l'heure à l'hôpital », avait-il dit après l'avoir embrassée en quittant son appartement ce matin-là.

Et la vie avait repris son cours normal. La Terre n'avait pas implosé après cette nuit, et l'état des patients avait évolué selon ses pronostics.

Dorothy, la victime de la brûlure chimique, s'en sortait même mieux qu'ils l'avaient pensé. Elle avait perdu son œil droit, mais voyait parfaitement bien du gauche, et le chirurgien ophtalmologiste avait assuré que l'orbite n'ayant pas été gravement endommagée, une prothèse oculaire pourrait facilement être installée. Sa paupière conserverait des cicatrices, et une greffe de peau serait nécessaire sur sa joue, mais Jake espérait lui donner un aspect suffisamment naturel pour que Dorothy se sente « normale ». En tout cas, il mettrait tout en œuvre pour y parvenir. Comme toujours.

Comme avec Matt, dont les progrès rapides lui avaient permis de quitter l'hôpital dès la veille. Le reste des soins et les implants dentaires se poursuivraient en ambulatoire.

Elia et lui étaient donc revenus à une relation amicale, et pendant toute la semaine ils avaient travaillé côte à côte sans jamais faire allusion à leur nuit d'amour. Bref, tout allait bien.

Pourtant, quelque part en lui, sourdait une frustration qu'il ne savait à quoi attribuer. Une vraie relation avec Elia n'était pas envisageable. Comme il l'avait dit à Sheryll, les histoires d'amour sur le lieu de travail tournaient en général à la catastrophe. Or, pour quelque étrange raison, il ne voulait pas perdre la camaraderie qu'il entretenait avec Elia.

Ils avaient même prévu de se retrouver à la fête du Vélo, pas nécessairement pour parcourir tout le circuit côte à côte, mais les membres du club avaient décidé de rester groupés au début. Après quelques kilomètres, les plus rapides se détacheraient comme à l'accoutumée. Randy, qui ne s'était toujours pas complètement remis de son accident – accident qui lui paraissait très loin après tout ce qui s'était passé depuis – ne serait pas avec eux. Tous porteraient en son honneur un bracelet en cuir à son nom.

Dans un premier temps, Jake n'avait pas souhaité qu'Elia continue à participer aux sorties du club. À présent, il espérait qu'elle le ferait. En vérité, il aimait sa compagnie. Il aimait travailler avec elle. Il aimait l'attention qu'elle portait à ses patients. En fait...

Il l'aimait !

À ce moment précis, il la vit qui se dirigeait vers lui. Il ravala en toute hâte ses pensées... en déglutissant bruyamment.

Il s'était certainement trompé. Mais oui ! Il divaguait. Pourtant, quand elle lui sourit, il perdit pied. Il se força à lui sourire en retour sans parvenir à cacher sa gêne.

La gêne, toujours cette maudite gêne.

Comme lorsque le tabloïd était tombé par terre.

Il avait intérêt à se « dégêner » s'il voulait conserver avec elle des rapports sereins.

Et il le voulait de toute son âme, car la pensée que la situation dérape le chagrinait profondément. À lui donc de réussir à enfouir ses sentiments au plus profond de lui-même. Hélas !

Le signal lumineux se déclencha, et les cyclistes s'élancèrent. Plus d'un millier de personnes participaient à la course, et Jake avait dû guider Elia par texto pour qu'elle le trouve. À peine une minute et demie après le départ, les meilleurs accélérèrent, et Elia fut surprise que Jake reste en arrière avec elle au lieu de se joindre à eux.

— Sens-toi libre de rouler en tête. Je ne t'en voudrai pas de ne pas jouer les nounous.

— Aurais-tu besoin d'une nounou ? ironisa-t-il. Aux dernières nouvelles, tu étais une adulte capable de prendre ses décisions toute seule comme une grande.

Il n'avait probablement rien voulu insinuer de particulier par ce commentaire, mais Elia devint écarlate en se rappelant la dernière décision qu'elle avait prise en concrétisant dans sa propre baignoire avec Jake certains des fantasmes qu'elle avait nourris dans celle de Jake le soir de l'accident. Des fantasmes torrides, comme avait observé Jake qui, bien sûr, en ignorait l'origine.

— Mais je le suis. Simplement, je sais que vous roulez plus vite que mon ancien club d'Austin.

— Ce n'est pas une course à proprement parler, répliqua-t-il avec un haussement d'épaules. C'est une collecte de fonds. Je préfère rester tranquillement à l'arrière et passer un bon moment.

Il passait donc un bon moment avec elle ! Elle rougit encore, de plaisir cette fois. Elle aussi passait un bon moment, et sans que le sexe intervienne. La seule présence de Jake lui suffisait. Elle n'avait jamais rien connu de tel dans ses précédentes relations.

Cela dit, ils n'étaient pas dans une relation. Ou alors ils agissaient à l'envers et commençaient par le sexe avant de songer aux sentiments.

Après tout, pourquoi pas ? Mais elle ignorait ce qu'en pensait

Jake. Et puis, elle n'avait jamais formulé les choses ainsi jusqu'alors. Et mieux valait qu'elle prenne le temps de bien y réfléchir.

Elle était soulagée que le parcours de la fête diffère de celui du jour de l'accident, à cause des souvenirs affreux que la vue des lieux aurait évoqués.

Le parcours, d'une vingtaine de kilomètres seulement, se clôturerait par un barbecue géant, ouvert à tous, dans le parc près de la ligne d'arrivée. Un moment convivial d'après Jake, qui apprit aussi à Elia que le reste de ses petits gâteaux serait distribué aux chanceux qui se présenteraient les premiers.

Ils parlèrent aussi de Dorothy, de Carly, de Matt, et elle voulut savoir quel était le cas le plus difficile qu'il ait rencontré.

— C'était au début de ma carrière. La voiture d'un pilote de Formule 1 a pris feu au cours d'un essai, à cause a priori d'un défaut de conception. Et les secours ont eu du mal à le désincarcérer. Quand ils y sont enfin parvenus, il était gravement brûlé, et il est décédé quelques heures après son arrivée à Westlake. Un coup dur pour nous qui ne le connaissions pourtant que de nom et de réputation. Il s'avéra quelque temps plus tard que son véhicule avait été saboté par un mécanicien qu'il avait renvoyé de son équipe.

— C'est affreux ! Cette histoire rappelle un peu celle de Dorothy et de son ex éconduit. Comment peut-on faire du mal à quelqu'un qu'on est censé aimer ?

— Parfois les gens se livrent à des actes dont on ne les aurait jamais pensés capables, observa-t-il mâchoires serrées.

— Le pire c'est quand ils ne manifestent aucun remords par la suite.

— Je suis d'accord, dit-il en lui jetant un coup d'œil.

Ils pédalèrent en silence pendant plusieurs kilomètres, dans une atmosphère un peu plus tendue.

Aurait-elle sans le vouloir ravivé un souvenir pénible ? s'interrogea Elia.

Elle ne voulait même pas imaginer à quel point il avait dû être difficile de s'occuper d'une célébrité comme ce pilote. Nul doute que Jake avait dû ensuite se repasser en boucle le film de sa prise en charge en se demandant s'ils avaient raté quelque chose ou s'ils auraient pu faire davantage.

— Le parcours de la fête du Vélo est-il le même tous les ans ? demanda-t-elle pour changer de sujet.

— Oui. C'est devenu un grand événement local. À tel point que des spectateurs viendront nous encourager à certains endroits du circuit et qu'il y aura des journalistes à l'arrivée. Alors, ne sois pas surprise si l'un d'eux veut t'interviewer.

— Houlà ! Vu comme je transpire, j'espère bien que non.

— Tu es très belle, répliqua-t-il avec un sourire. En toutes circonstances.

Elle sentit le rouge lui monter de nouveau aux joues.

— Je ne cherchais pas de compliments.

— Et je ne cherchais pas à te flatter.

— C'est gentil, merci.

Ils continuèrent à rouler en silence jusqu'à ce que Jake annonce en entendant le hurlement de cornes de brume :

— La ligne d'arrivée se trouve juste après le virage. Prépare-toi à freiner. Ça va être la cohue, entre les cyclistes qui descendent de vélo et les familles qui viennent les féliciter.

Elia remarqua en effet sur les bas-côtés de plus en plus de spectateurs agitant des drapeaux frappés du logo de Westlake Memorial. Le circuit avait été vraiment court. Elle consulta sa montre et n'en crut pas ses yeux. Deux heures ! Ils avaient pédalé pendant deux heures ! Elle n'avait pas vu le temps passer. Et elle se sentait un peu triste que ce soit terminé. À l'hôpital, Jake et elle ne se voyaient que dans les couloirs ou au chevet d'un patient, des circonstances peu propices aux échanges décontractés. À la différence de cette fête.

Suivant l'exemple de Jake, elle se mit en roue libre et, à la sortie du virage, constata qu'il avait vu juste. Malgré les efforts du service d'ordre pour obliger les cyclistes à dégager rapidement l'aire d'arrivée, beaucoup d'entre eux restaient à discuter entre eux ou avec des spectateurs. Elia freina et sauta à terre, imitée par Jake. La foule était tellement compacte qu'elle ne savait pas où aller pour libérer de la place pour les concurrents qui arrivaient derrière elle.

— Par ici, dit Jake.

Elle le suivit le long du trottoir. Il y avait beaucoup de monde là aussi, mais au moins ils ne risquaient plus d'être heurtés par un autre cycliste.

Soudain, elle vit un journaliste muni d'un micro accourir vers eux, un photographe sur les talons. Oh non ! Elle ne voulait absolument pas être prise en photo dans cet état.

— Docteur Callin ! Excusez-moi, mais pouvez-vous me donner vos premières impressions sur la fête ?

— C'était génial, répondit-il le visage rayonnant. Comme tous les ans.

Il voulut s'en aller mais le journaliste lui barra le chemin.

— Juste une question encore. Des remords d'avoir laissé Samantha Naughton en France, il y a deux ans ? Je l'ai interviewée il y a quelques mois, et elle ne comprend toujours pas ce qui est arrivé. Elle regrette que vous soyez parti. Elle dit que vous étiez bien ensemble. Vous lui manquez.

L'image du tabloïd, par terre dans le bureau de Jake, surgit dans l'esprit d'Elia. Le titre parlait d'un médecin qui avait abandonné la célèbre mannequin en France ou quelque chose du genre. Elle tourna avec vivacité la tête vers Jake qui souriait toujours aimablement. Mais un muscle de sa mâchoire s'était mis à tressaillir.

Nossa Senhora, ce médecin c'était Jake ! Pourquoi avait-il quitté Samantha Naughton ? Dans quelles circonstances ? Et comment avait-il pu passer sous silence sa liaison avec cette femme ?

Mais pourquoi l'aurait-il mentionnée, au fait ? Elle-même ne lui avait parlé d'aucun de ses ex. Mais elle n'était jamais partie en laissant son compagnon dans un pays étranger. À vrai dire, elle n'était jamais allée plus loin que le restaurant du coin avec ses amants.

Et Samantha Naughton dans l'histoire ? Elle était belle à tomber par terre. Et c'était une philanthrope, à en croire les articles à son sujet. Un manque de confiance en elle submergea Elia. Jake l'avait inévitablement comparée à cette femme, et la comparaison n'était certainement pas en faveur d'une malheureuse infirmière à l'expérience sexuelle limitée, et complexée par ses cicatrices par-dessus le marché. Lui avait-elle paru pathétique ? Il n'en avait pas donné l'impression, mais... Il s'était séparé de Samantha Naughton sans un mot d'explication, à en croire le journaliste. Et même dans les tabloïds, il y avait certainement une part de vérité. Sinon, ils ne se vendraient pas aussi bien.

Remarquant une brèche par où s'échapper dans la foule, elle commença à s'y diriger lorsqu'elle entendit le reporter demander à Jake s'il sortait maintenant avec « elle », en la désignant du doigt. Jake cessa sur le champ de sourire et répondit simplement mais fermement avec un regard dur : « Pas de commentaire. »

Là-dessus, il contourna le journaliste et s'éloigna d'un pas rageur. Quelques instants plus tard, il se retourna comme pour s'assurer qu'elle le suivait.

Le suivre ? Et puis quoi encore ? Elle avait le ventre noué. Elle ne parvenait pas à effacer de son esprit le « Vous plaisantez ? Sortir avec *elle* ? » qu'elle avait lu dans le regard de Jake, elle en était certaine.

Comment aurait-elle rivalisé avec quelqu'un comme Samantha Naughton ? D'ailleurs, elle ne le souhaitait pas. Cette simple pensée lui donnait la nausée.

Quand elle eut traversé la cohue, elle se pencha pour se masser le mollet droit. Lorsqu'elle se redressa... Jake était là.

— Je suis désolé. Tu vas au barbecue ?

Désolé ? C'est tout ce qu'il trouvait à dire ? Il aurait pourtant pu deviner qu'elle était totalement perturbée.

— Euh... Non, merci, répondit-elle en sentant venir les larmes.

Deus ! Plutôt mourir que de se transformer en fontaine devant lui ! Elle enfourcha son vélo sans ajouter un mot et s'éloigna – de lui, de l'incident – à grands coups de pédale.

Quelque part dans son cœur elle aurait voulu qu'il réponde au journaliste que oui, ils sortaient ensemble. Ce qu'elle avait elle-même cru ou au moins espéré pouvoir être le cas. Elle ne parvenait pas à comprendre pourquoi il avait couché avec elle. Ni comment elle avait pu envisager qu'ils forment un couple un jour. Elle était vraiment d'une crédulité insondable.

S'il avait quitté une femme comme Samantha Naughton, il quitterait encore plus facilement la naïve Elia Pessoa qui, jusqu'alors, avait eu foi en la nature humaine.

Mais cette foi venait de s'envoler. Et elle ne pouvait s'en prendre qu'à elle-même, à son incurable romantisme. Heureusement qu'un journaliste lui avait dessillé les yeux avant qu'elle se ridiculise totalement. Il ne lui restait plus qu'à se terrer chez elle, le temps de panser ses plaies. Par chance, elle ne travaillait pas le lendemain. Mais le lundi suivant, serait-elle capable d'affronter Jake ?

Après une semaine de vaines tentatives pour retenir Elia et avoir avec elle une discussion sérieuse, Jake dut se rendre à l'évidence : elle l'évitait. Et cela depuis l'interview pendant la fête du Vélo. Parce que le reporter lui avait demandé s'il sortait avec elle ?

Seule explication : elle ne voulait pas sortir avec lui. Ni à ce moment-là ni jamais. La preuve : elle ne supportait même pas de se trouver dans la même pièce que lui, y compris à l'hôpital.

Et ce juste au moment où il commençait à se sentir prêt à donner une nouvelle chance à l'amour !

Jake avait hérité de son père une petite maison à Ensenada, au Mexique, dans la péninsule de Basse-Californie, un lieu plein de merveilleux souvenirs des vacances de son enfance. L'endroit idéal peut-être pour clarifier ses idées et reprendre pied.

La veille, il était donc allé demander au directeur de l'hôpital une autorisation d'absence de plusieurs jours. Jeremy Timmons, à qui il accordait une totale confiance, le remplacerait.

Il avait déjà acheté son billet d'avion pour le lendemain. Il pensait rester deux semaines là-bas, mais n'avait pas précisé de date de retour à son supérieur. Il espérait malgré tout que quinze jours suffiraient. Et en vérité, peu importait car, deux semaines ou pas, la situation se présentait ainsi : soit il parvenait à trouver comment continuer à travailler avec Elia, soit il devrait donner sa démission et s'en aller ailleurs.

Quoi ? Jake était parti ?

Elia était venue à l'hôpital ce jour-là bien décidée à s'expliquer avec lui, entre autres parce que son travail pâtissait de la situation. Sheryll l'avait déjà regardée à plusieurs reprises avec perplexité, notamment quand elle l'avait surprise à se cacher au moment où Jake arrivait à l'étage. Sheryll ne lui avait rien dit jusqu'alors, mais elle finirait par lui poser des questions, et Elia ne voulait pas mettre son emploi en danger.

Jake était libre de lui raconter ou pas ce qui s'était passé avec Samantha Naughton. En revanche, elle se devait de le prévenir qu'une liaison avec lui, de quelque nature qu'elle soit, était hors de question. Elle ne pouvait se satisfaire du statut de « petite amie ». Elle ne concevait pas d'avoir des rapports sexuels sans espoir de déboucher un jour sur une relation sentimentale. En outre, elle ne voulait pas craindre en permanence des comparaisons avec Samantha Naughton. Dans ces conditions, mieux valait le rencontrer pour mettre définitivement les choses au clair.

Mais voilà : il n'était pas à l'hôpital, et personne ne savait où il était parti ni quand il reviendrait. Jeremy assurait le suivi de ses patients, ce qui voulait probablement dire qu'il ne s'était pas absenté pour une broutille.

Une pensée affreuse s'insinua dans l'esprit d'Elia et s'y lova, prête à l'attaquer. Le journaliste n'avait-il pas prétendu que Samantha

Naughton le regrettait ? Jake l'aurait-il appelée ? Seraient-ils à cet instant précis en train de ranimer leur amour ?

Elle sentit son ventre se serrer et son déjeuner se débattre dans son estomac comme s'il cherchait à s'échapper. Comme elle à la fête du Vélo ? Entre parenthèses, une somme record avait été récoltée qui serait versée directement au service des grands brûlés cette année-là. Le journal local avait même publié une photographie des petits gâteaux de sa mère. Sheryll la lui avait montrée ce matin-là. Aussi, dès qu'elle rentra chez elle, dans l'après-midi, elle appela sa mère qui décrocha à la première sonnerie.

— Bonjour, ma chérie. Comment vas-tu ?

— Ça va...

Et elle fondit en larmes, sanglotant comme si son cœur se brisait. Ce qui était la réalité.

— Elia ! Elia ! *O que é ?*

Sa mère lui demanda encore et encore ce qui n'allait pas, mais Elia était incapable de dire un seul mot. Elle essayait mais seuls sortaient de sa bouche des cris déchirants de douleur.

— C'est à cause de ce Jake ?

Ses pleurs redoublèrent.

— Elia, *filha*, j'arrive.

— Non...

Mais en réalité, elle avait besoin de sa mère. Besoin qu'elle la prenne dans ses bras et lui assure qu'elle n'avait pas été une parfaite idiote.

À peine eut-elle raccroché, qu'un signal sonore annonça l'arrivée d'un texto sur son portable.

Tu veux que j'appelle une ambulance ?

Elia essuya ses larmes avec ses poings.

Non. Désolée. J'essaye juste de digérer des trucs.

Des trucs ? Qui concernent Jake ?

Elia hésita longtemps sur la façon dont elle allait formuler sa réponse.

Oui, ça concerne Jake. Et j'aurais besoin de conseils.

Ça tombe bien. Je suis déjà en route.

Trois heures plus tard, Elia ouvrait la porte à sa mère et lui tombait dans les bras. Elle ne pleurait plus, car elle avait épuisé toutes ses larmes depuis longtemps. Elle était juste hébétée.

Les deux femmes s'assirent sur le canapé, et Elia raconta tout à sa mère. Comment Jake et elle avaient soigné une patiente et comment, sous le coup de l'émotion suscitée par ce cas, ils avaient passé la nuit ensemble. Comment ils avaient roulé de concert lors de la fête du Vélo, et elle conclut avec l'épisode du journaliste et de ses questions.

— A-t-il répondu quand le journaliste a voulu savoir s'il sortait avec toi ?

— Non. Mais son regard...

— Qu'est-ce qu'il avait ? demanda sa mère, tête inclinée sur le côté, en la scrutant.

— C'était un regard... de dégoût.

Et les larmes qu'elle avait crues taries jaillirent de nouveau.

Aussitôt, sa mère passa un bras autour de ses épaules.

— Regarde-moi.

Elia inspira profondément et obéit.

— *Filha*, ce que je vais te dire, je ne le répéterai pas. Primo, personne ne peut ressentir du dégoût à ta vue. Secundo, aucun homme ne coucherait avec quelqu'un qui lui en inspire. Son... euh... disons son *coisa* ne pourrait pas se mettre au garde à vous.

— *Mamãe !*

— Quoi ? C'est la vérité. Tu lui as demandé pourquoi il t'a lancé ce regard ?

— Non. Je n'ai pas pu.

Sa mère soupira.

— N'aurait-il pas plutôt visé le reporter ?

— Je ne sais pas. Je n'y ai jamais pensé.

— Va le voir. Demande-lui. Si tu ne l'intéresses pas, ce sera l'occasion qu'il te le dise clairement. Sinon...

Non seulement elle n'avait pas parlé à Jake quand elle en avait eu l'opportunité, mais en plus elle avait repoussé toutes ses tentatives pour discuter avec elle parce qu'elle s'était convaincue qu'il voulait la quitter. Mais elle s'apercevait à cet instant qu'elle s'était imaginé un méli-mélo d'explications dont aucune n'était probablement la bonne.

Quant à l'histoire avec Samantha Naughton, la seule façon de savoir ce qui s'était passé était de le demander à Jake.

— Il a essayé de me parler, je crois, mais j'ai craint le pire, et maintenant...

— Et maintenant, quoi ?

— Il n'est plus à l'hôpital, et je ne sais pas où il est parti ni pour combien de temps. Peut-être qu'il ne reviendra jamais.

Sa mère la serra très fort contre elle.

— Qui sait si Jake n'est pas en proie aux mêmes affres que toi ?

— À moins qu'il ne veuille tout simplement plus me voir.

— Et s'il a toujours envie de te voir et qu'il a peur, exactement comme toi ? Pourquoi, après avoir essayé de te parler, n'aurait-il pas craint le pire lui aussi et pensé que tu le repoussais ?

Sa mère avait incontestablement un don pour mettre les choses à plat.

— Et si c'est lui qui me repousse ?

— Eh bien, au moins, tu en auras le cœur net. La vie est faite de risques, Elia. Les médecins nous avaient annoncé qu'ils allaient t'amputer parce que le système vasculaire de ta jambe était trop gravement atteint pour pouvoir encore assurer son rôle. Je les ai implorés d'attendre en leur répétant encore et encore que je saurais quand le bon moment serait venu. Et il n'est jamais venu. C'est un miracle que tu marches.

— Tu ne me l'avais jamais dit.

— Comme avec les médecins, je sentais que je devais attendre le bon moment. Et le bon moment, c'est maintenant. Ne t'ampute pas d'une partie de ton cœur avant de lui laisser une chance de guérir et de connaître la vérité.

— Mais Jake est parti. Je vais devoir patienter jusqu'à ce qu'il...

— Non. Tu vas devoir réfléchir à ce que tu attends de la vie. Si c'est Jake, n'attends pas qu'il vienne à toi puisqu'il a déjà essayé. À toi d'aller à lui, à présent.

— Mais comment veux-tu que je fasse ? Je ne sais même pas où il se trouve.

— Pose la question autour de toi jusqu'à ce que quelqu'un te renseigne.

Jake faisait ses bagages. Comment avait-il pu être assez stupide pour croire qu'il trouverait comme par magie les réponses qu'il cherchait à la seconde où il franchirait le seuil de la petite maison ?

Elia lui manquait comme personne ne lui avait jamais manqué auparavant dans sa vie. C'était absurde et terrible.

Elle refusait de lui parler. Pourtant il était vital pour lui de savoir où ils en étaient, sans lui donner l'impression de la harceler. Il avait envisagé de lui envoyer un texto et y avait rapidement renoncé. Il fallait qu'ils se parlent face à face, car il espérait que cette conversation, quelle qu'en soit l'issue, lui apporterait la paix. Oui, c'était la bonne solution.

Il pourrait quand même lui envoyer un texto pour lui proposer un rendez-vous en disant simplement qu'il souhaitait clarifier la situation entre eux sur certains points.

Et si elle continuait à refuser ? Eh bien, il aurait sa réponse. Il n'avait jamais atteint cette étape jusqu'à présent pour la bonne raison qu'elle fuyait dès qu'il apparaissait. Parce qu'elle jugeait scandaleux qu'il ait abandonné Samantha ? Dans ce cas, il rétablirait la vérité.

Il respira profondément. Sa décision était prise. Il lui enverrait un SMS et après il irait à l'aéroport, direction Dallas.

Alors qu'il s'apprêtait à écrire son message, il tomba sur leur échange lorsqu'elle le cherchait dans la foule le jour de la fête du Vélo. Une série de petits messages pleins d'humour et de sous-entendus coquins. Comment étaient-ils passés de cette complicité à cette situation actuelle de guerre froide ?

La cassure s'était produite à la toute fin de l'interview avec le journaliste. Jake essaya de se rappeler ce qui avait été dit exactement. Le reporter avait posé les questions habituelles sur son histoire avec Samantha, des questions gênantes pour l'image qu'elles donnaient de lui. Et à la fin, et avant que Jake ait réussi à se sortir de ses griffes, l'homme avait demandé s'il sortait avec Elia. Ce à quoi il avait répondu par un « Pas de commentaire », suivant en cela les consignes de l'hôpital qui lui avait recommandé de ne pas répondre aux questions indiscrètes des journalistes.

— Oh ! Callin ! Tu n'es vraiment qu'un imbécile ! soupira-t-il avec désespoir.

Rien d'étonnant à ce qu'Elia ne veuille plus lui parler. Nul besoin d'être grand clerc pour deviner comment elle avait pris sa réponse.

Il formula son texto avec soin.

Salut, ma belle…

Non. Il effaça les deux derniers mots. Trop cavalier.

Salut. Tu aurais un moment pour qu'on se voie ? Je voudrais t'expliquer un truc que j'ai dit quand j'ai parlé au journaliste et que tu as peut-être mal interprété. J'aimerais clarifier les choses et que tu saches ce que j'aurais aimé lui répondre.

S'il ne s'était pas trompé sur la raison de l'hostilité d'Elia, la vérité l'intéresserait peut-être. En retenant son souffle, il appuya sur Envoyer.

Puis il prit son sac, ouvrit la porte et entendit son téléphone biper. Il le sortit de sa poche et lut.

Tu peux me donner ton adresse ? Je suis complètement perdue.

Qu'est-ce que… ?

Il regarda le haut de l'écran. C'était bien un message d'Elia. Il répondit :

Je ne suis pas chez moi. En fait, je ne suis pas aux États-Unis.

Mais... Attends... Pourquoi te cherche-t-elle ?

Je sais. Je suis à Ensenada. Mais curieusement, le chauffeur de taxi ne te connaît pas. Je pensais que tout le monde savait qui était le grand Jakob Callin.

Il entendit dans sa tête son délicieux accent, surtout quand il l'imagina prononcer son prénom. Il avala sa salive. Il aimait tellement de choses chez cette femme.

Et enfin il comprit. Elle se trouvait à Ensenada. Ici ! En ville ! Mais comment était-ce possible ?

Où es-tu exactement ?

La réponse vint presque instantanément.

Devant une épicerie qui s'appelle Mi Corazón.

Ne bouge pas, j'arrive.

Non. Donne-moi ton adresse. Je suis dans le taxi.

Il lui envoya son adresse et attendit son retour. En vain. Deux minutes plus tard, il lui envoya un nouveau texto.

Elia ?

Laisse-moi encore une minute…

Jake en perdait son latin. L'épicerie se trouvait au bout de la rue. Il n'eut pas le temps de lui écrire un autre SMS parce qu'on frappait à la porte. Il alla ouvrir.

Elia !

— Il faut le payer ? demanda-t-il en désignant le taxi derrière elle.

— Non. Je lui ai dit d'attendre... au cas où quelqu'un d'autre aurait ouvert la porte.

Le tremblement dans sa voix émut si profondément Jake qu'il la prit dans ses bras et fit signe au taxi de partir. Puis, il s'écarta un peu pour la regarder droit dans les yeux.

— Je ne te demanderai pas comment tu m'as trouvé mais seulement pourquoi tu m'as cherché.

— Parce que ma mère me l'a suggéré.

— Ta mère ? Elle t'a dit de venir au Mexique ?

Jake était complètement perdu. Que venait faire Tersia là-dedans ?

— Non. Elle m'a conseillé de te trouver avant qu'il soit trop tard. Elle m'a parlé des risques inhérents à la vie. Elle m'a raconté que j'avais failli perdre ma jambe quand j'étais petite et que je l'ai gardée parce qu'elle avait insisté auprès des médecins pour qu'ils attendent... Oh ! Il y a trop de choses à t'expliquer.

Elle inspira profondément et lâcha :

— Je t'aime. Et j'avais absolument besoin de savoir si tu étais ici avec Samantha Naughton.

— Samantha ? Je ne lui ai pas parlé depuis notre rupture. Et je n'ai pas l'intention de renouer avec elle. Nous n'étions pas faits l'un pour l'autre. Notre histoire était une erreur que je n'ai aucune intention de renouveler.

Elia parut se redresser un peu.

— Dans ton texto tu disais que j'avais peut-être mal interprété quelque chose dans ta conversation avec le journaliste. C'était quoi ?

Il l'attira à l'intérieur de la maison et s'assit avec elle sur le grand canapé en cuir de la pièce principale.

— Quand nous nous sommes séparés avec Samantha, elle a déclaré au journaliste d'un tabloïd que je l'avais « abandonnée » en France. C'est faux. Je n'étais même pas en France à cette période. Mais son accusation m'a causé quelques ennuis à l'hôpital. Et on m'a recommandé si jamais un reporter mettait de nouveau le sujet sur le tapis, de répondre « Pas de commentaire » et d'en rester là.

Soudain, son cerveau se rembobina pour s'arrêter sur une déclaration précédente d'Elia.

— Attends. Qu'as-tu dit il y a une minute ?

— À propos de Samantha Naughton ?

— Non, juste avant.

— Ah ! Ça ? dit-elle avec un grand sourire. Je t'aime.

Il en resta quelques instants muet de stupeur.

— Pourquoi ne me l'as-tu pas dit quand j'ai essayé de te parler ?

— Parce que…

Elle se mordilla la lèvre, comme à son habitude.

— … ce regard affreux que tu as eu quand le journaliste t'a demandé si tu sortais avec moi… Comme si tu n'en revenais pas qu'une telle idée lui traverse l'esprit.

— Mais non ! J'étais très en colère contre ce bonhomme. Furieux, même.

Il réfléchit à la meilleure manière de formuler sa pensée.

— Juste avant la fête, j'avais pris conscience que je voulais que tu continues à faire partie de ma vie. Et pas uniquement pour le sexe. Pour toi, pour qui tu es. Cela dit, j'avais décidé d'avancer pas à pas, de tâter le terrain pour savoir si tu étais dans le même état d'esprit vis-à-vis de moi. Là-dessus, ce type surgit de nulle part et me demande si tu es ma nouvelle compagne. Si je suis parti sans lui répondre, c'était pour ne pas lui mettre mon poing dans la figure. Et c'est ça que tu as mal interprété ?

— Oui. Ton regard… Il semblait exprimer un tel dégoût à cette seule pensée. Maman m'a assuré que si c'était vrai, ton… engin – elle utilisa ce mot à défaut d'une meilleure traduction – n'aurait pas fonctionné comme il faut.

Jake éclata de rire. Pour la première fois depuis bien longtemps.

— Tu peux dire à ta mère que je l'adore ? Et toi, je t'aime.

— C'est vrai de vrai ?

— Oui, lui assura-t-il en se penchant pour l'embrasser. Et ta mère a raison : mon « engin » réagit au quart de tour quand tu es dans les parages.

— Mais Samantha Naughton est tellement belle.

— Tu crois vraiment que tu ne l'es pas ?

Elle bégaya une réponse incompréhensible.

— Écoute, Elia, tu n'imagines pas à quel point tu me fascines. Je ne me lasserai jamais de te regarder. De te toucher…

Il lui caressa la joue avec le dos de la main jusqu'à un endroit sensible derrière son oreille.

— Arrête. Tu m'empêches de réfléchir.

— Tu as vraiment besoin de réfléchir ?

— Oui, quelques instants. Pour être sûre. Tu m'aimes pour de bon ?

— Oui. Pour de bon.

Il la tourna vers lui pour pouvoir plonger son regard dans ses magnifiques yeux.

— Et toi, tu m'aimes ?

— Oui.

Des lèvres, il effleura sa tempe.

— Autre chose à ajouter ?

Il poursuivit son voyage le long de sa joue, vers sa bouche où il s'arrêta en attendant sa réponse.

— Elia ? insista-t-il comme elle se taisait.

— Mmm... Juste une chose.

Il l'embrassa lentement, tendrement, par petites touches de plus en plus appuyées.

— Quoi ?

— Tu vas revenir à Dallas ?

— Oui, mes bagages sont prêts. J'allais partir quand ton texto est arrivé. Mon avion décolle dans une heure. Nous pouvons y être à temps, à moins que...

— À moins que quoi ?

— Que tu préfères passer quelques jours ici.

— Tu es sérieux ? demanda-t-elle les yeux écarquillés.

— Oui.

— Alors, restons quelques jours, dit-elle avec un sourire qui donna à Jake l'impression que l'astre solaire lui-même était entré dans la pièce.

Il la serra dans ses bras.

— Il y a deux chambres si tu veux...

— OK.

Le cœur de Jake s'arrêta jusqu'à ce qu'elle ajoute :

— Nous passerons une nuit dans l'une des deux, et la suivante... Voyons d'abord si nous parvenons à sortir de la première avant notre départ.

L'engin de Jake se dressa, à point nommé.

— Me lancerais-tu un défi, Elia ?

— Seulement si tu veux le prendre comme tel, *querido*.

Sur ces mots, elle se mit à l'embrasser d'une façon qui signifiait sans ambiguïté que toutes les autres questions attendraient leur retour aux États-Unis. Quant à Jake, il lui montrerait à quel point il l'aimait. À quel point il la désirait. Et il continuerait à le lui prouver jusqu'à la fin de ses jours.

Épilogue

Il y avait des bicyclettes partout. Normal dans un magasin de cycles ! En revanche, les guirlandes blanches qui couraient au plafond et le petit banc recouvert de satin l'étaient moins.

Elia n'avait jamais rien vu d'aussi beau. Le propriétaire du club, où Jake et elle faisaient du vélo depuis six mois, connaissait quelqu'un qui connaissait un prêtre qui avait accepté de venir les marier. Ici. Dans le cadre le plus approprié : celui de l'activité qui les avait rapprochés.

Randy, à présent complètement remis de son accident, avait accepté d'être le témoin de Jake ; et Sheryll, celui d'Elia.

Elia avait choisi une robe moulante en soie blanche, toute simple et qui plaisait visiblement beaucoup à Jake, car il ne quittait pas des yeux sa future épouse depuis qu'elle avait franchi la porte du magasin une ou deux minutes plus tôt.

Il avança vers elle et lui prit les mains en se penchant pour un tendre baiser, sous les acclamations de l'assistance. Les invités – leurs familles et leurs amis, qui en étaient venus à occuper une place très importante dans la vie d'Elia depuis son arrivée à Westlake Memorial – étaient assis sur des chaises pliantes derrière eux. Elle sourit à ses parents et à son frère qui avaient tous les trois pris place au premier rang, à côté de la mère de Jake.

Gracie et Matt, dont Jake et Elia avaient collé sur leur réfrigérateur une photo prise le soir du fameux concert, assistaient aussi à la cérémonie. Gracie portait une robe violette ; et Matt, une cravate assortie. La jeune femme débordait de fierté. Blottie contre son amoureux, elle avait posé la main sur le ventre de ce dernier en un geste possessif. Et, à l'instar de Jake vis-à-vis d'elle, Gracie n'avait pas hésité une seconde à accepter Matt tel qu'il était, avec ses cicatrices. Et leur relation naissante s'était épanouie et consolidée au fil de la thérapie et des traitements qu'ils avaient traversés ensemble. Gracie fit un signe de la main à Elia qui lui répondit de la même façon avec un grand sourire.

Un problème d'emploi du temps avait empêché Carly et ses parents de venir, mais Elia et Jake avaient gardé le contact après le séjour de la petite à l'hôpital. Elle fréquentait à présent l'école maternelle et se débrouillait très bien. Une photo d'elle était aussi collée sur leur réfrigérateur. Dorothy, elle, était là. Elle venait de subir une seconde greffe de peau, et sa joue était encore rouge, mais tout se présentait bien. Elle, dont le cas avait tellement bouleversé Elia, avait assuré que, loin de l'abattre, ses blessures lui avaient donné une assurance nouvelle. Elle ne laisserait personne décider de sa vie à sa place.

Elia ne souhaitait bien sûr à personne de vivre ce qui lui était arrivé quand elle était petite. Il n'empêchait que son terrible accident avait joué le rôle d'un catalyseur tout au long du chemin qui s'achevait ce jour-là, sur un mariage avec l'amour de sa vie.

Pardon. Non, il ne s'achevait pas, il s'ouvrait. Sur une route idéale, avec le compagnon idéal.

Qui l'aimait tout entière et osait le montrer. Qui connaissait tout d'elle. Qui partageait avec elle ses états d'âme quand il était particulièrement ébranlé par le cas d'un patient. Et qui la soutenait quand elle était elle-même fragilisée.

Quand l'un était déstabilisé, ou triste ou anxieux, l'autre était fort et à l'écoute. Tout ce qu'on attend d'un partenaire. Et Elia n'envisageait pas le couple autrement.

Comme ils se tournaient vers le prêtre, elle leva les yeux vers son futur mari et murmura :

— Je t'aime.

— Moi aussi, je t'aime, répondit-il en repoussant une mèche de sa joue.

Là-dessus, le prêtre commença la cérémonie.

— Bienvenue à tous. Nous sommes réunis ici aujourd'hui...

Elia passa le bras sous celui de Jake et se serra contre lui. À cet instant, elle voulait seulement savourer le bonheur d'être là avec lui. D'être avec ceux qu'ils aimaient tous les deux. Et d'être prête, grâce à l'amour qui les liait, à réaliser de grandes choses avec lui, pour eux-mêmes et pour ceux qu'ils rencontraient tous les jours.

Et Elia ne voyait pas avec qui d'autre que Jake respecter cet engagement. Jake, son homme. Tellement fort, beau, attentionné et sexy. Celui avec qui elle voulait passer le reste de ses jours. Celui avec qui elle voulait vivre, faire l'amour, avoir des enfants. D'autres enfants, qui suivraient celui qu'elle portait déjà depuis trois mois.

Que pourrait-elle demander de plus ? La vie était parfaite. Jake était parfait. Et elle veillerait à le lui dire tous les jours, jusqu'à la fin des temps.

AMALIE BERLIN

Un irrésistible médecin

Traduction française de
BARBARA BRISTOL

BLANCHE

HARLEQUIN

Titre original :
CRAVING HER ROUGH DIAMOND DOC

Ce titre a déjà été publié en 2020.

1

La route montait en lacets abrupts à travers les sapins.

Tout en conduisant, Imogene Donally considérait le paysage d'un œil suspicieux.

Passer six longs mois dans un trou perdu de la chaîne des Appalaches, quelle perspective pour la citadine vive et branchée qu'elle était ! Seule Amanda, sa plus vieille amie, pouvait lui demander ce genre de chose. Cela faisait pourtant quelque temps qu'elles ne s'étaient pas vues, mais Amanda était dans une situation difficile. Elle s'apprêtait à devenir mère, et qui plus était, mère célibataire. Et après un début de grossesse sans histoires, elle était depuis une semaine contrainte à un repos absolu.

Amanda avait besoin d'elle, Imogene n'avait pas hésité...

Ayant bifurqué, elle engagea résolument sa petite voiture sur le chemin raviné censé, d'après les explications d'Amanda, grimper jusqu'à la demeure du Dr Wyatt Beechum.

Un original sans doute !

Le cousin — et patron — d'Amanda vivait non seulement en pleine forêt dans la montagne mais il avait trouvé une manière innovante de pratiquer la médecine : il avait installé son cabinet dans un bus itinérant.

D'après le chiffre gravé sur un tronc en guise de numéro de rue, elle était à la bonne adresse.

Bizarrement, Amanda, après lui avoir fait une description

minutieuse de la route à suivre et des ponts à traverser, était restée muette comme une carpe sur la personnalité du nommé Wyatt. Tout ce qu'il avait été possible de lui arracher était que son cousin, après des années d'absence, était de retour au pays. Qu'il était revenu à l'occasion des funérailles de son père. Qu'il avait perdu sa mère et son frère dans sa prime jeunesse. Et que, faute de financement, son cabinet ambulant était menacé de disparition.

Tout cela était bien triste mais ne la renseignait pas vraiment sur la façon d'aborder cet énergumène. Elle allait devoir improviser pour l'amener tout naturellement à lui confier le remplacement d'Amanda pendant le congé maternité de celle-ci…

Mais quelqu'un qui s'amusait à pratiquer la médecine de ville comme un saltimbanque ne devait pas trouver facilement de bonne infirmière. Il serait ravi de la voir arriver et l'affaire serait dans le sac.

Fastoche !

Autour de la pente caillouteuse, la forêt s'épaississait de façon inquiétante. Et si ce n'était pas le bon chemin ? Elle attrapa son téléphone portable mais les communications ne passaient pas. Impossible d'appeler Amanda pour vérifier. Après tout, pourquoi s'inquiéter ? L'aspect sinistre de la forêt ne voulait rien dire. Malgré l'image communément répandue, la population des Appalaches ne pouvait pas être uniquement constituée de montagnards rétrogrades avec scie électrique et gourde d'alcool trafiqué à la ceinture. De surcroît, celui qu'elle allait rencontrer était médecin. Comme si un simple médecin pouvait l'impressionner !

Alors, où était le problème ? Autant attaquer résolument la pente.

La voiture brinquebalait sur le chemin crevassé, buttant sur des nids-de-poule profonds qui malmenaient les objets fragiles soigneusement empaquetés à l'arrière. Pourvu qu'ils n'arrivent pas en miettes. Où qu'elle aille, elle les emportait avec elle dans de grands cartons. C'était absurde, elle en avait conscience. Mais c'était ses *aide-mémoire*. Comment vivre sans eux ?

Heureusement, dans six mois elle reprendrait la route en sens inverse et retrouverait la vie normale. Prendre racine n'était pas dans sa nature, et encore moins dans un pays de sauvages comme celui-ci. Le Dr Wyatt… comment déjà ?… Machin… n'aurait qu'à s'estimer heureux qu'une infirmière de son niveau accepte de venir s'enterrer dans cette contrée inhospitalière pour lui donner un coup de main.

A présent la forêt s'éclaircissait, l'environnement perdait de son aspect lugubre. Dans une sorte de clairière, un pick-up noir à la carrosserie étincelante était garé à côté d'un vieux bus scolaire peinturluré de bleu dont les vitres étaient bizarrement garnies de rideaux. A quelque distance, sous les arbres, une tente de camping. Il n'y avait pourtant pas âme qui vive dans les parages. Un peu plus haut se trouvait un chalet en construction. Les lourdes pièces de bois de la structure ne s'élevaient pas encore très haut mais une superbe cheminée de pierre trônait déjà au centre de l'édifice.

Ayant arrêté le moteur, Imogene saisit de nouveau son portable mais, même dans ce lieu dégagé, il ne fallait pas compter sur une connexion. Il ne lui restait qu'à vérifier dans le rétroviseur qu'elle était présentable, et à partir en reconnaissance. Derrière le chalet, des troncs d'arbre d'une taille gigantesque avaient été tronçonnés et couchés sur le sol. Alignés les uns à côté des autres, ils s'étageaient jusqu'en haut de la pente.

Ce fut en contournant le bus qu'elle *le* vit.

Un homme pour le moins robuste et viril…

A l'évidence, ce n'était pas le médecin qu'elle cherchait. Quel accoutrement ! Un vieux jean usé. De grosses bottes. Une chemise plaquée à son torse par la sueur. D'épais cheveux noirs longs et embroussaillés. Et Dieu qu'il était grand. Bel homme. Mais tellement grand !

Légèrement inquiétant aussi, avec son visage à demi caché par des lunettes de chantier…

Et avec la tronçonneuse qu'il tenait à la main…

D'un geste nerveux, il mit l'engin en marche et, dans un

vrombissement assourdissant, s'attaqua à l'un des troncs, faisant voler un nuage épais de copeaux de bois autour de lui.

Il était peut-être aveuglé par ses épaisses lunettes. En tout cas il ne semblait pas l'avoir aperçue. Ne sachant comment il convenait d'aborder un imposant montagnard maniant la tronçonneuse, elle se tourna vers les vitres poussiéreuses du vieux bus pour vérifier sa coiffure et découvrit avec étonnement un lit et un poste de télévision à l'intérieur.

Les mèches rose fuchsia qui parsemaient sa chevelure blonde étaient peut-être un peu voyantes dans ce cadre primitif. Mais elles pouvaient avoir le charme de l'exotisme pour ce bûcheron aux larges épaules.

Une fois qu'il lui aurait indiqué où trouver Wyatt, peut-être se révélerait-il un compagnon fréquentable avec qui boire un verre, passer la soirée et, pourquoi pas, aller plus loin si affinités ? Cela l'aiderait à supporter six longs mois loin des ressources de la civilisation.

— Hello ? fit-elle d'une voix hésitante à l'attention du valeureux bûcheron.

Pas de réponse. Sans se retourner, il passa sa chemise par-dessus sa tête, la roula en boule et s'en servit pour frictionner énergiquement ses bras hâlés couverts de sciure et de copeaux de bois.

Décidément, l'imagerie des montagnards des Appalaches ne mentait pas, elle en avait un fameux spécimen sous les yeux. Ce géant bien découplé au dos de sculpture antique ne pouvait être Wyatt. Les seuls médecins qu'elle avait eu l'occasion de voir torse nu avaient les épaules étriquées et la peau plus blanche qu'un cachet d'aspirine. Par défaut, elle s'était souvent fourvoyée dans des relations malencontreuses, attirée par un physique avantageux qui ne garantissait ni conversations élevées ni perspectives d'avenir. Une voie sans issue, aussi semée de nids-de-poule que le chemin qu'elle avait emprunté pour grimper jusqu'ici, et qu'elle ne connaissait que trop bien.

Continuant à gravir la pente d'un pas résolu, elle finit par attirer l'attention du gaillard. Quand il tourna vers elle un regard protégé par les lunettes de sûreté recouvertes d'éraflures, elle lui adressa son sourire le plus charmeur et imprima à tout hasard un rythme plus dansant à sa démarche.

— Je cherche le Dr Wyatt Bee… Bee… Euh… Wyatt-Quelque-Chose. Pouvez-vous m'aider à le trouver ?

Pour toute réponse, il retira ses bouchons d'oreilles et les fourra dans sa poche.

— Qu'est-ce que vous voulez ? fit-il d'un ton rogue.

Ce n'était pas un salut très raffiné, mais, après tout, de la part d'un homme des bois…

— Je cherche Wyatt Beechum… B.E.E.C.H… Désolée, en fait, je ne sais pas l'orthographe de son nom…

Il laissa retomber la tronçonneuse, qui, fixée à sa ceinture, se balança à son côté.

— *Beauchamp*, pas *Beechum*…, corrigea-t-il avec un soupir excédé.

— Je pense que vous vous trompez, dit-elle avec indulgence. Je suis à peu près sûre que c'est quelque chose comme *Beechum*.

— C'est ce qu'ils croient tous dans le coin, dit-il en grommelant. Mais, bon sang, je sais comment je m'appelle, quand même.

Quoi ? Ce montagnard mal dégrossi ? Ce rustre ? C'était lui le cousin d'Amanda ? Le fameux Dr Wyatt-Quelque-Chose ?

— Oh !… Enchantée, bafouilla-t-elle en lui tendant la main, résignée à pactiser. Je suis une amie d'Amanda. Je m'appelle Imogene.

— Inutile de vous présenter, je vous ai reconnue. Ma cousine a la manie des photos. Vous êtes sur tous ses murs.

Il regardait la main qu'elle lui tendait mais n'esquissait pas le moindre geste pour la saisir. Encore heureux qu'il ne la lui tranche pas d'un coup de tronçonneuse ! Si cet ours mal léché avait des manières aussi délicates dans l'intimité amoureuse, ce devait être un charmant garçon !

— Je lui ai dit ce matin que vous feriez bien de m'appeler avant de gaspiller votre essence à grimper jusqu'ici, dit-il.

— Pourquoi ? Vous avez déjà pourvu le poste ?

— Non. Mais vous ne faites pas l'affaire.

— Et pourquoi ? Je suis une excellente infirmière, vous savez.

— Il paraît. Amanda m'a rebattu les oreilles de vos qualités. Mais il est impossible que vous la remplaciez. Vous ne convenez pas.

— Si vous savez que je suis bonne infirmière, répondit-elle avec un sourire forcé, je ne vois pas pourquoi je ne peux pas faire l'affaire ?

Il enleva enfin ses lunettes, révélant un regard d'un noir profond, et les posa sur le tronc qu'il venait de scier.

— Sans vouloir vous froisser, les gens d'ici n'accorderont jamais leur confiance à quelqu'un comme vous. Cela ne nous facilitera pas la tâche pour les soigner.

— Dans quel siècle vivez-vous donc ? demanda-t-elle, médusée. Vous pensez que pour soigner les gens il faut avoir la même allure ou le même accent qu'eux ? Mais s'il n'y a que ça, je peux le prendre, cet accent !

— Ne vous y risquez pas, dit-il en la fixant d'un regard perçant comme s'il voulait lui imprimer ses paroles dans le crâne. Ils ne se reconnaîtront pas en vous. Désolé, nous n'avons rien à faire ensemble.

Perplexe, elle resta silencieuse le temps de trouver les bons arguments.

— Mais vous, dit-elle enfin, vous êtes d'ici. Ils continueront à vous parler comme à quelqu'un digne de confiance et je me contenterai de suivre vos instructions.

— J'ai été absent du pays un bon moment. De moi non plus, ils ne savent pas très bien quoi penser.

— Surtout si c'est ça, votre fameux cabinet ambulant ! dit-elle d'un ton sarcastique en désignant le bus peinturluré.

S'il voulait inspirer confiance à la population, cette épave lamentable n'était pas vraiment adaptée ! Mais elle ne réussit qu'à s'attirer un nouveau regard incendiaire tandis qu'il se mettait en devoir de déplacer une pièce de bois.

Les choses étaient loin de se passer comme prévu, et pourtant elle pouvait se vanter d'avoir le contact facile. Mais elle ne se voyait aucun point commun avec ce montagnard mal dégrossi. Et puis, son torse nu nuisait à son habituel esprit d'à-propos.

Changeant de tactique, elle lui sourit.

— Puis-je vous aider ? demanda-t-elle aimablement en voyant qu'il peinait à déplacer un tronc d'arbre.

— Non.

Non merci aurait été trop demander. Aux prises avec la pièce de bois qu'il avait décidé de transporter jusqu'au chalet, il avait éructé sa réponse. Sous l'effort, les muscles saillaient sur ses épaules et dans son dos. Troublée, elle ne trouva pas la réplique.

— Allez donc faire une petite visite à votre amie Amanda. Comme ça, vous ne serez pas venue pour rien, fit-il sans s'interrompre dans sa tâche.

— J'irai plus tard, rétorqua-t-elle en franchissant le talus jusqu'au chalet.

Grâce au ciel, il lui avait suffi de détourner un instant les yeux du torse vigoureux pour retrouver son esprit de repartie.

— Que diriez-vous de remettre votre chemise ? dit-elle d'un ton suave. Ce serait bête de vous arracher un téton d'un mouvement malencontreux avec cette bûche.

Dès qu'elle se détendait, son effronterie naturelle revenait au triple galop, elle le savait. Le résultat fut en l'occurrence inespéré. L'ours mal léché, sans doute surpris, trébucha et faillit tomber. Avec une adresse admirable, il rétablit son équilibre et retint de justesse la bûche colossale qui menaçait de lui échapper.

Elle contint un petit sourire de satisfaction.

Le premier round était pour elle...

O.K., cette fille était futée. Mais Wyatt ne se laisserait pas avoir par une donzelle aux cheveux rose fuchsia, même si elle commençait à l'intéresser. Pourvoir le poste était une décision trop importante. C'est son cabinet qui était en jeu.

Tout gosse, quand Josh était tombé malade, il avait eu sa dose de professionnels venus de la ville, pétris de bonnes intentions et de suffisance. Plutôt abandonner la médecine que de faire équipe avec quelqu'un de ce genre ! Fût-il aussi charmant que cette fille effrontée.

— Je n'ai pas besoin de conseils des gens de passage, dit-il en rugissant.

Pas plus qu'il n'avait besoin de la vision troublante de deux jambes fines et bronzées émergeant d'un short exigu — tenue incongrue dans ces rudes contrées.

— Je vois que je dérange, vous êtes impatient de continuer votre travail, dit-elle d'un ton trop aimable pour être tout à fait honnête. Il y a pourtant un moyen très simple de vous débarrasser de moi. Acceptez ma collaboration pour les prochains mois et je vous laisserai jouer comme un grand garçon avec vos bûches et votre jeu de construction. Avec ou sans chemise.

Quel culot ! D'habitude les infirmières s'adressaient à lui avec crainte et déférence. C'était un peu raide. Il ne lui jeta même pas un regard.

— Puisque vous mourez d'envie de rester dans le coin, trouvez donc un job à Piketon, dit-il en tractant le tronc vers le chalet à l'aide d'une corde jetée sur son épaule.

Il avait mieux à faire que de se soucier de cette enquiquineuse. Mais elle ne semblait pas se laisser démonter.

— Ils n'ont pas besoin de moi à Piketon. Vous, si, que cela vous plaise ou non.

Elle s'avançait vers lui d'un pas assuré, les mains sur les hanches, comme en terrain conquis.

— Vous savez très bien que vous ne pouvez exercer votre métier seul, dit-elle. En outre, si j'en crois Amanda, l'avenir de votre cabinet est menacé. Et elle a très envie de retrouver son travail après son congé de maternité. Conclusion, je dois absolument vous aider pour protéger l'existence de votre cabinet, et du même coup le gagne-pain d'Amanda.

Laissant tomber la corde, il se tourna vivement vers elle avec l'intention de la remettre vertement à sa place. Apercevant le vieux bus délabré derrière elle, il eut un frisson dans le dos. Bientôt ce serait l'hiver, il ne pourrait plus dormir sous la tente de camping. Il fallait que le chalet ait un toit d'ici là sinon il serait condamné à passer l'hiver dans ce fichu bus. Cela le révulsait d'y mettre les pieds. Et même de le voir.

Avec ses simagrées, cette fille le retardait.

— Ne cherchez pas à me persuader avec des arguments tirés par les cheveux. Si vous voulez soutenir Amanda, allez lui donner un coup de main chez elle. Mais pas question de travailler avec moi.

Il l'aurait payée pour qu'elle s'en aille. Avec un certain plaisir, il la vit crisper ses doigts sur ses hanches et porter ses regards de son torse à son cou puis à ses yeux avant de se détourner. C'était une jolie fille. Suffisamment grande pour lui arriver au menton, malgré le dénivelé entre eux. La sentir lutter avec elle-même en le détaillant du regard n'était pas désagréable.

— Alors, vous ne voulez vraiment pas me donner ma chance ? demanda-t-elle d'une petite voix insistante.

Cet acharnement ne manquait pas de charme. Si elle restait dans les parages, dans quelques semaines — mais pas avant d'avoir pourvu le poste avec une candidate qui lui conviendrait ! — il irait lui rendre visite et faire amende honorable. Quelqu'un qui laissait tout tomber pour voler au secours d'une amie méritait le respect. Mais dans l'immédiat il resterait ferme sur ses positions.

— La question n'est pas de vous donner ou non votre chance. Vous ne convenez pas pour le poste, c'est tout.

— Qu'en savez-vous ?

— Oh ! je le sais ! Je ne connais que trop la petite comédie des médecins de la ville qui se piquent de venir aider les pauvres ploucs que nous sommes dans leurs montagnes. Même s'ils ne demandent qu'à bien faire..., fit-il avec un ricanement amer.

— C'est tout à fait ça ! dit-elle, saisissant la balle au bond avec une vivacité déconcertante. Je ne demande qu'à bien faire.

Espérant peut-être l'amadouer, elle rejeta des deux mains ses cheveux en arrière et le regarda droit dans les yeux.

— Donnez-moi ma chance. Si je me plante, je vous autorise à me virer avec perte et fracas. J'ai d'excellentes références, vous savez. Je peux me vanter d'avoir une faculté d'adaptation hors du commun.

De nouveau, il fit un non énergique de la tête. Cette fois, miracle, elle tourna brusquement les talons et descendit d'un pas furieux le talus en marmonnant des paroles inaudibles. Il discerna néanmoins un vigoureux :

— L'imbécile !

La portière de la voiture claqua, le moteur rugit et le petit bolide rouge disparut dans un nuage de poussière. La conductrice dévalait la montagne plus vite que de raison.

En soupirant, il hocha la tête.

Une voiture d'un rouge pétaradant. Des cheveux rose fuchsia. Cette fille était faite pour travailler dans une clinique de chirurgie esthétique huppée, pas dans un cabinet médical itinérant allant au-devant des populations les plus démunies des Appalaches. Elle tiendrait peut-être quelques semaines, par vague souci humanitaire. Mais elle ne tarderait pas à prendre ses cliques et ses claques pour retourner aux délices de sa vie de citadine survoltée.

Non, décidément, elle n'était pas faite pour le job.

Dommage. Cela aurait pu être amusant de se mesurer à elle. Surtout si elle arrêtait parfois de parler…

Trouver un endroit où faire demi-tour sur cette route en lacets prit une bonne demi-heure à Imogene. Soulagée, elle put enfin reprendre son ascension vers la montagne où nichait cet abruti. Elle avait été idiote de s'enfuir ! Renoncer, elle ? Jamais !

Arrivée à destination, elle marcha droit sur lui. Le regard qu'il lui lança était un mélange éloquent d'exaspération et de surprise mais, grâce au ciel, il avait remis sa chemise. Elle pouvait laisser la colère monter en elle sans crainte d'être troublée.

— Taisez-vous ! dit-elle sans attendre qu'il ait prononcé un seul mot. Je vais vous prouver que je suis capable de vous aider.

S'approchant de lui, elle agita les mains et leva un pied.

— Regardez. J'ai enfilé les gants que j'utilise pour changer mes pneus et j'ai mis des bottes. Si d'ici ce soir je ne vous ai pas convaincu, alors O.K., j'abandonne. Mais je vous préviens... Pour peu que je m'y attelle, je suis capable de déplacer des montagnes. Et vous êtes comme les montagnes. Grand, massif, inébranlable... en apparence...

— Très aimable à vous, mais...

— Mais vous me croyez incapable de vous aider, vous l'avez déjà dit.

Il ne fallait pas qu'il devine la tension qui lui nouait les épaules, les doutes qu'elle sentait au fond d'elle-même.

— Avez-vous toujours des jugements aussi sommaires sur les gens ? demanda-t-elle, sarcastique.

— Je me fie à mon instinct.

— Et que vous dit votre instinct ?

— Que vous êtes tout à fait charmante, mais peu fiable et pas très solide.

— Pas très solide ? Ah oui ? Laissez-moi vous prouver que je le suis assez pour le job. Quand ce sera fait, je vous laisserai tranquille sur le lieu de votre inévitable amputation. Parce que, permettez-moi de vous le dire, il n'y a pas plus sot que de faire joujou avec une tronçonneuse au fin fond d'une forêt sans un téléphone à portée de main.

Vexée qu'il ne lui réponde pas, elle reprit de son ton le plus persifleur :

— Vous devriez mettre des gants. On ne vous a jamais dit que les médecins peuvent avoir besoin de mains valides ?

S'avançant, elle lui tendit les siens.

— Puis-je vous les offrir ?

— Non.

— Je vais vous aider à tirer les troncs jusqu'au chalet, dit-elle en lui emboîtant le pas. Vous gagnerez du temps et vous pourrez retourner plus vite à votre bien-aimée tronçonneuse. Passez-moi cette corde.

— Non.

Elle ne lâcherait pas prise avant qu'il ait dit *oui*. Au moins une fois, pour changer.

— C'est trop dur, dit-il. Vous allez vous blesser.

Pour une fois, il avait ri. Mais c'était le petit ricanement supérieur que les hommes se permettaient lorsqu'une femme s'attelait à une tâche qu'ils estimaient exclusivement virile. Déplacer des troncs d'arbre, par exemple. Dire qu'elle avait envisagé de partager quelques soirées — voire plus ! — avec cet olibrius.

— Un bon moyen de faire céder quelqu'un, répondit-elle, est de lui demander autre chose qui lui semble encore plus inacceptable. De sorte qu'il préfère céder à votre première demande.

Sans paraître impressionné, il enroula la corde autour du tronc scié et lui jeta un regard où brillait une lueur d'amusement.

— Et ce truc marche, en général ?

— Assez souvent. Les gens n'aiment pas l'affrontement.

Dommage qu'il ait remis sa chemise. Elle aurait volontiers bombardé ce dos digne d'une statue antique de pommes de pin ou de branches de sycomore.

— De deux choses l'une, reprit-elle, jouant une dernière carte. Ou bien je vous prouve que, contrairement à ce que vous dites, je suis *fiable* et *solide* en vous aidant à transporter ces troncs. Ou bien vous m'engagez tout de suite et dans ce cas je vous laisse tranquille et je vous retrouve demain matin au cabinet, *docteur Beechum*.

Amusé, Wyatt considéra les gants d'Imogene. A l'évidence ils n'avaient jamais servi. Puis il porta son regard sur le visage de leur propriétaire. Joli visage, bien qu'empourpré par la colère. Mais il ne voulait l'aide de personne pour construire le chalet, et encore moins celle de cette citadine trop coquette. Si Josh avait été en vie, il aurait reconstruit le chalet avec lui. A présent qu'il était le seul Beauchamp, c'était à lui et à lui seul qu'incombait cette tâche.

— Si cela peut vous faire taire, dit-il avec un soupir, allez-y, essayez de déplacer un de ces troncs. Je vous préviens, vous ne tiendrez pas dix minutes.

Et en plus elle se blesserait.

Avant de remettre sa tronçonneuse en action, il l'observa avec curiosité. Comment allait-elle s'en sortir, avec ces ridicules gants de cuir à peine sortis du papier de soie ?

Elle essaya de les assouplir puis, s'en débarrassant, elle saisit à mains nues la corde nouée au tronc. Elle la jeta sur son épaule et, le buste fléchi, tentant apparemment de reproduire les gestes qu'elle l'avait vu faire, se tourna, se pencha en avant et tira...

Riant sous cape de ses essais infructueux, il la surveillait du coin de l'œil mais elle parvint finalement à imprimer une secousse suffisante à la corde pour que l'extrémité du tronc se soulève.

Plus costaude qu'il n'y paraissait, la citadine ! Et mignonne, avec ça. Le short qu'elle portait ne cachait rien des efforts de ses jolies jambes, depuis les mollets ronds jusqu'aux hanches délicieusement rebondies.

Depuis son retour au pays, il avait soigneusement évité les tentatives de la gent féminine de le prendre au piège. A la vue de ces mollets vaillants et de ces hanches aux courbes adorables, sa décision de fuir le sexe opposé lui sembla soudain discutable.

Allons ! Pas d'égarement. Au travail.

Tant que ses forces le lui permirent, Imogene déplaça des troncs. Mais, même avec de fréquentes pauses, son corps tout entier criait grâce. Ses épaules surtout. Se laissant tomber sur le sol à côté des troncs toujours plus nombreux que Wyatt débitait, elle s'affala sur le dos.

— C'est bon, dit-elle. J'admets que c'était une idée stupide.

Cette fois, le rire de Wyatt lui sembla empreint d'une franche gaieté.

— Cela fait des heures que vous vous acharnez, et ces troncs sont plus lourds que vous ne le pensiez.

Il s'interrompit et tira une montre de sa poche.

— Je dois passer un coup de fil. Il faut monter jusqu'à la crête pour avoir la connexion. Avez-vous encore assez de force pour m'accompagner ?

— Vous voulez que je grimpe avec vous jusqu'au sommet ? demanda-t-elle, incrédule.

— Oui.

Il avait dit *oui* à quelque chose ! Pas trop tôt. Elle lui tendit une main pour qu'il l'aide à se relever.

— Si je tombe en chemin, dit-elle, recouvrez-moi de feuilles ou de tout végétal pouvant faire office de couverture de survie, vous serez bien aimable.

Quand il lui tendit une main ferme et chaude pour la remettre sur pied, elle eut l'étrange impression qu'une vibration la parcourait tout entière. L'effet sans doute de contractions nerveuses suite aux efforts qu'elle avait faits. Ce ne pouvait être autre chose...

En tout cas, il se conduisait de façon plus civilisée, et adopta même une foulée plus courte et un pas moins rapide pour la ménager. Quand elle dut s'accrocher aux arbres pour progresser sur la pente abrupte, il fit même machine arrière et vint la prendre par la main.

— Pas envie de vous rattraper par la peau du dos si vous dévalez la colline, fit-il. Ni de vous porter jusqu'à l'hôpital si vous vous fracturez le crâne en chutant.

— Trop galant, répondit-elle d'une voix faible, moins reconnaissante de son aide que de l'agréable sensation que lui procurait le contact de sa large paume.

C'était la même étrange vibration qui revenait. Comme des ondes qui se répandaient doucement jusqu'aux zones les plus secrètes de son corps, bien au-delà de ses pauvres muscles endoloris.

Décidément, si cet olibrius se montrait attentif et poli, elle pourrait reconsidérer la perspective de quelques verres en sa compagnie.

— Encore un effort, dit-il en lui attrapant cette fois les deux mains et en la tirant à lui pour atteindre le sommet.

A présent, ils étaient sortis de la forêt et se trouvaient sur une crête herbeuse et dégagée. Epuisée, elle se laissa tomber sur l'herbe épaisse et contempla la chaîne de collines verdoyantes qui les entourait.

— Je suis rompue, dit-elle en reprenant difficilement son souffle. Mais la vue en vaut la peine.

— C'est la récompense, répondit-il distraitement en tapotant son portable d'un air soucieux.

— Quelque chose ne va pas ? demanda-t-elle.

— Besoin de changer ce fichu portable pour un meilleur...

— Voulez-vous utiliser le mien ? C'est le dernier modèle sorti. Résistant à l'eau et de maniement facile.

— Parce qu'il vous faut un portable résistant à l'eau, vous ?

— Evidemment. Pour le cas où je serais surprise par la pluie avec la voiture décapotée.

Ayant accepté d'un hochement de tête narquois le portable qu'elle lui tendait, il s'éloigna de quelques pas et elle put observer à loisir sa silhouette athlétique à la musculature puissamment ciselée. Son mental aussi, malheureusement, avait une solide armature...

De là où elle était, elle ne pouvait entendre ce qu'il disait, mais elle percevait la tension de sa voix.

— Alors, cher docteur, fit-elle tout bas, vous êtes obligé de grimper jusqu'à la crête pour utiliser un portable qui de surcroît ne marche pas ? Etonnant, non, pour quelqu'un qui ne veut que du *fiable* et du *solide* ? Heureusement que j'étais là avec le mien, vous ne croyez pas ?

Voilà qu'elle se parlait à elle-même, maintenant ! Signe évident de fatigue. Pour se délasser, elle laissa son regard errer sur le panorama. Un peu en contrebas, au milieu des arbres, apparaissaient de longs blocs de pierre claire placés au cœur d'un rectangle. Etait-ce les fondations d'une maison ?

— Vous aviez commencé à construire votre chalet là ? demanda-t-elle quand il revint vers elle, sa conversation terminée.

Wyatt n'eut pas besoin de regarder dans la direction qu'Imogene pointait pour savoir de quoi elle parlait. Le cimetière familial séculaire et le muret qui l'entourait. Inutile de la laisser fureter par là. Qu'elle laisse au moins les morts en paix.

— Rien à voir avec la construction d'une maison, répondit-il sèchement. Etes-vous rassasiée du panorama ?

— Laissez-moi prendre une photo avant de redescendre, dit-elle en lui reprenant son portable.

En l'attendant, il gagna la lisière des arbres, un peu en contrebas. Il était soucieux. Au téléphone, l'agence d'intérim avait confirmé qu'il était impossible de lui envoyer une infirmière de confiance pour le lendemain. Il allait devoir affronter la semaine seul.

A moins qu'il ne donne quelques jours à cette entêtée la chance qu'elle réclamait à cor et à cri... Pouvait-il prendre ce risque ?

Il la regarda descendre vers lui. Trébuchant sur la pente, elle semblait moins sûre d'elle.

— Besoin d'aide ? demanda-t-il.

— Non, ça va.

— Si vous êtes en difficulté, prévenez-moi, dit-il de nouveau par-dessus son épaule en se frayant un chemin à travers les arbres sur la pente abrupte.

— D'accord, répondit-elle dans son dos.

Elle ne le ferait pas, il en était sûr. Après tout, si elle était

Wonder Woman en personne, pourquoi lui refuser le job ? Il l'avait peut-être taxée trop rapidement de manquer de cran. Elle était en tout cas assez solide pour se battre afin d'arriver à ses fins.

— C'est plus facile de descendre que de monter, fit-elle. Il suffit de se servir des arbres pour contrôler sa vitesse. Ce sont de bons freins offerts par la nature.

Etait-ce l'idée de freins offerts par la nature ou la voix moqueuse qui retentissait dans son dos qui eut raison de lui ?

Il ne put s'empêcher de rire et cela lui fit perdre pied. C'était la deuxième fois de la journée qu'elle lui faisait perdre l'équilibre avec son impertinence. Avant qu'il ait pu réagir, son pied glissa, sa jambe se déroba sous lui et ce qui n'aurait jamais dû se produire se produisit.

Trahi par la montagne, il tomba et roula sur la pente à une vitesse vertigineuse.

2

En quelques secondes Wyatt avait dévalé plusieurs mètres et était recouvert de la tête aux pieds d'une épaisse couche de terre et de poussière. Pendant sa chute, la face externe de son avant-bras droit avait dû heurter assez violemment quelque chose car il lui faisait très mal. Comme dans un brouillard, la voix d'Imogene résonnait à ses oreilles.

— Wyatt !... Wyatt !... Vous êtes en sang...

— Ce n'est rien. Je vais bien, dit-il en protestant, pourtant conscient que c'était sérieux.

Assise sur ses talons à côté de lui, elle prit d'autorité son bras blessé et l'examina d'un air soucieux.

— Il y a une profonde entaille. Ma parole, vous aviez un scalpel dans votre poche ?

Enlaçant leurs doigts, elle souleva le bras qu'elle considéra d'un air attentif.

— Le muscle ne semble pas atteint mais il va falloir des points de suture.

— Pas facile de regarder où on met les pieds quand il faut veiller sur quelqu'un qui peine à vous suivre, fit-il.

Il se serait giflé. Chuter sous les yeux de cette petite péronnelle ! Il n'aurait rien pu faire de plus stupide.

Maintenant qu'elle lui tenait fermement la main, il voyait combien la sienne était fine et délicate. Comment avait-elle réussi à manier de gigantesques troncs d'arbre avec ces doigts-là ? Elle avait beau être grande, plus casse-pieds qu'il n'était permis, il fallait reconnaître qu'elle avait les mains les plus délicates, les plus douces et les plus féminines du monde.

— A qui la faute ? rétorqua-t-elle. Vous n'aviez qu'à regarder devant vous. Tant pis pour moi si j'étais tombée. Je vous avais dit que j'appellerais en cas de besoin.

Enfin elle lui avait relâché les doigts. Mais ce fut pour tirer sans façons sur la chemise lamentablement sortie de son pantalon.

— Enlevez donc ça. Il faut bander votre bras et ce n'est pas avec ma chemise que je vais le faire.

— La mienne doit être couverte de terre, dit-il en levant les bras pour qu'elle l'aide à s'en extirper.

Non sans une certaine satisfaction, il constata qu'elle avait les mains tremblantes — oh ! très légèrement, mais quand même ! — en la lui faisant passer par-dessus la tête.

— C'est mon contact qui vous rend nerveuse ? demanda-t-il, moqueur.

— Oh, que oui ! répondit-elle du tac au tac. Tout à l'heure avec votre tronçonneuse. Et maintenant avec votre corps d'Apollon. C'est que je peux en perdre mes réflexes professionnels, moi !

Souriante, elle plaisantait. De façon subtile, elle avait changé de ton et de comportement. A présent, c'était en infirmière responsable qu'elle se conduisait. Derrière ses paroles provocantes, elle se montrait d'une grande douceur, soucieuse de le distraire de la douleur et de l'humiliation qu'il ressentait. Un sacré bon boulot, qu'elle faisait là !

— Je suis sûre que vous avez fait des années de musculation juste pour avoir le plaisir de voir les filles béer d'admiration quand vous décrochez d'une montagne.

En parlant, elle avait retourné la chemise pour ne pas mettre le côté terreux au contact de la blessure et lui avait précautionneusement bandé le bras.

— Appuyez sur le pansement, dit-elle, mais ne forcez pas, il y a des gravillons et des saletés dans la blessure.

Une demi-heure plus tard, il était installé dans le siège passager de la ridicule petite voiture rouge écarlate, indiquant le chemin de la ville à la conductrice. C'était une très petite ville, à une certaine distance de la montagne, pas aussi perdue toutefois que les communautés au-devant desquelles il allait avec son cabinet ambulant. Ils eurent vite fait de traverser la petite localité pour atteindre un vaste espace dégagé. Un grand bus y était garé, étincelant de toute sa surface gris argent.

C'était là son cabinet ambulant.

Il le regarda avec fierté. Ce bus, c'était autre chose que la vieille épave déglinguée de son père, parquée là-haut dans la montagne. Vivement qu'il s'en débarrasse. Mais, auparavant, il devait trouver la force d'aller y chercher les photos de famille, le coffret à bijoux de sa mère, la vieille bible ancestrale, l'arbalète de son père. Autant de choses précieuses. Le seul problème était de surmonter le blocage qui l'empêchait d'y mettre les pieds.

Décidément, il était plus urgent que jamais de doter le chalet d'un toit.

— Mais… où sommes-nous ? s'écria Imogene, totalement prise de court. Ce n'est pas à l'hôpital que vous m'avez guidée !

— Non, c'est mon cabinet, dit-il en sortant de la voiture et en désignant le bus de la tête.

Pour ne pas relâcher le pansement de fortune qu'il pressait sur son bras, il repoussa la portière du genou.

— Prenez les clés du bus, dit-il, dans la poche avant droite de mon pantalon.

Son bras lui faisait un mal de chien, mais même sous la torture il ne l'aurait pas avoué. Le regard d'Imogene était trop éloquent. Après avoir passé la journée à refuser son aide, il se tenait devant elle, torse nu, poussiéreux et en sang, la priant de fouiller dans la poche de son jean à la recherche de ses clés. Elle devait penser que la situation ne manquait pas de sel.

— Pourquoi perdre notre temps ici au lieu d'aller à l'hôpital ? demanda-t-elle.

— Parce que ici c'est moins loin, qu'il y a tout le matériel nécessaire et que cela nous évite une perte de temps.

La suivant à l'intérieur du bus, il actionna les interrupteurs du coude pour mettre de la lumière.

— Vous trouverez tout ce qu'il faut dans les placards de la salle d'examen.

Elle avait beau suivre ses instructions, il voyait bien que c'était à contrecœur.

— C'est de la folie, dit-elle enfin. Je vais nettoyer votre plaie, la panser, puis nous irons aux urgences. Même si vous avez du matériel ici, comment voulez-vous faire vous-même les points de suture sur la face extérieure de votre bras ?

Puisqu'elle voulait le job, qu'elle prouve au moins qu'elle en avait l'étoffe !

— C'est bien pourquoi c'est *vous* qui allez le faire.

— Mais je n'ai jamais suturé de plaie ! Je suis infirmière, moi, pas assistante. Nous serions en pleine illégalité.

— Pour commencer, lavez-vous les mains et enfilez des gants. Ensuite vous nettoierez mon bras à partir du coude. Puis vous irriguerez avec une solution saline. Prenez un miroir dans le troisième tiroir, pour que je puisse voir ce que vous faites.

— O.K. pour le miroir. Tout le reste est illégal.

— Ce cabinet est le mien, j'y fais ce que je veux. C'est moi qui ai acheté le matériel. Vous et moi n'avons pas de relations professionnelles. Vous êtes juste une amie qui m'apporte son aide. Le respect de la légalité n'a rien à voir là-dedans.

— Ce ne sont pas vos financeurs qui achètent le matériel ?

— A vrai dire, je *n'ai pas* de financeurs.

Elle sembla pétrifiée.

— Mais... Amanda m'a dit que vous étiez en danger *de les perdre*.

Elle leva vers lui les yeux les plus bleus qu'il ait jamais vus. Immenses, avec un peu de terre collée sous le gauche. Par chance, il n'avait pas l'usage de ses mains, sinon il n'aurait pu se retenir de la balayer du pouce.

— C'est ce que j'ai dit à Amanda, répondit-il. Si vous avez vraiment de l'amitié pour elle, vous ne vendrez pas la mèche.

Elle avait des lèvres roses qui s'arrondissaient sous l'effet de la surprise. Pour ne plus les voir, il se tordit le cou et regarda les soins qu'elle prodiguait à son avant-bras.

— Amanda n'aurait jamais accepté un plein salaire si elle avait su qu'il sortait de ma poche et non de celle d'un généreux donateur, dit-il.

Toussotant pour s'éclaircir la voix, il regarda les petites mains fines qui, malgré la fatigue de la journée, s'affairaient avec calme et douceur autour de sa blessure.

— Alors, demanda-t-elle d'un ton dubitatif, tout ce que vous avez dit à Amanda sur la nécessité de développer le cabinet…

— … est on ne peut plus vrai. Il me faut une clientèle solide pour obtenir une aide financière. Mais d'ici là…

S'interrompant, il la regarda nettoyer la blessure et vérifier à l'aide d'une loupe qu'il ne restait aucun débris suspect dans la plaie. Malgré la journée terrible qu'elle avait passée, elle sentait délicieusement bon.

— Vous voulez que je vous fasse confiance, dit-il. Prouvez-moi que ce ne serait pas une erreur de ma part.

Etendant son bras valide, il lui posa la main sur l'épaule. Comme lui, elle dut sentir une étrange alchimie vibrer entre eux car elle porta sur sa main un regard tellement réprobateur qu'il se sentit contraint de la retirer.

— Aujourd'hui, fit-il comme si de rien n'était, j'ai vu que vous étiez dure à la tâche. Prouvez-moi à présent que vous êtes capable de prendre un risque pour que je prenne celui de vous donner votre chance.

D'un sourire, il essaya d'atténuer ce qui ressemblait furieusement à un défi.

— Ce n'est pas la même chose, protesta-t-elle. Vous me demandez d'effectuer un acte médical dont je n'ai aucune expérience. Je n'ai même jamais recousu une dinde farcie pour Thanksgiving.

En parlant, elle avait incliné le miroir de telle façon qu'il pouvait voir la blessure. Elle avait raison. L'entaille était profonde et allait jusqu'au muscle. Rien qu'à la voir, il eut plus mal encore.

— Si vous suivez mes instructions, dit-il, vous vous en sortirez très bien. Si vous échouez, au pire j'irai demain à l'hôpital faire refaire les points de suture. Mais si vous réussissez, je vous prends deux semaines à l'essai pour que vous me prouviez que vous êtes digne du poste.

— Pas deux semaines. Un mois ! répondit-elle avec son air entêté. C'est ce qu'il faut pour une période d'essai correcte.

— Vraiment ? demanda-t-il sans pouvoir retenir un sourire.

Cette petite Imogene était sacrément culottée. Et ça, ça plairait aux gens d'ici. L'intrépidité, ils aimaient.

— Va pour un mois, dit-il. Mais à la moindre incartade, je romps cet engagement. Et abstenez-vous de provoquer les patients ! Marché conclu ?

Un instant, Imogene fut sur le point de refuser.

Wyatt était-il en train de lui tendre un piège ? De la tester pour savoir si elle acceptait de pratiquer illégalement un geste médical pour s'assurer un poste ? Ruinerait-il ensuite sa carrière en lui faisant retirer sa licence d'infirmière ?

Elle soupira. Avait-elle le choix ? Laisser souffrir quelqu'un qu'elle pouvait soulager était contraire à sa nature. Refuser de le soigner parce qu'il la rudoyait, voilà une chose qu'elle ne pourrait pas faire.

Et puis, elle avait fait une promesse à Amanda…

— Pour commencer, il faut vous insensibiliser, dit-elle en se levant. Où est votre placard à pharmacie ?

Après tout, si elle posait les agrafes de travers, il n'aurait à s'en prendre qu'à lui-même. Suivant les instructions qu'il lui lançait d'une voix brève, elle alla chercher les médicaments et le kit de suture rangés sous clé. Quand elle lui fit l'injection, il n'eut pas un tressaillement mais lui expliqua le type d'agrafe qu'il souhaitait.

Prenant une profonde inspiration, elle se saisit du matériel et se lança.

Une fois posée, la première agrafe sembla devoir tenir pour l'éternité. Pourtant, elle grimaçait autant que Wyatt et une migraine sournoise la menaçait.

— Et d'une, dit-elle en reprenant son souffle. Elle me paraît solide. Combien croyez-vous qu'il en faille en tout ?

— A votre avis ? demanda-t-il, lui retournant sa question après un coup d'œil à l'entaille.

— Six ?... Sept ?...

— Disons plutôt huit.

Il lui souriait, une discrète lueur d'encouragement dans les yeux. Drôle de type ! Il faisait toute une histoire quand elle déplaçait quelques troncs d'arbre mais lui confiait sans réticence son corps à recoudre.

— Vous vous en sortez très bien, dit-il. Vous n'avez qu'à répéter le même geste et ce sera parfait.

Mieux valait ignorer la curieuse onde de chaleur qui la parcourut à ce témoignage de confiance. Plus concentrée que jamais, elle attaqua la seconde agrafe.

Si cela était un aperçu de ce qui l'attendait pour le mois à venir, elle n'allait pas s'ennuyer.

Par précaution, elle allait quand même investir dans un tube géant d'aspirine.

Le lendemain, de bonne heure, Wyatt ouvrit la porte de service de la maison d'Amanda avec la clé dont il disposait et pénétra dans l'étroit vestibule. Comme dans toutes les maisons de la région, celui-ci était prévu pour faire écran en hiver entre le climat rigoureux de l'extérieur et la chaleur de la cuisine.

Amanda et sa mère, Jolen, habitaient deux cottages jumeaux sur le versant de la montagne, plus bas que là où lui-même campait entre le vieux bus à l'abandon et le chalet en construction. Il avait l'habitude d'entrer sans crier gare pour prendre sa douche et avait omis d'en prévenir Imogene.

Sans vouloir se l'avouer, il avait été impressionné par la façon dont elle avait maîtrisé le test des points de suture. Elle avait du savoir-faire. Et, plus important encore, la manière. Elle savait se montrer calme et apaisante. En même temps, elle provoquait en lui une excitation qu'il ne pouvait plus se dissimuler.

Des lumières brillaient à l'intérieur du cottage. Imogene était réveillée et sans doute prête, attendant comme convenu qu'il vienne la chercher pour l'emmener au cabinet. Le bruit de la douche lui révéla où elle se trouvait. Battant en retraite sur le canapé du salon, il attendit, mais la savoir à quelques pas sous la douche raviva sa perplexité. D'accord, elle avait un joli physique, mais des jolies femmes il en avait vu d'autres. A part cela, elle était bien la personne la plus agaçante qu'il ait jamais rencontrée. Alors, qu'est-ce qui, en elle, pouvait retenir son attention ?

Il en était là de ses réflexions quand la porte de la salle de bains s'ouvrit à la volée et qu'elle fit son apparition, enroulée dans une serviette et nimbée de vapeur d'eau, le laissant muet, les yeux écarquillés.

Sans doute plus surprise que lui, elle resserra précipitamment la serviette autour de sa poitrine, et il ne put s'empêcher de porter son regard sur ses seins. Mais elle l'interpella d'un ton si vif qu'il releva aussitôt les yeux comme un gamin pris en faute.

— Qu'est-ce que vous faites là ? s'écria-t-elle en s'efforçant de dissimuler au maximum son corps humide dans l'étroite serviette.

— Je n'ai pas de douche dans la montagne, figurez-vous !

Le sourcil froncé, elle hocha la tête et se dirigea vers sa chambre.

— Vous avez fini dans la salle de bains ? demanda-t-il.

— Oui. Mais je crains qu'il n'y ait plus beaucoup d'eau chaude.

A la façon raide et gauche dont elle se déplaçait, il était clair qu'elle avait le corps terriblement endolori. A l'évidence elle avait passé plus de temps dans la salle de bains à se détendre sous l'eau brûlante de la douche qu'à se faire une beauté.

Il la découvrait sous un autre jour. Noués en une sorte de tresse sur le sommet de sa tête, ses cheveux étaient débarrassés de toute trace de rose et, autour de son visage aux traits réguliers, de petites mèches duveteuses formaient un délicat halo de boucles humides. Ses joues étaient colorées, sans qu'il puisse dire si cela était dû à la chaleur de la douche ou à la confusion d'être surprise en tenue légère.

— Tant pis pour l'eau chaude, dit-il en s'éclaircissant la gorge. Tâchez d'être prête dans une demi-heure.

Luttant contre l'envie de dévorer des yeux chaque parcelle du corps qu'elle lui exposait involontairement, il se dirigea vers la salle de bains. Un début de culpabilité l'assaillit à la pensée des troncs monumentaux qu'il l'avait laissée déplacer. Salutaire, l'eau froide de la douche ruissela sur lui. Les deux mains contre la cloison, frissonnant et claquant des dents, il la supporta aussi longtemps qu'il le put.

Il n'aurait jamais cru que la simple vue d'une jolie femme puisse à ce point lui faire perdre le contrôle de ses pensées et de son corps. Cela augurait mal de la prochaine tournée d'une semaine à effectuer dans la région. Dans les motels où il avait l'habitude de descendre, sans doute les plus modestes de toute l'histoire de l'hôtellerie américaine, il partageait toujours une chambre double avec Amanda. Amanda était sa cousine, presque une sœur. Avec elle, cela ne portait pas à conséquence. Avec Imogene, la situation pouvait devenir… comment dire ?

Explosive ?

— Imogene… Nous y sommes presque…

Ballottée au gré des cahots de la route, à demi endormie, Imogene avait l'impression que la voix, basse et rocailleuse, sortait d'un songe. Comme le parfum qui flottait dans l'air. Il lui fallut quelque temps pour démêler ce qui venait de son esprit embrumé ou de ses sens. Non, elle ne rêvait pas. Wyatt sentait terriblement bon et c'était son odeur qui imprégnait tout l'avant du bus.

— Encore combien de temps avant d'arriver ? demanda-t-elle en émergeant difficilement.

— Vous avez dormi presque deux heures et nous sommes à environ une demi-heure du but. Je ne pense pas que nous verrons beaucoup de patients aujourd'hui — nous arrivons en plein championnat de pêche à la truite ! — mais soyez prête au cas où.

Le grand bus gris argent roulait doucement sur une route sinueuse. A la fois médecin et chauffeur de son cabinet sur roues, Wyatt conduisait prudemment.

— Il faut que je vous explique ce que j'attends de vous. Tenez, buvez un peu de café, dit-il en lui tendant une Thermos sans quitter la route des yeux.

Pendant qu'elle retrouvait sa lucidité, elle l'écouta patiemment passer en revue des situations que la moins douée des infirmières fraîchement émoulues de l'école aurait anticipées sans l'ombre d'un problème.

Mais, tout à coup, il s'engagea dans un raisonnement tellement étrange qu'elle sursauta, bien réveillée.

— Quelqu'un, probablement une respectable vieille dame, peut venir de bon matin nous apporter quelque chose qu'elle aura confectionné. Un plat mijoté, des gâteaux, peu importe. Prenez-en, même une petite part, et goûtez immédiatement. Si vous n'aimez pas, forcez-vous. Remerciez avec effusion et, si vous êtes d'attaque, demandez la recette. Soyez affectueuse, prévenante. Beaucoup de nos patients sont des personnes âgées, elles se vexent facilement. Conduisez-vous avec eux comme s'ils étaient vos grands-parents.

— Je n'ai pas eu le bonheur de connaître mes grands-parents, Wyatt. Pour autant, rudoyer un patient serait contraire à mes principes.

Elle n'avait pas l'intention de parler famille avec lui, qu'il se mette bien ça dans la tête.

— Sachez que j'ai un contact exceptionnel avec les enfants, dit-elle d'un ton sec. Et que ce n'est pas parce que les gens ont atteint l'âge de la retraite que je les soigne à coups de trique.

— Ne montez pas sur vos grands chevaux, Imogene. J'essaie simplement de vous expliquer que votre définition de la rudesse n'est pas la même que celle des gens d'ici. Dans le coin, être juste poli, ou distant, est pire que d'être carrément brutal.

Semblant chercher son regard, il la regarda de côté avec un hochement de tête mais fixa de nouveau la route sinueuse.

— Ce qu'il faut, reprit-il, c'est qu'ils puissent nous considérer comme des membres de leur famille. C'est à cette condition qu'ils se laisseront soigner. En outre ils chanteront nos louanges à leurs parents, amis et connaissances. Ce qui est la clé pour accroître notre clientèle et faire approuver notre demande de crédit.

— Vous ne croyez pas qu'une attitude trop familière de la part d'une étrangère peut leur paraître artificielle ?

— Tout dépend de la façon dont vous allez vous y prendre. Imaginez que vous êtes Amanda et comportez-vous comme elle le ferait, fit-il avec un nouveau regard dans sa direction.

Il pouvait s'épargner cet horripilant festival de regards en coin, elle avait reçu le message cinq sur cinq. *Vous n'êtes pas assez bonne pour le job. Amanda, ma précédente infirmière, elle, était au top.*

Ce n'était pas difficile de lire entre les lignes.

Saisissant la Thermos, elle se versa une grande rasade de café. Excellent, le café, pour se réveiller. Et aussi pour servir d'alibi quand vos mains tremblaient d'énervement.

Elle avait un mois pour lui prouver qu'elle était faite pour le job. Sans se laisser affecter par son jugement.

Cette fois, ce n'était pas à Scott qu'elle avait affaire.

— Amanda est beaucoup trop liante, répondit-elle. Elle est capable d'inviter le premier venu chez elle après lui avoir bien expliqué qu'elle vit seule à des kilomètres de tout voisinage et qu'on peut l'étrangler en toute sérénité.

— Vous exagérez, dit-il en riant. Amanda n'est pas comme ça. Je ne vous demande pas de vous jeter à la tête d'inconnus mais juste de vous montrer chaleureuse et amicale avec la population. De créer un contact personnel avec les patients. De les complimenter et même de les flatter un peu. Et surtout de ne pas les agresser ni les excéder comme vous savez si bien le faire.

— Parce que vous pensez que je vais chercher à provoquer leur hostilité ? J'ai un peu d'expérience, figurez-vous.

Elle compta mentalement jusqu'à dix avant de réussir à sourire.

— Autre chose ? demanda-t-elle de son ton le plus conciliant même si cela lui tordait l'estomac.

— Juste deux choses, répondit-il après avoir négocié un virage en épingle à cheveux et lui avoir lancé un regard curieusement insistant. La première est que rien n'est vraiment blanc bleu dans le coin. Je veux dire que la loi n'est pas forcément suivie à la lettre. On ferme les yeux… Alors, ne vous mêlez de rien, à moins d'une menace sérieuse.

— C'est-à-dire ? demanda-t-elle, légèrement estomaquée.

— J'ai soigné récemment un homme victime d'un accident de chasse sans en parler à personne, répondit-il sans l'ombre d'une hésitation, aussi simplement que s'il avait dit qu'il raffolait du gratin de pommes de terre.

— Quelqu'un l'avait blessé par balle ? demanda-t-elle, le souffle court, ayant soudain l'impression d'être aux portes d'un univers dangereux et un peu glauque.

— Non. Le type s'était tiré tout seul une balle dans la jambe. Cela a failli être très grave.

— Mais c'est…

— Illégal, je sais.

Il ne semblait pas impressionné le moins du monde.

— Le type chassait hors saison. Ce qui est une infraction, oui, je sais, Imogene ! Mais on a le droit d'éviter à sa famille de crever de faim, vous ne croyez pas ? Dans la région, le problème se pose parfois. Cet homme faisait ce qu'il pouvait. Je ne voulais pas qu'il soit sanctionné pour avoir essayé de procurer le nécessaire à ses gosses.

— C'est en vertu de ce principe que vous avez voulu que je vous suture moi-même, fit-elle dans un murmure, comprenant soudain combien il était laxiste avec les règlements.

— En effet.

— Mais cet homme aurait pu vous mentir, vous savez.

— Je sais. Mais ce n'était pas le cas.

Quel aplomb ! Quel ego...

Dubitative, elle hocha la tête. Il la poussait à mettre sa licence d'infirmière en jeu. Cela ne l'enchantait guère. Mais d'une certaine façon elle comprenait la logique qu'il défendait. Il y avait même une certaine noblesse dans sa façon d'agir. Au moins, elle n'allait pas s'ennuyer...

— Deuxième chose, reprit-il. Si quelque chose vous surprend ou vous inquiète lors de mes consultations, parlez-m'en en privé. Après la visite, de préférence. J'attends de vous que vous me fassiez confiance et que vous me donniez raison sans hésiter.

— J'essaierai, dit-elle avec l'impression soudaine qu'elle ne savait plus où elle en était.

Il avait quitté la route et bifurqué dans un chemin semé de graviers où il gara le bus à côté d'une petite église toute blanche. Exactement le genre d'endroit où immortaliser un mariage romantique par une belle photo.

— Essayer n'est pas suffisant, dit-il enfin d'un ton froid et autoritaire.

Cette fois, c'était le Dr Beechum qui s'exprimait. Comme s'il avait revêtu un nouveau masque. Qui était le vrai Wyatt ? Celui qui l'avait guidée de façon impérieuse pour poser les agrafes ? Le montagnard brutal et à demi sauvage qui abattait des arbres ? Ou le médecin qu'elle voyait à présent marcher calmement vers l'arrière du bus pour y ouvrir son cabinet ?

Pourvu qu'elle n'ait pas à découvrir encore d'autres visages de Wyatt Beechum.

Parce que, les masques tombés, on pouvait voir apparaître le visage d'un monstre.

Elle le savait.

D'expérience, hélas.

3

— Emma-Jean ?

Comme les immigrants débarquant à Ellis Island, Imogene avait souvent été rebaptisée par des gens qui prononçaient son prénom de travers ! Et, cette fois, ce n'était pas l'un des patients qui l'interpellait ainsi…

Au début, elle avait tenté de corriger leur mauvaise prononciation. Puis, se souvenant des recommandations de Wyatt, elle les avait laissés la nommer à leur guise.

Pourtant, en dépit de ses efforts, ils la considéraient sans aucune aménité. Elle avait beau sourire à en avoir des crampes dans les joues, on ne lui souriait pas en retour. Ses exclamations sur le temps radieux, la végétation merveilleusement verte et luxuriante, les parfums enchanteurs de la campagne et oh ! ce chèvrefeuille à la floraison magique ! n'avaient eu aucun succès. Un vénérable vieillard l'avait même traitée de « bonne âme à la noix ». Juste parce qu'elle lui avait proposé une tasse de café.

Cette fois, c'était Wyatt lui-même qui l'avait hélée en écorchant son prénom. Sans doute prenait-il un plaisir pervers à accroître l'inconfort de sa situation.

— Oui, docteur ? répondit-elle en dénouant ses mains crispées.

— Patient suivant, Emma-Jean.

Sortant du bus, elle se dirigea vers la petite église transformée en salle d'attente. Avec ses murs blanchis à la chaux, ses bancs de bois sculpté, sa petite estrade prête à accueillir un prédicateur bavard, le lieu dégageait une sérénité et un charme désuet qui adoucissaient les angles de la journée. Une oasis de paix à bonne distance de Wyatt.

A l'intérieur une poignée de gens attendaient. Ils avaient passé la journée là, bavardant et s'attendant les uns les autres au fur et à mesure qu'ils entraient et sortaient du bus.

— Monsieur Smith ? appela-t-elle.

La journée était presque finie. C'était le dernier patient.

Un vieil homme se leva avec peine et se tourna vers elle.

En le voyant, son sang ne fit qu'un tour.

Il avait la peau bleue.

Plus bleue que ce qu'elle avait jamais vu. Un bleu-violet aussi foncé que celui des myrtilles sauvages.

— Restez assis, monsieur, et respirez lentement, dit-elle aussi calmement qu'elle le put. Tout ira bien, ne vous en faites pas.

Le malheureux ne semblait pas conscient de son état. Elle dut insister pour qu'il se rasseye sur le banc de bois, prête à l'allonger sur le dos et à effectuer un massage cardiaque.

Wyatt ! Elle avait besoin de Wyatt ! La peau bleue, causée par une oxygénation insuffisante du sang, était un terrible signal d'alarme. Quand il se manifestait, il fallait intervenir dans les cinq minutes pour éviter le pire.

— Que quelqu'un aille chercher le Dr Beechum, demanda-t-elle en s'efforçant de ne pas affoler l'assistance. M. Smith n'est pas bien.

Elle aurait proféré une insanité qu'ils ne l'auraient pas regardée avec des yeux moins scandalisés. Personne ne bougeant, elle s'assura rapidement que le pouls de l'homme à la peau bleue était régulier et fonça vers le bus.

— Wyatt ! cria-t-elle avant même d'avoir ouvert la porte. Il y a un patient atteint de cyanose. Vite, la procédure d'urgence...

Sans un mot, Wyatt saisit une bonbonne d'oxygène, un masque et se rua à sa suite vers la chapelle. Mais au moment où ils rejoignaient le malheureux, elle fut stupéfaite de sentir qu'il la saisissait par le coude et la tirait en arrière. Puis il se tourna vers l'homme bleu avec un grand sourire.

— Je vous présente mes excuses, monsieur, lui dit-il. Mon infirmière — Emma-Jean, une amie d'Amanda — est une nouvelle venue. Je crois que c'est la première fois qu'elle rencontre quelqu'un atteint de méthémoglobinémie.

Elle n'en croyait pas ses oreilles. Qu'était-il en train de raconter ? Cet homme avait la peau bleue. Cela se produisait quand on était privé d'oxygène. C'était gravissime. Et voilà que, au lieu d'agir, Wyatt tenait une conversation de salon. Elle n'était pas au bout de ses surprises car, la prenant soudain par le bras, il l'entraîna sans ménagement hors de portée d'oreille, faisant écran de son grand corps massif entre elle et l'homme à la peau si étrangement colorée.

— Allez faire un tour, Emma-Jean, lui glissa-t-il à mi-voix.

— Mais… cet homme…

— … est tout simplement un descendant des Hommes Bleus de Troublesome Creek dans le Kentucky.

Il lui murmurait cela à l'oreille comme une évidence dont elle aurait dû être informée depuis la nuit des temps. Le moment était mal choisi pour se pencher vers elle comme il le faisait car elle avait les nerfs et les sens à fleur de peau et il dégageait un parfum plus intense que jamais.

— Prenez votre téléphone, grimpez sur la montagne, faites des recherches sur le net pour savoir de quoi il retourne et revenez dans une demi-heure.

— Je suis désolée, je pensais…

— Vous êtes gênée, je le vois bien, mais il l'est lui aussi. Allez faire un tour, c'est mieux pour tout le monde.

Ravalant les larmes qui lui piquaient les yeux, elle réussit à sortir dignement de la chapelle. Dès qu'elle fut à distance raisonnable, elle se lança dans un jogging effréné pour se calmer. La honte d'avoir traité le pauvre M. Smith comme s'il était à l'article de la mort lui faisait oublier que, depuis la veille, elle avait le corps perclus de courbatures.

Wyatt avait peut-être raison de douter d'elle. Depuis le matin, elle avait fait des efforts, bavardé avec les patients, accepté un nouveau nom. Rien n'avait marché et son erreur finale, bien que commise de bonne foi, avait été le bouquet.

La montagne la rejetait. Et rejetait aussi son téléphone… Même en haut de la colline, où elle était montée au pas de course, elle n'avait pas de connexion. Que diable était-elle venue faire dans ce fichu pays ? Le sursaut d'énergie qui l'avait propulsée au sommet l'abandonna, laissant place au découragement. Quittant le chemin, elle gagna les arbres et s'assit par terre.

Bilan de sa première journée : échec sur toute la ligne.

Wyatt lui offrirait-il la chance d'une seconde journée ?

M. Smith était parti depuis déjà vingt minutes et Imogene n'était toujours pas revenue. Wyatt acheva donc quelques rangements et mit le bus en marche.

La journée n'avait pas été particulièrement glorieuse mais au moins Imogene n'avait-elle pas brisé le sternum de l'infortuné M. Smith par des compressions thoraciques intempestives. Et, si elle ne possédait pas les clés de la culture locale, elle s'était révélée bonne infirmière.

Conduisant lentement, il prit la route de la colline. C'était là qu'il lui avait dit d'aller et ce fut là qu'il la trouva, assise à l'écart parmi les arbres, les genoux relevés, la tête dans les mains. Se garant sur le bas-côté, il attendit qu'elle vienne le rejoindre.

— Comment ça va ? demanda-t-il avec sollicitude quand elle se fut assise à côté de lui.

Son dos raide, la façon dont elle regardait droit devant elle, en disaient long sur son abattement, sa déception et peut-être même son sentiment d'échec.

— Très bien, répondit-elle sèchement sans lui accorder le moindre regard. On y va ?

La petite crâneuse ! A l'évidence, elle n'allait pas bien du tout mais même sous la torture elle aurait refusé de le reconnaître ! Elle avait quarante-cinq minutes pour se détendre avant qu'ils n'atteignent la bourgade où il avait ses habitudes.

Il préférait descendre à l'écart des autoroutes dans de petits motels modestes et familiaux. Ils étaient impeccablement tenus, l'ambiance y était chaleureuse, on connaissait les dates de son passage et on lui réservait toujours une bonne chambre. La décoration était en général hideuse et les couleurs indéfendables, mais, après des années de vie cosmopolite, cela le changeait et l'amusait.

Il fallait espérer qu'il reste une chambre libre malgré la grande compétition annuelle de pêche à la truite. Le motel ne comptait que dix chambres et, en suivant l'allée de gravier, il vit qu'il y avait déjà dix voitures garées sur le parking.

— Attendez-moi ici, Imogene, dit-il en descendant du bus. Je vais vérifier qu'ils ont bien gardé une chambre.

— Très bien, dit-elle du bout des lèvres.

Obtenir une réponse aussi brève d'une femme aussi loquace était un exploit.

Trouver une seconde chambre libre en plus de celle qui lui était habituellement réservée serait aussi un exploit.

Sinon, une chambre pour deux, voilà ce qui les attendait.

Sans doute trop fatiguée, Imogene ne fut frappée par ce que Wyatt avait dit que lorsqu'il eut disparu à l'intérieur du motel. *Je vais vérifier qu'ils ont bien gardé une chambre.*

Une chambre ? Une *seule* chambre ?

Lequel d'entre eux l'occuperait ? Lequel allait passer la nuit dans le bus ? Il fallait tirer cela au clair. Aussi rapidement que le permettait son corps endolori, elle parvint à s'extraire du bus pour le rejoindre.

Accoudé au comptoir de la réception, il riait et bavardait avec une femme avenante, sans doute la propriétaire du motel, qui semblait boire ses paroles, les joues roses d'excitation.

Stupéfaite, Imogene le regarda. Il était l'image même du charme et de la séduction. Un masque de plus pour ce Fregoli des montagnes. Masque qu'il n'avait jamais arboré pour elle. Sans doute ne l'en trouvait-il pas digne. Cela tombait bien. Elle non plus ne se mettrait pas en quatre pour lui plaire.

Sans ménagement, elle l'interpella.

— Docteur Beechum !

Puisqu'il prenait un malin plaisir à écorcher son nom, elle ferait de même et continuerait à l'appeler *Beechum* au lieu de *Beauchamp*, même et surtout si cela le mettait en rogne.

— Je vous demande pardon, *docteur Beechum*, avez-vous bien dit *une* chambre ?

Il se retourna vers elle et perdit aussitôt son expression souriante.

— Oui. Heureusement que Mlle Arlène a pu la réserver pour nous.

— Pour *nous* ?

— Oui, une chambre double.

— A *partager* ? demanda-t-elle, tombant des nues.

Elle avait été folle de promettre à Amanda de défendre son job coûte que coûte. Elle aurait dû se contenter de venir l'aider chez elle. Elle ne serait pas condamnée à partager une chambre avec un homme qui était tellement… tellement… tellement… euh ! tellement… autoritaire…

— C'est ce que je fais toujours avec Amanda, répondit-il en venant vers elle. Elle n'y voit pas d'inconvénient.

— Normal, vous êtes cousins ! De toute façon, telle que je la connais, même si cela lui déplaisait, elle n'aurait rien dit !

Voyant l'air interdit d'Arlène et consciente d'avoir haussé le ton, elle se tut brusquement. Ce serait elle qui irait dormir dans le bus, voilà tout. Mais à la pensée des tables d'examen en vinyl qui lui tendaient les bras, elle se sentit capituler. Elle était trop épuisée, trop endolorie, pour supporter pareil supplice.

— Emma-Jean a eu une journée difficile et hier elle m'a aidé à monter une charpente. Elle n'en peut plus, dit Wyatt à Arlène sur un ton d'excuse.

Incapable de réagir, Imogene le vit adresser un clin d'œil indulgent à leur hôtesse et se laissa entraîner vers la chambre.

— Faites-vous couler un bon bain bien chaud, cela vous détendra. Je vais aller prendre votre sac de voyage dans le bus, je le mettrai derrière la porte, puis j'irai chercher de quoi dîner.

— Il n'y a vraiment pas d'autres chambres disponibles ?

— Pas à moins de cinquante kilomètres, répondit-il, la main sur la poignée de la porte, déjà prêt à sortir. Voulez-vous que nous y allions ?

Faisant le tour de la chambre du regard, elle sentit son accablement croître. Pour ne rien arranger, tout était du goût le plus douteux.

— Ils tournent des films porno ici ? demanda-t-elle avec un soupir. C'est le décor idéal.

Il émit un rugissement qu'elle identifia comme un gigantesque éclat de rire.

— Je crois même entendre la musique en fond sonore, reprit-elle d'un ton lugubre. Du banjo…

— Le banjo est la bande-son obligée des films porno, dit-il en hoquetant de rire.

Il sembla se calmer et regarda autour de lui.

— Je suis d'accord avec vous, dit-il. La moquette orange et le frigo vert fluo sont atrocement criards mais au moins tout est d'une propreté impeccable. Ceci dit, tenez-vous vraiment à partir ? Si oui, allons-y.

Il semblait sincère. Elle avait le choix. Cinquante kilomètres de route ou un bain chaud tout de suite ? Il n'y avait pas à hésiter.

— Non, c'est très bien ainsi, répondit-elle.

Au point où elle en était, tout lui était indifférent à part dorloter son corps meurtri et se réfugier dans le silence et l'eau chaude. Entrant dans la salle de bains, elle verrouilla la porte derrière elle.

Peu à peu, sous l'effet apaisant du bain, la situation lui parut moins terrible. Y compris l'obligation de partager la chambre avec Wyatt. Elle avait transporté ses troncs d'arbre, suturé illégalement ses plaies, supporté sa hargne. Elle pouvait bien passer une nuit à quelques centimètres de lui. D'accord, *hier*, elle avait été à deux doigts de le trouver follement attirant. Mais *aujourd'hui*, c'était bien fini.

A condition bien sûr qu'il ne parade pas torse nu sous son nez.

Deux coups retentirent à la porte de la salle de bains.

— Le dîner est là, fit la voix de Wyatt. C'est encore chaud.

C'était un ordre implicite. *Sortez de là et à table !* Trop fatiguée pour protester, elle sortit précipitamment de l'eau bienfaisante et entrouvrit la porte avec précaution. Comme promis, il avait déposé son sac derrière la porte. Si elle avait été seule, elle aurait enfilé une robe sur sa peau mouillée. Au lieu de quoi, elle fut obligée de brutaliser son pauvre corps meurtri pour le sécher avec une serviette. Puis elle mit le seul pyjama qu'elle avait apporté, un top à bretelles et un boxer-short en coton rose bonbon avec des motifs rouge vif de traces de baisers. Pour faire bonne mesure, elle enfila une robe par-dessus. L'homme des bois ne serait autorisé à entrevoir son anatomie que s'il le méritait.

Elle le trouva dansant d'un pied sur l'autre dans un coin de la chambre, à côté de la table.

— Je ne savais pas ce que vous aimiez, dit-il. Comme la compétition de pêche à la truite bat son plein, il y a une baraque où j'ai pris le « fish and chips » local. Du poisson frit, avec des pommes de terre rôties et des légumes.

— C'est parfait, dit-elle en s'asseyant et en libérant ses cheveux de la serviette qui les enturbannait.

— Pour en revenir au cas de M. Smith, enchaîna-t-il d'un ton professoral en prenant place de l'autre côté de la table, c'est ce qu'on appelle une méthémoglobinémie. C'est-à-dire une surproduction de méthémoglobine entraînant une pigmentation de la peau. Je vous épargne les détails mais il en est affecté depuis la naissance. Il y a encore une soixantaine d'années, des légendes populaires couraient autour de ce trouble.

— Et que disaient ces légendes ?

— Que c'était une malédiction punissant une union consanguine.

— Oh, c'est horrible !

— La vérité est que, il y a environ deux cents ans, une famille avec une floppée d'enfants est venue s'établir à Troublesome Creek. Et que tous avaient la peau bleue.

— Comment cela se fait-il ? demanda-t-elle, la honte de sa bévue s'effaçant devant une curiosité toute professionnelle.

— Par un hasard ahurissant, les deux parents étaient porteurs du gène de la maladie et l'ont transmis à leurs enfants. Cette histoire est un cas d'école. En cent ou cent cinquante ans, avec un si grand nombre de porteurs du gène à l'origine de la communauté, beaucoup de gens en ont hérité. Il suffit que deux d'entre eux se marient pour que leur enfant ait la peau bleue. C'est un sujet sensible pour ceux qui sont affectés par ce gène.

— Et moi qui ai mis les pieds dans le plat ! Je suis consternée d'avoir blessé M. Smith.

— Vous étiez de bonne foi.

— N'y a-t-il pas moyen de le débarrasser de ce trouble ?

— Non, bien qu'il y ait des traitements d'accompagnement. Certains les suivent, d'autres non. Mais il est rare d'avoir la peau aussi bleue que M. Smith. Dans la plupart des cas, c'est une simple coloration.

L'homme qui lui donnait posément des explications scientifiques lui sembla tout à coup très éloigné de celui qui depuis deux jours la mettait en boule. Le nouveau masque qu'il arborait était un bon masque. Presque amical.

— Je suis désolé de ne pas vous avoir avertie avant de prendre la route. Pour ma défense, M. Smith ne vient pas souvent en consultation.

Surprise de le voir s'excuser, elle reporta son attention sur le dîner auquel ils n'avaient pas encore touché. Le poisson, entouré d'une croustillante friture de farine de maïs, était particulièrement appétissant et elle en prit une bouchée.

— Je comprends que vous ne soyez pas ravie de notre installation, dit-il en souriant, mais elle présente des avantages. On y trouve une nourriture délicieuse et la vue... Ah, la vue ! Une merveille, surtout à l'approche de l'automne !

Tiens, tiens... Lui faisait-il du charme ? Quand il le voulait, il avait un sourire craquant.

— En effet, ce poisson est exquis, dit-elle en se resservant. Quant aux couleurs de l'automne, je vous le rappelle, vous m'aurez peut-être signifié mon congé d'ici là.

Il se renversa sur sa chaise, la vrillant de son regard sombre. Allait-il la renvoyer sur-le-champ ?

— Quant à moi, dit-elle, ce n'est pas la difficulté qui me fait fuir.

— Qu'est-ce qui vous fait fuir ?

— Rien de précis, répondit-elle, songeuse. La monotonie. La monogamie. La répétition. Les choses comme ça.

Ce n'était sûrement pas un hasard si tous ses ex l'avaient trouvée inconstante. Pourtant elle avait toujours été franche sur le fait qu'elle ne se fixerait jamais nulle part ni avec personne.

— Alors vous allez adorer ce job. On ne s'ennuie jamais.

— Devrons-nous systématiquement partager la même chambre ? Mes expériences de cohabitation ont toujours été désastreuses. Même avec Amanda, j'avais du mal à partager une chambre quand nous étions étudiantes. J'ai besoin de mon espace vital et de tranquillité.

— C'est légitime, dit-il en se versant de l'eau. Ce soir, je m'efforcerai de ne troubler ni l'un ni l'autre. Ensuite, nous prendrons des chambres séparées. Marché conclu ?

— Marché conclu.

Rassurée, elle savoura son poisson. Les choses ne tournaient pas si mal, finalement. Retrouvant sa légèreté d'esprit, elle vit d'un autre œil l'épisode de l'homme bleu.

— M. Smith avait le visage tellement bleu avec une barbe tellement blanche ! ne put-elle s'empêcher de s'exclamer en pouffant. On doit le prendre pour un Schtroumpf !

— Il est interdit de faire des plaisanteries sur les patients ! dit-il en éclatant de rire et en lui lançant une petite boulette de pain.

— Mais je ne plaisante pas ! Je suis très perturbée par cet épisode. Et pas seulement par cet épisode d'ailleurs.

Elle se mordit la langue, mais trop tard. Quelle mouche l'avait piquée de faire cet aveu stupide ? Vexée, elle voulut lui envoyer elle aussi une boulette à la figure mais rata sa cible.

— Peut mieux faire, dit-il en rattrapant la boulette au vol avec un grand sourire.

Phrase à double sens ?

Peu importait. Autant lui abandonner le dernier mot.

Et oublier qu'elle avait eu chaud au cœur en le voyant sourire.

Wyatt allait et venait dans la chambre, obligeant malgré elle Imogene à suivre chacun de ses mouvements. Elle se sentirait mieux quand toutes les lumières de la chambre seraient éteintes et qu'il serait sous sa couette, réduit à une masse informe. Et tant pis pour lui si le lit était trop petit, et lui trop grand, trop fort, trop baraqué.

Manque de chance, elle aimait justement les hommes trop grands, trop forts, trop baraqués… Comment ne pas fantasmer ? Il devait avoir des mains puissantes, une bouche ensorcelante. Et peut-être même le pouvoir de rendre romantique le son infâme du banjo. Parmi ses multiples masques peut-être y avait-il celui du Dîner-en-Tête-à-Tête préludant à d'autres distractions ? Voilà qui adoucirait agréablement le fait qu'elle était pour de longs mois prisonnière des montagnes Appalaches.

Fermant les yeux, elle s'adossa à la tête du lit, les genoux entre les mains, raide et crispée de la tête aux pieds. Comment se détendre avec cet énergumène qui lui volait le calme et la paix dont elle avait besoin ? Elle ferma les paupières mais avoir les yeux clos décuplait ses sens à une vitesse supersonique. Elle ne le voyait plus mais percevait chacun de ses mouvements. Les effluves de l'Eau du Montagnard — sans aucun doute son eau de Cologne préférée — lui parvenaient en ondes si troublantes qu'elle ne put s'empêcher de relever les paupières pour l'observer à la dérobée.

Elle connaissait les limites de sa résistance. A moins qu'il n'exhibe soudainement le masque du Pervers Sexuel, c'est elle qui ferait les premiers pas.

Mais pas tout de suite. Pas ce soir.

Profitant de ce qu'il était sorti de la chambre pour emporter les reliefs du dîner, elle se débarrassa à la hâte de sa robe et s'enfouit sous les couvertures, vêtue de son seul pyjama. Quand il revint, elle était couchée, lui tournant le dos. Mais la position allongée entraîna d'autres désagréments. Son corps la faisait abominablement souffrir. Le simple fait de détendre ses muscles réveillait d'insupportables courbatures. Furieuse contre elle-même, elle ne put retenir quelques gémissements involontaires...

A son retour dans la chambre, Wyatt ne fut pas surpris de trouver Imogene au lit. Après une telle journée et le halage des bûches la veille, sans compter la route qu'elle avait faite pour rejoindre les Appalaches, c'était normal.

Aussi silencieusement qu'il le put, il verrouilla la porte, ferma les rideaux et éteignit les lumières sauf celle qui lui permettait de travailler sur son ordinateur. L'avantage d'avoir une clientèle peu nombreuse était qu'il y avait moins de papiers à remplir. Mais ils devaient être rigoureusement tenus pour justifier sa demande de financement.

Un gémissement étouffé lui fit lever le nez de l'écran. Imogene semblait se tordre de douleur sous les couvertures.

— Voulez-vous un calmant ?

— Non, tout va bien.

Petite menteuse ! Elle ne tenait pas plus de trente secondes dans la même position.

— Allez-vous gigoter comme ça toute la nuit ?

— L'effet du bain chaud est en train de s'évanouir, gémit-elle en se couchant sur le ventre, le nez enfoui dans l'oreiller.

— C'est le dos qui vous fait mal ?

— Le dos, les épaules, les bras, les hanches, les jambes. En fait j'ai mal partout.

— Voyons ça, dit-il.

Repoussant sa tablette, il vint s'asseoir sur le bord du lit, saisit la couverture et la repoussa jusqu'à la taille.

— Que faites-vous ? demanda-t-elle en tournant vers lui un regard accusateur. Et comment se fait-il que *vous*, vous n'ayez pas mal après votre chute et votre blessure ?

— Tenez-vous tranquille et laissez-moi faire, répondit-il en appliquant une pression de la main sur son dos. Je suis un montagnard. Autant dire une bête sauvage. Bébés, on nous fait rouler du haut des sommets pour nous endurcir.

— Je ne veux pas de votre aide. Ni de vos histoires stupides.

— Je sais que vous pensez séduire les hommes en étant désagréable, Imogene. Mais pour une fois taisez-vous, dit-il en effectuant de nouvelles pressions entre les omoplates. Et essayez de ne pas bouger, bien que vous soyez la femme la plus entêtée que j'ai jamais rencontrée.

Pouvoir à son tour l'asticoter un peu ne lui déplaisait pas. Mais, à son grand étonnement, elle n'essaya plus de se redresser et resta silencieuse sous le mouvement de ses mains.

En l'occurrence, elle n'était qu'une patiente. Il ne devait pas penser à la peau douce qui roulait sous ses doigts tandis qu'il lui pétrissait les épaules, nouées par l'effort de la veille… et peut-être aussi par l'effet qu'il lui faisait. Après quelques minutes, il sentit qu'elle se détendait enfin.

— Votre haut de pyjama me gêne, dit-il. Ne vous en faites pas. Je ne vais pas profiter de la situation.

Le nez dans l'oreiller, elle eut un faible signe d'assentiment. Sans doute la douleur avait-elle eu raison de sa prudence. Il remonta un peu le petit haut de coton et l'aida à le faire passer elle-même par-dessus sa tête.

Puis il reprit son massage.

Après tout, qu'y avait-il d'érotique à aider un patient à enlever un vêtement qui gênait les soins ?

4

Pourtant comme Imogene avait la peau douce ! Wyatt fit descendre ses mains le long du dos dénudé, travaillant les muscles de part et d'autre de la colonne vertébrale.

Les petits gémissements qu'elle poussait exprimaient de moins en moins la douleur et de plus en plus le plaisir. En commençant à la masser, il n'avait voulu que la soulager. A présent il avait le souffle court, la bouche sèche. Cette femme obstinée, exaspérante, c'était du désir qu'elle lui inspirait maintenant.

Mais il avait tellement insisté pour qu'ils partagent la même chambre qu'il ne pouvait avoir la goujaterie de se montrer entreprenant. Ni l'audace de presser ses lèvres sur cette nuque délicate. Ou l'impudence de caresser ces formes appétissantes.

Et encore moins la hardiesse d'envoyer ses propres vêtements promener et de se glisser dans le lit auprès d'elle. Pourtant la façon dont elle s'étirait comme un chat entre ses mains ne l'aidait pas à conserver son sang-froid.

— Comme c'est bon, dit-elle dans un murmure, le nez dans l'oreiller.

La sentant se détendre sous ses mains, son imagination galopait de plus belle. Il croyait sentir sa peau satinée frissonner sous les baisers brûlants qu'il rêvait de laisser courir le long de son dos. Il avait l'impression que les muscles qu'il se donnait tant de mal à dénouer se contractaient pour qu'elle puisse arquer tout son corps vers lui. Fantasmes...

— Je vous préfère comme ça, dit-elle tout bas.

— Comment, comme ça ? demanda-t-il en s'éclaircissant la gorge.

— Gentil. Attentionné.

Elle ne croyait pas si bien dire. Il lui consacrait vraiment toute son attention ! Repoussant nerveusement les couvertures qui le gênaient, il suivit la colonne vertébrale jusqu'aux deux délicieuses fossettes qui creusaient le haut de ses hanches, juste au-dessus de la ridicule petite culotte de pyjama rose bonbon.

Les femmes qu'il fréquentait habituellement étaient des admiratrices de l'ère victorienne, dentelle et soie comprises. Mais cette petite culotte de coton qui emprisonnait un postérieur délicatement rebondi pouvait aussi inspirer des idées...

— Il vous arrive pourtant, continua-t-elle à marmonner, de vous conduire comme un âne.

— C'est bien la première fois que je me fais traiter d'âne par une patiente !

Cela aurait dû refroidir sa libido. Mais c'était les muscles d'une cuisse fuselée qu'il essayait à présent de détendre.

— Je ne suis pas une patiente. Ni Emma-Jean. Je suis Imogene. Et j'essaie... enfin je m'efforce... de contrôler mes impulsions...

— Moi aussi, figurez-vous.

— Ah bon ? Vous avez du mal avec le contrôle de vos impulsions ? demanda-t-elle dans un bâillement, visiblement plus qu'à moitié endormie.

Ils ne parlaient pas de la même chose.

— Oui, répondit-il rageusement. A présent taisez-vous et tâchez de vous endormir.

— Comment dormir avec vos grandes mains d'homme posées sur moi ? dit-elle d'une voix qui semblait provenir des limbes.

— Est-ce qu'au moins vous vous sentez mieux ? demanda-t-il en se redressant.

— Mumm ! Oh oui, dit-elle avec un soupir de bien-être qui le mit au supplice. Merci. Vous pouvez vous en aller maintenant.

Elle en avait de bonnes. S'en aller, alors qu'il avait sous les yeux les courbes rebondies de son corps, qu'elle était livrée à son bon plaisir et que, s'il n'avait été un gentleman, il lui aurait été si facile de la posséder. Il n'avait plus qu'à éteindre les lumières et à aller prendre une bonne douche. La seconde de la journée. C'était leur premier jour de travail en commun et elle le faisait déjà craquer. Sans qu'il ait été fichu de seulement l'embrasser.

Trouver le sommeil allait être bigrement difficile.

Imogene eut l'impression d'être tirée du sommeil par la caresse d'une grande main chaude dans ses cheveux et une voix rocailleuse l'appelant par son nom.

Tout ensommeillée, elle sourit. A sa grande surprise, quand elle ouvrit les yeux, Wyatt n'était pas penché sur elle, la câlinant amoureusement, mais debout au pied du lit, secouant le matelas et l'interpellant d'un ton impérieux.

— Debout, il est temps.

— Vous n'étiez pas assis à côté de moi il y a une seconde ?

— Pas du tout. Je suis prêt à partir.

En effet, il avait son sac tout bouclé à la main et arborait déjà son masque le plus revêche, celui du Docteur-Je-Sais-Tout.

— Il faut être sur la route dans une heure maximum. La chambre est à vous, préparez-vous, dit-il en se dirigeant vers la porte.

Se rappelant à temps qu'elle avait enlevé son haut de pyjama, elle attendit qu'il fût sorti pour bondir hors du lit et se précipiter dans la salle de bains.

Il avait été si gentil la veille ! Il ne devait pas être du matin. Sans doute, à l'inverse du loup-garou, ne s'amadouait-il qu'à la clarté de la lune. Maintenant que le soleil brillait, il redevenait l'âne buté qu'il était.

En un temps record, elle fut douchée, brossée, coiffée, habillée, ses affaires emballées. Et moins d'une demi-heure plus tard elle était dans le bus, clignant encore des yeux et n'aspirant qu'à une tasse de café. Pendant que Wyatt s'activait dans la salle d'examen, elle mit la machine en marche et s'octroya une double ration de crème et de sucre.

Quand elle vivait avec Scott, l'heure du réveil était le moment le plus dur de la journée. Il se levait avant l'aube pour aller traire les vaches et trouvait naturel de réclamer son petit déjeuner quand il revenait à 6 heures du matin alors qu'elle dormait encore profondément. Aussi avait-elle appris à s'arracher au sommeil en un clin d'œil.

Mais avoir dormi dans la même chambre que Wyatt la mettait dans un état proche de la gueule de bois et elle avait du mal à émerger.

— Comment vous sentez-vous ce matin ? demanda-t-il en s'encadrant dans la porte de la salle d'examen.

— Mes courbatures ont presque disparu. C'est grâce à vous. Merci.

— Il faut que nous parlions, dit-il en s'approchant.

L'esprit en alerte, elle reposa son mug.

Cela commençait mal.

Avait-elle de nouveau commis une gaffe dont elle ne se souvenait pas ? Anxieuse, elle l'observait. Il semblait débattre intérieurement de quelque chose mais gardait un silence de plomb.

Parler, mais de quoi ?

— Wyatt, quel est le problème ? demanda-t-elle, tendue.

Elle était à mille lieues de se douter de ce qui allait se passer…

Avant qu'elle ait fini sa phrase, il l'avait déjà plaquée contre la cloison.

Elle sentit sa bouche brûlante, avide contre la sienne. Certes, elle s'était attendue à ce que, un jour ou l'autre, il essaie de l'embrasser. Mais un premier baiser de cette intensité, de cette violence, comment aurait-elle pu l'imaginer ? Prise au dépourvu, elle laissa ses sens répondre pour elle tandis qu'il se pressait contre elle, les genoux fléchis, l'étreignant de son grand corps massif.

Un baiser comme celui-là, elle n'en avait jamais rencontré sur les lèvres, caressantes ou gourmandes, taquines ou sensuelles, d'aucun homme. Ce baiser-là la submergeait comme une vague de fond, la brûlait comme de la lave en fusion, enflammait ses lèvres, sa langue, sa bouche, la faisait tressaillir au plus profond d'elle-même.

Quand il releva la tête, elle ne put que le fixer, égarée, chancelante, les bras noués autour de ses épaules, la tête vide, animée d'une seule envie, qu'il l'embrasse encore et encore.

— J'aime votre façon de parler, dit-elle, haletante.

Mais, à la seconde même où elle allait céder à la pulsion de coller ses lèvres aux siennes, il s'écarta soudain.

— Il faut y aller, dit-il abruptement. Terminez votre café et regagnez votre siège.

Embrasser l'infirmière. Voilà sans doute la première chose qui figurait ce matin à l'ordre du jour du Dr Wyatt Beechum. Maintenant que c'était fait, il passait à autre chose et allait s'installer au volant.

Bien obligée de venir s'asseoir sur le siège passager à côté de lui, elle boucla sa ceinture et tourna ostensiblement son regard vers la vitre.

— Eh bien, voilà une bonne chose de faite, fit-elle entre ses dents.

Penché sur la fiche du patient qu'il examinait, Wyatt essayait de chasser Imogene de son esprit.

Après lui avoir déclaré qu'ils devaient parler, il n'avait rien trouvé de mieux que de se jeter sur elle et de l'embrasser à pleine bouche. Comme un adolescent boutonneux incapable de déclarer à la plus jolie fille de l'école qu'elle lui plaît et qui, aussitôt effrayé de sa propre audace, s'enfuit ensuite à toutes jambes. Ce qu'il avait fait en la plantant là pour regagner son siège.

Après le départ du patient, il alla la trouver à l'avant du bus.

— Patient suivant ? demanda-t-il.

Au regard qu'elle lui lança, elle le traitait mentalement d'une jolie sélection de noms d'oiseaux. L'essentiel était qu'elle ne les lui jette pas publiquement à la figure.

— Il n'y a plus de patients et c'est l'heure de déjeuner, répondit-elle sèchement, appuyée d'une hanche contre la tablette qui soutenait la machine à café, les bras croisés sur la poitrine.

— Je n'ai pas faim.

— Menteur, dit-elle en s'approchant d'un air menaçant.

Aïe. C'était maintenant qu'elle allait lui voler dans les plumes. Pourvu qu'il n'y ait aucun patient dans les parages.

— Vous êtes mort de faim et même si vous ne l'êtes pas vous allez faire comme si. Parce que, docteur, tous vos patients ont apporté de bons petits plats, comme vous me l'avez si bien expliqué le premier jour.

Surpris, il la vit éclater de rire.

— La charmante vieille demoiselle Dottie m'a expliqué que, puisque vous venez toujours la veille de la réunion mensuelle de l'Association de la Grange, ils ont décidé de la faire aujourd'hui plutôt que demain afin de vous inviter à leur fête.

Ce jour-là, le cabinet itinérant s'était posé à côté d'une ancienne école de campagne convertie en salle de réunion. Toutes les portes du petit bâtiment couvert de vigne vierge étaient ouvertes et on pouvait y voir de longues tables débordantes de plats soigneusement recouverts de papier d'aluminium. Tout autour, les convives, assis sur leurs chaises, semblaient attendre.

Amer retournement de situation, Imogene paraissait prendre un plaisir narquois à lui expliquer — à lui ! — les coutumes locales.

— D'après ce que j'ai compris, il n'y a plus beaucoup de fermiers parmi la population. Comme la Grange est une association d'entraide entre les agriculteurs, ils n'ont plus grand-chose à faire. Mais ils entretiennent la tradition et payent leur cotisation pour avoir le plaisir de se retrouver, de faire un bon repas, d'organiser des jeux et de faire de la musique.

— De la musique aussi, vraiment ? demanda-t-il en l'observant avec perplexité.

Elle avait débité tout cela sur un ton sarcastique qui l'inquiétait. Ce n'était pas en se moquant des patients qu'elle les mettrait en confiance.

— Et pas n'importe quelle musique, mon cher, fit-elle en pouffant. De la bonne vieille musique folklorique, sur laquelle on danse en claquant des mains et en tapant des pieds ! C'est ce qui se passera après le déjeuner.

Pourvu qu'elle change de ton avant le début de la consultation, c'était tout ce qu'il demandait. En attendant, elle lui lançait un regard en coin peu rassurant.

— Ils nous attendent. Mieux vaut y aller tout de suite, docteur, si vous voulez que vos chers patients vous aiment comme quelqu'un de la famille et appellent leurs amis pour dire du bien de vous. C'est votre grande chance, ce raout en pleine brousse !

Comme il se dirigeait vers la porte, elle lui saisit le bras. A ce contact, il se sentit frémir mais avant qu'il ait pu réagir elle avait de nouveau pris la parole.

— Ce qui veut dire que vous allez devoir vous montrer charmant. Suivez donc vos propres conseils, docteur, au lieu de vous conduire en brute stupide comme vous le faites depuis ce matin.

Lui lâchant le bras, elle sortit sans attendre qu'il la suive.

D'accord, elle était folle de rage.

Mais cela aurait pu être pire.

Ouf !

Horrifiée du nombre de calories qu'elle avait absorbées en vingt-quatre heures, Imogene s'abstint de jeter ne fût-ce qu'un regard vers la table des desserts.

Exactement comme Wyatt s'abstenait en ce moment de la regarder.

Pourtant, il avait beau faire comme si elle n'existait pas, elle sentait bien qu'il ne cessait de la surveiller. Il veillait même à laisser libre la chaise à côté de lui. Pas besoin d'être grand psychologue pour comprendre qu'il n'était pas tranquille de la savoir en liberté au milieu des patients.

Mais elle avait besoin de se retrouver. Au moins jusqu'à ce qu'elle ait compris ce que signifiait le baiser furieux qu'il lui avait donné le matin même. Aussi fut-elle heureuse de s'installer au bout d'une table inoccupée pour réfléchir.

Elle était condamnée à six mois d'Appalaches en compagnie de Wyatt. A elle de trouver le moyen d'apaiser la tension entre eux.

Et comment calmer leurs nerfs.

Les moyens ne manquaient pas !

Elle pouvait l'inviter à la masser autant qu'il le voudrait. A laisser courir ses mains sur elle à sa guise. Il avait de bonnes mains. Ni trop douces, comme souvent celles des médecins. Ni trop rudes. Avec un toucher très particulier.

Ou bien lui offrir une nuit d'amour. Il lui montrerait de quoi les hommes des montagnes étaient capables. Ensuite, elle regagnerait sa chambre à elle et, le lendemain, le calme régnerait entre eux.

Elle pourrait même lui proposer de l'aider pour la construction du chalet. A condition qu'il n'y ait pas de troncs à traîner. Sans qu'elle sache pourquoi, l'idée de voir les murs du chalet monter au milieu des bois lui faisait plaisir.

Un gazouillis de conversations lui annonça l'arrivée de deux vieilles dames qui s'installèrent à côté d'elle. L'une d'elles sortit son ouvrage de son sac et se mit à tricoter, et elles commencèrent à questionner Imogene avec curiosité. Qui était-elle ? D'où venait-elle ? Aimait-elle la région ? Redoutant de commettre une gaffe, elle répondait avec circonspection. Mais soudain un silence survint, et elle paniqua. Les premiers mots qui lui vinrent aux lèvres furent un mensonge ridicule.

— Wyatt cherche quelqu'un pour tricoter une couverture, il voudrait en offrir une au bébé d'Amanda.

Comme s'il se souciait d'un cadeau pour le bébé ! Elle, elle avait déjà prévu le sien. Un joli berceau qui arriverait par la poste et qu'elle aiderait Amanda à monter. Le bricolage, c'était son affaire.

A son grand soulagement, sa réflexion stupide, loin d'avoir des conséquences catastrophiques, éveilla l'enthousiasme passionné de Divina, la dame au tricot, et de son amie. Quel serait le meilleur point de tricot pour une couverture de bébé ? La plus jolie couleur ? Et pourquoi pas un bonnet et des chaussons assortis ?

Gagnée par leur entrain, Imogene finit par se rendre compte qu'elle leur avait commandé un trousseau complet pour le cadeau que Wyatt ferait au bébé. Comme si la situation n'était pas assez difficile avec lui, elle allait devoir l'informer qu'il aurait une commande à payer !

Partagée entre l'étonnement et la fierté de n'avoir blessé personne en une heure de conversation, elle quitta les deux charmantes vieilles dames. Elle s'était fait deux amies sans avoir besoin de les accabler de compliments et de paroles sucrées. Comme si les gens avaient besoin de ces simagrées ! Il suffisait d'être soi-même et de s'intéresser aux autres. Elle avait été bien sotte de se laisser influencer par les recommandations de Wyatt.

Elle le trouva dans ce qui avait été la cour de l'école, en compagnie d'autres hommes et d'un monsieur âgé qu'ils avaient vu le matin en consultation, M. Shoemaker. Ils jouaient au fer à cheval, sorte de jeu de boules local où le fer à cheval remplaçait les boules. Si Wyatt s'imaginait mettre en pratique ses excellents principes pour se faire bien voir de la population, c'était plutôt raté. Son visage était renfrogné et une tension à couper au couteau émanait de sa grande carcasse.

Le vieux monsieur, par contre, rayonnait de joie. Tandis que Wyatt lançait un fer à cheval avec une telle violence qu'il atterrit dans les plates-bandes, M. Shoemaker se pencha vers lui.

— Quel bonheur de vous voir de retour au pays, mon garçon.

C'est tellement injuste que votre père vous ait fait porter la responsabilité de ce drame. Je déplore que vous n'ayez pas pu vous expliquer tous les deux avant qu'il ne s'éteigne.

— En effet, je suis content d'être revenu, répondit Wyatt en se raidissant visiblement.

Bien qu'elle se tînt discrètement à l'écart, il l'aperçut.

— Prête pour reprendre les consultations, Emma-Jean ?

— Oui, docteur, répondit-elle avec un sourire où elle ne mit cette fois aucun sarcasme.

Tout à coup, elle le sentait, il avait besoin de son aide. Les rôles s'étaient renversés. Il se dirigea à grands pas nerveux vers le bus et elle se sentit obligée de converser un moment avec les joueurs.

— Il paraît que la musique va démarrer d'un instant à l'autre ? demanda-t-elle. Nous viendrons l'écouter après avoir reçu les patients. Merci encore de votre invitation. Il y a longtemps que je n'avais pas fait un aussi bon repas.

— Nous comptons sur vous le mois prochain ! lança l'un des hommes.

S'approchant d'elle, M. Shoemaker la prit par le bras.

— Veillez sur Wyatt, Emma-Jean, dit-il à mi-voix. Il a eu son lot de malheur et de chagrin.

— Vous étiez un ami de son père ? demanda-t-elle, déconcertée.

— Oui, dans notre jeunesse. Mais après la mort du gosse, il s'est isolé.

La mort du gosse ? En effet, Amanda lui avait dit que Wyatt avait perdu son frère. Bêtement, elle s'était imaginé que c'était dans un accident de voiture avec leur mère, puisqu'elle aussi était morte. Evidemment, s'il s'agissait d'autre chose et que le père en avait fait porter la responsabilité à Wyatt...

Le vieil homme la regardait, ses yeux pâles emplis d'inquiétude et de bonté. Elle eut le sentiment qu'il lui confiait une mission. Cédant à un élan, elle le serra dans ses bras et lui posa un baiser sur la joue avant de tourner les talons et de rejoindre le bus en courant.

— Ça va ? demanda-t-elle à Wyatt qui s'affairait déjà.

— Très bien, répondit-il d'une voix qui sonnait faux.

— Je sais que cela ne me regarde pas...

— ... mais vous allez quand même me questionner. Alors, autant que je vous résume la situation. Mon père est mort cet hiver. Nous ne nous étions ni vus ni parlé depuis mon entrée au collège. Satisfaite ?

— Vous deviez avoir un sérieux différend pour en arriver là.

— Oui, plutôt, répondit-il évasivement.

— Moi non plus je ne parle pas beaucoup à mes parents, dit-elle tristement. Un ou deux mails par mois, c'est tout. Ils voyagent beaucoup, je ne sais jamais où ils sont.

— Pourquoi voyagent-ils autant ?

— Je n'ai jamais très bien compris pourquoi. Quand j'étais enfant, je n'aimais pas beaucoup changer d'endroit. C'est tout le contraire à présent. La seule fois où j'ai essayé de me fixer, ça n'a pas marché.

Sentant qu'elle allait s'égarer à parler d'elle, elle se ressaisit. C'était à lui qu'elle s'intéressait.

— Vous avez perdu votre maman, n'est-ce pas ?

— Oui. Beaucoup trop tôt !

— Je suis désolée, dit-elle, émue de ce cri du cœur. Je voudrais vous réconforter, et je ne sais pas comment.

— Vous savez très bien comment vous pourriez me réconforter, Emma-Jean, répondit-il, la voix soudain plus sourde, en s'avançant vers elle dans l'espace restreint.

Ciel ! Allait-il de nouveau la plaquer contre la cloison alors qu'un patient pouvait faire irruption d'un instant à l'autre ? Le pire était qu'elle se sentait frémir d'avance à cette perspective.

— Ce que vous évoquez ne me déplaît pas, Wyatt, dit-elle en souriant. Je serais heureuse de vous faire ronronner de plaisir et oublier tous vos soucis. Mais je ne veux pas que vous vous fassiez des idées. Ce genre de choses se termine en général mal et n'amène rien de bon.

Des sentiments, par exemple. Des liens, des entraves. Et elle, elle ne voulait se sentir liée par rien.

— Vous êtes très prévenante, répondit-il, une ironie cinglante dans la voix. Mais ne vous en faites pas pour moi, Emma-Jean. J'ai compris que vous n'étiez pas le genre de personne avec qui construire une relation durable. Pour vous dire la vérité, je suis même surpris que vous ayez répondu à l'appel d'Amanda. A mon avis, sa demande est arrivée à un moment où, pour une raison ou une autre, vous aviez besoin de changer d'air.

— De quel droit jugez-vous mes motivations ? demanda-t-elle, piquée.

— Vous avez raison, répondit-il froidement. Je vais travailler sur mes dossiers. Si aucun patient ne vient dans la demi-heure, nous prendrons la route pour Bent Reed.

S'installant à son ordinateur, il ne sembla plus lui prêter la moindre attention.

De quoi était-elle allée se mêler ? Elle n'aurait jamais dû chercher à le faire parler.

Juste l'informer de la commande de layette qu'il allait devoir payer.

Et l'inviter à partager son lit le soir même.

5

Un panneau de signalisation annonça Bent Reed. Ouvrant grand les yeux, Imogene attendit avec curiosité de découvrir la ville tandis que Wyatt quittait la route à deux voies et engageait précautionneusement le bus sur un vieux pont étroit.

— J'ai vu le panneau mais je ne vois pas la ville, dit-elle, espérant le tirer de son humeur renfrognée.

— Elle est en hauteur. Vous allez être déçue. Ce n'est pas vraiment une ville, plutôt un ensemble de maisons groupées autour d'un bureau de poste. Ici, la rivière sort souvent de son lit. C'est pourquoi le lieu s'appelle Bent Reed, en référence aux roseaux couchés par les flots. La végétation sur les rives est souvent décimée.

— Il faut que j'apprenne à déchiffrer les noms des villes, dit-elle en souriant.

— Je ne connais pas l'histoire de chacune, répondit-il en descendant du bus qu'il venait de garer à proximité du bureau de poste.

A travers la vitre de l'espace de consultation, elle le vit faire nerveusement les cent pas le long du bus. Comme s'il suffisait d'exhiber sa grande carcasse autoritaire et impatiente pour attirer la foule !

Des silhouettes pourtant s'approchaient. Une petite femme menue, portant sur sa hanche un bambin dont le bras était tenu par un plâtre couvert de dessins vert fluo. Elle était accompagnée d'un adolescent presque aussi grand qu'elle.

Dès qu'Imogene les eut accueillis dans le bus, malgré son plâtre le bout de chou lui tendit les bras, comme s'il voulait se jeter dans les siens. Pour l'attraper au vol, elle dut laisser tomber le stéthoscope.

— Voilà un fan de Superman, dit-elle en riant avant de le caler solidement contre sa hanche.

— Il n'a peur de rien, répondit sa mère avec un soupir. Il dévale les escaliers, le perron, n'importe quoi, sans crainte de tomber. Il va me donner une crise cardiaque.

Se penchant, elle ramassa le stéthoscope sur le sol.

— J'espère que cela ne se casse pas ?

— Ne vous en faites pas, c'est solide. Suivez-moi dans la salle d'examen et voyons si Superman accepte qu'on l'examine avec.

— Laissez-moi me présenter, dit la jeune femme. Je m'appelle Emily, mon grand garçon est Brandon, et vous avez Michael dans les bras.

En leur souriant, Imogene installa le petit bonhomme sur la table d'examen.

— J'ai l'impression que le plâtre le démange beaucoup, docteur Beechum, dit-elle à Wyatt qui les avait rejoints.

La salle d'examen était tellement exiguë qu'elle contenait à peine trois personnes. Quatre personnes plus un tout-petit, cela rendait tout mouvement impossible.

— Viens avec moi boire un bon jus de fruits pendant que le Dr Beechum examinera Michael, dit-elle à l'aîné des enfants en lui posant une main amicale sur l'épaule.

— Non, je veux rester, fit le garçon, buté, en se dégageant de son étreinte d'un mouvement brusque.

Il observa anxieusement les gestes de Wyatt.

S'installant sans insister dans l'embrasure de la porte pour faire de la place, elle attendit que Wyatt ait besoin d'elle, répondant par un sourire aux risettes et aux regards que lui adressait le petit Michael. Un flirt avec un petit amoureux de deux ans et demi ! Quoi de plus mignon ?

— Les démangeaisons sont normales. Le bras se remet très bien, dit Wyatt après avoir examiné le petit bonhomme.

C'était étrange, il s'adressait ostensiblement au frère aîné qui, semblant rassuré, passa sans ménagement devant elle et sortit.

L'urgence était de soulager le bras irrité du petit garçon. Mais sa lourde pathologie, une épilepsie idiopathique, fut ensuite longuement évoquée par Wyatt et la maman, qui semblait à bout de forces.

Les laissant parler du traitement, elle s'approcha du petit garçon qui, les bras tendus, semblait la réclamer. Incapable de résister, elle le prit dans ses bras et, tandis qu'il reposait avec confiance sa tête au creux de son épaule, elle lui caressa le dos et se mit à le bercer doucement.

Quoi de meilleur que de tenir un enfant contre soi ? Si elle arrivait un jour à concilier son goût de l'itinérance avec l'éducation d'un enfant — et si elle dénichait un père possible ! —, elle sauterait sur l'occasion de devenir elle aussi maman.

Ses passages en pédiatrie constituaient ses meilleurs souvenirs professionnels. Quand sa vie allait mal, c'était ce type de poste qu'elle recherchait, cela lui faisait du bien. Les tout-petits ne trichaient pas. Et s'ils arboraient un masque, c'était celui du courage.

— Allons, Amanda, à moi, ta meilleure amie, tu peux bien dire qui est le père !

Appuyées toutes les deux contre la tête de lit, Amanda et Imogene bavardaient. Jolen était partie faire des courses. C'était l'occasion rêvée pour faire parler Amanda du père de son enfant, et comprendre ce qui n'allait pas entre eux.

— Inutile de parler de lui, répondit Amanda en s'enfonçant dans sa pile d'oreillers.

Perplexe, Imogene l'observait. La ressemblance entre Amanda et Wyatt était frappante. Mêmes yeux et mêmes cheveux presque noirs, même si ceux d'Amanda étaient lisses et soyeux quand ceux de Wyatt avaient tendance à boucler. Pour tout dire, ils tenaient le plus souvent de la tignasse embroussaillée.

— Si tu n'as pas l'intention de l'épouser, c'est que tu as quelque chose à lui reprocher. Je te connais, Amanda. Tu crois aux happy ends et tu es prête à te précipiter vers l'autel.

— Plus maintenant.

— Si tu ne veux plus voir un homme dont tu attends un enfant, c'est qu'il a fait quelque chose de mal. C'est mon devoir d'amie de te protéger. Dis-moi tout.

— Je n'ai pas besoin d'être protégée, Imogene. Il n'est pas concerné, c'est tout. Je t'assure, c'est mieux comme ça. Moi, maman et le bébé, nous nous suffirons amplement. D'ailleurs, il faut que je pense à trouver un prénom.

— Je suggère Lizzie ou Œdipe…

— Pourquoi Lizzie ?

— A cause de Lizzie Borden. Juste au cas où ton gosse serait tenté plus tard d'assassiner son père à coup de hache, comme dans le célèbre fait divers !

— Quelle horreur ! Veux-tu te taire ! La compagnie de Wyatt ne te réussit pas. Tu deviens aussi sinistre que lui !

— Est-il comme ça avec toi aussi ? Je pensais que sa mauvaise humeur m'était réservée.

— Il est *tout le temps* comme ça, répondit Amanda avec un soupir. Pourtant, je t'assure que je me suis efforcée de le rendre plus sociable.

Une lueur malicieuse s'alluma soudain dans son regard.

— Dis-moi un peu ce qui s'est passé entre vous. Cela ne me fera pas de mal d'entendre quelques potins. Je veux tout savoir, même si je te dispense de me parler de ses attributs virils et de ses exploits intimes.

— Tu vas être déçue, répondit Imogene en riant. Notre relation n'a rien d'intime.

Pour être franche, c'était pourtant bien son but. Le temps qu'elle passerait à échafauder des plans pour y arriver lui éviterait au moins de s'embourber dans le dangereux marécage des sentiments...

En se levant le dimanche, Imogene décida de ne pas se soucier de Wyatt de toute la journée. Ce serait un répit salutaire pour elle et pour lui. Elle allait le laisser abattre des arbres et empiler des bûches tout son soûl et ronchonner à sa guise dans sa chère montagne.

Cette décision ne fit pas long feu. Avant le déjeuner, l'idée que le Dr Risque-Tout risquait le pire, seul dans les bois, peut-être déjà blessé par sa tronçonneuse, lui fit réviser ses plans. Ayant préparé à la hâte des sandwichs au beurre de cacahuète et à la confiture, elle les mit dans un panier avec des bouteilles d'eau fraîche, sauta dans sa voiture et gravit la pente à vive allure.

Arrivée au but, elle arrêta le moteur et écouta le bruit de la tronçonneuse qui lui parvenait, assourdi, à travers les arbres. Munie de son panier, elle contourna le vieux bus peinturluré comme elle l'avait fait le premier jour. Mais, aujourd'hui, elle ne vit personne. Le long du chalet, les troncs débités, y compris ceux qu'elle avait hâlés à la sueur de son front, étaient alignés en piles régulières.

Mais de Wyatt, point.

Tendant l'oreille, elle essaya de repérer d'où venait le bruit. Mais une heure plus tard, le son s'arrêtant parfois de longs moments, elle ne l'avait toujours pas localisé. Chaque instant de silence la mettait dans tous ses états. Et si Wyatt était blessé ?

Enfin, le son lui permit de s'orienter. Coupant à travers les arbres, elle hurla son nom à pleins poumons dès qu'elle l'aperçut.

— Wyatt !

Peut-être avait-il discerné sa présence parmi le monceau de troncs abattus et tronçonnés qui l'encerclaient, car il ôta ses bouchons d'oreille et se tourna vers elle.

— Je n'ai pas besoin de vous, Imogene.

— Vous avez plutôt besoin d'une bonne d'enfants, en effet. Vous êtes seul au fin fond de la forêt, maniant une tronçonneuse, et vous ne voyez pas le problème ? Franchement ?

— Voilà des éternités que les hommes scient du bois, dit-il d'un air excédé. Les femmes ont eu le temps de s'y habituer et de cesser de se mettre les sangs à l'envers.

— Bien sûr..., fit-elle en cheminant difficilement au milieu de l'amas de branches, de troncs et de sciure qui jonchait le sol. J'ai apporté le déjeuner.

Ayant gagné la remorque accrochée à un petit tracteur qu'elle ne connaissait pas, elle se hissa sur la plate-forme et s'assit, balançant ses jambes, le panier posé à côté d'elle.

— Je suis sûre que vous raffolez des sandwichs au beurre de cacahuète et à la confiture.

— Je vais être direct, Imogene. Si je mange un de vos sandwichs, vous me ficherez la paix ?

— Pas forcément, dit-elle en s'installant plus confortablement. Encore heureux que j'aie pu tenir jusqu'à l'heure du déjeuner avant de venir voir si vous étiez blessé à mort.

Voyant qu'il prenait un sandwich dans le panier et venait s'asseoir en silence sur la remorque, elle se tut un instant.

— Etes-vous fâché contre moi ?

A son tour, elle saisit un sandwich et en mordit une bouchée. Une toute petite bouchée, suivie d'une grande goulée d'eau. Une nourriture aussi roborative n'était pas l'idéal pour mener une conversation délicate.

— Non, répondit-il avec une expression butée.

— Pourtant vous en avez l'air.

— Vous ne croyez pas que votre façon de vous imposer est parfois pénible ?

— D'accord, j'ai *un peu* insisté pour travailler avec vous. Mais à part ça...

— Si vous le dites.

L'observant en silence, elle vint à bout de la moitié de son sandwich.

— Amanda m'a dit que l'enclos de pierres blanches sur la montagne était un cimetière, dit-elle pour changer de sujet.

— Pourquoi avez-vous parlé de cela avec elle ? demanda-t-il d'une voix tellement calme, tellement contrôlée, que c'en était suspect.

— Parce que vous ne me répondez jamais quand je vous pose des questions, répondit-elle en remballant son sandwich, vraiment trop pâteux pour pouvoir discuter librement.

— Et vous ne vous demandez pas pourquoi ?

— Oh ! parler vous ennuie. Mais au fond je m'en fiche. Les réponses m'intéressent moins que les questions.

— Je vois bien que vous vous entêtez à vouloir guérir mes soi-disant blessures psychologiques, dit-il, les yeux fixés au-delà des arbres, évitant visiblement son regard.

— J'aimerais plutôt vous comprendre. Pour ce qui est de vous guérir, personne ne peut le faire, sauf vous.

— Quelle sagacité ! fit-il d'un ton persifleur.

— De toute façon, vous ne faites rien pour qu'il soit facile de vous aider.

— Cela ne semble pas vous décourager.

Enfin, il la regardait en face. Mais il avait les yeux si noirs, le regard tellement sombre, qu'il était difficile d'y déchiffrer quoi que ce fût. A part cette injonction : *allez-vous-en.*

— Je me contente des bribes d'informations que je recueille sur vous. Ainsi, certains me demandent de veiller sur vous. Pourquoi ? Vous préservez jalousement un mystérieux cimetière dans les bois. Pourquoi ? Vous ne semblez pourtant pas être un serial killer.

— Il s'agit peut-être d'un serial killer du XVIIe siècle ! C'est un très vieux cimetière, vous savez.

— Est-ce là que vos proches et votre frère sont ensevelis ?

Mauvais calcul ! Il se tut, avala en quelques bouchées le reste de son sandwich avec force rasades d'eau, puis il se leva et quitta la remorque.

— Je ne comprends pas pourquoi cette question vous embarrasse, dit-elle tandis qu'il sautait de la plate-forme.

— Pourquoi n'interrogez-vous pas plutôt Amanda sur tout ça ? J'ai l'impression que vous ne vous privez pas de cancaner, toutes les deux.

— Elle ne m'a pas dit grand-chose, excepté que ce carré de pierres blanches était un cimetière. Mieux, elle répondait à toutes mes questions que c'était à vous que je devais les poser, que ce n'était pas à elle d'y répondre.

Au grand dam d'Imogene, Amanda gardait bouche cousue sur deux sujets. Le père de son enfant et Wyatt. Ce halo de mystère ne faisait qu'attiser sa curiosité.

— Et qui vous a parlé de Josh ? demanda Wyatt.

— M. Shoemaker hier, répondit-elle.

— Ah ! Je vois...

— Il se fait du souci pour vous. Et vous voulez savoir la vérité ? Moi aussi.

— Il y a des gens qui aiment se faire du souci, fit-il en s'éloignant.

Voyant qu'il fixait une chaîne à un tronc abattu pour le tracter, elle prit son panier et alla s'asseoir à l'écart pour lui laisser le champ libre. Au moment où, le premier tronc étant bien amarré sur la remorque, il renouvelait l'opération avec un autre, l'appel insistant d'un Klaxon retentit dans les collines. Aussitôt, il releva la tête et regarda d'un air inquiet dans la direction du chalet.

— Que se passe-t-il ? demanda-t-elle en sautant sur ses pieds et en regardant dans la même direction que lui.

— Un coup de Klaxon prolongé. C'est comme cela que l'on s'appelle ici pour se faire descendre de la montagne.

— Cela veut dire que quelqu'un vous envoie un signal ?

— J'en ai l'impression...

Un sentiment d'angoisse la saisit à la gorge.

— Amanda..., s'écria-t-elle.

Affolée, elle se lança dans une course folle à travers les arbres. Elle n'aurait jamais dû monter dans la montagne. Elle était responsable d'Amanda. Peut-être Jolen était-elle venue chercher de l'aide, laissant Amanda livrée à elle-même.

— Pas si vite, Imogene. Attention.

La voix de Wyatt, qui courait après elle dans la pente, retentissait dans son dos.

— C'est sûrement Jolen, Wyatt.

S'aidant des arbres pour contrôler sa course, elle parvint à ne pas déraper sur la terre grasse et bourbeuse. Il avait plu dans la semaine. Sous les futaies, le sol était encore humide.

— Faites attention, Imogene. Vous allez vous blesser, criait-il, loin derrière elle. Ce n'est pas comme ça que vous aiderez Amanda.

Dans sa hâte, elle le distançait de beaucoup. Ayant sauté une rigole au bas de la pente, elle arriva enfin en vue du chalet, à bout de souffle et luttant contre un lancinant point de côté.

Un vieux SUV déglingué recouvert d'une peinture de camouflage était garé non loin. Quelqu'un, sans doute son propriétaire, gisait sur le dos, à plusieurs mètres du véhicule.

— Wyatt ! cria-t-elle d'une voix forte. Un homme au sol devant chez vous.

Il lui suffit d'un coup d'œil pour voir que l'un des bras de l'homme était gonflé de façon spectaculaire, avec des marques sur la main et le poignet.

— Œdème avancé, cria-t-elle de nouveau pour que Wyatt, qui dévalait la pente derrière elle, soit informé sans perdre de temps.

— Mais c'est Ed Fuller ! s'exclama-t-il en la rejoignant.

— Doc..., fit l'homme d'une voix haletante.

— Ma parole, Ed, vous avez été mordu par un serpent, diagnostiqua aussitôt Wyatt.

— Oui, un mauvais serpent. Un copperhead venimeux, articula

Ed dont la respiration était terriblement sifflante. Cette fois, je me sens vraiment mal.

Cette fois ? Cela sembla faire sursauter Wyatt.

— Combien de fois avez-vous été mordu par un copperhead venimeux, Ed ? demanda-t-il. Trois fois ? Quatre fois ?

Ed ne répondit pas mais son visage augmentait de volume de façon impressionnante.

— Grands dieux ! dit Wyatt. Regardez moi ça !

Regarder quoi ? Que voulait-il dire ? Et pourquoi était-il soudain devenu livide ? Avec stupéfaction, elle le vit se ruer vers le vieux bus peinturluré et se saisir de la portière avec une telle violence qu'il se cogna avant de l'ouvrir. Toute la vieille carcasse trembla quand il y pénétra.

D'après les bruits sourds et les chapelets de jurons qui s'en échappèrent, il devait se livrer à l'intérieur à un saccage en règle. En tout cas il semblait dans une rage qu'elle ne parvenait pas à s'expliquer. Mais ce n'était pas le moment de s'interroger sur ce qui se passait entre Wyatt et ce bus. Elle avait plus important à faire. Contrôler le pouls du malheureux Ed et la régularité de son souffle.

— Comment vous sentez-vous, Ed ? demanda-t-elle. Ne vous en faites pas. Nous sommes là.

Inquiète de l'accélération de son rythme cardiaque, elle allait appeler Wyatt quand elle le vit surgir du bus par la portière arrière, brandissant une seringue d'épinéphrine, effectivement tout indiquée en cas de grave réaction allergique.

— Mon père était allergique aux piqûres d'abeille, dit-il d'un ton si rogue qu'il aurait aussi bien pu aboyer.

Sentant qu'elle avait intérêt à se taire, elle le regarda faire une injection dans la cuisse d'Ed.

— Je vous injecte de l'adrénaline, Ed. Cela vous aidera à respirer. Si vous avez l'impression que vos poumons sont bloqués, c'est uniquement l'effet de l'angoisse. Un homme comme vous peut surmonter ça.

Faisant écran de son corps entre les deux hommes, Imogene s'ingénia à dissimuler à Ed que Wyatt était en train d'aseptiser un couteau de poche pour le cas où il faudrait procéder à une trachéotomie de fortune afin de dégager les voies respiratoires.

— Après cette piqûre, vous allez vous sentir beaucoup mieux, dit-elle en se penchant vers Ed. Nous allons vous conduire à l'hôpital.

Comme elle, Wyatt observait attentivement la respiration de l'imprudent. Quand celle-ci parut s'améliorer, il eut un mouvement de tête vers le SUV, se demandant visiblement dans quel véhicule ils pourraient s'embarquer tous les trois. Utiliser la petite voiture rouge, dont la banquette arrière était encore occupée par les précieux cartons, était exclu.

— Qu'y a-t-il à l'arrière de votre voiture, Ed ? demanda-t-il.

— Un aquarium avec le serpent, dit-il avec difficulté. N'en parlez pas à ma femme, elle me tuerait.

— Reste votre camion à plate-forme, Wyatt, risqua Imogene.

— En effet, mais on ne tient qu'à deux dans la cabine du conducteur. Je vous préviens, dit-il en lui lançant un clin d'œil moqueur, en voyageant sur la plate-forme avec Ed vous allez de nouveau enfreindre la loi.

Sans relever la moquerie, elle se dirigea vers le camion, abaissa le hayon, sauta sur la plate-forme et glissa ses bras sous les aisselles d'Ed pour aider Wyatt à le hisser à côté d'elle.

— Calez-vous bien, recommanda-t-il, et ne lâchez pas Ed de l'œil. Nous allons nous rendre à la caserne des pompiers pour qu'ils fassent venir un hélicoptère. La réaction œdémateuse d'Ed m'inquiète. Elle n'est pas habituelle pour une morsure de copperhead. Cognez au carreau si vous avez besoin de moi.

Affermissant la position du malade qu'elle maintenait de ses bras et de ses jambes, elle ne pensa plus qu'à le rassurer tandis que le camion démarrait, les ballottant inconfortablement.

— Cette expédition sur une plate-forme de camion est une

aventure, Ed, mais tout va bien se passer, dit-elle en souriant. Et, entre nous, vous feriez bien de renoncer à capturer des serpents !

— C'est mon hobby, siffla-t-il avec une tentative de rire. Si un serpent a ma peau, cela évitera à Suzanne de me la faire.

Il semblait reprendre du poil de la bête, mais ce n'était pas une raison pour qu'elle relâche sa vigilance. L'assurant plus fermement contre elle, elle posa la main sur son poignet pour lui contrôler le pouls. Le pire serait qu'ils aient à pratiquer en urgence une trachéotomie sur le bord de la route.

En regagnant son camp de base auprès du chalet, Wyatt prit dans la voiture d'Imogene les clés, le sac et le porte-monnaie que, dans leur précipitation, elle y avait laissés. Il les plaça dans la boîte à gants de son camion, qu'il verrouilla. Il ne voulait pas exposer les effets personnels d'Imogene au moindre risque, d'autant qu'il l'avait laissée régler seule le transfert d'Ed vers l'hôpital tandis que lui-même regagnait la montagne.

Dans l'urgence, ils n'avaient rien rangé ni fermé et cela ne cadrait pas avec ses habitudes. Il aimait avoir les choses sous contrôle. Les arbres qu'il abattait. Le chalet qu'il édifiait. Le 4x4 qu'il conduisait. Or, depuis qu'il avait dû entrer dans le vieux bus de son père, il avait l'impression désagréable de perdre le contrôle des événements.

Muni d'une bouteille d'eau, il entreprit l'ascension de la montagne jusqu'au point où il avait abandonné ses outils, appelé par le Klaxon d'Ed, avant de courir derrière Imogene.

Elle, il n'arrivait pas à la contrôler.

D'ailleurs, elle-même ne se contrôlait pas. Pas étonnant qu'elle ait la bougeotte. L'effet sans doute d'un manque total de maîtrise de soi et de contrôle de ses impulsions. Elle attrapait le premier fil rouge que le hasard lui tendait. Une fois qu'elle avait vu où il la menait, elle en saisissait un autre, toujours au petit bonheur la chance.

Il respira à pleins poumons.

Le parfum de la terre et de la mousse, plus prononcé sur le versant nord, la rudesse de l'écorce des arbres entre lesquels il cheminait, la fatigue familière qui se répandait dans ses muscles, tout cela c'était la montagne, *sa* montagne. La paix bienfaisante qui s'en dégageait l'aiderait peut-être à chasser le maléfique vieux bus bleu de ses pensées. Certes, il avait eu le bon réflexe en allant chercher le sérum anti-venimeux dont il s'était tout à coup rappelé l'existence. Mais pénétrer dans cet antre l'avait profondément perturbé. Sur le moment, il en avait même voulu à Ed.

Des heures plus tard, en pleine forêt, il avait encore besoin de se concentrer sur les senteurs de terre et de pins pour vider ses narines des relents d'air confiné, de vieux mégots et de fonds de whisky qui flottaient dans l'étroit espace. L'odeur renfermée et moisie des vieux meubles, le parfum âcre et entêtant du charbon resté depuis l'hiver précédent à côté du poêle ventru — tout cela lui rappelait malencontreusement la dernière fois où il avait mis les pieds dans ce maudit bus.

Sans compter le choc de se trouver nez à nez avec les photos posées sur la vieille télé hors d'usage — des photos de lui, de Josh, polaroïds ou photos posées, défraîchies et jaunies par le temps et l'humidité…

Arrivé au but, Wyatt inventoria ses outils pour être sûr qu'aucun ne manquait, ramassa le panier de pique-nique d'Imogene et le posa avec sa tronçonneuse sur la remorque du tracteur, puis il se mit au travail. Accrocher les troncs abattus au tracteur lui facilitait grandement la tâche pour les tirer ensuite jusqu'au chalet.

Malheureusement, l'effort physique laissait son esprit trop libre de vagabonder. Ses pensées l'entraînaient dans les plus obscurs recoins de lui-même. Des souvenirs de son père, des images d'une époque révolue, venaient le harceler. Ainsi que le sentiment poignant du vide de la montagne, maintenant que sa famille avait cessé d'y vivre et d'y mourir comme elle l'avait fait durant des siècles.

Comme une onde de fraîcheur, l'image d'Imogene venait se superposer à ces sombres pensées. Une femme comme elle pouvait faire oublier bien des choses. Evoquer sa silhouette, son visage, était certes beaucoup plus plaisant que ressasser le passé...

A la réflexion, il n'avait pas été très agréable avec elle aujourd'hui. Même si elle était la reine des casse-pieds, elle avait été très efficace face au cas de Ed. Pleine de bonne volonté et même conciliante.

Il irait lui exprimer sa reconnaissance.

Dès ce soir.

6

Un bruit de verre cliquetait dangereusement sur le siège arrière de la petite voiture rouge. Une vraie voiture de nana frivole, au volant de laquelle Wyatt se trouvait pour descendre de la montagne. Pendant toute la durée du trajet jusqu'à la maison d'Amanda, l'agaçant cliquetis ne cessa pas un seul instant.

Une fois arrivé, il se saisit du sac à main d'Imogene et le cala sous son bras, conscient de l'allure incongrue que cela lui donnait. Etait-ce une image de ce que les femmes faisaient endurer aux hommes ? Puis il attrapa à l'arrière les cartons apparemment remplis d'objets fragiles. Rendre à Imogene le service de les décharger était bien le moins qu'il puisse faire pour elle.

Pour une fois, il n'utilisa pas sa clé pour entrer par la cuisine, mais frappa à la porte principale. Ce fut Imogene qui vint ouvrir. En la voyant il eut un coup au cœur. Un short en denim de dimension minimaliste. Un petit haut bariolé rouge, blanc, bleu, pas plus couvrant qu'un haut de Bikini.

— Je vous ai rapporté votre voiture, dit-il en guise de salutation, incapable de trouver autre chose à dire.

Il ne s'attendait pas à la trouver dans une tenue pareille et restait fasciné. Quand elle posa une main sur sa hanche, son attention fut attirée vers des courbes enchanteresses et son trouble augmenta. Remarquant que, de l'autre main, elle tenait la porte résolument fermée derrière elle, il chercha son regard derrière la mèche blonde qui retombait sur ses yeux.

— Venez-vous m'offrir des fleurs et vos excuses pour m'avoir abandonnée avec Ed ? demanda-t-elle.

— Oubliez les fleurs et acceptez les excuses. Puis-je entrer ? demanda-t-il en désignant du regard la porte close.

— Pour quoi faire ? Vous sentez très bon pour un homme des montagnes, vous ne semblez pas avoir besoin d'une douche. Avez-vous profité de ce que j'avais Ed sur les bras pour vous prélasser dans un bain de lait et de mousse ?

Diable ! Elle lui en voulait.

— Je n'ai pas besoin de bain de mousse. J'ai fait ma toilette à la façon des pionniers !

— C'est-à-dire ?

— Dans la rivière. Je n'ai pas l'habitude d'aller me coucher dans ma tente en empestant comme un putois après avoir sué toute la journée dans la montagne.

Pour se gagner ses bonnes grâces, il fallait qu'il se mette au diapason de son impertinence, il le sentait. Cela marchait apparemment, car elle lui ouvrit enfin la porte en grand mais, dès qu'il fut entré, elle lui tourna le dos et, le laissant en plan, se dirigea vers la cuisine.

La masse de ses cheveux blonds était remontée sur le sommet de sa tête en un chignon instable. Un friselis de petites boucles vaporeuses dansait à la naissance de sa nuque, attirant irrésistiblement le regard vers le dos souple et ondulant.

— Je ne m'attendais pas à vous voir, lança-t-elle par-dessus son épaule. Je pensais que vous étiez terré dans les bois, à ressasser Dieu sait quoi, jusqu'à ce que je vienne de nouveau vous en extirper ou que le devoir vous appelle vers votre cabinet ambulant.

Une fois dans la cuisine, elle désigna la table d'un geste.

— Faites attention en posant les boîtes, dit-elle. C'est très fragile.

— Il est tard, répondit-il en déposant sa charge. Si vous aviez voulu m'extirper de la montagne, comme vous dites, vous l'auriez fait plus tôt.

— Croyez-vous que j'aurais perdu une demi-heure sur les routes de montagne pour vous arracher à votre terrier alors que je dois préparer le dîner pour Amanda et Jolen ?

— Si je vous dérange, je peux revenir à un autre moment. Ou vous laisser vaquer tranquillement dans la cuisine et aller voir Amanda et tante Jo.

Comme elle ne répondait pas, il se tourna vers les boîtes.

— Qu'est-ce que vous avez laissé traîner sur la banquette arrière de votre voiture au lieu de les apporter dans la maison ?

— Des tasses à thé. Des cuillères. Et aussi des dés à coudre. Des objets miniature en fait. Des bricoles.

En parlant, elle surveillait la cuisson d'un plat. Quoi que ce fût, cela embaumait.

— Pourquoi traîner ces babioles avec vous ? demanda-t-il, amusé.

— Ce sont des souvenirs de tous les endroits où j'ai vécu. Ainsi, je ne peux pas oublier mon propre parcours.

Ayant reposé le couvercle sur une cocotte où mijotait quelque chose qui, d'après le fumet, était à base de tomates, elle se mit en devoir d'ouvrir les cartons. Intrigué, il la regarda en sortir une multitude de petits objets, certains enveloppés dans du papier journal, d'autres étant sortis de leur emballage. Au fond de l'un des cartons se trouvait un grand coffret de verre. Elle le sortit avec précaution, le posa sur la table, et commença à y ranger les bibelots au fur et à mesure qu'elle les défaisait de leur papier.

Toute une litanie de souvenirs pour touristes, portant le nom de leurs sites ou villes d'origine, prirent place dans le coffret dans un ordre apparemment bien défini, traçant la chronologie de ses pérégrinations d'un bout à l'autre du pays.

Silencieux, il l'observait. Elle mit beaucoup de temps et d'application à venir au bout de sa tâche, déplaçant les objets quand elle en avait oublié un, jusqu'à ce que chacun ait trouvé sa place.

Tous, sauf un. Une petite marmite de grès vantant le cheddar du Wisconsin qu'elle garda un long moment entre ses mains, la tournant et la retournant mais sans faire jouer le fermoir de métal qui retenait le couvercle.

— Dans combien d'endroits avez-vous vécu ? demanda-t-il.

— Oh là là, je n'en ai aucune idée. J'ai changé d'école deux ou trois fois par an jusqu'au collège. En fait j'ai passé presque toute ma vie par monts et par vaux. Il fut un temps où je n'aimais pas beaucoup cela.

Il eut soudain le souffle coupé, comme s'il avait reçu un coup de poing à l'estomac. Il lui fallut plusieurs secondes pour démêler pourquoi.

Ce n'était pas d'école ou de domicile que lui avait changé. Mais, comme elle, il n'avait cessé d'être *par monts et par vaux*. D'un hôpital à l'autre. Avec Josh. Observant les symptômes, combattant la maladie sans la vaincre, souffrant d'un sentiment de solitude aussi terrible qu'une maladie. Pas étonnant qu'elle ait accouru à l'appel d'Amanda. Sans doute était-ce pour elle un moyen de se réchauffer un peu. Cette pensée l'émut tant qu'il dut s'éclaircir la gorge avant de parler.

— Si vous n'aimiez pas changer d'endroit à l'époque, pourquoi le faites-vous maintenant ?

— Parce que maintenant cela me plaît. Mais je n'exclus pas de m'installer un jour quelque part. Quand j'aurai trouvé l'endroit idéal. On ne s'installe pas pour le plaisir de s'installer. Ce n'est pas une fin en soi. Vous comprenez ce que je veux dire ? Il faut trouver l'endroit où on sait que l'on sera vraiment plus heureux.

— Qu'est-ce qui fait qu'un endroit est l'endroit idéal ? demanda-t-il. Cela tient-il au climat ? A la situation ? A la campagne ou à la ville ? A des raisons culturelles ?

— Non, répondit-elle en haussant les épaules et en évitant toujours aussi ostensiblement son regard.

Retournant à ses fourneaux, elle posa la petite marmite vantant le cheddar du Wisconsin sur le plan de travail tout à côté d'elle.

Il n'avait aucun moyen de satisfaire sa curiosité et de découvrir ce que contenait le mystérieux petit objet.

— Même si j'aime vivre en ville, dit-elle, je n'arrête pas de passer de grandes agglomérations à la campagne profonde. Avant de venir ici, je vivais à Chicago. Et avant ça dans une petite ville perdue dans l'Ohio entre des parcs nationaux et des labyrinthes de grottes peuplés de spéléologues. Et encore avant, à Atlanta.

— Où cela à Atlanta ?

— Dans les quartiers Nord.

Lui-même était à Atlanta à cette époque ! Mais s'il l'y avait croisée, même fugitivement, il s'en serait souvenu. Qu'elle arbore des cheveux blonds comme les blés ou rose fuchsia, elle ne pouvait passer inaperçue.

— Pourquoi vous déplacez-vous toujours autant ? demanda-t-il en interceptant enfin son regard.

— Je vous l'ai déjà expliqué, répondit-elle en détournant de nouveau les yeux, signe évident qu'elle n'était pas à l'aise et fuyait la vérité.

— Parce que vous m'avez expliqué quelque chose ? Première nouvelle...

— Restez-vous pour le dîner ? demanda-t-elle.

Il fut moins surpris par le changement de sujet que par le long regard, assorti d'un sourire en coin, qu'elle lui lança.

— Il faut que nous parlions..., dit-elle.

C'était le copier-coller de ce que lui-même lui avait dit un certain matin, juste avant de se jeter sur elle pour la plaquer contre la cloison du bus et coller sa bouche à la sienne. Cette invite, si c'en était une, ne le dérangeait pas le moins du monde ! Au contraire !

— Parler... à votre manière ? Ou parler... à ma manière ? demanda-t-il, répondant par un sourire plein de sous-entendus à son regard effronté.

Telle qu'il la connaissait, avec son penchant pour la provocation et la plaisanterie, elle pouvait très bien l'aguicher pour se moquer de lui. N'empêche. Elle était follement attirante et il se sentait terriblement tenté.

— A votre manière..., répondit-elle d'un ton assuré.

En parlant, elle avait transféré le contenu odorant de la cocotte dans un plat isotherme et subrepticement fait disparaître la petite marmite de grès du Wisconsin dans sa poche. La chose avait été faite de manière trop discrète pour ne pas être suspecte.

— ... mais uniquement après que vous vous serez excusé pour m'avoir laissée tomber avec ce pauvre Ed tout à l'heure. Entre parenthèses, puisque vous me le demandez, il va très bien.

En lui adressant un sourire qu'il trouva irrésistible, elle saisit le plateau et franchit la porte de la cuisine qui, via le sas, donnait sur l'extérieur, le plus court chemin pour se rendre dans le cottage jumeau de Jolen.

— Si bien, dit-elle d'un air terriblement enjôleur pendant que la porte se refermait, que si vous restez, vous serez gagnant sur toute la ligne.

Elle avait disparu avant qu'il ait trouvé la repartie adéquate. La seule qui lui vînt à l'esprit étant :

— Pourriez-vous enlever tout à fait ce petit haut qui vous couvre déjà si peu ?

— Tiens tiens ! Vous êtes resté à ce que je vois, dit Imogene en revenant après avoir apporté leur dîner à Jolen et Amanda.

Wyatt était exactement où elle l'avait laissé, debout au milieu de la cuisine, dominant l'espace de sa stature massive, dans une attitude figée, le visage fermé. Pourquoi cet air soudain sévère ? Tout à l'heure pourtant il semblait ouvert à toute proposition...

— Comme je vous ai rapporté votre voiture, répondit-il de sa voix rocailleuse, j'ai le choix entre rester jusqu'à ce que vous me reconduisiez dans la montagne ou y retourner à pied.

Ayant refermé la porte, elle s'avança vers lui. Le crépuscule était devenu très sombre. Bien qu'il fût tard, le mois d'août dans le

Sud était assez chaud pour que l'air de la nuit soit lourd, humide et tiède. Imprimant une légère ondulation à sa démarche, elle ne réprima pas son plaisir de le voir lutter avec lui-même pour ne pas contempler sa poitrine. Oui, il la désirait toujours...

— Avez-vous faim ? lui demanda-t-elle d'une voix très douce.

Faim du bon dîner qu'elle avait préparé, faim d'elle-même. Elle se sentait prête à répondre à ses appétits, quels qu'ils soient.

— Oui, répondit-il, revenant au mode monosyllabique qui l'avait tellement énervée au début.

Mais cette fois il n'y avait dans sa voix ni colère ni suffisance.

S'approchant de lui, elle posa les mains sur son torse et laissa doucement courir ses paumes sur les pectoraux puissants, sur les épaules. Il la désirait, il le lui avait prouvé en faisant le premier pas. A son tour maintenant.

— Vous pouvez m'embrasser si vous en avez envie, murmura-t-elle.

Bien qu'il gardât les lèvres étrangement pincées, il posa les mains sur ses hanches, manifestement en plein dilemme.

— C'était une suggestion, dit-elle d'une voix encourageante en lui souriant.

De nouveau, elle lui caressa les épaules, glissant une main derrière sa nuque et promenant l'autre dans son dos, le souffle un peu court, mobilisant toute son audace pour franchir le pas vers cet homme si grand, si imposant et tellement silencieux. Cela en valait la peine, juste pour voir la façon dont il allait respirer plus vite, pour sentir son torse se soulever et s'abaisser à un rythme accéléré contre ses seins... Mais il ne faisait pas un mouvement, ne bronchait pas. Debout, il la regardait fixement — exactement comme il l'avait fait dans le bus, juste avant de se jeter sur elle.

Se dressant sur la pointe des pieds, elle lui posa un baiser à la base du cou, là où sa barbe épaisse laissait apparaître la peau et, saisissant ses grandes mains, les attira sur ses hanches.

— Imogene...

Il avait la voix tellement étranglée qu'elle s'écarta pour le regarder.

— Que se passe-t-il ? demanda-t-elle, déconcertée.

— Je ne suis pas sûr que ce soit une bonne idée, dit-il.

Une ride soudaine barrait son front mais ses mains épousaient avidement le contour de ses hanches.

— Vos mains ne pensent pas comme vous, dit-elle en souriant, secrètement ravie de le voir lutter avec lui-même.

Il secoua la tête en soupirant, et, abandonnant ses hanches, dénoua les bras qu'elle refermait autour de son cou. Ne sachant que penser, elle resta immobile, frémissant quand leurs corps s'effleuraient au rythme de leur respiration.

— Qu'y a-t-il ? demanda-t-elle.

— S'il y a quelque chose entre nous, les gens vont tirer des plans sur la comète pour nous marier.

— Si vous n'avez pas envie de moi, ayez le courage de me le dire franchement au lieu d'inventer de fausses bonnes raisons, répliqua-t-elle vertement.

— Les choses ne sont pas aussi simples que cela, Imogene. La vérité est que vous m'embrouillez les idées. Et quand on ne voit pas soi-même où on va, ce n'est pas facile de maîtriser une relation.

— Maîtriser une relation ? Vous surestimez mes intentions ! Mais n'en parlons plus... Et excusez-vous plutôt de m'avoir lâchement abandonnée tout à l'heure avec Ed.

— Il ne craignait plus rien et je vous savais capable de gérer son cas. Si je suis parti, c'est que je devais le faire.

— Ne me racontez pas d'histoires. Je sais très bien que rien ne vous appelait. Si vous êtes parti, c'est qu'il s'est passé quelque chose quand vous êtes entré dans le bus bleu.

— Pas du tout. J'avais du travail.

— Allons donc ! Rien ne vous obligeait à vous précipiter toutes affaires cessantes pour abattre des arbres. Vous ne voulez vraiment pas me dire ce qui s'est passé dans le bus pour vous avoir mis dans un tel état ?

— C'est assez, Imogene. Vous n'avez tout de même pas la prétention de m'arracher des aveux sous la torture ?

— Qui parle de torture ? Cela vous ferait du bien d'en parler, au contraire. Mais après tout, vous êtes assez grand pour savoir ce que vous faites.

Elle soupira. Pourquoi essayer de comprendre quelqu'un qui se murait avec un tel entêtement ?

— Quant à moi, dit-elle, sentant la moutarde lui monter au nez, ne croyez pas que je cherche absolument à connaître les secrets de votre vie. Parce que, lorsque je suis au courant d'un problème, je ne peux m'empêcher de me faire un sang d'encre. Et franchement, croyez-moi, je n'ai aucune envie de me mettre martel en tête pour *vos* problèmes.

— Evidemment, vous auriez plus de mal à repartir sur les routes.

Grands dieux ! Voilà qu'il retrouvait son arrogance !

— Au contraire. Cela me ferait partir beaucoup plus vite.

— Alors pouvez-vous m'expliquer à quoi riment toutes ces histoires que vous faites ? demanda-t-il en croisant les bras sur sa poitrine.

Plus que jamais elle eut le regard attiré par ses larges épaules.

— A quoi cela rime ? Au sexe, Wyatt, au sexe, c'est tout !

En l'occurrence, un peu de contrôle de ses impulsions n'aurait pas été inutile. Mais elle avait épuisé ses réserves de self-control. Tant pis... Puisqu'elle avait commencé, elle irait jusqu'au bout.

— Je n'ai pas l'intention de vivre comme une nonne pendant les six prochains mois, figurez-vous. Et puisque vous ne savez pas où vous en êtes et que je vous *embrouille*, comme vous dites, avec mes soi-disant accès de colère... Je n'aurai pas de mal à trouver quelqu'un d'autre pour occuper mes loisirs.

Pour rien au monde elle ne renoncerait à sa règle de conduite numéro un. Pratiquer le sexe pour le sexe. Et ne pas se laisser déborder par les sentiments.

— Mais... je n'ai jamais parlé d'accès de colère...

— Peut-être. Mais c'était sous-entendu. Et laissez-moi vous

signaler en passant que vos patients ont un jugement beaucoup moins désobligeant sur moi que le vôtre. Je crois même qu'ils me préfèrent à vous.

— Vous avez cette impression parce qu'ils font l'effort de vous accepter comme vous êtes. Ce sont des gens très gentils, vous savez.

— Dans ce cas, vous feriez bien de prendre exemple sur eux. Cela vous éviterait de vous montrer supérieur et cassant comme vous l'êtes. En dépit de vos bla-bla et de vos simagrées pour être considéré comme un membre de leur famille, vous faites ce qu'il faut pour obtenir le résultat inverse.

Elle s'interrompit, voyant qu'il avait soudain les narines dilatées et que ses yeux noirs devenaient plus noirs que le charbon. Peut-être était-elle allée trop loin. Si elle voulait arriver à ses fins et l'attirer dans son lit — et elle n'y avait pas renoncé ! — il était sans doute prudent de faire machine arrière.

— En fait, ils ne demandent qu'à vous aimer, reprit-elle en adoucissant le ton de sa voix. Mais vous vous montrez parfois sévère et fermé avec eux. S'ils ont l'impression que vous allez leur faire une conférence, ils ont plus de mal à se confier.

— Je ne le crois pas, répondit-il.

Il avait décroisé les bras, qui pendaient à présent de chaque côté de son corps. Mais cela ne signifiait pas qu'il était plus détendu. Il avait au contraire l'air d'un boxeur en attente du coup à donner ou à recevoir.

— Ce que j'ai dit est peut-être stupide, fit-elle prudemment.

— Pas stupide. Juste totalement faux. Vous ne connaissez pas assez la région et la population pour avoir un avis sur les difficultés que je rencontre dans ma pratique.

— Donc, vous reconnaissez avoir des difficultés ?

Au lieu de répondre, il saisit les clés de la voiture sur la table.

— Reconduisez-moi chez moi, dit-il sèchement, sinon je rentre avec votre ridicule petite voiture rouge. A vous de voir, Emma-Jean.

— Je m'appelle Imogene. Et si vous partez avec ma voiture, j'appelle les flics.

— Par ici il n'y a pas de flics, mais un shérif. Appelez-le donc tout de suite ! rugit-il.

Elle haussa les épaules avec indifférence.

— Je suis bien obligée de vous raccompagner. Je vais même vous préparer de quoi dîner, dit-elle en commençant à empaqueter quelques mets.

— Laissez tomber. Vous m'avez coupé l'appétit.

— Je vais quand même vous préparer quelque chose. Sinon vous êtes capable de trucider un ours au couteau de poche. A l'ancienne, comme un pionnier !

Elle avait peut-être mal choisi son moment pour lui dire ses quatre vérités mais au moins c'était fait. Saisissant son léger pull sur une chaise, elle l'enfila par-dessus son haut trop dénudé. Puis, se tournant vers lui, elle lui tendit d'autorité le sac de nourriture qu'elle avait préparé, lui prit la clé des mains et se dirigea vers la porte.

— J'y pense ! lui lança-t-elle par-dessus son épaule tandis qu'il lui emboîtait le pas, c'est demain qu'il faut vous enlever vos agrafes. Au moins une chose que je peux faire sans enfreindre la loi. D'ici là, l'envie de vous transpercer avec un objet tranchant me sera passée.

Tout ce qu'elle lui avait jeté à la figure était juste. Elle ne regrettait pas de l'avoir fait. Mais n'avait-elle pas commis une erreur en montrant son désir, en prenant l'initiative ? L'obligation où elle était de le raccompagner n'arrangeait pas la situation. Qu'allait-il se passer ?

Elle prit le volant et ils roulèrent en silence. Seuls le bruissement de la brise dans les arbres et le cri des oiseaux de nuit filtraient par les vitres baissées. Cela aurait pu être d'une paix absolue si l'atmosphère entre eux n'avait été aussi pesante.

Demain, elle reprendrait ses distances. Mieux encore, elle se conduirait avec lui comme il se conduisait avec elle. Brusque et sans égards. Oui. Non. Pas un mot de plus. Il verrait comme cela est agréable.

Quand ils furent arrivés et lui descendu de voiture, elle se pencha par-dessus le siège du passager et lui tendit le sac de nourriture.

— Merci, lâcha-t-il, inclinant sa haute silhouette.

Elle aurait dû répondre quelque chose mais, à son grand désarroi, le flot de paroles qui lui était d'habitude si naturel semblait tari. Fixant alternativement le tableau de bord et la nuit par sa vitre ouverte, elle crispa ses mains sur le volant à s'en faire blanchir les jointures, dans l'attente qu'il se décide à fermer la portière. Sa voix profonde s'éleva enfin dans l'obscurité qui les entourait.

— Mieux vaut que nous en restions à des relations strictement professionnelles, Imogene. Les choses seront plus claires entre nous.

Elle mit le contact, attendit sans le regarder qu'il ait refermé la portière et fit demi-tour dans un grand crissement de pneus.

Le lendemain matin, Wyatt trouva plus élégant d'aller prendre sa douche chez sa tante que chez Amanda afin de ne pas se trouver nez à nez avec Imogene.

Depuis l'instant où il l'avait quittée la veille au soir, il lui semblait que tout allait de travers. Il se sentait comme un homme qui avait changé l'ameublement de sa maison mais continuait à s'y mouvoir selon l'ancienne disposition et se cognait à tout bout de champ.

Quand il arriva, le petit bolide rouge était garé devant le cottage d'Amanda. Quand il repartit, dûment douché et rafraîchi, il n'y était plus. Son malaise s'accrut. Imogene avait-elle brutalement décidé de quitter la région ? Grimpant précipitamment dans son 4x4, il prit la route pied au plancher et, en moins de dix minutes, atteignit le cabinet ambulant.

De l'autre côté du bus, la petite voiture rouge était garée.

Adossée au bus, Imogene semblait l'attendre, en bonne infirmière consciencieuse en avance à son travail.

— Bonjour, dit-il en déverrouillant la porte du bus et en s'effaçant pour la laisser passer.

— Voulez-vous que j'enlève vos agrafes avant que nous ne prenions la route ? demanda-t-elle sans lui accorder un regard.

— Oui, c'est une bonne idée, répondit-il en remontant sa manche.

Il la regarda se laver les mains et se munir du matériel nécessaire, surpris de son silence inhabituel jusqu'à ce qu'elle s'installe auprès de lui, ayant enfilé des gants et saisi des ciseaux.

— Voulez-vous surveiller ce que je fais dans un miroir ? demanda-t-elle.

— Non. Vous savez ce que vous avez à faire.

A l'évidence elle lui en voulait toujours. Malgré cela elle mena toute l'opération avec un tel doigté et une telle diligence qu'il se demandait si elle avait commencé quand elle lui annonça que c'était fini. Comme il déroulait sa manche de chemise, elle se saisit de coton et d'une bande de gaze.

— Attendez, dit-elle d'un ton impersonnel. Les points de suture saignent un peu. Vous allez tacher votre chemise. Voulez-vous que je vous fasse un pansement ?

— Je n'ai rien senti. Je ne me suis pas rendu compte que cela saignait. Faites un pansement.

Comme elle se mettait à la tâche, il s'entendit ajouter :

— S'il vous plaît.

Nettoyer et panser son bras ne fut pas long. Avant qu'ils ne prennent la route, elle remit tout en ordre. C'était une chose étrange de la voir s'activer dans un silence absolu. Au début, pourtant, c'était ainsi qu'il aurait voulu la voir. Aujourd'hui, curieusement, il ressentait comme un manque. Une sensation de vide qui lui donnait soudain l'envie de dire n'importe quoi pour qu'elle lui réponde.

Pendant le trajet, elle observa le même mutisme, au point qu'il appréciait le ronronnement du moteur qui meublait le silence.

Mais pourquoi se plaindre ? S'en tenir à des relations strictement professionnelles, c'était bien ce qu'il voulait, non ?

7

Par pitié, Imogene allait-elle lui faire la tête encore longtemps ?

Voilà trois jours que cela durait. On pouvait rester strictement professionnelle sans se montrer désagréable pour autant.

A la fin du troisième jour, trois des patientes favorites de Wyatt se présentèrent à la consultation. Trois sœurs d'un certain âge, vêtues comme d'habitude avec coquetterie, leurs cheveux blancs fraîchement permanentés et les lèvres rehaussées d'un soupçon de rouge. On aurait pu les prendre pour des triplées bien qu'environ neuf mois et quelques jours les séparassent les unes des autres.

Elles faisaient toujours tout ensemble. Il leur avait expliqué que cela n'était pas indiqué pour une visite chez le médecin. En vain. Preuve qu'il n'était pas aussi autoritaire avec ses patients qu'Imogene le prétendait.

Pendant qu'il consultait leurs dossiers, celle-ci semblait rire de bon cœur à un récit dans lequel elles s'étaient lancées en parlant toutes les trois à la fois. D'après ce qu'il comprenait, il était question d'une véritable gourgandine qui avait vampé le cavalier de l'une d'elles lors de la sortie hebdomadaire du club du troisième âge au dancing local.

En riant avec le trio, Imogene faisait ce qu'il lui avait conseillé. Se faire aimer des patients. Pourtant il en était prodigieusement agacé. Avait-elle besoin de rire autant, de sembler y prendre autant de plaisir ? Elle parvenait même à prononcer correctement leurs prénoms, Arminda, Estaleenie et Genoie.

Ni elle ni les trois pétillantes vieilles dames ne lui prêtaient la moindre attention. Elles paraissaient s'entendre comme larrons en foire et il était clair qu'elles s'étaient conquises mutuellement.

— Qui de vous veut passer la première, mesdames ? demanda-t-il.

Aussitôt, Imogene, pour faire de la place, alla se placer dans l'encadrement de la porte, menaçant dangereusement sa concentration. De par l'exiguïté du lieu, elle le frôla en passant et il reçut de plein fouet l'effluve de son parfum. Un parfum doux et sucré avec un petit quelque chose d'acidulé, qui lui allait à merveille...

Comme aucune des trois dames ne se portait volontaire, il les interrogea dans l'ordre où elles étaient alignées, vexé. Dès le moment où il avait pris les choses en main, elles étaient devenues muettes comme des carpes.

Imogene aurait-elle raison de prétendre qu'il glaçait ses patients ? Qu'il ne savait pas s'en faire aimer ?

— Eh bien, mesdames, laquelle de vous est impliquée dans cette histoire de triangle amoureux ? demanda-t-il d'un ton enjoué, pour voir si elles bavarderaient avec lui comme avec elle.

— Genoie, répondirent deux d'entre elles avec un bel ensemble en désignant leur sœur.

— Si j'ai bien compris, mademoiselle Genoie, dit-il en remplissant des ordonnances car elles adoraient repartir avec des ordonnances, vous étiez en train de danser avec votre cavalier...

— ... le même que chaque semaine, dit Genoie, outrée.

— ... et c'est alors que l'autre femme..., dit-il pour relancer le récit.

Echec ! Il avait beau leur tendre la perche, elles ne réagissaient pas.

— Cette chipie les a séparés, dit Arminda, mordant finalement à l'hameçon. Et depuis, Genoie ne danse plus avec lui.

— Il ne l'invite donc plus ? demanda Imogene d'un air empressé.

Comme si c'était à elle d'assurer la conversation ! Lui aussi en était capable !

— Quand il se met en tête de me regarder, je détourne les yeux, dit Genoie en se drapant dans sa dignité.

— Mais s'il vous invitait à danser, que feriez-vous ? demanda-t-il avec empressement pour rester dans le coup.

— Je dirais non, bien sûr ! A moins qu'il ne me présente ses excuses.

Bon sang ! Quelle mouche les piquait toutes à exiger des excuses pour un oui ou pour un non ?

Agacé, il haussa les épaules. Mais au même moment il croisa le regard d'Imogene. Un regard furibond qui signifiait avec une telle éloquence : *Moi aussi, j'attends toujours vos excuses pour m'avoir abandonnée avec Ed*. Les trois dames, à qui apparemment même les regards muets n'échappaient pas, tournèrent aussitôt la tête vers lui avec un bel ensemble, puis de nouveau vers Imogene, comme si elles suivaient une partie de tennis. Enfin, elles fixèrent sur lui trois paires d'yeux couleur lavande, dont deux à travers des lunettes bifocales.

— Que vous a fait le Dr Beechum, Imogene ? s'exclamèrent-elles en chœur.

— Il m'a abandonnée en terrain inconnu et j'ai dû faire des pieds et des mains pour qu'un inconnu accepte de me raccompagner, répondit-elle aux trois vieilles demoiselles qui, d'indignation, restèrent bouche bée.

L'étrangler ! Il n'avait envie que de cela !

— Elle n'avait pas besoin de moi, protesta-t-il avec un sourire forcé, et j'étais absolument obligé de partir.

— Vous feriez tout de même bien de vous excuser, trancha Genoie d'un ton glacial.

— Sinon vous risquez de perdre encore une infirmière, renchérit Estaleenie.

— Mais je n'ai pas perdu Amanda ! se récria-t-il. Elle est en congé maternité.

— Ce n'est pas la question, dit sévèrement Estaleenie.

— De toute façon, vous devez vous excuser, assena à son tour Arminda.

Il était cerné. Imogene le toisait avec une expression victorieuse. En soupirant, il redressa le buste.

— Mademoiselle Emma-Jean, dit-il aussi solennellement qu'il le put, je vous présente mes excuses pour vous avoir laissée seule dans un lieu inconnu et vous avoir obligée à vous débrouiller par vos propres moyens pour rentrer. Acceptez-vous de me pardonner ?

— Je vous pardonne, docteur Beechum, dit-elle du bout des lèvres. Vous n'y êtes pour rien. C'est votre façon d'être.

— Pour effacer complètement ma faute, je vous emmènerai danser.

Il se tourna vers les trois sœurs assises en rang d'oignons qui, tels trois juges attentifs, scrutaient la scène.

— Où est votre dancing, mesdames ? Vous ne verriez pas d'inconvénient à ce qu'Emma-Jean et moi-même venions danser ce soir ?

— Ce soir ? s'écria Imogene d'une voix où il décela de l'appréhension.

— Oh ! Nous serions ravies si vous veniez danser à la réunion du club du troisième âge ! dit l'une des trois sœurs. Mais je vous préviens. Cela n'a rien à voir avec ces danses modernes pour agités que l'on danse à Lexington. Nous aimons les danses folkloriques et aussi les danses en couple, le slow ou le tango, qui ont de la tenue.

— Je ne suis pas hostile à un petit slow de temps en temps, répondit-il en leur adressant un clin d'œil complice.

— Mais je n'ai rien à me mettre, dit Imogene en gémissant.

— Sur vous, Emma-Jean, n'importe quelle robe aura de l'allure, affirma l'une des dames, vivement approuvée du chef par les deux autres.

— Je n'ai apporté que deux robes bain de soleil, renchérit-elle d'un ton plaintif.

— Une robe bain de soleil, mais ce sera parfait ! dirent les trois dames avec ravissement avant de déclarer qu'elles viendraient elles-mêmes les chercher à leur motel.

Mais à peine furent-elles parties que Wyatt sentit le coude d'Imogene s'enfoncer dans ses côtes.

— C'est un sale tour que vous me jouez là, Wyatt, dit-elle d'un ton acerbe. Je n'ai vraiment rien à me mettre pour une soirée dansante dans une petite ville provinciale comme celle-ci.

— Vous avez parlé d'une robe bain de soleil, non ?

— Savez-vous ce qu'est une robe bain de soleil ?

— Une robe que l'on porte au soleil reste une robe ! Ne recommencez pas à faire une montagne de tout, Imogene. Je ne fais que suivre vos conseils.

— C'est-à-dire ?

— Me gagner l'amitié des patients.

— Je ne sais pas ce que vous manigancez mais laissez-moi vous dire une chose. Si j'accepte de danser avec vous, ce sera en service commandé. Du travail et rien d'autre, docteur Beechum.

— Parfait ! Je vous considérerai donc comme une escort girl. Cela contrevient sûrement aux lois sur la prostitution de cet Etat. Mais puisque vous insistez...

Sans lui laisser le temps de répondre, il gagna le siège du conducteur et attendit qu'elle le rejoigne. Ayant bouclé sa ceinture, elle croisa les bras et s'enfonça d'un air renfrogné sur son siège.

C'était le signe qu'il pouvait démarrer.

Fouillant dans son sac de voyage, Imogene en extirpa l'une de ses deux robes bain de soleil. Elle avait apporté ces tenues légères pour se mettre à l'aise au motel après la journée de consultation. A la réflexion, elles offriraient peut-être le moyen de prendre le Docteur-C'est-Moi-le-Patron à son propre piège — puisque c'était sous ce masque qu'il l'obligeait à l'accompagner à la soirée dansante. A moins qu'il n'arbore pour la soirée le masque de Je-Sais-Aussi-Faire-du-Charme. Allez savoir, avec lui.

Tendant à bout de bras la robe dos nu qui s'attachait autour du cou, elle l'examina soigneusement. Dévoilait-elle plus ou moins son corps que l'autre, celle à bretelles ? Etait-elle plus ou moins flatteuse pour sa silhouette ?

Pas d'hésitation ! C'était bien celle-là qu'il fallait mettre ! Sa teinte chair était mille fois plus sexy que l'imprimé à fleurettes de l'autre et son décolleté plus profond.

Pour aller travailler, elle ne portait aucun maquillage. Mais ce soir elle devait sortir le grand jeu. Aussi, quand un coup fut frappé à sa porte une heure plus tard, arborait-elle un chignon de boucles souples dansant sur sa tête, un regard subtilement ombré de bistre et des lèvres plus appétissantes que des cerises mûres. Un nuage de parfum, des sandales glissées à ses pieds. Il ne lui restait qu'à ouvrir la porte...

— Ma parole ! fit Wyatt d'un air admiratif. Vous êtes allée faire du shopping ?

— Non, c'est ma robe bain de soleil, répondit-elle en remarquant qu'il était vêtu comme en journée d'un jean sombre et d'une chemise à col ouvert.

— Pourquoi ne vouliez-vous pas la porter ce soir ?

— J'ai encore des doutes. J'ai dû emprunter un fer à repasser à la réception. J'ai l'impression qu'ici on s'habille autant pour aller danser que pour aller à l'église.

Devant le motel les trois sœurs pomponnées de frais les attendaient dans leur voiture comme convenu.

— Que les choses soient claires, Wyatt, dit-elle pendant qu'il lui ouvrait la portière arrière. Vous êtes mon patron. C'est uniquement pour vous aider à résoudre vos problèmes d'image et de communication que j'ai accepté de me rendre à cette soirée.

— Message reçu, répondit-il sans qu'elle arrive à déchiffrer ce que cela signifiait réellement.

Quand il eut glissé sa grande carcasse à côté d'elle et d'Estaleenie sur la banquette arrière et qu'ils eurent échangé politesses et compliments, elle resta silencieuse. Arminda tenait le volant sous l'œil attentif de Genoie. Supporter une vitesse de cinquante kilomètres/heure maximum leur demanda, à Wyatt comme à elle, un certain effort, surtout à Wyatt d'après la manière dont il bondit de la voiture à l'arrivée — ce qui ne l'empêcha pas d'ouvrir fort courtoisement les portières pour tout le monde.

Le dancing était une simple bâtisse de brique avec un sol de bois, des tables et une petite scène. L'assistance se répartissait entre ceux qui restaient assis et écoutaient les musiciens et ceux qui dansaient sur la piste réservée à cet effet. Se laissant entraîner par Wyatt qui voulait lui apprendre une danse folklorique, elle assimila les pas en quelques minutes si bien qu'elle n'eut aucune excuse pour ne pas bavarder avec lui tout en effectuant les figures obligées.

— Alors dites-moi, demanda-t-il, que puis-je faire pour résoudre ces terribles problèmes d'image ?

— Etre moins désagréable, répondit-elle en levant le menton d'un air de défi.

Wyatt aurait dû s'attendre à une réplique de ce style !

— Je ne suis pas désagréable, je suis concentré, répondit-il en guidant Imogene avec précaution sur la piste.

Percuter un patient en faisant tournoyer une belle blonde aux jambes interminables aurait fait mauvais effet.

— Alors concentrez-vous de façon plus aimable !

Avant qu'il ait pu réagir, elle lui avait remonté le coin des lèvres avec ses pouces pour lui imprimer un sourire sur le visage.

— Sale gosse ! dit-il, amusé malgré lui.

— Sale type ! susurra-t-elle.

Cette fois, il n'eut pas besoin qu'elle lui retrousse les commissures des lèvres pour sourire. Si elle retrouvait son humeur facétieuse, c'était qu'elle n'était pas aussi fâchée qu'elle le prétendait.

— Tiens, tiens, je prends du galon. Sale type est une promotion par rapport à imbécile ! fit-il en riant, profitant d'un tempo plus lent pour l'attirer à lui.

— Saviez-vous, dit-elle soudain, le regard ailleurs, qu'il y aura une fête prénatale chez Amanda pour offrir les cadeaux du futur bébé, la semaine prochaine, pendant que nous serons sur la route ?

— Non. Je l'ignorais.

— Avez-vous prévu un cadeau ?

Il était surtout préoccupé de la serrer plus étroitement contre lui. Ce dos dénudé à la peau si douce sous ses doigts ! Il ne put retenir une légère caresse. Mais que disait-elle donc ? Ah oui ! Le bébé...

— J'aurai bien le temps de m'occuper d'un cadeau quand le bébé sera né, dit-il.

— Je m'en doutais !

Elle avait soudain une façon bizarre de laisser glisser ses doigts vers son col de chemise. Ce n'était pas une caresse. Plutôt l'expression d'un doute ou d'une hésitation.

— C'est pourquoi, dit-elle, j'ai demandé à une de vos patientes de tricoter et de broder un petit trousseau que vous pourrez offrir à Amanda.

Elle lui lança un regard inquiet.

— Une couverture de berceau, un bonnet, des chaussons, une bavette. Des choses comme ça.

— Merci d'y avoir pensé, fit-il, surpris.

— Il n'y a pas de quoi, répondit-elle en lui effleurant la nuque du bout des doigts.

Il ne s'était pas attendu à parler layette mais cela valait toujours mieux que le silence qu'elle lui infligeait depuis trois jours.

— N'oubliez pas, dit-elle, d'inviter ce soir les dames à danser. Et d'aller parler aux messieurs pendant les pauses. Oh ! Regardez ! Voilà justement M. Shoemaker.

Il regarda dans la direction qu'elle indiquait. Dépassant l'assistance d'une bonne tête, il lui était aisé de repérer les uns et les autres. Avec Imogene, longue et élancée, ils formaient le couple le plus spectaculaire de la soirée.

— Voilà que vous arborez de nouveau votre masque renfrogné, dit-elle d'un ton de reproche. Avez-vous peur que M. Shoemaker vous parle de choses que vous ne voulez pas entendre ?

— Non. Ce n'est pas à cela que je pensais.

— A quoi alors ?

— Peu importe.

— Si ! Dites-le-moi ! dit-elle d'un ton boudeur en lui tirant une mèche de cheveux.

Une vraie sale gosse ! Une adorable sale gosse...

— Si vous ne me dites pas à quoi vous pensiez, je vais fondre en larmes. Et j'irai raconter à Estaleenie que vous m'avez accusée d'être fagottée comme une femme de peu.

Désarçonné par son toupet, il éclata de rire.

— Je pensais peut-être que les autres hommes qui danseront avec vous ce soir auront une vue imprenable sur votre décolleté.

— Jaloux ?

— Terriblement, dit-il en souriant.

Avec un éclat de rire, elle le prit aux épaules et le repoussa.

— Du calme ! Je vais m'asseoir et bavarder. Et essayer de repérer le cavalier que cette créature a piqué à Genoie.

A peine lui avait-elle posé un baiser sur la joue qu'elle avait déjà filé vers la table des rafraîchissements. L'ayant suivie des yeux un moment, il se dirigea vers les trois sœurs qui bavardaient comme des pies et s'inclina devant Genoie.

— Me ferez-vous l'honneur de m'accorder cette danse, gente dame ?

L'orchestre jouait une valse lente. En faisant tournoyer sa frêle cavalière, il ne perdait pas Imogene des yeux. Un troupeau de mâles d'une jeunesse relative mais néanmoins empressés l'entourait auprès du bol à punch, essayant chacun d'attirer son attention. Normal. Parmi les femmes présentes, elle était la seule de moins de cinquante ans. Et elle avait ce glamour, cette silhouette, cette blondeur, cette poitrine...

— Cela ne vous plaît pas qu'elle parle avec d'autres hommes, n'est-ce pas ?

La voix malicieuse de Genoie lui fit baisser la tête vers sa minuscule cavalière.

— Vous n'avez pas à vous en faire. Un grand et bel homme comme vous ! Elle vous titille, c'est tout.

— Elle adore ça, c'est vrai, dit-il en courbant de son mieux sa haute stature pour être au niveau de la vieille demoiselle. Elle me reproche d'être désagréable avec les patients. Elle prétend que je leur fais peur.

— Ma foi...

Grands dieux ! Genoie allait-elle s'y mettre elle aussi ?

— Le fait est, dit-elle d'une voix réfléchie en s'arrêtant de danser, que nous nous sentons parfois mal à l'aise face à vous. Pourtant, nous savons que vous êtes un bon médecin. Mais si vous ne vous mettez pas à notre portée, un homme brillant et sérieux comme vous n'est pas facile à comprendre pour nous autres. C'est que nous avons l'habitude de parler à tort et à travers, de rire, de plaisanter ! Quelqu'un de trop sérieux nous intimide.

— Merci, mademoiselle Genoie, dit-il, reconnaissant qu'elle s'efforce de lui faire comprendre les choses avec tact. Je vais essayer d'y remédier.

L'entraînant de nouveau dans la valse, il se pencha à son oreille.

— Et maintenant, montrez-moi cette gourgandine qui vous a soustrait votre cavalier.

D'un mouvement de tête dédaigneux, elle la lui désigna dans la salle et, une heure plus tard, Wyatt évoluait comme un poisson dans l'eau au milieu des trois sœurs, de leurs autres sœurs, de leurs cousins, de leurs amis qui-étaient-comme-des-cousins. Ayant soudain soif, il se dirigea vers le bol de punch où il retrouva Imogene.

— J'ai repéré qui était le cavalier attitré de Genoie, lui murmura-t-elle à l'oreille, le faisant frémir de la douceur et de la tiédeur de son souffle.

— Et moi la gourgandine !

— Que faire ? lui demanda-t-elle, toujours dans un souffle.

— Ne pas nous en mêler.

— Ils ne s'en sortiront pas tout seuls. Ils ont besoin de nous, dit-elle, l'œil brillant d'excitation.

— Il ne faut pas croire que tout le monde a besoin de vous, Imogene, dit-il, résolu à calmer son ardeur de justicière.

— En l'occurrence, si, répondit-elle en se tournant vers lui avec une telle vivacité qu'elle l'effleura de sa hanche.

La légère étoffe de sa robe se tendit sur ses seins.

A la petite flamme provocante qui apparut dans son regard, il comprit qu'elle était parfaitement consciente de l'effet qu'elle lui faisait. Il ne brûlait que d'une chose, saisir ses hanches, l'attirer contre lui, enfouir son visage dans ses cheveux parfumés. Elle approcha ses lèvres de son oreille, l'obligeant à se pencher vers son visage.

— Tout le monde serait plus heureux si on faisait ce que je voulais, dit-elle dans un murmure.

Il sentait le bout de son nez lui chatouiller l'oreille, la chaleur de son souffle lui enflammer la peau. L'embrasser… Ce serait si facile de l'embrasser… Il allait au moins l'inviter à danser. A l'orchestre, le son langoureux d'une guitare amorçait un slow. Mais elle déjoua ses plans.

— Invitez Genoie à danser, lui dit-elle tout bas. Moi, j'inviterai son galant et nous nous rejoindrons comme par hasard au milieu de la piste.

Lui échappant avant qu'il ait pu protester, elle s'éloigna avec un balancement appuyé des hanches. Il avait été d'une imprudence folle de lâcher cette sirène ondoyante dans un bal de septuagénaires ! Mais il n'avait qu'une chose à faire. Obtempérer. Sinon, par représailles, elle refuserait ensuite de danser avec lui.

Résigné, il se dirigea vers les trois sœurs.

A 21 h 30, après avoir dansé et papoté tout leur soûl et scellé la réconciliation de Genoie et de son danseur, les trois sœurs donnèrent le signal du départ.

Comme à l'aller, Wyatt s'assit à l'arrière avec Estaleenie. Perchée entre eux sur l'accoudoir, Imogene peinait à installer confortablement ses longues jambes. A chaque mouvement qu'elle faisait, la courte robe se retroussait sur ses cuisses, laissant apparaître suffisamment de peau lisse et nue pour qu'il se sente démangé de l'envie de la caresser.

Qui s'en apercevrait ? A peine assise, Estaleenie avait sombré dans le sommeil. A l'avant, les deux sœurs scrutaient la route avec application. N'y tenant plus, il avança la main et la posa sur le genou offert, caressant doucement de ses doigts l'intérieur de la cuisse. Il la sentit broncher et la vit se tourner vers lui, les lèvres entrouvertes.

— J'ai changé d'avis, lui dit-il tout bas, effleurant de son nez la courbe de son oreille.

— A quel sujet ? demanda-t-elle encore plus bas.

Quelle question ! Comme si cette coquine ne connaissait pas la signification d'un main vous caressant la cuisse à la dérobée ! Mais sans doute, après la façon dont il l'avait repoussée l'autre soir, allait-elle mettre un point d'honneur à lui tenir la dragée haute.

— Je préfère désormais des relations *semi-professionnelles* à des relations *strictement professionnelles.*

— Mais encore ?

— Restons professionnels dans la journée. Mais, la nuit, laissez-moi vous entraîner vers d'autres plaisirs…

Imogene sentait que Wyatt faisait glisser sa main vers le haut de sa cuisse. Une main grande et forte, dont les doigts dansaient sur sa peau, lui faisant battre le cœur et palpiter tout le corps.

— Je ne peux rien vous garantir pour les nuits, fit-elle toujours aussi bas en effleurant l'avant-bras abondamment pourvu de poils posé sur sa jambe. Il faut une période d'essai. Je vous accorde deux semaines pour faire vos preuves.

Dans la demi-obscurité de la voiture, elle vit que cette allusion malicieuse à leur première conversation lui arrachait un grand sourire. Ce sourire… Cette main ferme sur la partie la plus sensible de sa peau… De petites flammes brûlantes se mirent à danser au creux de son ventre.

— J'exige un mois, répondit-il du tac au tac, lui parlant toujours à l'oreille. C'est le minimum pour une période d'essai décente.

— A moins que je ne doive vous renvoyer de façon spectaculaire, dit-elle. Je vous préviens. Je ne veux pas voir votre masque d'homme des montagnes. Ni votre masque de médecin péremptoire. Je veux voir uniquement le masque de l'homme empressé. Et de l'amant attentionné, bien sûr.

Il ne répondit pas mais elle le vit sourire. Enfin, Arminda engagea le véhicule sur le parking du motel. Ayant quitté les adorables vieilles demoiselles avec de grandes effusions, ils se dirigèrent vers leurs chambres. Autour de sa taille, le bras de Wyatt la guidait. Impérieux, insistant. Electrisant.

Jetant un coup d'œil par-dessus son épaule, elle vit avec amusement que la voiture ne démarrait pas.

— Elles veulent s'assurer que nous avons des chambres séparées, dit Wyatt en lui prenant sa clé des mains et en ouvrant la porte pour elle. Elles partiront quand elles nous auront vus regagner chacun la nôtre.

— Vous craignez leur jugement ? demanda-t-elle, taquine.

— Pas du tout, fit-il en lui rendant sa clé et en se dirigeant vers sa propre chambre. Mais tenez-vous à ce qu'en démarrant elles nous voient déjà mariés ?

— Sage réflexion, répondit-elle tandis qu'ils ouvraient chacun leur porte. A tout à l'heure.

Au moment d'entrer dans sa chambre, elle croisa son regard.

Un regard intense. Affamé.

Restée seule, Imogene se lança dans de fiévreux préparatifs. Ses dessous étaient-ils assez sexy ? Ses cheveux, qu'elle libéra sur ses épaules, assez soyeux ?

Mais pourquoi être nerveuse ? Le sexe était le sexe. Il lui suffisait d'oublier que d'un seul regard Wyatt avait le pouvoir de lui couper le souffle.

Sortant de sa chambre pour le rejoindre dans la sienne, elle jeta un coup d'œil furtif sur les alentours. Personne en vue. Mais une lumière dans le bus la fit hésiter. Etait-ce Wyatt ? Ou bien quelqu'un en train de dévaliser le placard à pharmacie ?

Calant sa porte avec une sandale, elle alla frapper chez lui. Pas de réponse. Elle regarda de nouveau vers le bus. La lumière s'éteignit, la porte s'ouvrit, une haute silhouette en sortit. Wyatt. Sans doute était-il allé vérifier qu'il n'y avait aucun problème.

Le temps qu'elle revienne à cloche-pied jusqu'à sa porte et glisse son pied dans la sandale, il était derrière elle. La prenant par la taille, il la poussa dans la chambre.

Ce n'était pas ce qu'elle avait prévu. Ce qu'elle voulait c'était aller dans sa chambre à lui. Afin de rester maîtresse de la situation et opérer une retraite stratégique quand bon lui semblerait.

La porte était à peine refermée qu'il l'avait saisie dans ses bras et pressait sur ses lèvres une bouche sensuelle. Il n'était plus temps de protester pour le choix de la chambre. Le goût de sa bouche la mettait hors d'état de penser et il avait déjà défait la ceinture de sa robe. Il n'était sûrement pas homme à se contenter longtemps d'un baiser. Il lui faudrait tout, et vite...

— J'ai mis quelque chose de joli en dessous, dit-elle, voyant qu'il s'apprêtait à lui faire passer sa robe par-dessus la tête.

— Ce boxer-short de coton rose que vous portiez l'autre soir ?

— Je peux aller le mettre si c'est cela qui vous plaît !

Mais il lui avait déjà arraché sa robe et contemplait ses dessous de dentelle sans paraître déçu, laissant courir ses mains sur son dos et les glissant sous la petite culotte, la saisissant aux hanches et l'attirant vers lui avec une hâte impérieuse. Cédant à la même fougue, elle commença à défaire les boutons de sa chemise avec une violence qui la surprit elle-même.

Elle était d'habitude plus raffinée dans ses entreprises amoureuses. Que lui prenait-il donc ? Elle l'embrassait à présent avec une telle frénésie que ses mains tremblaient et qu'elle n'arrivait plus à dévoiler ce torse dont elle rêvait depuis leur première rencontre. Les mains de Wyatt se mêlèrent aux siennes, les boutons cédèrent enfin, la ceinture du pantalon suivit, dans une telle précipitation que le bruit léger d'une couture qui craquait se fit entendre.

La tension accumulée depuis une semaine était devenue insupportable. La violence du baiser échangé dans le bus, le désir refoulé, l'électricité qui circulait entre eux, la façon dont ils venaient de danser ensemble... Tout cela formait quelque chose d'explosif. Demain soir, ce serait mieux. Plus doux. Plus calme. Demain, ils maîtriseraient leurs élans. Leurs jeux amoureux seraient plus subtils, plus élégants. Dénués de la violence et de l'urgence de cette première fois.

Ils avaient attendu trop longtemps. Chaque parcelle de son corps était en feu, elle voulait des baisers plus profonds, elle brûlait de sentir sur sa peau nue la douce caresse de sa toison masculine. Lui saisissant fébrilement les cheveux, elle attira avec force sa bouche vers la sienne.

— Vite, fit-elle, nouant ses jambes autour de lui, incapable d'attendre plus longtemps.

En une seconde il fut en elle, haletant, le souffle rauque. Elle ferma les yeux. Ses sensations étaient démultipliées. Même les yeux clos, elle se sentait happée par le profond regard noir. Jamais elle n'avait fait l'amour avec une telle violence.

— Regarde-moi.

Il avait la voix âpre et pressante.

La tête renversée, elle fit signe que non.

— Donne-moi ton regard, Emma-Jean, fit-il alors d'une voix soudain douce comme la soie mais en cessant de bouger en elle.

Se sentant encore plus frénétique maintenant qu'il avait interrompu son orgasme naissant, elle enroula ses jambes autour de ses reins et l'attira pour qu'il reprenne son mouvement en elle. Saisissant son visage à pleines mains, elle chercha sa bouche. Quand il répondit à son baiser et qu'elle sentit sa langue, l'immobilité dans laquelle il maintenait le reste de son corps lui parut plus insupportable encore.

— Wyatt..., supplia-t-elle.

— Tu serais beaucoup plus heureuse si tu faisais ce que je te demande...

Lui aussi souffrait de se contenir, elle le sentit à la tension de sa voix. Mais ce fut elle qui céda. Accédant à sa demande, elle ouvrit les yeux. Au moment même où leurs regards se croisèrent, il reprit son doux mouvement en elle. De longues ondes de plaisir la submergèrent, plus fortes, décuplées par leurs regards. Jamais elle n'avait rien éprouvé de pareil.

Si c'était cela faire l'amour avec lui, c'en était fait d'elle.

8

Imogene se réveilla en sursaut.

S'endormir auprès d'un homme après l'amour ne lui était jamais arrivé. Pas depuis Scott.

Une respiration régulière contre sa nuque lui apprit que Wyatt aussi s'était endormi.

Le pire était qu'avec ce grand corps chaud contre le sien, cette douce toison d'homme caressant son dos, elle n'avait aucune envie de partir. Mais plutôt de le réveiller pour voir si la seconde fois serait aussi éblouissante que la première. Oh ! Par curiosité scientifique, c'était tout...

— Tu penses trop fort, dit la voix de Wyatt, dont les lèvres frôlèrent sa nuque. Rendors-toi.

— Je te croyais endormi.

— Je l'étais et je vais me rendormir.

— Mais tu es dans *ma* chambre, s'écria-t-elle en dénouant le bras qui reposait en travers de sa taille. Tu dois retourner dans la tienne.

— Au milieu de la nuit ? demanda-t-il d'une voix pleine de sommeil.

— Il est 1 heure du matin et tu n'es qu'à quelques pas de ton lit.

— Je préfère celui-ci.

— C'est le même que le tien.

Elle jeta un coup d'œil par-dessus son épaule. Cela lui fendait le cœur de le renvoyer mais elle devait rester fidèle à ses principes. Ne pas passer la nuit avec un homme.

— Ce lit-ci est chaud et douillet. Et il y a une belle blonde dedans, dit-il en frottant son nez contre sa nuque. C'est ton habitude de filer après l'amour ?

— Oui. Et c'est moi qui vais aller dans ton lit puisque tu veux rester ici. A moins que tu ne me dises tout à propos du bus bleu...

En grognant il enfouit sa tête dans l'oreiller.

— Puisque tu insistes...

Elle y était allée au culot et voilà qu'il la prenait au mot. Se retournant tout à fait, elle le regarda, appuyée sur un coude.

— Quand j'étais gosse, le chalet est devenu trop délabré pour que nous continuions à y vivre. Papa a acheté ce bus et l'a aménagé. Il devait nous abriter le temps qu'il reconstruise le chalet.

Il marqua une pause.

— Mais il ne l'a jamais reconstruit...

Il parlait sans la regarder, d'un ton impersonnel. Ces confidences n'étaient sans doute pour lui qu'une monnaie d'échange pour terminer la nuit avec elle. Dans ces conditions, elle *devait* partir. Même si elle mourait d'envie de rester. Elle se leva.

— Où vas-tu ?

— Dans ta chambre.

— De quoi as-tu peur ? Que je t'étrangle dans ton sommeil ? Que je veuille t'épouser parce que j'ai passé la nuit avec toi ?

— Je ne passe jamais la nuit avec un homme. C'est un principe. Quand on dort ensemble, les ennuis commencent, on s'attache et les sentiments naissent. Et je ne veux faire souffrir personne quand je reprends la route.

Wyatt non plus ne voulait pas que leur aventure devienne un engagement ! Mais peut-être pourrait-il persuader Imogene de rester dans les parages. Quoi qu'elle en dise, elle ne pouvait aimer vraiment cette vie errante.

— Tu n'as pas besoin de toujours partir pour te sentir libre, dit-il en se levant et en commençant à se rhabiller.

— C'est précisément parce que je suis libre et impulsive que je dois rester fidèle à mon mode de vie. Sinon, je serais capable de me fixer n'importe où sur un coup de tête et de le regretter ensuite amèrement, répondit-elle en enfilant sa robe, faisant disparaître sa nudité.

— Parce que tu as déjà essayé de te fixer quelque part ?

— Oui. J'ai voulu m'établir. Et cela a mal tourné. J'ai dû appeler mes parents à la rescousse. Ils ont traversé la moitié du pays pour me sortir du guêpier où je m'étais fourrée. Satisfait ?

— T'établir ? Tu t'étais mariée ?

— Mariée, non. Mais je vivais en couple.

Ainsi, elle avait aimé quelqu'un suffisamment pour se fixer quelque part. *Cela a mal tourné*. C'était surtout cette phrase qui l'avait frappé. Il aurait voulu en savoir plus mais ne savait que dire. Elle semblait tellement sur ses gardes, comme si d'une façon ou d'une autre elle avait peur de lui.

— Tu me permettras au moins de t'embrasser pour te souhaiter bonne nuit ? demanda-t-il après avoir enfilé sa chemise.

Elle sembla réfléchir une seconde puis s'approcha de lui et tendit son visage, les yeux fermés. Penché vers elle, il l'embrassa avec plus de passion que pour un baiser du soir et ne relâcha son étreinte que lorsqu'il sentit qu'elle s'abandonnait.

— Pardonne-moi de t'avoir laissée te débrouiller seule avec Ed, murmura-t-il contre ses lèvres.

Cette fois, cela lui venait du cœur.

Puis, sans attendre de réponse, pieds nus et ses chaussures à la main, il franchit la porte et regagna son lit froid et solitaire.

Les jours suivants, ce fut entre Wyatt et Imogene un prudent statu quo. Elle ne posa plus de questions sur le bus bleu. Et lui ne lui souffla mot de son ex. Le soir, ils regagnaient la chambre de l'un ou de l'autre où ils s'abandonnaient à la fièvre qu'ils refrénaient toute la journée. Mais ils ne terminaient pas la nuit ensemble. Ce modus vivendi était-il compatible avec les principes de vie qu'elle s'était fixés ? En tout cas, il lui semblait acceptable.

Le jeudi soir, ils montèrent à bord du grand bus argenté pour retourner chez eux.

Enfin... elle chez Amanda... lui dans sa montagne.

Le vendredi, elle n'eut pas une seconde à elle. Il fallait assembler le berceau qu'elle avait commandé pour le bébé, préparer la maison pour la fête prénatale de la semaine suivante, même si elle n'y assisterait pas puisque Wyatt et elle seraient sur les routes. De tout son cœur, elle astiqua, décora, cuisina.

Le samedi, un véritable événement eut lieu. Pour la première fois, Wyatt l'invita de bonne grâce à venir l'aider au chalet. A la pause du pique-nique, elle n'y tint plus. Pendant qu'ils dévoraient leurs sandwichs, elle ne put s'empêcher de le soumettre de nouveau à ses questions.

— Qu'est-ce qui t'a poussé à exercer dans un bus itinérant ? demanda-t-elle avec une fausse innocence, curieuse de tirer cette étrange fixation sur les bus au clair !

Avant de répondre, il sembla peser ses mots.

— Quand j'étais gosse, j'avais honte de vivre dans ce bus, dit-il enfin en désignant la vieille carcasse d'un mouvement du menton. J'ai supplié ma grand-mère de me laisser vivre avec elle. Elle habitait le cottage qu'habite actuellement Jolen. Jolen est la sœur de ma mère. Les deux cottages ont été construits pour elles.

Comme elle se sentait étrangère à ce monde où des demeures se transmettaient d'une génération à l'autre !

— Ma grand-mère m'a parlé d'un médecin qui faisait ses

tournées dans la montagne à bord d'un bus quand elle-même était petite. Elle m'a raconté le bien que cela faisait aux vieilles personnes et aux enfants de le voir arriver. Après son passage, tout le monde se sentait ragaillardi.

Il se tut et mordit dans son sandwich. Elle devait le laisser aller à son rythme, elle le savait.

— Ce vieux bus bleu, le bus de mon père, je n'ai qu'une chose à en faire. M'en débarrasser. Malheureusement, il y a des tas de choses à prendre à l'intérieur avant de pouvoir le faire enlever et j'éprouve une véritable répugnance à y pénétrer.

— Veux-tu que je...

— Non, Imogene. Ce que j'ai à faire, je dois le faire seul. De toute façon, il n'y a pas tellement de choses. Des photos. Le coffret à bijoux de maman. L'arbalète de papa...

Il baissait tellement la voix qu'elle l'entendit à peine.

— Et des souvenirs de Josh... De nous tous, je suis le seul survivant, dit-il d'une voix lointaine en se levant pour retourner à sa tronçonneuse, la laissant terminer son sandwich.

Depuis qu'elle avait jeté un coup d'œil dans ce bus et aperçu un lit et une télévision derrière les rideaux, elle avait compris que quelqu'un avait vécu là. Et n'y avait pas connu le bonheur.

Heureusement que Wyatt était retourné à sa tronçonneuse. Ainsi il ne verrait pas qu'elle avait les larmes aux yeux.

Ne trouvant pas le sommeil, Imogene se tournait et se retournait dans son lit.

Le mystère demeurait entier au sujet du vieux bus bleu, du frère et de la mère de Wyatt. Comment avaient-ils disparu ?

Si elle voulait en savoir plus et aider Wyatt à résoudre ses problèmes, cela pouvait avoir de graves conséquences. Par exemple, l'amener, elle, à rester plus longtemps dans la région, ce qui était contraire à sa règle de vie.

A 6 heures du matin, n'ayant pas dormi une seule minute,

elle se jeta hors du lit. C'était dimanche. Wyatt l'attendait de nouveau dans la montagne.

Après une bonne douche et un grand pot de café, elle se rappela qu'elle avait promis d'apporter le petit déjeuner. Dans le placard de la cuisine d'Amanda, elle repéra une préparation instantanée pour biscuits au babeurre. C'était bien la première fois qu'elle en faisait, mais pourquoi ne pas essayer...

Pendant que les biscuits doraient au four, elle consulta ses e-mails et l'actualité sur internet. Elle aimait repérer les fêtes et les événements qui la faisaient aller de région en région. Depuis son arrivée dans les Appalaches, elle s'était coupée du monde ! En octobre aurait lieu en Virginie occidentale la grande fête annuelle du New River Gorge Bridge. Un événement particulièrement excitant. Wyatt y avait-il jamais assisté ? C'était peu probable... En soupirant, elle referma son ordinateur portable et s'interdit de penser à Wyatt et aux mystères de sa famille.

Comme elle s'y attendait, les biscuits avaient lamentablement refusé de gonfler. Après une nuit sans sommeil et l'esprit taraudé par Wyatt et ses secrets, elle faisait décidément tout de travers. Mais l'heure tournait. Faisant griller des saucisses en hâte, elle éclaboussa de graisse son pyjama favori. Elle le mettrait dans la machine avant de sortir.

Ayant mis les éléments du petit déjeuner au chaud dans le four, elle se précipita dans sa chambre pour se préparer. Déjà 8 heures ! Que mettre pour aller déplacer des bûches ? Les tenues qu'elle essayait s'empilaient sur son lit. Pas assez solides... Trop chaudes... Catastrophe ! Elle allait arriver en retard dans la montagne avec un petit déjeuner immangeable. Comme le premier jour, Wyatt la jugerait peu fiable, peu solide... Et, maintenant, la pendule marquait *9 heures* ! Impossible pourtant de partir. Elle avait lancé la machine à laver et devait attendre pour sortir le linge.

Au moment où 10 heures sonnaient, on frappa à la porte.

Wyatt ?...

Par extraordinaire il n'avait pas l'air fâché. Mais peut-être était-ce le masque inédit de Quelqu'un-qui-se-donne-l'air-aimable-mais-qui-est-quand-même-fâché...

— Alors, on me pose un lapin ? demanda-t-il en souriant.

— Euh... j'ai eu beaucoup à faire... Le petit déjeuner est au chaud dans le four. Prenons-le ici. Je ne suis pas sûre qu'il soit fameux...

Bien décidée à ne pas lui montrer le chaos qui régnait dans son esprit depuis la veille, elle le précéda dans la cuisine.

— Tu as fait des miracles pour décorer la maison ! s'exclama-t-il en posant des regards admiratifs autour de lui.

Des frises de découpages représentant des scènes enfantines dansaient gaiement le long des murs. Dans le salon, le berceau, dûment enrubanné, trônait.

— Comment te sens-tu ? demanda-t-il.

— Bien, bien, très bien ! s'écria-t-elle, consciente de répondre avec trop de précipitation. Pourtant, j'ai mal dormi et ce matin j'ai eu du mal à me mettre en mouvement.

— Tu n'es pas obligée de monter dans la montagne si tu te sens fatiguée, Imogene.

Lui-même avait probablement commencé ses travaux aux aurores. Elle le sentait aux puissants effluves de forêt et de pins qui émanaient de toute sa personne, subtilement mêlés à l'odeur de sa peau. Ah ! Si un parfumeur de génie parvenait à mettre cet homme en flacon...

— Non, à présent tout va bien, répondit-elle en s'asseyant face à lui à la table de la cuisine. J'ai bu une cafetière entière et j'ai de l'énergie à revendre. Je te conseille vivement de prendre de la confiture...

— Pardon ?

— Pas avec les saucisses. Avec les biscuits. Ils risquent d'être...

— Houlà oui ! Plutôt secs, fit-il en mordant dedans.

A grand renfort de tasses de café, ils les dévorèrent quand même à belles dents.

— Et maintenant, allons-y ! dit-elle après avoir rangé la cuisine, son entrain revenu.

Mais au moment où elle s'apprêtait à sortir, il lui passa un bras autour de la taille, l'attirant vers lui.

— Je veux que tu saches combien j'apprécie ton aide pour le chalet, dit-il.

— C'est que j'aime ta montagne ! répondit-elle avec un effort surhumain pour ne pas montrer son émotion. Et j'avoue que je suis un peu lasse de regarder Amanda lire des traités d'éducation dans son lit.

— Même si tu me choisis par défaut, cela me fait plaisir.

Son bras devenait caressant. Soudain, il se pencha et lui effleura les lèvres. Se serrant contre lui, elle fut envahie de la sensation de force et de chaleur qui se dégageait de son grand corps. Sans doute enhardi de la voir s'abandonner, il l'embrassa plus profondément, passant la barrière de ses lèvres, l'affolant des mouvements de sa langue dans sa bouche, l'enlaçant étroitement de ses bras.

Sans résister, elle lui répondit de tout son corps. Qu'il la prenne tant qu'il voudrait. Ce n'était pas de sentiments qu'il s'agissait. Elle goûtait juste le plaisir d'être désirée par un homme qui appréciait sa présence le temps qu'elle durerait.

D'une main, il resserra son étreinte autour de sa taille. De l'autre, courbé vers elle, il lui caressa la cuisse et, la saisissant fermement, la souleva. Peu d'hommes étaient capables de l'enlever ainsi dans les airs, elle rivalisait parfois en taille avec eux. Mais Wyatt n'était pas n'importe quel homme.

Surprise de la douceur avec laquelle il l'étendit sur le tapis du salon, elle ne le fut pas moins de l'intérêt subit qu'il témoigna pour lui enlever ses vêtements...

— Je pensais que nous devions travailler aujourd'hui, murmura-t-elle tandis qu'il faisait glisser d'un seul mouvement le short et le Bikini qu'elle avait finalement revêtus.

— C'est pour plus tard...

S'étirant, elle fit passer son propre T-shirt par-dessus sa tête et vit qu'il ne se déshabillait pas mais la contemplait avec un petit sourire avant de disparaître entre ses jambes. En moins d'une seconde, il posait sa bouche au plus intime d'elle-même. Alors ce fut une explosion de sensations, un plaisir fulgurant qui la transperçait, irradiant son ventre, sa peau, ses membres. C'était comme si les doutes, l'angoisse, la fatigue, tout s'anéantissait sous l'intensité du bonheur physique. Et quand il eut enlevé son pantalon et fut en elle, elle eut le sentiment qu'il comblait aussi le vide que depuis la veille elle ressentait au fond de sa poitrine.

Bientôt ce fut octobre. La nature se métamorphosa. Même si le Kentucky était un Etat du Sud, la température fraîchissait lorsque tombait la nuit et restait modérée à l'ombre des forêts, même durant les beaux jours.

Le terme d'Amanda approchant, Imogene passait plus de temps chez Jolen où son amie logeait depuis sa grossesse que dans la maison d'Amanda. Si pour une raison ou une autre, Wyatt devait venir dormir chez Amanda, elle aurait là sa chambre de repli.

Quand ils étaient sur la route, ils prenaient des chambres séparées dans les motels. Qu'ils se rejoignent dans sa chambre à elle ou à lui, ils ne terminaient jamais la nuit dans le lit de l'autre.

Le jour où, amorçant une nouvelle tournée, ils se dirigèrent vers la première ville où elle s'était arrêtée avec lui en juillet, celle de sa gaffe malencontreuse avec le pauvre M. Smith, elle eut l'impression qu'il se montrait de plus en plus sombre.

— Ah ! L'automne dans les Appalaches ! s'exclama-t-elle, espérant le dérider. J'ai toujours rêvé de prendre ce fameux petit train qui montre aux touristes les plus beaux points de vue sur les feuillages mordorés.

— Tu n'as pas besoin de prendre un train pour admirer le feuillage, fit-il d'un ton rogue. Tu n'as qu'à monter sur la montagne. Tu auras une bien meilleure vue que par les vitres d'un train.

Mauvaise pioche ! Il avait beau aimer sa montagne, cela ne le rendait pas plus aimable pour autant. Autant essayer autre chose.

— Sais-tu que la grande fête du New River Gorge Bridge est pour bientôt ? Si nous y allions ?

— Tu n'as quand même pas l'intention de sauter ? fit-il d'une voix pleine de réprobation.

— Pourquoi pas ? J'aimerais essayer.

C'était un des événements phares de la Virginie occidentale. Le New River Gorge Bridge était un pont monumental jeté au-dessus d'une profonde crevasse d'une montagne à l'autre. Le jour de la fête, on y sautait à l'élastique. D'après ce qu'elle savait, personne n'y avait jamais laissé la vie !

Wyatt n'était pas Scott. Mais, à ce moment précis, elle sentit l'aiguillon d'un sentiment oublié lui percer l'échine. C'était de la peur. Comme celle que lui inspirait Scott quand il s'opposait à elle. Absurde. Si elle avait envie de sauter, il ne pourrait pas l'en empêcher.

— Tu ne veux pas j'y aille. Avoue, fit-elle d'un ton acerbe.

— Faire une chose aussi dangereuse et inutile... C'est grotesque, hurla-t-il, visiblement en proie à une colère violente.

La peur l'avait toujours empêchée de tenir tête à Scott. Ce qui ne lui était jamais arrivé avec Wyatt.

— Parce que ce n'est pas dangereux peut-être de scier des arbres tout seul dans la forêt sans un téléphone à portée de main ?

— Scier des arbres est utile.

— Sauter aussi.

— Tu es complètement folle, ma parole. Où est l'utilité de sauter d'un pont à l'élastique ? Eclaire-moi, je t'en prie !

— Franchement, Wyatt, tu me connais mal. Tu n'as pas encore compris que m'empêcher de faire quelque chose est le meilleur moyen pour que je le fasse encore plus vite ? Tu veux savoir pourquoi je veux sauter ? Parce que c'est un test de courage. Parce qu'il faut apprendre à contrôler sa peur pour éviter qu'elle ne vous paralyse.

— En sautant de si haut, tu peux te blesser. Voire te tuer, dit-il d'un ton docte.

Et voilà, le Dr Je-Sais-Tout était de retour ! Grands dieux, qu'il était agaçant !

— Allons donc. Tu cherches tous les moyens de m'en empêcher, c'est tout !

— Je n'ai aucun moyen de te détourner de quelque chose que tu t'es fourré dans le crâne, Imogene. Tu es toi-même incapable de savoir où t'arrêter. J'essaie simplement de limiter les dégâts. Ceci dit, fais ce que tu veux, quand tu veux, où tu veux, c'est ton problème, dit-il en allumant la radio.

— Ah bon ? répondit-elle en éteignant la radio. Parce que tu crois limiter les dégâts ? J'ai plutôt l'impression que c'est toi qui perds ton contrôle face à moi.

Sans un mot, il ralluma la radio. Mais ce n'était pas ainsi qu'il la ferait taire.

— Quand tu auras trouvé pourquoi je te mets dans cet état, tu seras bien aimable de me le dire. C'est moi qui pourrai alors essayer de limiter les dégâts...

9

— Emma-Gee, Emma-Gee, Emma-Gee…

Tournant la tête, Imogene vit les Peterson entrer dans le bus pour la consultation, Michael chantonnant son prénom sur tous les tons.

— Bonjour, Emily ! Bonjour, Brandon ! fit-elle gaiement. Oh ! Qu'est-ce que je vois, Michael ! Plus de plâtre ?

Prenant le petit bonhomme des bras de sa maman, elle la questionna.

— Comment va-t-il ?

— Plus de démangeaisons, répondit Emily. Mais il ne supporte pas son attelle. Il a compris comment arracher le Velcro et il s'en débarrasse tout le temps.

— Docteur Beechum, les Peterson sont là, dit-elle en passant sa tête dans l'autre salle d'examen où Wyatt travaillait à son ordinateur.

— J'arrive, fit-il d'un ton sec.

Il lui battait froid. Après leur dispute dans le bus, le lundi soir, pour la première fois ils ne s'étaient pas rejoints dans l'une de leurs chambres. Ils n'avaient même pas dîné ensemble mais s'étaient fait chacun livrer un repas.

Ayant installé le petit Michael sur la table d'examen, elle le laissa gigoter aux mains de Wyatt et d'Emily et alla s'adosser au mur à côté de Brandon. L'air renfrogné, celui-ci semblait faire de son mieux pour avoir l'air d'avoir treize ans plutôt que douze.

— Comment se passe la rééducation ? demanda Wyatt.

— C'est difficile de lui faire faire des mouvements, soupira Emily.

— A-t-il eu beaucoup de crises d'épilepsie ?

— Oh oui, mais ce n'est pas étonnant. Il refuse d'avaler ses médicaments. Il est vrai qu'ils sont très amers.

— Essayez un système de récompense. Donnez-lui un chocolat ou un bonbon après sa dose quotidienne.

Il caressa avec un sourire le crâne du petit bout de chou.

— Tu n'as pas envie de te casser l'autre bras en tombant de nouveau pendant une crise, hein, bonhomme ? fit-il.

A ce moment, Brandon poussa un soupir à fendre l'âme. Baissant les yeux, il murmura quelque chose d'inaudible et, bousculant Imogene, il sortit aussi vivement qu'il l'avait fait la fois précédente. Le regard perçant dont Wyatt suivit l'adolescent la fit frissonner, sans qu'elle puisse s'expliquer pourquoi.

— Brandon était censé surveiller Michael au moment où il est tombé, dit Emily en secouant la tête d'un air réprobateur. C'est normal qu'il se sente coupable.

— J'espère que vous n'avez pas parlé en ces termes à Brandon, répondit Wyatt d'une voix plus froide et plus coupante que l'acier. Il doit s'en vouloir suffisamment pour que vous ne l'accabliez pas. Relisez donc ce qu'il a écrit sur le plâtre de Michael !

— Brandon a besoin de comprendre qu'il est important de surveiller Michael, fit Emily d'un air buté.

— Sans doute. Mais bon sang c'est vous leur mère. A la fin de la journée, c'est vous qui êtes responsable de ce qui est arrivé ou non à Michael. Pas un gosse de douze ans. Mettez-vous ça dans la tête une bonne fois pour toutes.

Silencieuse, Imogene suivait passionnément la scène. Ce qui se passait sous ses yeux était primordial, elle le sentait. Peut-être Wyatt était-il involontairement en train de livrer une clé de sa personnalité. Il ne parlait pas, il invectivait et semblait bouleversé.

— Dites-vous bien, reprit-il sur le même ton tranchant, que Brandon n'aurait rien pu faire pour empêcher Michael de tomber. Même un adulte a du mal à retenir un enfant en proie à des convulsions sévères. Qu'avez-vous dans la cervelle, Emily ?

Irait-il plus loin encore dans la dureté ?

— Si vous voulez que Michael aille bien, à vous de vous débrouiller pour lui faire prendre ses médicaments. Compris ? Des questions ?

Pétrifiée, Imogene regarda Emily hocher faiblement la tête, les larmes aux yeux, et Wyatt caresser la joue du petit bonhomme avant de sortir en claquant la porte derrière lui. Elle aurait mille fois préféré voir le prétentieux Dr Je-Sais-Tout au terrible Dr J'ai-Raison-D'être-en-Colère. Même quand les choses devaient être dites, on pouvait trouver un autre ton.

— Emily, dit-elle, voyons ensemble comment aider Michael à garder son attelle...

Parler, dire n'importe quoi, mais détendre l'atmosphère. Elle fit de son mieux pour réconforter Emily avant qu'elle ne reparte, encore tremblante de la semonce de Wyatt, avec ses deux fils.

Plus que jamais, elle comprenait que Wyatt était un homme en guerre avec lui-même. D'un côté, il était l'homme compatissant et généreux qui comprenait les situations délicates. D'un autre côté, il ne contrôlait pas ses pulsions et était capable d'accabler la mère désemparée d'un petit patient.

Elle passa la tête dans la porte. Il prenait des notes dans ses dossiers.

— Est-ce que ça va ? demanda-t-elle.

— N'en parlons plus. J'ai dit à Mme Peterson ce que j'avais à lui dire.

Mme Peterson... Pas *Emily*... Quelle marque de rejet !

Refermant la porte, elle alla préparer la salle d'examen.

Debout devant le motel, Imogene respirait l'air pur de la montagne pendant que Wyatt, à l'intérieur du bureau de réception, négociait les chambres.

Par la fenêtre, elle voyait qu'il avait l'air sombre. Depuis la visite des Peterson dans l'après-midi, son humeur n'avait fait qu'empirer. Il sortit si brutalement du bureau qu'il faillit la heurter. Selon leur habitude, elle tendit la main pour qu'il lui tende la clé. Mais il la prit par le bras, l'entraînant jusqu'à une chambre où il entra avec elle.

— Ce soir, nous allons partager la même chambre, dit-il.

Il avait dans la voix quelque chose de particulier qui l'empêcha de protester. Traversant la pièce, elle alla s'asseoir au bord d'un des lits et l'observa. Collé le front contre le mur, il était figé dans une immobilité totale, tout son corps exprimant la colère, la tension et un insondable désespoir.

Se levant, elle se dirigea vers lui à pas lents et, s'étant faufilée entre lui et le mur, lui caressa doucement les joues. Serrée contre lui, elle l'embrassa, cherchant de tout son être à lui apporter un peu de réconfort, à lui insuffler ce désir qu'ils connaissaient si bien tous les deux. Elle voulait l'arracher aux sombres pensées qui le dévoraient et dont il ne voulait jamais parler. Le baiser qu'il lui rendit fut bref, presque brutal. Un baiser violent, sauvage.

Elle n'eut pas de mal à se débarrasser de ses légers vêtements et parvint, en l'entraînant vers le lit, à défaire son pantalon et sa chemise. Il l'attira sur lui mais la douleur qu'elle voyait dans son regard sombre était plus terrible encore qu'un regard absent. Avec rage, elle le fit pénétrer plus profondément en elle et le chevaucha comme si sa vie en dépendait tandis qu'il lui agrippait les hanches à lui faire mal. Il atteignit l'orgasme avec une telle violence qu'elle faillit tomber.

Pour la première fois, elle ne l'avait pas rejoint dans le plaisir. S'allongeant auprès de lui, elle enfouit son visage dans son cou et leva un bras sur l'oreiller pour lui caresser doucement les cheveux.

Quand elle sentit qu'il respirait plus calmement et que son corps cessait de trembler, elle s'appuya sur un coude pour le regarder.

— Je m'y suis mal pris avec Emily, dit-il avant qu'elle ait prononcé un mot.

Le moment était venu. Sans doute des résistances internes étaient-elles en train de céder. Mais elle ne devait pas le brusquer.

— Qu'est-ce que Brandon avait écrit sur le plâtre de Michael ? demanda-t-elle doucement.

— Il a écrit « Pardon », dit-il d'une voix étranglée. Si Brandon vient à la consultation avec sa mère et son frère, c'est pour savoir ce qui est vraiment arrivé à son frère. Il veut connaître la vérité et pas uniquement ce que ses parents lui disent. Mais la culpabilité le ronge. C'est pour cela qu'il s'enfuit chaque fois.

Il semblait parler d'expérience. A ce moment elle crut entendre les paroles de M. Shoemaker. « Ce n'est pas juste que son père lui ait fait porter toute la responsabilité ».

— Ce n'est pas Brandon qui est responsable de la crise de Michael, reprit Wyatt. Il faut que quelqu'un le lui dise. Ce devrait être sa mère mais elle n'a pas l'air disposée à le faire.

— Les parents qui ont des enfants gravement malades sont parfois injustes, dit-elle d'une voix douce en le regardant dans les yeux. Ils ne voient pas que la culpabilité peut dévorer vivant, dépouiller de tout le reste.

Comprendrait-il qu'il y avait des sous-entendus dans ce qu'elle disait ? Qu'elle cherchait une similitude entre ce qu'il avait vécu enfant et ce que vivait Brandon ?

— Demain, nous irons les voir sur le chemin du retour, dit-il fermement. Je tiens à mettre Emily face à la réalité. Et à venir en aide à Brandon.

— L'idéal, dit-elle, serait que moi, je parle à Emily, pendant que toi, tu parlerais avec Brandon.

— Tu te sens capable de la mettre face à ses responsabilités ? demanda-t-il en la regardant d'un air dubitatif.

— Et toi, de tomber le masque du Dr-Terrifiant ?

— Je n'ai pas l'intention de crier sur qui que ce soit. Au contraire…

Se sentant déborder de tendresse, elle se pencha vers lui et l'embrassa. Terrifiant et merveilleux ! Voilà ce qu'il était ! Ce soir en tout cas elle accepterait de passer la nuit avec lui puisqu'il en avait envie. Ce n'était pas en une nuit qu'une vie basculait. Et si entre elle et lui les choses devaient tourner aussi mal qu'avec Scott, elle verrait bien.

— Es-tu toujours amoureuse de ton fermier ? demanda-t-il soudain. Tu ne m'as même pas dit comment il s'appelle.

— Non, je ne l'aime plus, répondit-elle, interloquée de le voir lire dans ses pensées. Quel que soit l'amour que j'avais pour lui, il a tout fait pour le détruire.

— Que t'a-t-il fait, Imogene ? demanda-t-il d'une voix très douce. Il te battait ?

— Pas vraiment. Il me bousculait, tout au plus. Devant nos parents, nos amis, il se montrait le plus charmant et le plus attentionné des hommes. Dans l'intimité, il n'était plus le même. Je ne savais jamais à quel Scott j'avais affaire.

Parler de Scott suscitait en elle une tension insupportable. Mais elle ne pouvait se dérober face aux questions de Wyatt puisqu'elle-même cherchait par tous les moyens à en savoir plus sur lui.

— Il me traitait de tous les noms, m'accusait d'être stupide. En fait, il avait une piètre opinion de moi… Je préfère que nous en restions là, Wyatt, dit-elle brusquement, sentant qu'elle avait atteint ses limites.

— Je peux aller dormir dans ma chambre si tu préfères. En fait j'ai une autre clé.

— Non. Tu peux rester. A condition de ne plus me parler de… ça…

Rouvrir ses vieilles blessures lors de la première nuit qu'elle passerait avec lui ? Merci. C'était trop.

— Promis, dit-il.

Fermant les yeux, elle se blottit contre son torse.

Qu'était-ce qu'une nuit ?

Imogene ne pouvait s'empêcher de trouver l'expédition chez les Peterson un peu risquée. Si elle avait été Emily et que Wyatt était venu frapper à sa porte pour lui déclarer tout de go qu'elle était une mauvaise mère, elle lui aurait claqué la porte au nez. Voilà ce qu'elle aurait fait, elle !

Depuis la veille, une forte pluie s'était mise à tomber. Elle ne fut pas étonnée de voir que l'eau de la rivière affleurait déjà presque au haut du pont qui entrait dans Bent Reed.

Arrêtant le bus en haut de la côte, Wyatt observa d'un air inquiet les flots en contrebas, cherchant visiblement à voir à travers les arbres ce qui se passait en amont et en aval.

— Il faut être arrivés chez les Peterson dans deux heures maximum, sinon la route sera impraticable, dit-il. Garde un œil sur la montre. O.K. ?

— O.K.

Dans le pire des cas, s'ils étaient bloqués, ils pourraient se nourrir des biscuits qu'ils avaient en réserve et dormir sur les tables d'examen, aussi inconfortables fussent-elles.

Avec précaution, il descendit la côte et franchit le pont sous une pluie battante, presque au ras de l'eau. Il était temps.

— Laisse-moi partir en éclaireur, dit-elle quand ils furent arrivés à la maison des Peterson.

— Au besoin, dis à Emily que je viens m'excuser, fit-il entre ses dents.

C'était risible, tant il était évident qu'Emily était la cible numéro un du Dr Je-Suis-Hors-de-Moi.

— Compte sur moi, dit-elle avec un demi-sourire en bondissant hors du bus.

Sautillant sur les pierres du chemin et tenant son parapluie à deux mains contre les bourrasques, elle arriva à la porte. Visiblement interloquée, Emily lui ouvrit.

— Imogene ! Que puis-je faire pour vous ? demanda-t-elle avec un regard méfiant en direction du bus.

— Je veux parler avec vous de ce qui s'est passé hier, Emily. Et Wyatt souhaite avoir un entretien sérieux avec Brandon.

Profitant de l'hésitation d'Emily, elle tendit son parapluie à Brandon qui la regardait avec des yeux ronds.

— Prends ça, Brandon, et va retrouver Wyatt dans le bus. Il t'attend.

Puis elle entra résolument et s'assit sur un siège de bois, indifférente à ses vêtements trempés.

— Il faut que je vous informe de certaines choses au sujet de la famille de Wyatt, Emily. Cela vous aidera à comprendre sa réaction d'hier. Il serait furieux de savoir que je vous en ai parlé, mais je le fais quand même.

Prenant conscience des flaques d'eau qui se formaient à ses pieds, elle resserra sa jupe autour d'elle.

— Le petit frère de Wyatt est mort quand lui-même était adolescent...

Assis dans le bus, Wyatt avait le sentiment d'attendre le bourreau et sa hache. Ou pour le moins Imogene lui annonçant que lui, sa pratique et son cabinet ambulant étaient définitivement discrédités dans la région.

Dire qu'il avait été fou de rage quand elle avait fait irruption dans la montagne. A présent son sort reposait entre ses mains délicates. Mais sans doute était-elle en train de mettre Emily dans sa poche comme elle l'avait fait avec lui.

La portière s'ouvrit enfin et Brandon, détrempé, fit son entrée. Il s'ébroua et secoua le parapluie avant de lever sur lui des yeux craintifs.

— Merci de venir me voir, Brandon, dit-il en lui serrant la main. Tu veux boire quelque chose ?

— Oui, merci, fit l'adolescent en prenant au hasard une des canettes de boissons gazeuses posées sur le comptoir.

Il dansait d'un pied sur l'autre et paraissait s'attendre à subir des reproches. Wyatt ne comprenait que trop bien ce qu'il éprouvait, la culpabilité qui le tenaillait.

— Aujourd'hui, je ne te parle pas en tant que médecin, Brandon. Je veux juste te parler d'homme à homme.

Pesant chacun de ses mots, il s'efforçait de valoriser de son mieux le malheureux gosse qui semblait au supplice.

— Tu dois savoir certaines choses au sujet de la maladie de ton petit frère, Brandon. La plus importante est celle-ci : quand une crise survient, c'est avec la violence d'un torrent qui sort de son lit. Personne ne peut l'arrêter. Michael est tombé. Même si tu l'avais tenu dans tes bras il y aurait eu une chance sur mille que tu puisses le retenir. Ce qui est arrivé n'est pas ta faute.

L'adolescent se tassa un long moment sur son siège. L'observant en silence, Wyatt vit que ses genoux tremblaient. Il semblait plus agité et nerveux que jamais.

— Tout de même, dit-il enfin, les yeux rivés au sol, si je l'avais fait jouer par terre au lieu de le laisser sur le canapé, il ne serait pas tombé.

— Michael a envie de devenir un grand garçon comme toi. C'est pourquoi il préfère être sur le canapé que par terre. On ne peut pas tout contrôler dans la vie, Brandon, même si on peut limiter les dégâts. Est-ce que Michael t'imite beaucoup ?

— Oh oui ! Papa dit qu'il est un petit singe savant !

— Alors, Brandon, c'est toi qui vas aider tes parents à contrôler la maladie de Michael.

Allant vers le placard à pharmacie, il en revint avec une boîte de pilules.

— C'est de la vitamine C. Cela t'aidera à tenir le coup. Prends-en un comprimé devant Michael juste avant que ta maman ne lui donne ses médicaments. Pour faire comme toi, il ne refusera plus de les prendre et ses progrès seront plus rapides.

Voyant le regard inquiet de Brandon, il lui sourit.

— Ces pilules sont très amères, Brandon. N'hésite pas à faire des tonnes de grimaces en les avalant. Quand Michael se mettra à rire, tu auras gagné la partie. Parce que, pour t'imiter, il avalera ses propres pilules sans rechigner.

Avec soulagement, il vit un sourire éclairer enfin le visage de l'adolescent qui retournait entre ses mains le flacon de comprimés. A l'évidence, le brave gosse imaginait la scène qu'il jouerait pour son petit frère et se réjouissait d'être l'acteur de sa guérison.

Pourvu qu'Imogene ait rencontré le même succès auprès d'Emily...

Pendant qu'Imogene parlait avec Emily, le ciel sembla s'ouvrir et déverser des cataractes d'eau. Par la fenêtre des Peterson, on ne distinguait plus que la vague silhouette du bus, absorbée par le rideau de pluie. Il était de plus en plus improbable qu'ils puissent reprendre la route.

Quand Brandon, trempé comme une soupe, fut de retour, Imogene partit en courant. Trop fragile, le parapluie ne la protégeait pas et ce fut ruisselante de la tête aux pieds qu'elle se jeta dans le bus.

— Alors? demanda-t-elle en se précipitant vers Wyatt. Brandon avait l'air aux anges. Comment cela s'est-il passé?

— Mieux aurait été impossible, fit-il avec un large sourire.

Mais quand elle se jeta dans ses bras, il recula instinctivement, lui faisant prendre conscience que ses chaussures clapotaient, que l'eau ruisselait de ses vêtements et qu'elle claquait des dents.

— Tu ferais bien de te déshabiller rapidement, dit-il.

— Oh toi, tu te sens mieux! murmura-t-elle avec un sourire malicieux. Tu n'as pas envie de savoir d'abord ce qui s'est passé avec Emily?

— Je n'osais pas te le demander.

— Eh bien, je lui ai révélé certaines choses pour l'aider à comprendre ta réaction.

L'observant en souriant, elle marqua une pause.

— Mais comme je ne sais pas *tout*, je ne lui ai certainement pas *tout* dit…

— Et cela a marché ?

— Je pense que oui…

— Alors, viens vite te sécher au lieu de geler sur place.

Avec une hâte suspecte, il alla verrouiller la porte du bus, puis, la saisissant étroitement par la taille bien qu'elle fût transformée en éponge, il l'entraîna vers la salle d'examen dont il ferma la porte à clé derrière eux. Heureusement qu'ils avaient avec eux leurs bagages et leurs sacs de couchage…

Une demi-heure plus tard, la pluie frappait à coups redoublés sur le toit de tôle du bus. Mais d'autres coups cognés à la porte indiquaient que quelqu'un avait eu le courage de braver les éléments pour venir jusqu'à eux. Tendant l'oreille, Imogene laissa Wyatt enfiler en hâte ses vêtements et refermer derrière lui la porte de la petite salle.

Le bruit assourdi de salutations chaleureuses lui parvint. Ayant enfilé des vêtements secs, elle sortit à son tour et trouva Wyatt en grande conversation avec un homme dégoulinant d'eau.

— Ma femme m'envoie vous chercher. Vous n'êtes pas près de partir d'ici. Venez à la maison.

— Merci de cette offre, Nate, je vous suis très reconnaissant. Avec un temps pareil, même un bus aussi moderne que celui-ci devient glacial.

Se tournant vers elle quand Nate fut reparti, il lui ouvrit les bras.

— J'ai bien l'impression, Imogene, que tu as recollé les morceaux entre Emily et moi.

Avec un sourire de soulagement, elle lui rendit son étreinte.

10

Il y avait plus de vingt-quatre heures que les Peterson avaient recueilli Imogene et Wyatt mais deux heures seulement que la pluie avait cessé. Observant par la fenêtre la rivière qui coulait en contrebas, Imogene vit que les eaux charriaient des débris d'arbres et de plantes et montaient dangereusement.

Michael ne voulait pas quitter ses bras. Quand il s'endormait contre elle et qu'elle le déposait dans son berceau, le petit diable, comme mû par un ressort, s'éveillait en pleurant.

Non loin de la maison, une surface asphaltée commençait à sécher. Wyatt avait pu y conduire le bus. A présent, un petit groupe s'y rassemblait, équipé de sièges, de provisions et de bois à brûler. Bientôt un bon feu ronfla joyeusement et Emily vint annoncer en souriant que des saucisses arrivaient pour un barbecue improvisé avec des voisins. C'était un vrai plaisir de la voir aussi détendue.

— Allons les rejoindre, dit Wyatt à l'oreille d'Imogene. C'est en notre honneur qu'ils organisent cette petite fête.

— Ce sera l'occasion de tester ton nouveau mode de relation avec tes patients, murmura-t-elle malicieusement.

Ayant remis à Emily le petit Michael vêtu d'une grenouillère rouge vif, Imogene glissa sa main dans celle de Wyatt pour rejoindre les convives. A ce contact, pourtant dénué de toute sensualité, elle ressentit une telle émotion qu'elle eut de la peine à retenir ses larmes. Surtout, pas d'émotion intempestive ! Ces gens charmants trouveraient bizarre qu'elle pleure pour un simple barbecue...

Assise devant le feu, comme les autres elle fit griller avec entrain des saucisses embrochées sur de longues baguettes de bois. De tous les barbecues auxquels elle avait participé, celui-ci était de loin le plus sympathique. En Virginie, ils étaient animés par le son du banjo, des jeux et des relations plus formelles. Ici, les convives se contentaient de bavarder chaleureusement entre eux. Chacun avait une histoire à raconter et personne ne semblait se soucier qu'elle ne soit pas d'ici. Et pourtant...

Que répondrait-elle à Wyatt quand il l'interrogerait sur ses intentions ? *Je t'aime mais je dois partir...*

Attention danger ! Un mot interdit venait de lui traverser l'esprit. *Je t'aime...*

L'aimer ! Il n'en était pas question. Qu'il la rende folle de désir, qu'elle se fasse du souci pour lui, c'était acceptable. Mais l'aimer, ah ça non.

— Je vais faire un tour, lui dit-elle après avoir remis à Emily le petit Michael qui était venu se blottir dans ses bras.

— Tu es sûre que tout va bien ?

— Oui. J'ai juste besoin d'un moment à moi.

Elle le lui avait dit si souvent qu'il ne pouvait s'en étonner.

— Ne va pas trop loin.

— Ne t'en fais pas, répondit-elle en s'éloignant, son hot dog à la main.

Le niveau de la rivière avait encore monté. Sans doute, des pierres, des troncs, des végétaux, faisaient-ils barrage en amont, favorisant la formation d'une sorte de crique.

Songeuse, elle suivait la rive. Et si les bons masques de Wyatt, ceux qu'elle avait appris à aimer, étaient trompeurs ? Si son seul vrai visage était celui du médecin terrifiant, emporté, renfrogné, qu'il savait être ?

Et qu'est-ce qui serait le plus douloureux ? Partir maintenant, au prix d'un grand déchirement ? Ou attendre que leur attraction mutuelle se calme ?

Avec les dernières miettes du hot dog disparurent les derniers doutes. Le bébé d'Amanda serait bientôt là. Plus rien ne la retiendrait dans la région. Il fallait songer à partir...

Derrière elle, la voix de Wyatt l'appela soudain avec une telle intensité qu'elle revint sur ses pas. Face à elle se dressèrent soudain les visages anxieux des convives tout à l'heure si joyeux.

Quelqu'un manquait autour du feu.

Michael.

Retournant à toutes jambes vers la rivière, elle aperçut une forme rouge flottant entre les arbres dans les eaux bourbeuses. Elle s'y précipita et n'eut aussitôt plus conscience que d'une chose. Le courant l'emportait et elle luttait désespérément pour garder la tête hors de l'eau et ne pas quitter des yeux le petit bonhomme qui tournoyait comme une toupie dans les remous furieux.

Il fallait agir vite. Et garder la tête froide. Se jeter à l'eau en se mettant lui-même en danger ne servirait à rien.

Courant le long de la rive, Wyatt se rendait compte avec désespoir qu'il n'apercevait ni Michael ni Imogene. Après une centaine de mètres, il arriva à un point où la crique se divisait en plusieurs ruisseaux sous l'effet de la montée des eaux.

Il devait les sauver. Tout était sa faute. S'il avait été plus adroit avec Emily à la consultation, ils n'auraient pas été obligés de passer chez les Peterson, le petit Michael n'aurait pas cherché à rejoindre Imogene...

Trouvant un passage sur la rive ente les arbres, il entra résolument dans l'eau. Elle était si froide qu'il se crut paralysé. Un tronc à la dérive le heurta violemment, l'entraînant sous les flots. Sous l'effet de l'adrénaline, il refit surface et essaya de nager entre les obstacles.

Soudain, une petite forme rouge, prisonnière des arbres

jonchant la rive opposée, lui apparut. Michael ! Tout près de la forme rouge, des remous autour d'une forme blanche. La capuche d'Imogene ! Tout à tour happé vers le fond ou remontant à la surface, battant furieusement l'eau des bras et des jambes, se frayant difficilement un passage entre des débris de toute sorte qui tourbillonnaient avec violence, il tenta de les rejoindre. Mais le courant le déportait et une fois sur l'autre rive il dut ramper jusqu'à eux en s'aidant des branches basses des arbres. Affolé, il vit qu'Imogene s'agrippait d'une main à une branche et de l'autre à la combinaison rouge du petit garçon pour le tenir hors de l'eau.

— Imogene, cria-t-il de toutes ses forces, espérant ne pas être couvert par le bruit de l'eau. Tiens bon, j'arrive.

Michael hurlait à pleins poumons. Rassurant. Au moins, il respirait. Mais le temps que Wyatt arrive, la tête d'Imogene avait disparu sous l'eau. Se hissant sur une plus haute branche, il s'y arrima des deux jambes, libérant ses bras qu'il lui tendit. D'une main elle s'y agrippa sans lâcher Michael de l'autre.

— Sauve Michael, balbutia-t-elle en suffoquant.

— Je vais vous sauver tous les deux, répondit-il, les dents serrés, en les saisissant par leurs vêtements détrempés et en faisant l'effort surhumain de hisser leurs corps alourdis par l'eau.

Dans le dos du sweat-shirt d'Imogene, une trace rouge s'élargissait. Du sang. Dès qu'elle aurait gravi la pente, il faudrait qu'il examine leurs blessures à tous les deux. Elle était assez forte pour grimper seule tandis qu'il portait Michael. L'eau montait encore. Il fallait faire vite.

Quand ils eurent pris assez de distance, et recouvré leur souffle, Wyatt tira sur le survêtement d'Imogene, essayant de voir son dos.

— Occupe-toi d'abord de Michael, fit-elle d'une voix faible.

L'oreille collée à la poitrine de l'enfant qui hurlait, il ne perçut rien d'inquiétant.

— Examine son bras, demanda-t-elle, suppliante.

— L'attelle l'aura protégé. A ton tour de te déshabiller.

Quand elle fut débarrassée de ses vêtements, il ne put l'empêcher de serrer contre sa peau nue le petit Michael qui cessa aussitôt de hurler. Mais il s'inquiétait surtout de la large entaille qu'elle avait dans le dos sur le côté gauche, allant de l'épaule à la hanche.

— Pas joli, joli, fit-il, soucieux.

Enlevant sa propre chemise, il la plia et l'appliqua sur la blessure en un pansement de fortune.

— As-tu par hasard avec toi ton fameux téléphone cellulaire waterproof ?

Attrapant son survêtement, elle en extirpa le téléphone. Il ne fallut que quelques secondes à Wyatt pour appeler le 911, lançant d'une voix brève ses instructions, indiquant leur position, la nature des blessures, la propension de Michael à faire des crises d'épilepsie. Heureusement, blotti entre eux deux, le petit bonhomme semblait très calme.

— J'espère qu'ils vont faire vite, murmura Imogene qui à présent claquait des dents. J'ai très mal. Et j'ai eu trop peur. Parle-moi, Wyatt. De n'importe quoi. Du chalet.

Emu par sa détresse, il la serra dans ses bras mais ne fit que lui arracher un gémissement de douleur.

— Désolé, je te serre trop fort, murmura-t-il. Le chalet ? Il y aura une belle terrasse. Idéale pour se balancer sur des rocking-chairs pendant les chaudes soirées d'été. Il y aura aussi une très très grande chambre à coucher. Et une baignoire à l'ancienne pour prendre des bains brûlants…

— Oh ! je rêve d'un bain brûlant…

— Et un grand loft avec de grandes baies…

— Et une porte d'entrée ornée de cuivre ?

— Bien sûr. Et peut-être même de vitraux.

— Il faudra un beau manteau pour la cheminée.

— Evidemment ! Sinon, où allons-nous accrocher nos chaussettes le soir de Noël ?

Plus beau qu'un cadeau de Noël, le ronronnement de pales tournant dans le ciel se fit entendre à ce moment précis.

— Michael ! dit Wyatt. Regarde. Tu vas monter dans un hélicoptère !

L'appareil se stabilisait au-dessus d'eux. En un clin d'œil, ils virent un sauveteur descendre le long d'un câble.

— Michael d'abord, dit Imogene quand l'homme les eut rejoints.

Dès qu'elle lui eut tendu l'enfant, ce fut comme si ses résistances lâchaient d'un seul coup. Incapable de se fixer au harnais, il lui sembla qu'elle allait s'endormir debout. S'abandonnant contre le torse de Wyatt, elle le laissa fixer le harnais autour de ses jambes et de son dos, indifférente à la chemise qui, entortillée autour de sa poitrine, avait lamentablement chuté.

La dernière chose dont elle fut consciente avant de sombrer dans une hébétude totale fut de s'envoler, seins nus, dans le ciel.

11

A l'hôpital, ils dormirent dans le même lit. Wyatt était au milieu, et Imogene et Michael accrochés à lui comme ils l'avaient été au-dessus du fleuve en cru.

Au petit matin, Wyatt se glissa hors du lit pour aller récupérer le bus chez les Peterson et Imogene resta seule avec Michael. Son dos la faisait de plus en plus souffrir. A chaque mouvement elle avait l'impression que les agrafes que Wyatt avait posées lui-même allaient exploser.

Il n'avait voulu laisser personne d'autre la soigner et semblé rassuré quand elle avait demandé des agrafes rose fluo ! A présent elle savait que, quel que fût le masque qu'il arborait, aucun ne la blesserait volontairement. Et que, peut-être, un avenir avec lui n'était pas impossible.

De toute façon, rien ne l'obligeait à partir à une date prédéterminée. Elle pouvait rester dans la région, improviser selon les événements. Essayer de construire une vie auprès de gens pour qui elle comptait. Il était peut-être temps de se stabiliser. De saisir la chance que Wyatt semblait lui offrir. De renouer avec ses parents.

A Bent Reed, le bus de Wyatt était auréolé de prestige. C'était le seul véhicule capable de passer le pont, recouvert par les eaux, dont dépendait l'accès à la ville.

Wyatt y fit monter les Peterson, qui ne tenaient plus en place à l'idée de retrouver leur petit Michael. A leur arrivée à l'hôpital, le petit bonhomme et Imogene étaient profondément endormis l'un contre l'autre. Mais à peine Wyatt eut-il caressé la main d'Imogene qu'elle se réveilla. Pressé de se retrouver seul avec elle, il l'entraîna dans une salle voisine, laissant le petit garçon avec ses parents.

— Comment te sens-tu ? demanda-t-il avant d'examiner sa blessure.

— Bien, mais cela me fait un mal de chien. Et les pilules contre la douleur m'abrutissent.

— La douleur ne vient pas d'une infection mais de la cicatrisation. Et j'ai une bonne nouvelle pour toi. Tu peux sortir. Je te ramène à la maison.

Ne voulant pas lui faire mal par un mouvement malencontreux, il se retint de la serrer contre lui. Mais elle vint d'elle-même enfouir son visage contre son épaule, l'entourant de ses bras. Etonné de la voir si affectueuse, il n'osait bouger. Il fallait vraiment qu'elle ait été traumatisée par les événements pour avoir un comportement aussi inhabituel...

Une fois chez Amanda, il l'installa sur le divan au milieu de couvertures et d'oreillers, sans oublier la télécommande, le téléphone, son ordinateur portable, ses médicaments, quelque chose à boire et de quoi grignoter.

— Fais-en le moins possible, dit-il en se dirigeant vers la porte. Je vais prévenir tante Jo que tu l'appelleras en cas de besoin.

— Tu ne restes pas pour la nuit ? demanda-t-elle, l'air étonné.

Elle était complètement traumatisée, c'était évident... Sur le moment, il ne sut que dire. Elle semblait tout à coup le traiter comme s'il était son petit ami. Un compagnon dont on attend une présence constante. Mais, entre eux, c'était d'une aventure qu'il s'agissait. Et elle n'était pas assez en forme pour se livrer à leurs ébats accoutumés. A moins que, encore sous le choc, elle ne redoute de rester seule. Pour autant, sa demande n'était guère dans son caractère.

— Je ne m'attendais pas à ce que tu me demandes cela, répondit-il sans pouvoir dissimuler sa surprise.

Elle toujours si sûre d'elle jouait nerveusement avec la télécommande et s'agitait sous la couverture.

— J'ai envie que tu aies envie de rester. Et j'ai envie de rester moi aussi et que tu en aies aussi envie.

Quel charabia. Elle était vraiment perturbée. L'effet des drogues, sans doute.

— Eh bien, si tu le veux, je resterai ce soir. Demain, tu seras de nouveau égale à toi-même.

— Non, fit-elle d'un air buté. Ce n'est pas de cela qu'il s'agit. Je veux que tu restes parce que tu en as envie. Et… Oh ! J'ai envie de rester ici. Tu me l'as dit toi-même. « Tu n'as pas besoin de toujours partir pour te sentir libre ». Rien ne m'oblige à reprendre la route. Voyons où cela nous mènera. Ce que cela donnera pour nous.

Pour nous ?

Diable !

Fallait-il lui laisser ses illusions sur le fait qu'ils puissent s'installer ensemble ? Il n'en avait pas du tout l'intention.

— Je me soucie de toi, Imogene, dit-il fermement. Je veux que tu sois heureuse. Tu peux l'être en vivant ici, près de tes amis. C'est-à-dire Amanda, moi. Toi et moi sommes des amis qui ont en plus la chance de vivre une belle aventure. D'accord ? Nous en reparlerons demain si tu veux.

Les sourcils froncés, elle semblait avoir du mal à assimiler ce qu'il disait.

— Tu ne veux pas de moi, dit-elle enfin.

Sans le regarder, elle continuait à tripoter la télécommande.

— Je pensais, dit-elle avec une soudaine véhémence, que le Wyatt qui a plongé dans l'eau était le vrai Wyatt. J'ai dû me tromper.

— Mais enfin, Imogene, cesse de croire que je suis multiple ! Je suis toujours moi-même, un point c'est tout.

— Non. Ce ne peut pas être le même homme qui a accablé Emily de reproches et qui a plongé dans la rivière. Je sais deux choses en tout cas. Que ton frère est mort. Et que ton père t'en a tenu responsable. Ton comportement à l'égard d'Emily m'a fait comprendre combien tu avais souffert d'être accusé à tort, et bien d'autres aspects de ta personnalité.

— Il y a longtemps que j'ai surmonté tout ça.

— Allons donc ! répondit-elle d'un ton désespéré. Je fais encore et toujours les mêmes erreurs. J'étais tellement sûre de connaître Scott. Tellement sûre, après l'inondation, d'avoir découvert ton vrai moi. En fait, je n'ai rien compris.

Saisissant son sac, elle en extirpa le ridicule petit pot de grès vantant le cheddar du Wisconsin qu'elle contempla longuement.

— Je conservais cette poterie pour me souvenir. Maintenant elle est inutile. J'ai dans le dos une cicatrice de cinquante centimètres en guise d'aide-mémoire. Tiens ! Prends-la. Je n'ai plus besoin d'elle. Et je n'ai plus besoin de toi non plus. Va donc scier du bois dans ta montagne.

La poterie à la main, Wyatt sortit sans se retourner, gagna le 4x4 à grands pas et claqua la portière derrière lui.

Dubitatif, il tourna et retourna la petite marmite entre ses mains. Imogene la conservait *pour se souvenir*. Mais se souvenir de quoi ? Finalement, n'y tenant plus, il fit jouer le fermoir et souleva le couvercle.

Une vieille coupure de presse, jaunie et déchirée, y était rangée.

L'ayant dépliée, il commença à la lire et sursauta.

C'était un avis nécrologique. Au nom de Scott Williams.

Scott...

Son ex était donc mort ?

Une phrase lui sauta aux yeux. « A quitté la vie de son plein gré. »

Un suicide... Il regarda la date. Cela faisait plusieurs années. Grands dieux ! Depuis tout ce temps la culpabilité la rongeait.

Elle n'en finissait pas de se punir d'avoir poussé Scott à la mort en le quittant.

La culpabilité pouvait dévorer vivant. Dépouiller de tout le reste.

Voilà ce qu'elle lui avait dit, il s'en souvenait.

Avec un soupir, il referma le couvercle sur la coupure de presse et laissa tomber la petite marmite dans la boîte à gants.

Va donc scier du bois.

Ce n'était pas une mauvaise idée.

En s'engageant sur le raidillon qui menait au chalet, Wyatt constata avec surprise de nombreuses traces de pneus dans la terre meuble. Il se sentait prêt à virer les intrus à grands coups de botte dans l'arrière-train quand lui apparurent cinq véhicules, garés les uns à côté des autres, tous immatriculés dans le canton de Harlan. Plus haut, une douzaine de gaillards s'activaient autour du chalet. L'un d'eux s'approcha.

— Nate !... s'écria-t-il, trop stupéfait pour dire autre chose.

— Je suis venu donner un coup de main pour la construction du chalet, répondit Nate avec un large sourire tandis qu'ils se serraient les mains avec effusion. Comment va Imogene ?

— Mieux, répondit-il en évitant d'entrer dans les détails. Et Michael ?

— Il récupère de façon extraordinaire. Il quitte l'hôpital demain. Emily et les deux grands-mères sont avec lui, si bien que je suis libre de venir aider. J'ai amené mon père, mes frères, les frères d'Emily, des cousins avec moi. Nous tenions à faire quelque chose pour vous et Imogene.

Emu par tant de générosité, Wyatt se racla la gorge. Quand Imogene lui avait imposé son aide, il avait commencé par la rejeter, avant de l'apprécier. Il comprenait à présent qu'être le dernier des Beauchamp n'était pas une raison pour assumer seul une tâche aussi énorme que la construction d'un chalet.

Et d'après la façon dont les gaillards prenaient les choses en main, le chalet serait sûrement terminé avant l'hiver.

Et le toit peut-être posé le soir même...

En examinant le lendemain sa collection d'objets-souvenirs, Imogene ressentit une vive appréhension en n'y voyant plus la petite marmite de grès. Pourvu que Wyatt ne l'ait pas ouverte.

Travailler avec lui trois mois de plus était impensable. Le côtoyer au jour le jour sans le retrouver la nuit au creux d'un lit serait au-dessus de ses forces. Elle allait lui donner une semaine de préavis, le temps qu'il trouve quelqu'un d'autre, et chercher pour elle-même un emploi du côté de Piketon.

La voix de Jolen l'appelant de l'extérieur la fit bondir vers la porte.

— Le bébé ! Il va arriver d'une minute à l'autre. Il faut partir pour l'hôpital.

— Pourquoi ne pas m'avoir prévenue plus tôt ?

— Nous voulions te laisser tranquille jusqu'à la dernière minute.

Emue de leur délicatesse et soudain emplie d'un bonheur qui effaçait tout, elle enfila ses chaussures, attrapa son sac et se précipita vers la voiture de Jolen, une berline confortable, où Amanda se tenait, les mains crispées sur le ventre. C'était un moment magique. Pas question de le gâcher, même à cause de Wyatt.

Quand, prévenu par Jolen de la naissance, Wyatt entra dans la chambre d'Amanda à l'hôpital, il trouva Jolen et Amanda profondément endormies, l'une sur un canapé, l'autre dans son lit. Imogene, assise dans un fauteuil à côté du lit, semblait bien réveillée et tellement attentive au nouveau-né qu'elle berçait dans ses bras qu'elle ne parut pas s'apercevoir de sa présence.

S'avançant à pas de loup dans la demi-pénombre, il vint s'asseoir sur ses talons à côté d'elle pour voir le bébé emmailloté de bleu. Comme elle sentait bon. Et comme elle lui avait manqué. Mais hélas elle considérait sans doute que tout était fini entre eux. Sur le bébé, sur l'accouchement, sur le courage d'Amanda, elle se montra intarissable, les yeux brillant de joie. Mais elle resta de glace face aux efforts qu'il fit pour raviver un peu d'intimité entre eux. A défaut de l'embrasser, il posa un baiser sur le petit crâne duveteux du bébé.

— Il faut que tu viennes dans la montagne quand tout ce petit monde sera rentré au logis, risqua-t-il en lui effleurant légèrement la jambe.

— Je ne suis pas assez rétablie pour me livrer aux joies de la maçonnerie ou du tractage de troncs.

— Je voudrais juste te faire voir quelque chose. Pas question que tu te lances dans des travaux de force.

— Dans ce cas peut-être.

Le cœur soudain plus léger, il se releva et l'embrassa sur le front après en avoir repoussé une mèche.

Il allait rentrer chez lui. Mais cette fois il n'aurait pas besoin de se jeter comme un fou sur sa tronçonneuse. De l'hôpital à la montagne il y avait trente minutes de route. Le temps de réfléchir et de prendre des décisions.

Après avoir franchi le raidillon, il gara le 4x4 à l'écart du vieux bus de son père. Le chalet, à présent doté de murs et d'un toit, semblait l'attendre, prêt à lui offrir un accueil chaleureux. Une évidence le frappa comme l'éclair. Maintenant que le chalet avait cessé d'être un fantasme, il n'avait aucune envie d'y vivre seul.

Ce serait beau de voir de nouveau une famille sur la montagne. Avec le recul, il comprenait pourquoi son père avait renoncé à reconstruire le chalet après la disparition de sa mère et de Josh. Dans sa solitude, le bus lui semblait plus douillet, plus réconfortant.

Se tournant vers la vieille carcasse déglinguée, il lui jeta un regard de défi.

S'il ne voulait pas finir comme son père, il savait ce qu'il lui restait à faire. Entrer là-dedans une bonne fois pour toutes. Se débarrasser d'un passé encombrant comme on découpe un plâtre devenu inutile.

Inspirant profondément comme s'il s'apprêtait à plonger de nouveau dans des eaux glacées, il se dirigea vers l'épave.

En montant vers la montagne, Imogene ne pouvait se défaire d'une sensation lancinante. C'était sa dernière visite là-haut.

Une fois la voiture engagée dans le raidillon, elle eut un choc. Le vieux bus bleu avait disparu. Un grand rectangle d'herbe desséchée marquait son ancien emplacement. Roulant encore vers le chalet, elle eut le second choc de la journée. La construction était quasi terminée. Il y avait les murs, une partie du toit, recouverte d'une grande bâche bleue. Et une porte d'entrée de bois sculpté, avec des vitraux et des ferronneries de cuivre brillant au soleil.

Sur un tronc abattu Wyatt était assis, l'attendant.

Quand elle fut descendue de voiture, il se leva pour l'accueillir. Les mains dans les poches, fraîchement rasé, il faisait honneur à la flanelle comme personne. Jamais il ne lui avait paru aussi beau, aussi détendu.

— Une joliment belle porte que tu as là, fit-elle avec un geste de la main vers le chalet.

Imogene était d'une pâleur qui inquiéta Wyatt, mais il n'en montra rien.

— J'ai pensé que cela te plairait de voir le résultat des travaux, dit-il. Comment va ton dos ?

— Très bien, répondit-elle sans le regarder. En si peu de temps, comment as-tu pu...

— C'est grâce à Nate.

La voir si peu loquace, elle un moulin à paroles, le navrait.

— Quand je suis arrivé ici jeudi, dit-il, ils étaient tous au travail.

— Tous ? Qui donc ?

— Nate a mobilisé tous les hommes valides de sa famille. Nous étions une bonne douzaine. Ils ont dû défaire et refaire ce que nous avions fait de travers. C'est-à-dire pas mal de choses ! As-tu envie de voir l'intérieur ? demanda-t-il.

— Oui, merci.

Comment savoir ce qu'elle pensait vraiment ? Elle parlait d'un ton tellement mesuré. Etait-elle toujours fâchée contre lui ? C'était probable. Une fois à l'intérieur elle ne sembla s'animer un peu que devant la cheminée.

— Je ne m'attendais pas à ce que tout soit aussi avancé, dit-elle enfin. Tu pourrais presque dormir ici, même si les parquets ne sont pas posés et les murs à l'état brut. Ce serait plus confortable que la tente.

— C'est ce que je fais, répondit-il en désignant dans un coin la couche qu'il s'était aménagée en posant son sac de couchage sur la vieille malle cabine enlevée du bus.

— As-tu déjà fait du feu ?

— Pas encore. Je dois m'assurer que la cheminée tire bien.

Elle ne dit plus rien mais se détourna brusquement, apparemment prête à repartir. Inquiet, il surveilla la façon dont elle descendait les marches encore branlantes du perron. Dans sa tête, une petite phrase martelait son refrain. *Tu ne veux pas de moi.* Il croyait voir encore la tristesse de son regard quand elle l'avait prononcée.

— Merci pour la visite, dit-elle. Je suis sûre que ce sera superbe quand ce sera terminé.

Il n'eut besoin que d'une enjambée pour la rattraper et la saisir par le coude.

— Attends. J'ai autre chose à te montrer. Dans la montagne.

Sans lui laisser le temps de réagir, il l'entraîna vers son tracteur et l'aida à s'installer à califourchon devant lui.

Puis il prit la direction du vieux cimetière.

Quand Wyatt lui tint fermement le bras pour l'aider à descendre du tracteur, Imogene sentit les larmes lui monter aux yeux. Depuis son arrivée au chalet elle parvenait à contenir son émotion. Surtout, ne pas craquer maintenant. Il la tenait trop étroitement pour qu'elle puisse se dégager et elle se laissa guider. A l'intérieur du muret, les pierres tombales semblaient à l'abandon au milieu des herbes folles. De grands arbres y plongeaient leurs racines mais elle n'en fut pas choquée. C'était comme si ces arbres vigoureux transmettaient une vie aux habitants de la montagne ensevelis là depuis des siècles. Les noms étaient effacés sur les pierres envahies par la mousse. Certaines étaient encore en place, d'autres gisaient en pièces autour des troncs puissants.

A l'écart, trois tombes récentes tranchaient avec l'ensemble, paraissant pourtant à leur place. S'approchant, elle put lire les noms. Anson, Elizabeth et Joshua Beauchamp. En voyant les dates inscrites sous le dernier nom, il lui sembla que l'air se raréfiait autour d'elle.

— Il n'avait que sept ans, murmura-t-elle.

— Oui. Et cinq seulement quand la leucémie a été diagnostiquée.

— Tu avais quel âge ?

— Onze ans à la date du diagnostic. Treize quand Josh s'est éteint.

Ses doigts étaient crispés sur le coude d'Imogene. La chaleur de ce contact se répandait à travers son corps, l'emplissant d'un fol espoir. Enfin, il partageait ses secrets et sa souffrance avec elle.

— Et c'est toi qui étais responsable de lui ?

— En quelque sorte. Maman est morte quand Josh avait l'âge du petit Michael. Et papa travaillait du matin au soir. Je voyais que quelque chose ne tournait pas rond pour Josh. Mais j'ai mis des mois à comprendre à quel point il était malade. Un cas de déni caractérisé de ma part.

Les paroles de M. Shoemaker lui revinrent à l'esprit. « Ce n'est pas juste que son père lui ait fait porter toute la responsabilité. »

— Ton père te l'a reproché ?

— Oui. Moi aussi je me le suis reproché. Mais à l'adolescence j'ai compris qu'entre mon père et moi c'était irrécupérable. C'est pourquoi j'ai sauté sur l'occasion d'entrer au collège dans un autre Etat. Depuis, je ne suis jamais revenu. Sauf pour les funérailles de mon père. Et je n'ai pas pu repartir.

— Parce que tu aimes la montagne.

Regardant le paysage autour d'elle, les feuilles dorées par l'automne, le ciel pur, elle comprit qu'elle aussi aimait la montagne et sa sérénité. Quel plus bel endroit pour dormir d'un sommeil éternel, comme ces ancêtres couchés sous la pierre ?

— Je suis chez moi ici, répondit-il. Partout ailleurs je me suis senti étranger.

— Tu en veux toujours à ton père ?

— En quittant l'hôpital l'autre jour, j'ai ressenti la nécessité d'en finir avec le vieux bus.

— Et alors ?

— Cela a été une révélation. En fouillant dans la vieille malle cabine, j'ai trouvé des masses de photos. De Josh bébé. De mon père...

Il secoua la tête, semblant chercher les mots justes.

— Il souriait. Il paraissait heureux, serein. J'avais l'impression de découvrir un inconnu. Celui dont je me souvenais était dévoré par le chagrin et la culpabilité. Cela le rendait incapable de protéger sa famille. Ou la femme qu'il aimait.

Comme s'il était sur le point de faire une révélation importante, il s'éclaircit la gorge.

— C'est ce souvenir qui m'a poussé à sauter dans la rivière le jour de l'inondation.

Il l'aimait ! *Il l'aimait !* Oh ! il le disait bien indirectement. Mais l'aveu n'en était que plus fort.

— Mon père et moi ne nous sommes pas parlé pendant près de vingt ans. Je suis aussi fautif que lui. Nous étions tous les deux trop orgueilleux et trop blessés.

Elle le laissa s'approcher et remonter une mèche derrière son oreille.

— Je ne veux pas faire la même erreur avec toi, Imogene. J'ai lu la nécrologie… C'était un suicide…

Le cœur au bord des lèvres, elle chancela. Mais elle devait se montrer aussi franche avec lui qu'il l'était avec elle.

— Cet avis nécrologique, qui mentionne un suicide, a été le premier que j'ai reçu, répondit-elle en balbutiant. Il m'a bouleversée. Ensuite, les choses se sont compliquées.

— Je ne comprends pas…

— Scott ne s'est pas suicidé, même s'il m'a menacée de le faire quand je l'ai quitté. Après mon retour chez mes parents, j'ai reçu cet avis dans une enveloppe.

Tout dire, le plus vite possible. Elle reprit son souffle.

— Une semaine plus tard, j'en ai reçu un autre. Et puis un autre. Et encore un autre. Tous différents. La vérité est qu'il avait un ami imprimeur et qu'il lui faisait fabriquer ces faux avis qui avaient l'apparence de l'authenticité. Au bout d'un mois j'ai compris. Je l'ai appelé et ne l'ai pas ménagé.

Sa voix s'étranglait. Mais elle devait tout dire.

— J'ai essayé d'alerter la police, qui n'a pris l'affaire au sérieux que lorsqu'il m'a envoyé des paquets contenant des lames de rasoir ensanglantées. Il était en pleine crise psychotique. Depuis, il va d'une institution spécialisée à l'autre.

— Imogene, ce n'est pas de l'amour. C'est de la maladie mentale.

— Ce peut être les deux à la fois.

— Que voulais-tu que cette marmite te rappelle ?

— Que j'aurais dû le quitter plus tôt même si je l'aimais. Que j'ai eu tort de cacher à mes parents que ma tentative pour me fixer était un échec. Je leur avais si souvent reproché dans mon adolescence de m'imposer une vie nomade.

— Imogene, dit-il d'une voix qui la fit frissonner.

Elle leva les yeux vers lui et vit qu'il sortait de sa poche la petite marmite de grès.

— Il est temps de t'en séparer, dit-il. Laisse-la ici et toi reste avec moi. Quand je t'ai vue à l'hôpital avec le bébé d'Amanda dans les bras, j'aurais voulu que ce soit notre bébé. Je ne veux pas vivre dans le chalet sans toi.

Il se dirigea vers le tracteur et en revint avec une pelle.

— Tu veux que nous enterrions ici nos mauvais souvenirs ? demanda-t-elle, les larmes aux yeux.

— Oui. Et j'y ajouterai mon masque coléreux et fermé. Celui que tu n'aimes pas. Le type qui le portait était trop seul et trop orgueilleux pour reconnaître qu'il avait besoin d'aide. Ce type-là n'existe plus.

Ils se mirent à creuser à côté de la tombe de Josh. Ils n'eurent pas besoin de faire un trou très profond. *Un si petit objet pour un poids aussi lourd*, pensa-t-elle quand ils y ensevelirent la marmite de grès contenant la nécrologie mensongère.

Après l'avoir recouverte de terre, Wyatt prit le visage d'Imogene dans ses mains avec un étrange sourire puis la repoussa légèrement pour sortir un objet de sa poche. Etonnée, elle sentit qu'il lui saisissait la main droite et lui glissait au doigt un anneau auquel se balançait quelque chose.

— La clé de la porte du paradis et son porte-clés, lui murmura-t-il à l'oreille.

Ce qu'il lui offrait là, c'était plus que la clé du chalet. Un foyer ! En proie à l'émotion, elle resta silencieuse.

— Je me demande juste, dit-il, ce que cela va te faire de porter un nom que personne n'arrive à prononcer. Imogene Beauchamp. Emma-Jean Beechum. Moi, j'aime bien les deux.

En souriant, il sortit autre chose de sa poche. Un anneau orné d'un diamant qu'il passa à l'annulaire de sa main gauche.

— Mais... je n'ai pas encore dit oui.

— Mais tu vas le faire ! Parce que tu m'aimes et que je t'aime. Et que nous allons fonder ensemble une nouvelle famille dans la montagne.

Enfouissant son nez contre son cou, elle respira son odeur.

Une odeur de mousse, de terre, mêlant à celle de sa peau toutes les senteurs de la forêt. Le parfum du paradis.

— Tu sais quoi ? dit-elle. Emmène-moi au chalet. J'ai comme une envie de me débarrasser de mes vêtements et de me retrouver entre tes bras dans le sac de couchage.

— A votre bon plaisir, ma'am, dit-il en la soulevant du sol pour l'installer sur le tracteur.

— Mais je te préviens, fit-elle tandis qu'ils dévalaient la pente dans la lumière dorée de l'automne, c'est moi qui prendrai les initiatives.

— C'est pas sûr !

— C'est tout vu !

Il n'avait pas encore compris que tout le monde était plus heureux en faisant ce qu'elle voulait ?

Heureusement, elle avait au moins cinquante ans devant elle pour le lui rappeler.